Los GUARDIANES DE ALMAS

Los Guardianes de Almas

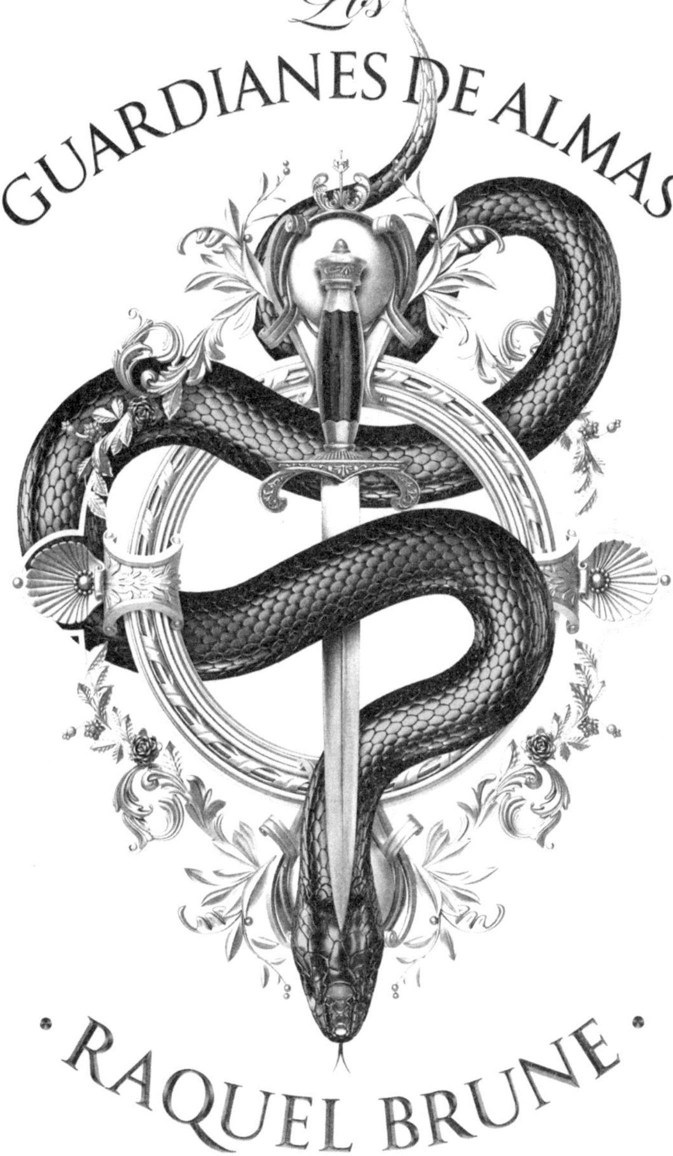

Raquel Brune

Argentina – Chile – Colombia – España
Estados Unidos – México – Perú – Uruguay

1.ª edición: febrero 2022

Plaza de los Reyes Magos, 8, piso 1.º C y D – 28007 Madrid
www.mundopuck.com

ISBN: 978-84-17854-37-9
E-ISBN: 978-84-19029-10-2
Depósito legal: B-33-2022

Fotocomposición: Ediciones Urano, S.A.U.

Impreso por: Rodesa, S.A. – Polígono Industrial San Miguel
Parcelas E7-E8 – 31132 Villatuerta (Navarra)

Impreso en España – *Printed in Spain*

Para todas las invisibles y olvidadas,
os vemos y os recordamos.

«Por donde quiera que fui,
la razón atropellé,
la virtud escarnecí
y a las mujeres vendí.
Yo a las cabañas bajé,
yo a los palacios subí,
yo los claustros escalé
y en todas partes dejé memoria amarga de mí».

Don Juan Tenorio, José Zorrilla.

PARTE 1

ACTO PRIMERO

«Todo el altivo rigor
de este corazón traidor
que rendirse no creí,
adorando, vida mía,
la esclavitud de tu amor».

Don Juan Tenorio, José Zorrilla.

1
Miguel

Cuentan los mitos y las leyendas que la noche de San Juan es mágica, que en una de las noches más cortas del año la energía restante del solsticio de verano y la de millares de almas festejando es lo bastante fuerte como para atraer a fuerzas inhumanas capaces de proteger, sanar, y, sobre todo, de borrar cualquier rastro de los malos recuerdos y de las sombras al acecho. Sin embargo, no fue el poder del solsticio lo que puso la vida de Miguel Sabato patas arriba, sino la fuerza con la que deseó, para su propio asombro, convertirse en una persona completamente distinta a la que era, en una decente. Sería bonito pensar que fueron el influjo de las mareas del Mediterráneo o la energía vibrante del fuego de las hogueras los que propiciaron la transformación, pero la verdadera motivación de Miguel procedía de algo mucho más visceral y primitivo: la incapacidad para lidiar con el rechazo de una persona acostumbrada a conseguir todo cuanto quería.

Tal vez te interese saber que a Miguel le irritaría mucho descubrir que vas a ser testigo de su gran y único fracaso. Ante todo, es un hombre orgulloso, o más bien, un chico, un joven que disfrutaba de una noche de fiesta, en esa breve madrugada que va del veintitrés al veinticuatro de junio, con la convicción de que el mundo le debía algo.

El sol aún se resistía a replegarse, aferrado en el horizonte, como si diese pequeñas cabezadas pero se negase a dormir del todo. Su presencia se seguía intuyendo entre los edificios de la primera línea junto al paseo marítimo; sin embargo, el fulgor de las decenas de fogatas repartidas por la arena eran capaces de eclipsar al astro. En la playa, los turistas del interior y los jóvenes locales se entremezclaban como iguales, unidos por la emoción de una buena celebración, el calor del verano, la frescura de las olas y los litros de alcohol que fluían con brío y adulteraban sus sentidos.

El grupo de amigos de Miguel había optado por celebrar el fin de su penúltimo año de carrera con una especie de viaje de graduación adelantado. Era 2019, y a esas alturas al año siguiente los seis amigos estarían trabajando en alguna de las numerosas empresas multinacionales en las que sus progenitores tenían contactos o estudiando como locos para conseguir una beca en una prestigiosa universidad del extranjero, así que más les valía disfrutar de su juventud mientras pudiesen. Uno nunca sabe lo que le depara la vida, se decían, pero sí que solo se es joven una vez.

Hay ocasiones en las que una persona solo tiene en común con sus amigos estar en el mismo lugar a la misma hora todos los días. Al contrario que el resto de su pandilla, Miguel no tenía la más mínima intención de dejar de gozar de los regalos de la vida para que así su alma se fuera pudriendo poco a poco, pero jamás le diría que no a unas vacaciones memorables.

Al que fue en principio un «viaje de colegas» habían acabado por sumarse «las novias de» y el grupo se había multiplicado prácticamente por dos. Miguel era uno de los pocos que se resistía a la comodidad de tener a una pareja a su lado, quizá porque las personas, en general, solo le interesaban dentro del margen de lo que se podía obtener mediante ellas —poder, dinero, diversión, belleza…— o quizá, porque ninguna estaba a la altura de Martina del Valle.

Martina. Cómo hacerle justicia.

Bastaba con mirar su forma de apoderarse del espacio como si fuese lo más natural del mundo, con escuchar la pasión con la que hablaba de prácticamente cualquier cosa, para saber que no se iba a conformar con una vida corriente como los demás. Mientras el resto del grupo estaba ocupado preparando los snacks que habían comprado y repartiendo, muy generosamente, la bebida, ella se había armado con la vieja cámara analógica de su padre para acercarse a la orilla y sacar unas cuantas fotografías al atardecer. Miguel la observaba a distancia, admirando cómo los músculos de sus piernas se tensaban cuando se agachaba sobre la arena mojada para obtener un buen ángulo, la forma en que recogía su melena castaña clara, casi rubia, con un coletero azul, su color favorito. No podía quitarle los ojos de encima y no se esforzaba por disimular.

Por primera vez en su vida, Miguel estaba enamorado. O eso creía él.

Tras unos cuantos minutos capturando la luz rosada que les regalaba el atardecer, Martina insistió en que todos posasen para una foto grupal antes de volver a sentarse. También los retrató con disimulo uno a uno cuando creían que nadie les prestaba atención, en busca de esos momentos de descuido en que todos nos olvidamos de mantener la pose que mostramos al mundo y nos revelamos tal y como somos. Miguel cruzaba los dedos para que Martina se equivocase al decir que la fotografía capturaba la verdadera esencia de las personas, lo último que quería era ser retratado como una especie de Dorian Gray. Se imaginó, por un momento, la expresión desencajada de Martina al revelar las fotos y descubrir todos y cada uno de sus pecados en su rostro.

La joven bajó la cámara cuando lo enfocó a él y descubrió que la miraba fijamente. No, a Miguel no iba a pillarle desprevenido. La muchacha sonrió con timidez. No estaba acostumbrada a ser ella la observada.

Lo único bueno de que su mejor amigo y fiel escudero Luis se hubiese enamorado de una estudiante de periodismo llamada Ana era que había traído consigo al grupo a su mejor amiga, Martina.

Martina no era exactamente el tipo de Miguel —que consistía en cualquiera lo bastante hermoso para captar su atención y lo bastante intrascendente para pasar de largo por su vida y su cama—, pero había algo en ella que le fascinaba: su indisposición a seguir las reglas que consideraba injustas, su indiferencia ante la opinión de los demás, la forma en que despreciaba el orden establecido del que Miguel se aprovechaba para alcanzar sus fines. Aunque ella fuese una idealista y él incapaz de creer en nada, aunque sonriese con esa expresión de no haber roto nunca un plato mientras que él había convertido en polvo toda la vajilla, en el fondo Miguel estaba convencido de que eran iguales. No era un cumplido que le dedicase a cualquiera.

Miguel dio un sorbo a la sangría de brick que le habían servido en un vaso de tubo y siguió observando a la joven, que estaba sentada al otro lado de la hoguera, riendo de alguna de las bromas de Ana. Qué conveniente que su amigo se hubiese lesionado en uno de sus entrenamientos de rugby y que Ana le hubiese pedido a su amiga que lo sustituyese para no echar a perder el viaje. Puede que pienses que no es justo que a la gente retorcida siempre le salgan las cosas bien, pero Miguel consideraba que el karma era un invento de los débiles. «La suerte no existe, solo existen los triunfadores y los perdedores», solía decir, y él, desde luego, no era un perdedor.

Uno de sus amigos conectó un altavoz y reprodujo a todo volumen una lista de éxitos de reguetón, que pese a sus letras absurdas dominaban los ritmos que invitaban a dejarse llevar. Eran jóvenes y libres, no querían pensar, solo ansiaban sentir, disfrutar, ser. Por una noche, se limitarían a existir sin anhelar nada más de la vida. Al principio, charlaban a gritos por encima de la música y el gentío; después pasaron a sacarse fotos de grupo para subir a las redes sociales, y al unísono con la velocidad a la que se vaciaban los vasos, la velada comenzó a convertirse en una verdadera fiesta.

—¡Por nuestro último verano de libertad! —exclamó Alberto, uno de los colegas de Miguel, poniéndose en pie y alzando su vaso sobre las llamas.

—¡Y porque todo el mundo recoja su basura después de la fiesta! —añadió Martina—. ¿Qué? —dijo cuando todos, salvo Miguel, le dirigieron una expresión aburrida de «venga ya»—. No queremos empezar el verano destruyendo la biodiversidad marina, ¿verdad? Las gaviotas no tienen la culpa de que seamos unos marranos.

Martina siempre tenía una opinión sobre todo, y ningún miedo de expresarla en voz alta. Al contrario que a Miguel, a quien el planeta y la sociedad no le importaban lo más mínimo y que prefería guardarse sus verdaderos pensamientos para sí mismo.

Brindaron y bebieron, pero Miguel solo se mojó los labios. Quería tener la mente lo más despejada posible cuando hiciese su próximo movimiento.

—¿Quién va a ser el primero en saltar? —sugirió Guille, otro de los chicos del grupo, mientras señalaba hacia las hogueras de San Juan.

No muy lejos de ellos, varias chicas se turnaban para saltar sobre las llamas después de haber arrojado sus apuntes de selectividad al fuego para dejar ir todo lo malo y atraer la buena suerte hasta la próxima noche de San Juan.

—No estoy ni de lejos lo bastante borracha como para hacer eso —dijo Ana, a pesar de que sus mejillas estaban completamente rojas.

Sus amigos siguieron bebiendo y bailando con sus respectivas parejas sobre la arena, que se hundía bajo sus pies, cada vez más fría. Mientras tanto Miguel permanecía alerta, su oportunidad estaba cada vez más cerca, lo presentía. Ana había bebido tanto que se había abrazado a su amiga y bailaba arrítmicamente al son de la música. Cuando Miguel se acercó a ellas, pudo oír cómo Ana balbuceaba quejas sobre que Luis siempre estaba más pendiente del deporte, de sus voluntariados o de sus amigos que de ella, y le dirigió una mirada de simpatía a Martina, que suspiró como si dijese: «Esto es lo que hay». Ana jugueteó con el pelo de su amiga, le quitó el coletero e hizo que su pelo, encrespado por la humedad, cayese sobre sus hombros.

En lo único en lo que Martina no era lo bastante atrevida era a la hora de poner límites a sus amistades. Miguel se acercó a ellas, en absoluto dispuesto a permitir que Ana arruinase la que podía ser la mejor noche de su vida.

—¿Por qué no te sientas un poco, Ana? Tienes mala cara.

—¿Mala cara? ¡La tendrá tu madre! Aunque tú no estás tan mal, Miguelito. Siempre que tengas la boca cerrada —exclamó con una risotada.

Si le mereciese la pena dedicarle tanto esfuerzo, Miguel la odiaría. Aunque desde luego, sí que la detestaba. Y el sentimiento era mutuo. En opinión de Miguel, la gran diferencia entre las dos amigas era que Ana estudiaba Periodismo porque le gustaba la idea de salir en la tele y Martina, porque quería cambiar el mundo. Aunque le pareciese una ingenuidad y no fuese capaz de entender del todo qué la motivaba a arreglar cosas que no eran asunto suyo, su determinación lo cautivaba.

—En realidad sí que te vendría bien serenarte un poco —dijo Martina, tendiéndole una taza de café del termo que tenían preparado para el amanecer—. Anda, bebe.

Ana se sentó con su café en la arena, y Miguel y Martina se encontraron a solas por primera vez desde que había comenzado el viaje. Al fin.

—¿Te apetece bailar? —preguntó Miguel, midiendo el tono de sus palabras para no parecer demasiado interesado.

Martina se encogió de hombros y poco a poco se fue soltando entre sus brazos. Al cabo de un rato, acabaron envueltos en un juego peligroso. Como tantas otras cosas que se le daban bien, Miguel sabía moverse. La joven se encargaba de mantenerlo a una distancia prudencial con miradas de advertencia, pero lo cierto era que sus cuerpos estaban cada vez más cerca. Miguel no podía quitarle el ojo de encima, por mucho que pretendiese fingir su indiferencia, aunque no quería que ella se diese cuenta de que no era un cazador furtivo, sino una presa en sus redes, pero le resultaba imposible no morderse el labio cuando la veía mecer las caderas y agitar su media melena como si estuviesen solos en el mundo y nadie más la mirase. Nunca había conocido a una mujer tan libre. Nunca pensó que fuese a encontrar a alguien como él.

Cuando la canción acabó, Miguel no pudo resistirlo más. La sostuvo de la mano y le indicó con un gesto que la siguiese. Caminaron hasta la orilla y sus pies descalzos se mojaron con el vaivén de la marea, haciendo que la arena se pegase a su piel, áspera. El agua estaba más fría de lo que esperaba, pero le dio igual. Aunque solo llevase puesta una camisa blanca y un pantalón remangado, sentía que cada gramo de tela le abrasaba.

—¿Qué pasa? —preguntó Martina con una sonrisa desprevenida.

Miguel seguía sosteniendo su pequeña y suave mano entre sus dedos. No podía estar más hermosa, con el pelo revuelto, los hombros al descubierto, la piel morena tras varios días al sol, y su rostro iluminado por esa mezcla ancestral de la fría luz de las estrellas y la calidez de las hogueras. A modo de respuesta, se inclinó sobre ella para besarla, sin sospechar que estaba a punto de experimentar una nueva y desconocida sensación, aunque no precisamente del tipo que a él le hubiera gustado. Martina retrocedió, soltándole la mano.

—¡Miguel! ¿Qué estás haciendo? —preguntó, confusa.

—Besarte —respondió, a pesar de que era plenamente consciente de que se trataba de una pregunta retórica—. Si tú quieres.

Martina negó con la cabeza, parecía abrumada, y se llevó las manos al rostro. Miguel no entendía nada. La luz de la luna, el sonido de las olas, el olor a salitre entrando y saliendo de sus pulmones... No se le ocurría un contexto más romántico para culminar el coqueteo que habían mantenido durante toda la semana.

—Miguel... no. ¿De verdad crees que voy a ser tu rollito de una noche? —respondió, como si se sintiese insultada. No era el tipo de reacción que Miguel estaba acostumbrado a causar en las mujeres ni en los hombres.

—¿Qué? No, claro que no. Eres mucho más que eso —dijo Miguel, sin acabar de dar crédito a sus propias palabras. Unos meses antes jamás habría creído que podría llegar a admitir algo parecido, y menos aún decirlo con sinceridad—. Martina yo... —Era entonces, o nunca—. Me gustas, me gustas demasiado, y esta noche me gustas más que nunca.

La escena no se parecía en nada a cómo había imaginado aquel momento en su cabeza. No se sentía pletórico, solo... pequeño, vulnerable. Odiaba aquella sensación.

Martina sonrió, pero no porque se estuviese divirtiendo; no, era una sonrisa de incredulidad, la sonrisa cínica de una mujer que se siente insultada.

—¿Te crees que soy estúpida? Soy la única soltera del grupo, pero no de la playa. Puedes buscarte a otra. Hay muchas mujeres en el mundo que solo quieren pasar un buen rato y a las que no necesitas prometerles amor eterno para «conquistarlas».

Ya veía, se trataba todo de un malentendido; Martina pensaba que solo quería un encuentro fugaz, y no podía echárselo en cara dado su historial, pero, si se lo aclaraba, si conseguía hacerle ver que sus sentimientos eran reales, todo sería como él ansiaba.

—Sí, tienes razón. Podría pasar la noche con quien quisiese, y, precisamente por eso, ¿por qué iba a mentirte?

Martina lo miró fijamente a los ojos, con esa pose inquisitiva que adoptaba cada vez que se hallaba ante un misterio. Lo analizó en busca de respuestas, en su lenguaje corporal, en su uso de las palabras, escuchando a su instinto... iba a ser una periodista increíble.

—¿Lo dices en serio?

—Siempre voy en serio. —Al contrario de lo que mucha gente pensaba, Miguel no bromeaba demasiado, aunque después de hacer un comentario que podría parecer hiriente sonriese.

Martina alzó la vista al cielo y suspiró.

—Vaya...

—¿De verdad te sorprende? ¿Es que me vas a decir que no hay química entre tú y yo? —Desde que se conocieron habían hablado como viejos conocidos, Martina le había contado todo sobre sus ambiciones y Miguel había escuchado cada palabra como si se tratase de un tesoro, para después confesarle sus grandes debilidades, esas que se esforzaba por fingir que no existían. ¿Creía Martina que lo hacía con cualquiera? ¿Cuántas veces había mirado el WhatsApp esperando una respuesta suya, para enviarle cualquier noticia o artículo solo para iniciar una conversación?

—No de ese tipo... —Miguel la miró sin entender nada, ¿qué otro tipo de química había?—. No tenemos nada en común. —Se encogió de hombros, como si no hubiese nada que hacer al respecto.

—¿Y qué? Los polos opuestos se atraen.

—No tan opuestos… Miguel yo… —dijo sin dejar de mirarlo a los ojos—. Eres un gran conversador, me divierto contigo, pero hay otras cosas más importantes que eso.

—¿Qué quieres decir con eso?

—Que no me gustas.

Así de simple.

—¿Por qué?

Martina se encogió de hombros. Él sabía de sobra que detestaba dar explicaciones, a pesar de lo mucho que la satisfacía pedirlas, y que en realidad no tenía por qué responder. Pero si iba a despedazarle el corazón necesitaba entender el motivo de su dolor.

—Pues porque no… No sé, no eres mi tipo.

—No… soy tu tipo. —Miguel sonrió. Tenía que ser una broma. Con su metro ochenta y cinco de estatura, su espalda de jugador de rugby y su perfil de catálogo era el tipo de todo el mundo—. Martina, recházame si quieres, pero no insultes mi inteligencia.

Siempre que pronunciaba su nombre, se deleitaba en cada sonido, en cada sílaba, vocal y consonante. Esta vez lo escupió como si se tratase de un veneno que estaba intoxicando cada célula de su cuerpo. Solo hubo una palabra que le escoció más: *rechazo.*

—No te va a gustar la respuesta.

—Eso no importa. Quiero oírla. —O eso creía él.

—Está bien… como prefieras. —Martina suspiró—. No eres buena persona, no te interesa jugar en equipo. Todos sabemos que eres un cabrón desalmado y que llegarás más lejos que nadie de nuestra universidad aunque tengas que pisotearnos, masticarnos y escupirnos a todos por el camino. Nada de lo que tocas sale indemne.

Miguel sonrió. Ahora sí que estaba perdido. Lo que Martina le echaba en cara entraba en contradicción con todo cuanto había aprendido del mundo. El camino más directo para conseguir cuanto uno desease era estar dispuesto a todo, ¿desde cuándo era ese el motivo por el que una persona fracasaba? Además, estaba seguro de que cuando Martina decía «todos» se refería a ella misma; Miguel sabía disimular sus verdaderas razones, y solo ella era lo bastante observadora y sabía lo suficiente de él como para ver a través de su fachada, así que tampoco tendría que preocuparse por lo que pensasen los demás.

—¿Y eso es un problema? ¿Me estás dando esquinazo porque soy un triunfador?

—Un cabrón desalmado —corrigió Martina—. No es precisamente una cualidad que busque en una pareja...

La joven se puso en marcha de nuevo sobre la arena y Miguel no intentó detenerla, aunque sí lanzó una última pregunta con la esperanza de que la respondiera.

—¿Ya está? ¿Es solo por eso?

—¿Solo? A mí me parece un motivo de peso —dijo Martina, detenida en mitad de la playa—. Dime algo, Miguel. ¿Alguna vez has hecho algo por otra persona? Porque sí, porque es lo que te ha salido, sin esperar nada a cambio.

«¿Alguien lo hace?», estuvo a punto de responder, pero era lo bastante inteligente para comprender que esa respuesta no la iba a satisfacer.

—Si fuese una «buena persona» —dijo con cierto desdén—. Si fuese «honrado» y me preocupase por los demás, por el medio ambiente, por todas esas cosas... ¿saldrías conmigo?

La forma en que ella lo miró le dolió mucho más que si le hubiese asestado un puñetazo en la mandíbula, más que si le hubiese mirado a los ojos y le hubiese dicho que le repugnaba. Martina lo miró con pena.

—Miguel... la gente no puede cambiar de esa forma.

—La gente. Yo no soy la gente, Martina. Yo puedo ser lo que me plazca. Dime, ¿lo harías?

La joven lo miró de los pies a la cabeza y dudó antes de decir:

—Si fueras un buen tío, definitivamente te daría una oportunidad.

Eso era suficiente para él.

Emprendieron el camino de vuelta junto al resto de sus amigos, en un incómodo silencio. En lugar de dejar que su corazón herido siguiese sangrando, mientras recorrían la playa la mente de Miguel se esforzaba por trazar un plan. Como todo en su vida, Martina acababa de convertirse en un objetivo.

—Tienes que saltar la hoguera siete veces —le explicaba Guille al resto del grupo, que solía veranear por la zona con su familia y conocía bien las supersticiones de San Juan—. Y si lo consigues, se cumplen tus deseos y tendrás buena suerte para el resto del año.

A Miguel no le interesaba la suerte, normalmente se habría burlado de la ignorancia de quienquiera que creyese en una superstición tan estúpida, pero había un deseo que estaba dispuesto a cumplir aunque tuviese que ser con la ayuda de lo inexplicable.

—Lo veo un pelín arriesgado —dijo Ana, que se había serenado lo suficiente como para decidir que quería seguir bebiendo—. Yo creo que paso…

—Empezaré yo —dijo Miguel. La mirada preocupada de Martina lo siguió hasta el borde de la hoguera.

Miguel le robó la botella de vodka a su amigo y le dio un largo trago que le abrasó las entrañas. Animado por el alcohol y el despecho, retrocedió para tomar carrerilla y se aferró con todas sus fuerzas a su deseo mientras sus pies se hundían en la arena antes de saltar sobre las llamas.

2
Salomé

A pesar del agotamiento mental que siempre acarreaba después de una larga jornada de trabajo, Salomé entró en el portal de su diminuto apartamento en Puente de Vallecas con el mismo arrojo con el que afrontaba cada situación de su vida. Dejó caer la bolsa deportiva en el suelo y abrió el buzón para ojear el correo: propaganda, facturas, más propaganda, una oferta de pizzas a domicilio, más facturas... Después de casi tres mil años en la Tierra, Salomé casi se había acostumbrado a la vida humana, *casi*. Los Centinelas habían sido creados y diseñados para guiar a los humanos, no para actuar como ellos.

Se le escapó un bostezo de aburrimiento.

Antes, en los buenos tiempos, revisar su correspondencia solía ser una actividad más o menos emocionante para ella. Muchas de las almas que Los Siete Miembros habían puesto bajo su protección le escribían para mantenerla al tanto de su porvenir y ella recibía sus noticias con emoción. Ahora ya nadie escribía cartas. Los humanos asumían que con seguirse mutuamente en redes sociales era suficiente y Salomé se negaba a cruzar ese aro del progreso. Tenía un teléfono móvil, un anticuado Nokia N73 de 2006 —¿para qué iba a sustituirlo por otro si seguía funcionando perfectamente?—, pero solo para poder llamar por teléfono a sus clientes.

De acuerdo, a Salomé le costaba ponerse al día con los cambios tecnológicos —como a cualquier ser milenario—, pero la invención del papel en China la conquistó desde el principio. Cómo echaba de menos las cartas: abrir el sobre con sumo cuidado, desdoblar el papel, olerlo, leer con atención cada palabra, escribir una respuesta de su puño y letra... *La raza humana lo estropea todo,* había pensado más de una vez, aunque, a pesar de todo, fuese incapaz de mantenerse alejada de ellos durante demasiado tiempo. También habían inventado algunas de las cosas que más le gustaban del mundo material: los *croissants* y los donuts.

Puede que el mundo ya no fuese como antes, que las personas ya no acudiesen a los lugares sagrados a confesar sus inquietudes, que ya no rezasen en busca de guía o consuelo, que ni siquiera creyesen en la magia, pero Salomé se las había apañado para encontrar otras formas de conectar con ellas. Descubrió que podía conseguir más confesiones como entrenadora personal que cualquier párroco. Entre cada sesión de sentadillas y flexiones, sus clientes acababan hablando de su vida personal, agradecidos y confiados por poder contar con un oído imparcial que nada tenía que ver con su día a día. Salomé escuchaba atenta y después dejaba caer sus sugerencias. Era así como lograba ejercer su sutil influencia, mediante consejos sabios y, en apariencia, desinteresados. No era lo ideal, pero le gustaba su trabajo. No podía creer que le pagasen por correr y hacer sentadillas cuando llevaba toda la vida entrenando su cuerpo gratis. Aunque no era como si emplease el dinero para muchas cosas, aparte de pagar sus facturas y llenar su nevera de dulces. La mayor parte de lo que ahorraba acababa en manos de alguna ONG de la zona que lo pudiese aprovechar más que ella. Salomé y los de su clase no tenían demasiadas necesidades materiales que satisfacer.

Vació por completo el buzón y tiró en la papelera todos los panfletos. Se agachó para recoger su bolsa y, cuando se dispuso a cerrar el buzón, descubrió un alargado sobre negro en su interior que no estaba allí un segundo antes. Miró a su alrededor para asegurarse de que nadie le estaba gastando una broma de mal gusto y sacó el sobre con el corazón tamborileando en su pecho.

Podía ser que... no... Pero ¿y si...?

Llevaba más de doscientos años aguardando ese momento con ansias, pero el peso de cada década sin obtener respuesta había hecho que perdiese la esperanza por completo, o eso había creído. Ahora, con aquel sobre negro entre las manos, comprendió que en el fondo había seguido esperando.

En el sobre no había ninguna dirección de envío ni de remitente, solo una frase escrita con una pulcra y meticulosa caligrafía. *Un regalo para ti.* Tampoco había nombres, pero Salomé no lo necesitaba, habría reconocido aquella letra en cualquier parte.

Abrió el sobre con determinación y un mariposeo de emoción casi infantil en el estómago.

En su interior había una ficha.

Su primer protegido en siglos.

¿Significaba eso que la habían perdonado?

Extrajo los folios con cuidado y examinó la información recabada sobre el tal Miguel Sabato. Frunció el ceño. Su jefe seguía conservando su peculiar y retorcido sentido del humor. Por no hablar de que no había tenido la más mínima consideración hacia su falta de práctica, como si quisiese decirle «sabemos que estás desentrenada, demuestra que aun así puedes hacerlo». No solo tendría que lidiar de nuevo con los pecados de los humanos, también tendría que enfrentarse a las Bestias y tal vez a algún que otro Demonio. Se jugaba mucho más que una buena oportunidad laboral.

Salomé sonrió.

Si querían una prueba de su valía, estaba dispuesta a dársela.

Devolvió la ficha al sobre y recuperó la oferta de pizza de la papelera. Tener el cuerpo bien cargado de hidratos y azúcares siempre le ayudaba a pensar. Iba a ser una noche de trabajo intenso. «Muy bien, Miguel Sabato, vamos a descubrir quién eres y cuál es tu punto débil».

3
Inés

Inés se agachó junto a las voluminosas cajas de cartón y comenzó a sacar libros de dos en dos para colocarlos en el expositor. Se trataba de una de esas novelas que se iban a vender solas, según los distribuidores y sus jefes. La había escrito una autora de renombre y hablaba sobre las desdichas y los amoríos de una familia exiliada en Latinoamérica a mediados del siglo XX que guardaba un montón de oscuros secretos. Una fórmula infalible. Inés prefería los mangas y cómics, pero no tenía nada en contra de las novelas llenas de drama, así que alineó los ejemplares con sumo cuidado. Ya casi había vaciado una caja cuando sintió una presencia tras ella, que no tardó demasiado en hacerse notar.

—Chica. Eh, tú, chica, oye —dijo una mujer justo antes de comenzar a chasquear los dedos como si estuviese llamando a un perro.

Por su tono despectivo, Inés pudo imaginarse la expresión de soberbia en su rostro a la perfección antes de verla. Tendría el pelo por la barbilla, desbordado de laca y peinado en la peluquería más cara del barrio. Además, llevaría puesta una de esas chaquetas al estilo Chanel con un pañuelito multicolor en el cuello, a pesar del calor, colocado con cuidado para no tapar sus joyas y perlas, pero sí para disimular las arrugas. El trabajo de Inés no estaba mal, le gustaba pasarse el día rodeada de libros y productos de papelería, pero odiaba cuando la llamaban «chica», como si su nombre diese igual, aunque lo llevase escrito en una chapa sobre el pecho. «Oye, tú, chica», «Ven aquí, chica». Inspiró hondo para ganar fuerzas y rogar paciencia.

—¿Me oyes o estás sorda?

—¿Sí? —dijo, incorporándose y dándose la vuelta, tan servil como pudo.

La mujer la miraba con una mueca de desagrado. Tenía el labio tan torcido que parecía que se le iba a caer la boca. *Va a tener unas arrugas espantosas*, pensó, de esas que hacían que pareciese que estaba enfadada todo el día, lo cual, seguramente, fuese verdad. Conocía bien a ese tipo de clientes. Eran de los que presumían buenos modales con sus invitados o cuando salían a un restaurante caro, pero que trataban al personal y al camarero que le servía la cena como si fuesen escoria.

—Te estoy llamando desde hace un rato —dijo, como si hacerla esperar cinco segundos mientras se levantaba fuese una falta de respeto inaceptable.

Inés hizo lo que le tocaba para cobrar a final de mes, tragarse su orgullo y ser amable.

—Disculpe la tardanza, ¿en qué puedo ayudarla?

—Busco este libro. —Le tendió un papelito con un título escrito a mano y el nombre de un autor. Era una novela bastante popular. La mujer podría haberla encontrado sin problema si hubiese hecho el esfuerzo de buscar por orden alfabético.

—Claro, ahora mismo se lo traigo.

Tuvo que subir a la planta de arriba, donde estaba la sección de ficción literaria nacional, y volvió al cabo de un par de minutos con el libro —se aseguró de elegir un ejemplar en un estado impecable para no recibir más reproches—. En lugar de darle las gracias, la mujer arqueó una ceja y frunció el labio aún más, si es que eso era posible.

—Los jóvenes de hoy en día os tomáis las cosas con calma, ¿verdad? Claro, como en dos días estarás trabajando de otra cosa no te importa el cliente, será posible… —Agarró el libro y dio media vuelta, no sin antes añadir—: La próxima vez lo buscaré yo misma.

Dios nos libre de que se estropee la manicura, pensó Inés, pero no podía decir nada parecido si quería conservar el trabajo, así que se limitó a asentir y a repetir «disculpe» aunque la mujer ya estuviese de camino a la caja. ¿A quién pretendía engañar? Aunque no necesitase su empleo, jamás se atrevería a darle una mala respuesta a nadie. Y menos al tipo de persona que se aseguraba de mantener a los demás por debajo de ella mientras les pisoteaba el cuello.

Suspiró y siguió colocando los libros del próximo *best seller* de la temporada.

Sí. Su trabajo no estaba mal. Con lo que ganaba podía pagar la matrícula de la universidad y ayudar a sus padres. Además, aprovechaba sus descansos para estudiar o para leer cómics con sumo cuidado, que luego devolvía al estante y que no podía pagar. Había muchísimas personas con peor suerte que la suya, pero, aun así, se pasaba el día deseando llegar a casa para poder hacer lo que le gustaba de verdad y olvidarse de las señoras groseras y los señores que le pedían que «fuese a buscar a alguien que supiese» cuando ambos sabían que lo que querían decir era «vete a buscar a un hombre». Consultó el reloj. Solo un par de horas más para tener un boli en la mano y un bloc de dibujo sobre su regazo. Solo un par de horas más, no era para tanto.

Tan pronto como acabó de cenar y metió sus platos en el lavavajillas, Inés se apresuró a encerrarse en su cuarto como solía hacer durante las cortas noches de verano. Aunque a la mayoría de la gente le resultase aburrido, para ella no había mejor forma de pasar las vacaciones.

El corazón de la diminuta Inés García era amplio. Amaba muchas cosas: los días de lluvia, pasear por los museos, los pijamas baratos que vendían en el centro comercial donde trabajaba. Eran las pequeñas cosas las que la hacían feliz porque nunca había experimentado «las grandes». Amaba también lo segura que la hacían sentir los abrazos de sus padres antes de irse a dormir, el sabor a polvos del ramen instantáneo, jugar con los perros de otras personas y decorar su habitación con fotos de los lugares que soñaba con visitar; pero, sobre todo, Inés amaba dibujar.

No fue el tacto del papel, áspero y suave a la vez, bajo su mano mientras la mecía de un lado a otro, ni la sensación fluida con que la punta del bolígrafo se deslizaba, ni siquiera fue el olor de la tinta fresca empapando su piel, lo que hizo que se enamorase del dibujo.

Fue el poder.

La infinita capacidad de crear.

Su mente ordenaba, sus dedos tejían con premeditación, y al cabo de minutos u horas admiraba ante ella algo que hasta hacía unos segundos no existía, que nunca lo hubiera hecho de no haber sido por ella. Dibujar le otorgaba un control que jamás había sentido en ningún otro aspecto de su vida. Oía a menudo a otros artistas quejarse de que eran incapaces de trasladar lo que veían en su mente al papel, pero Inés jamás había tenido ese problema. Era como si sus dedos y el bolígrafo fuesen una extensión de lo que había en el interior de su cabeza, unos siervos obedientes.

Dibujaba horas y horas, hasta llenar blocs enteros mientras escuchaba música, hasta perder la noción del tiempo, hasta acabar durmiéndose por puro agotamiento en mitad de la madrugada, exactamente igual que habría hecho esa noche de San Juan si no hubiese sonado la alerta de su móvil.

El bolígrafo se escurrió de entre sus dedos por el sobresalto y se apresuró a buscar el móvil en su mesilla. Inés no tenía muchos amigos, y la mayoría de ellos vivían muy lejos de allí y solo los había conocido a través de la pantalla, gracias a la web en la que compartía sus dibujos de forma anónima desde que era una adolescente. Solo había una persona para la que había activado las notificaciones y jamás lo llamaría su «amigo».

Miguel Sabato acababa de subir una *story* en Instagram. El apuesto joven era de las pocas personas discretas que quedaban en las redes sociales porque no las necesitaba para ser popular. En la universidad todo el mundo quería ser Miguel Sabato, o salir con él. Por eso cada una de sus actualizaciones era todo un acontecimiento.

Se metió en el perfil de Miguel y abrió la *story*, con la esperanza de que si se daba cuenta de que era la primera en verla le hablase. Qué ridículo, en el fondo sabía que nunca sucedería algo así, pero la esperanza y el deseo aturullaban su sentido común hasta que se olvidaba de cómo utilizarlo. La fantasía de que algún día las cosas fuesen distintas, de que a la próxima chica que rodearía con el brazo esta vez fuese ella y no una completa desconocida.

Cuando Inés vio la imagen que había subido Miguel, se le rompió un poquito más el corazón, una brecha que resurgía y sanaba cada día como ocurre en los cuentos. Era un vídeo, borroso y confuso, pero lo bastante bien iluminado como para que pudiese distinguir la escena después de verla tres veces.

Miguel estaba en la playa, con sus amigos de clase y algunas chicas que le sonaban de otras *stories* y de verlas por el campus. Se habían ido de viaje de fin de curso. Sintió una punzada de celos. No esperaba que la hubiesen invitado a ella; a pesar de que llevaba todo un cuatrimestre estudiando algunas tardes con Miguel, nunca había sido su amiga, ¿verdad? Por mucho que se permitiese soñar despierta, no era una estúpida. Pero es que nunca había hecho un viaje con amigos, y llevaba años sin ver el mar. Distinguió las llamas de las hogueras sobre la arena. Ni siquiera se había dado cuenta de que era la noche de San Juan, todos sus días de vacaciones se parecían demasiado como para notar la diferencia. Estuvo tentada de espiar uno por uno a todos sus amigos, pero resistió la tentación de seguir comportándose como una chiquilla enamorada y apagó el móvil.

Esparció su material de dibujo por su escritorio y se dispuso a dibujar, de memoria. Comenzó por las líneas del mar, con una perspectiva cónica a un lado del bloc. Después añadió la arena, el horizonte de edificios y, en el centro del dibujo, la madera que avivaba una hoguera que coloreó con intensos colores rojizos y anaranjados.

¿Lo ves? No necesitas que te inviten para estar allí. Tú también puedes tener tu propia hoguera de San Juan.

En lugar de animarla, el pensamiento le provocó una punzada en el pecho.

Su corazón era amplio, sí, y por eso también encontraba el hueco para incubar odio. Odiaba sentirse insignificante; odiaba que Miguel le sonriese entre clase y clase cuando nadie miraba y que la ignorase en público; odiaba que las señoras la llamasen chasqueando los dedos; odiaba tener que trabajar para costearse los estudios mientras ellos pagaban las copas con tarjeta de crédito sin preguntar el precio; pero, sobre todo, odiaba ser irrelevante.

Odiaba ser invisible con todas sus fuerzas.

Cerró el bloc de dibujo, malhumorada, apagó la luz del flexo y se tumbó sobre la cama. Ojalá todo el mundo se diese cuenta de que estaba ahí, ojalá todos tuviesen que mirarla, *verla*, no como la chica de la clase cuyo nombre no conocían, ni la chica de la librería que tardaba demasiado en traerle el libro que habían ido a buscar. Sus ojos se cerraron lentamente, acompañados por ese pensamiento. Se imaginó a sí misma, pero convertida en una persona totalmente distinta, en alguien que ni siquiera Miguel Sabato se atrevería a ignorar, hasta que se quedó dormida sin tener la más mínima idea de que, por invisible que se sintiese, sí había alguien que la estaba mirando, alguien que había escuchado sus mudas plegarias.

4 Miguel

El viaje de fin de curso no resultó ser lo que esperaba, y ver sus ambiciones frustradas era una nueva sensación a la que Miguel aún estaba acostumbrándose. Si solo hubiese sido el rechazo de Martina quizá lo habría sobrellevado de mejor humor, pero en lugar de controlar sus emociones y trazar un nuevo plan, había cometido una estupidez aún mayor.

Decidió que iba a ser una gran noche y olvidó su política de moderación con la bebida para dejarse llevar por una espiral de autocompasión que no era en absoluto su estilo. A la mañana siguiente se despertó con olor a colonia de mujer por todo el cuerpo, un dolor de cabeza insoportable y una laguna en la memoria, cuyos huecos comenzó a deducir al encontrar en su cama la parte de arriba del bikini que Ana había llevado puesto. *Oh… no.* No le preocupaba tanto haber traicionado la confianza de su mejor amigo —¿era tan grave si no lo recordaba?—, sino la certeza de que Martina tenía que saber lo que había sucedido.

«¿De verdad crees que voy a ser tu rollito de una noche?», le había preguntado Martina, mirándolo con desdén.

Buen trabajo demostrándole que puedes llegar a ser el tipo honesto y fiable que ella busca.

Aclaremos una cosa desde el principio, ser un libertino no era algo que Miguel considerase un defecto. De hecho, siendo un hombre, era una virtud por la que solía ser aclamado entre sus colegas, que no estaban al tanto ni de la mitad de sus aventuras nocturnas. No veía ningún problema en divertirse un poco con otros adultos que buscaban lo mismo, pero si Martina quería algo más «profundo y trascendente», también se lo podía dar. Después de todo, lo único que Miguel anhelaba en otros cuerpos era algo lo bastante hermoso como para distraerlo del tedio del día a día, de lo corriente. No necesitaría ese tipo de entretenimientos cuando Martina formase parte de esa vida extraordinaria que planeaba construir.

Si es que lograba convencerla de que lo de la noche anterior había sido culpa del alcohol, nada más, porque dudaba de que la desaparecida Ana —o él mismo— habría accedido a lo que quiera que hiciesen la noche anterior si no hubiesen estado los dos igual de borrachos. La falta de aprecio era mutua. Se preguntó quién habría sido el primero en sugerir la idea, o si habían estado los dos tan despechados con las personas que de verdad amaban que simplemente había ocurrido.

En el trayecto de vuelta en tren, Martina se apresuró a sentarse junto a Ana y Miguel tuvo que pasarse algo más de dos horas intuyendo la conversación desde el asiento de atrás, dándole vueltas a su nuevo objetivo.

Miguel era una persona carismática y, como tal, sabía cómo actuar para ganarse el afecto de la gente. Desde pequeño había aprendido que una sonrisa y unas cuantas palabras aduladoras le abrían casi todas las puertas a una cara como la suya, pero los trucos no funcionarían con Martina; ella no quería apariencia, quería algo real, y resultaba que él no tenía ni la menor idea de cómo convertirse en una buena persona.

Llegar a Madrid fue casi un alivio. El grupo de amigos se despidió y tanto Martina como una abochornada Ana, que era incapaz de sostenerle la mirada, lo evitaron. Miguel se prometió a sí mismo que no volvería a beber hasta perder el control nunca más. Pensaba ofrecerse a llevarlas en su coche, un vehículo de alta gama que sus padres le regalaron cuando entró en la universidad, pero ni siquiera le dieron la oportunidad de ser rechazado. *Estúpido*, maldijo. Dedicarse palabras tan duras a sí mismo también era una novedad.

Cuando por fin llegó hasta la puerta de su chalet en la zona norte de la capital, lo recibió la única criatura del universo que lo quería de forma incondicional. Su perra Chica —su familia no era demasiado creativa; su madre lo fue, pero renunció a su alma libre e inquieta el día en que firmó el contrato de su primer ascenso y estaba demasiado ocupada para malgastar tiempo en un animal doméstico, así que a nadie se le ocurrió un nombre mejor—, un peludo pastor alemán con la envergadura de un oso que lo recibió saltando sobre él y ladrando con frenesí. Si cualquier otro ser lo hubiese llenado de pelos y saliva repleta de bacterias inmundas como hacía ella se habría enfurecido, pero Chica era su niña mimada.

—Hola, Chica —la saludó acariciándole entre las orejas—. Quieres jugar, eh. ¿Quieres jugar?

Miguel dejó su maleta en la entrada y saludó a Sus, la asistenta que llevaba con ellos desde que tenía memoria.

—¿Qué tal el viaje, Miguelito? —Sus era la única persona que seguía llamándolo así, a pesar de que más bien pareciese el primo fortachón de Miguelito.

—Increíble. —Sonrió. Otra cosa que había aprendido era que a nadie le interesaba escuchar los problemas de los demás.

Chica siguió saltando hasta que llegaron al jardín trasero. Decían que los perros tenían un muy buen instinto para con las personas, así que, si su perra lo adoraba tanto, no podía ser un ser tan despreciable, ¿verdad? Le lanzó una pelota de tenis a Chica, que corrió hacia ella sin dejar de agitar la cola. En lugar de devolvérsela para que la pudiese lanzar de nuevo, se tumbó en el suelo a mordisquearla hasta que le hizo un boquete y la llenó de babas. Lo cierto era que, para ser un pastor alemán, Chica no era demasiado avispada. Puede que eso explicase por qué no se había dado cuenta de que su amo era, ¿cómo había dicho Martina?, *un cabrón desalmado.*

Miguel suspiró. Hasta entonces, cada vez que tenía un problema en la vida su política era encontrar la forma de que otro lo resolviese en su lugar, pero su bondad era un tema que solo le concernía a él; además, ¿a quién le podía pedir ayuda? Quizá si buscaba en internet podría encontrar algún buen terapeuta, y sus padres podrían costearlo si se le ocurría una excusa lo bastante buena.

Como puede que ya hayas deducido por el coche caro, el chalet con jardín y el servicio doméstico, Miguel era lo que se suele llamar «un niño bien», no de jet privado, puede que tampoco de yate, pero sí de «no recuerdo la última vez que el dinero fue un problema». Aunque sus malos hábitos no se le podían achacar a su clase social, que creciese creyendo que todo en la vida podía comprarse no ayudó demasiado. *Por lo menos admito como soy*, se dijo Miguel; si algo detestaba en esta vida era a las personas que se engañaban a sí mismas. Él no era ningún angelito y nunca había pretendido justificarse; jamás se excusó tras un «no tenía otra opción» o los «¿qué habrías hecho tú en mi lugar?», ni tampoco rebuscó en su pasado en busca de culpas: sus padres lo querían y lo trataban bien y en el colegio siempre fue un chico popular. No había vivido experiencias traumáticas ni abusos de ningún tipo.

Tenía muy clara cuál era la diferencia entre el Bien y el Mal, pero le daba igual siempre y cuando le sirviese para conseguir lo que quería y no iba a defender lo contrario ante su propia conciencia.

Creyó que jugar con Chica lo distraería un rato de esos pensamientos que tan extraños le resultaban, los que lo hacían cuestionarse a sí mismo, y optó por combatir los restos de su resaca y sus bucles mentales con una carrera por el vecindario. Se calzó sus zapatillas de deporte, unos pantalones de chándal grises y una camiseta ajustada.

Cuerpo sano, mente sana.

La urbanización en la que vivía Miguel era uno de esos recovecos en mitad de la civilización, donde la ciudad iba dando paso a grandes bosques y parques entre los que se escondía un microcosmos con sus propias reglas. Él se había criado allí y apenas había abandonado su protección durante los primeros quince años de su vida —salvo para viajar al extranjero, claro—. El vecindario contaba con un colegio privado —donde había conocido a Luis—, un hospital —privado también, claro—, un polideportivo —con piscina, pista de tenis, pádel, un campo de fútbol y una cancha de baloncesto—, e incluso su propio centro comercial. ¿Por qué iban a salir de allí, si no había ninguna necesidad que no pudiesen cubrir?

Miguel dejó que sus pasos lo guiasen de forma intuitiva. Estaba acostumbrado a correr en los entrenamientos del equipo de rugby de la universidad y solía darse vueltas de unos pocos kilómetros solo para despejar la mente. Aunque en esta ocasión le estaba resultando todo un reto poner sus pensamientos en orden. «Buena persona», ¿qué significaba eso en realidad? La mayoría de la gente que conocía que se definía como tal no se exigía demasiado para considerarse digna de dicho título. Más bien, a juicio de Miguel, deberían conformarse con ser «personas bastante aceptables», claro que, para él la palabra *bastante* se asemejaba a un insulto —bastante inteligente, bastante guapo, bastante competente... es lo que se solía decir cuando alguien o algo no se merecía del todo un adjetivo, seguido de una de sus sonrisas—. No tenía ningún referente en el que fijarse e imitar, así que comenzó a observar a los viandantes que se encontraba en su camino, preguntándose si se considerarían a sí mismos buenas personas: un jubilado que paseaba a su pomerania, una mujer de mediana edad que volvía del gimnasio, un grupo de colegialas que disfrutaban de los primeros días de sus vacaciones de verano... Gente tan mundana que le daban ganas de tirarse de los pelos y gritar. Detestaba el aburrimiento y llevaba toda su vida luchando contra él con todas sus fuerzas, ¿de verdad iba a tener que convertirse en *uno de ellos*?

Después de haber visto tantas representaciones de «la vida perfecta según el capitalismo occidental», fue imposible que *ella* no llamase su atención.

Vestía de negro de los pies a la cabeza, llevaba puesto un top ajustado y lo que parecían unos pantalones de cuero. Era difícil discernir dónde acababa uno y comenzaba el otro sobre su oscura piel, pero no le pasó inadvertido que su conjunto dejaba su ombligo y un envidiable juego de abdominales a la vista. Lucía un lateral de la cabeza rapado y había peinado su abundante cabello en la forma de decenas de finas trenzas que le caían hasta la cintura. Su indumentaria dejaba claro que no era el tipo de persona que solía frecuentar la urbanización y Miguel estaba seguro de no haberla visto antes; sin embargo, no podía dejar de mirarla, y lo que era aún más inquietante, ella tampoco le quitaba la vista de encima a él.

Lo siguió con sus impactantes ojos grises, que parecían aún más claros en contraste con el color negro que predominaba en toda ella, como si lo conociese de toda la vida y tuviese algo que reprocharle.

Alrededor de la mujer desconocida, se palpaba un halo atrayente, pero también imponente. La visión de la joven lo absorbió tanto que estuvo a punto de chocarse con un ciclista.

Su corazón se disparó ante el súbito recuerdo de la fragilidad del cuerpo y de la existencia humana. ¿Habría ido a verlo Martina al hospital si el tipo no hubiese frenado a tiempo? Seguro que sí, porque era la clase de persona que te llevaba flores y bombones y que se preocupaba por todo el mundo, pero no porque tuviese ganas de verlo.

—¡Mira por dónde vas, imbécil! —exclamó el hombre.

Miguel no iba a enzarzarse en una discusión inútil por algo tan banal, pero no pudo resistirse a susurrar para sí, mientras veía cómo el tipo se marchaba.

Capullo.

Cuando alzó la vista hacia la misteriosa mujer de negro, descubrió que había desaparecido. Se encogió de hombros y siguió corriendo, esta vez, con un rumbo, decidido a encontrar una forma de convertirse en alguien decente.

Cómo hacer que te pasen cosas buenas, Creer en ti, El poder de ser vulnerable, Buenos días, alegría. Miguel siguió recorriendo la estantería con la mirada, preguntándose en qué momento se le había ocurrido pensar que la sección de Autoayuda podría serle de alguna utilidad. Parecía ser que a nadie se le había ocurrido escribir nada que se titulase *Cómo dejar de ser un bastardo y convertirte en un buenazo sin perder tu sex appeal.* Aun así, escogió uno de los libros de las estanterías y lo ojeó para asegurarse de que no era lo que buscaba: *La felicidad de ser bondadoso,* citaba un título en letras naranjas. Dio media vuelta y se encontró con una gigantesca foto en blanco y negro del autor, un tal doctor Rivera que sonreía a cámara como si supiese todos los secretos del universo y tú pudieses descubrir cuáles eran por el módico precio de dieciocho con noventa y nueve euros. *Yo también sonreiría así si hubiese vendido seiscientos mil libros,* se dijo, al ver la pegatina promocional sobre la portada. Devolvió el libro a su hueco con un suspiro.

¿Qué esperabas encontrar?, se reprochó a sí mismo.

Los libros siempre lo habían acompañado como sabios consejeros, pero no podía exigirles milagros.

Los principales medios que Miguel empleaba para mantener el aburrimiento a raya eran: concentrarse en un objetivo, las cosas hermosas, salir de fiesta y los deportes que implicaban liberar adrenalina, en ese orden. Por eso a muchas de las personas que lo veían darlo todo en una discoteca hasta el amanecer o embestir a un jugador del equipo rival les habría resultado de lo más extraño saber que dedicaba noches enteras a leer toda la bibliografía que encontrase sobre un tema en concreto. Las novelas, la poesía y los cómics nunca le habían interesado, ni siquiera de niño —le aburrían todos esos protagonistas heroicos que siempre hacían lo correcto y salvaban el día con un mensaje moralista—, pero pronto descubrió el poder que se escondía entre las páginas de un libro: una persona era capaz de condensar años o décadas de aprendizaje en cien mil palabras o menos. Si había algo que saber al respecto de lo que fuese, alguien lo habría escrito.

Miguel siguió vagando por la librería del centro comercial, una de esas tiendas de dos plantas en las que era igual de fácil comprar la última publicación de un premio Nobel que un cepillo de dientes eléctrico, hasta que se encontró a sí mismo frente a un par de estantes clasificados como «Religión y Espiritualidad». Era, quizá, la sección más escueta de toda la tienda, pero él tuvo una idea: nadie había hablado tanto sobre la lucha entre el Bien y el Mal como los antiguos profetas.

Leyó los títulos y descubrió que la mayoría de ellos habían sido escritos por gurús *new age* que te ofrecían un despertar espiritual casi mágico. Como todo en los tiempos que corrían, la iluminación tenía que ser *express*.

En las contraportadas encontró promesas que hablaban de la ley de la atracción y de cómo todos los seres del mundo estaban conectados. *No, gracias*, pensó. Dudaba de que sentarse a meditar y a repetir mantras en sánscrito fuese a transformarlo en un ser de luz. Recorrió la estantería con las yemas, libro por libro, hasta que sus dedos lo llevaron de forma intuitiva hacia uno que había visto en mil ocasiones, pero que jamás se había parado a leer: la *Biblia*.

Lo cierto era que Miguel no creía en nada en particular, tampoco en el Cielo ni el Infierno. Si lo hubiese hecho estaría aterrorizado. Siempre le había parecido interesante el concepto de «arrepentirse para salvarse», pero dudaba de que él fuese capaz de semejante emoción, no en el sentido cristiano de la palabra. Podía arrepentirse de haber cometido un error que lo alejase de sus metas, pero poca cosa más. Ni siquiera eso le duraba demasiado.

No, Miguel no creía en esas cosas, igual que no creía en los Reyes Magos ni en los horóscopos.

—¿Puedo ayudarte? —Oyó una voz familiar tras de sí y dio la vuelta para encontrarse frente a frente con Inés García. *Vaya*, pensó con pereza. La chica, que vestía uno de los chalecos que distinguían a los trabajadores de la tienda, sonreía con ganas.

—Inés —saludó, imitando el gesto—. No sabía que trabajases aquí.

Notó que la joven se había sonrojado. Claro, por eso no se lo había dicho. A sus ojos ingenuos, él era el príncipe encantador y ella la pobre y desdichada Cenicienta, a la que acababa de descubrir sin vestido, sin carroza y sin zapatos de cristal.

—Sí, me pilla un poco lejos de mi casa, pero me viene bien para ahorrar, ¿vives por aquí?

Si había algo que no necesitaba era perder el tiempo con una conversación banal. Ya había obtenido todo lo que podía haber sacado de Inés, así que le costó reunir la paciencia necesaria para no echar a perder su máscara de «cordial compañero de clase».

—Más o menos —respondió, consciente de que no significaba nada en absoluto.

—Qué bien... quizá, quizá nos podríamos ver algún día cuando salga del trabajo, si te apetece. —Inés apenas fue capaz de sostenerle la mirada.

Al ver cómo Inés se sonrojaba, muerta de vergüenza, pero con la suficiente esperanza para que le mereciese la pena enfrentarse a ella, comprendió a qué se refería Martina al hablar de que no quería ser su juguete y por qué se había mostrado tan recelosa con él.

Dentro del hábitat de la universidad, Inés y él pertenecían a especies distintas.

Inés era una chica del montón. Bastaba con verla: llevaba puesta una veraniega camisa de flores que le habría costado doce euros en una tienda de moda rápida, unos vaqueros dados de sí y unas zapatillas de imitación. Peinaba su melena de color chocolate oscuro con una coleta alta, siempre. Se pasaba sus ratos libres estudiando, seguramente porque no tenía nada mejor que hacer. Así era como la percibía Miguel: una presa fácil a la que engatusar para que le prestase los apuntes de la última clase del viernes y para que le ayudase a estudiar las asignaturas más difíciles. Solo había necesitado prestarle atención y, si además de estudiosa ella hubiese sido inteligente, se habría dado cuenta de que las normas del ecosistema en el que vivían dictaban que chicas como ella y chicos como Miguel nunca se mezclaban, pero la última clase del viernes acababa casi a las ocho de la noche y a él no le pasó inadvertida la forma en que la muchacha lo miraba, igual que hacían tantas y tantos otros: con una mezcla de admiración, anhelo y resentimiento, por no ser como él, por no estar a la altura. ¿Y qué si había aprovechado las circunstancias? Inés era una estudiante de beca. Necesitaba sacar buenas notas y copiaba apuntes con maestría; él los había comprado con sonrisas, palabras amables, un roce aquí para colocarle el pelo detrás de la oreja y otro allá para apoyar su mano sobre su hombro o su pierna fugazmente. Él aprobaba y ella se sentía importante. Todos ganaban.

—Sí, claro, ya nos veremos por ahí —respondió con tal naturalidad que resultaba difícil percatarse de la negativa.

Estuvo a punto de darse media vuelta y dejarlo estar ahí, pero vio aquel dichoso libro por el rabillo del ojo que se encargaba de recordarle que eso era lo que una mala persona haría. *No mentirás.*

—¿Sabes qué? En realidad no creo que nos veamos nunca fuera de clase. No te crees falsas esperanzas —dijo, preguntándose si era lo que Martina hubiese esperado de él, a juzgar por la expresión en el rostro de Inés, no había acertado.

—¿Qué?

—No es culpa tuya —aclaró, por si sirviese de algo—. He sido simpático contigo porque quería tus apuntes de Contabilidad Analítica, pero no me gustas.

Inés tuvo que apoyarse en la estantería, como si no pudiese creer lo que acababa de oír y como si la contradicción entre lo que le decía su cerebro y las señales que llegaban desde su oído fuese a provocarle un cortocircuito. Cuando por fin procesó sus palabras, lo miró una última vez, con los ojos húmedos por la rabia y la humillación.

Miguel esperó, deseó que lo insultase, que le gritase que era un grandísimo malnacido para que así se llevase parte de la culpa con ella, como si así pudiese dar por zanjada su mala acción; pero Inés no hizo nada de eso, se limitó a asentir con la cabeza y se marchó con su corazón hecho pedazos. Él conocía bien esa sensación, hasta el punto de que casi la compadeció.

No se sentía mejor persona después de haber sido honesto.

—Si te preguntas por qué no ha funcionado… —Miguel se giró y descubrió a la mujer de negro con un pesado libro sobre doctrinas budistas entre las manos— es porque ha sido un gesto completamente egoísta.

—Perdona… ¿y tú eres? —dijo Miguel, adoptando una pose defensiva. Lo que en realidad preguntaba era: «¿Quién te crees que eres para cuestionar mis actos y por qué me debería importar tu opinión?». Se sentía demasiado ofendido por su atrevimiento como para darse cuenta de que había aparecido de la nada, igual que se esfumó.

La mujer sonrió, mostrando unos dientes perfectos y un piercing que brillaba en su encía, justo sobre los incisivos.

—Tu hada madrina, ¿has pedido un deseo?

5
Salomé

Incluso cuando te dedicas al trabajo de tus sueños, siempre hay partes de la faena que te resultarán desagradables, que te sacarán de tus casillas o que te aburrirán hasta la desesperación. Para algunos era el papeleo incesante; para otros, contestar correos electrónicos y llamadas telefónicas o, por el contrario, pasar demasiado tiempo a solas. Para Salomé, incluso, el peor de los tedios merecía la pena a cambio del momento que se disponía a saborear: la Anunciación era su parte preferida de cada nuevo protegido a su cargo. Disfrutaba siendo testigo de cómo las expresiones en sus rostros se alteraban. El acto seguía, casi siempre, el mismo guion: al principio la miraban con condescendencia —negación—, después se mostraban incrédulos —negación parte dos—, algo violentos cuando empezaban a comprender que la amenaza era real —ira—, y confundidos cuando las verdades sobre el mundo que creían incuestionables resultaban ser un montón de patrañas —negociación, depresión y aceptación a la vez—. Algo así como si tuviesen que guardar un luto pasajero por la vida anodina que acababan de perder para siempre y por la realidad que respetaba las leyes fundamentales que conocían desde la niñez.

Por muy importante que se creyese, Miguel no iba a ser la excepción.

—¿Un deseo? —repitió el joven, con una sonrisilla de superioridad.

La miró de los pies a la cabeza con las cejas arqueadas, como si le estuviese preguntando, sin decirlo, qué podría tener alguien como *ella* que le pudiese interesar a él.

—Una playa valenciana, un corazón roto, una hoguera... puede que te suene —dijo Salomé, devolviendo el libro que había estado hojeando a su hueco en la estantería.

El semblante de Miguel cambió y, por un momento, vio un atisbo de duda, antes de que lograse recomponerse.

—¿Intentas impresionarme? Cualquiera puede averiguar, mirando en las redes sociales, que estuve en las hogueras de San Juan. No es muy difícil deducir que pedí un deseo —resopló, aburrido, casi decepcionado—. No sé qué vendes, pero no me interesa.

—Claro que te interesa, estoy aquí porque me has llamado... ¿Qué tal si me invitas a un café, Miguel? —Que supiese su nombre tampoco pareció impresionarlo demasiado.

Vaya, pasar de esta fase era más fácil antes de internet. Se han vuelto todos unos escépticos de mierda. Recordó la época del Neolítico en la península con un suspiro. Por aquel entonces, bastaba con cualquier milagrito para que te adorasen como a un dios. Esos sí eran buenos tiempos. En la Edad Media ocurría algo más o menos parecido, salvo que si te pasabas de la raya con el milagro, acababa tratando de quemarte en la hoguera un pueblo entero con el cura local a la cabeza de la cacería. Salomé apartó de su mente aquellos pensamientos nostálgicos; si quería volver a la acción tendría que adaptarse a los tiempos modernos.

—No, gracias, no quiero que me leas la mano, ni que me limpies el aura ni ninguno de los timos a los que sea que te dediques. —Miguel echó a andar por la librería y Salomé se apresuró a ir tras él.

Iba a tener que subir un poco el nivel si quería ganarse su atención.

—Qué tipo tan duro estás hecho, ¿verdad? Tú no crees en nada, no crees en Dios, no crees en la magia ni en los cuentos de hadas. Y sin embargo, ahí estabas, saltando la hoguera siete veces y suplicando con todas tus fuerzas que Martina llegase a quererte algún día.

Su estrategia surtió efecto y Miguel se detuvo en seco, con una sombra de pavor en la mirada. Quién iba a decir que lo que más miedo le daba era que los demás descubriesen que tenía sentimientos.

—Pues bien, tus plegarias han sido escuchadas. —Extendió los brazos y saludó con una reverencia.

—¿Quién eres? —preguntó Miguel, examinándola de nuevo, esta vez con un gesto calculador—. ¿Cómo sabes eso?

Salomé tanteó sus pensamientos. No podía escucharlos de forma literal, pero sí intuirlos. Y supo que había logrado abrir un atisbo de duda que no pensaba desaprovechar.

—De la misma forma en la que sé que cambiaste las pegatinas de tu examen de Matemáticas de selectividad por las de un compañero sin que él lo supiese; también sé que fuiste tú quien pinchó las cuatro ruedas del profesor de Introducción al Derecho para que no pudiese llegar al examen para el que no te habías preparado, o que le dijiste mal la fecha del examen de Inglés a Luis a propósito, para asegurarte de que la plaza de intercambio en Oxford fuera tuya, o que te has acostado con la novia de tu mejor amigo aunque ni siquiera te caiga bien, por mero despecho. —El rostro del joven se había tornado pálido y miraba en todas direcciones para asegurarse de que nadie estuviese escuchando—. Lo sé todo sobre ti, Miguel Sabato Larriba, porque nosotros siempre estamos observando, aunque en los últimos tiempos tendáis a olvidarlo. Estamos atentos a todos y cada uno de vuestros actos, vuestros errores y aciertos, a vuestras malas acciones, y el día de vuestro Juicio Final, seremos quienes decidamos qué será de vuestras almas. —Le sostuvo la mirada y sonrió.

Volver a estar en activo merecía la pena solo por ver el terror en sus ojitos negros de mortal.

Miguel no se dejó amedrentar, a pesar de que su instinto empezaba a advertirle que se hallaba ante algo que no podía comprender. La agarró de la mano y tiró de ella hasta la sección de guías de viaje y libros de idiomas, arrinconándola en una esquina, en un pobre intento de intimidación.

—¿Qué es lo que quieres? ¿Dinero, un trabajo? Sabes que mi madre trabaja en una multinacional, ¿es eso?

—Ya tengo trabajo —dijo Salomé, incapaz de esconder su sonrisa. Qué adorable. Ahí estaba la fase de negociación.

El joven dio un paso hacia delante, haciéndola retroceder hasta que su espalda chocó con las estanterías. Quizá el humano hubiese creído que su estatura y su complexión de deportista le servirían para intimidarla, pero lo que Miguel ignoraba era que Salomé podría dislocarle un hombro o romperle el cuello sin apenas esfuerzo si se lo propusiese. Era hora de que le demostrase quién tenía el control de la situación. Extendió una mano en el aire, y una antigua y afilada daga con el mango de marfil apareció en su palma, envuelta en un manto de humo blanquecino.

Antes de que Miguel pudiese soltar la bravuconada que tuviese preparada, el filo de la daga estaba detenido contra su cuello.

—Un cerdo tarda dieciocho segundos en morir cuando le cortas la arteria carótida, ¿quieres comprobar cuánto tardas tú? —No iba a hacerlo, por supuesto, pero la demostración gráfica de que podría si quisiese fue suficiente. Miguel estaba tan asustado que ni se atrevió a tragar saliva. Salomé sonrió—. Buena decisión. Es mucho más fácil buscar las cosas en Google hoy en día que descubrirlo por uno mismo, ¿verdad? —Enganchó la daga al borde de su cinturón por si tenía que volver a utilizarla y Miguel dio un paso atrás.

—¿Quieres algo de mí o simplemente estás loca?

Salomé rio para sí.

—«Estás loca» no es algo muy inteligente para decirle a una mujer con un cuchillo que sabe utilizar, ¿sabías? Tienes suerte de que haya venido a ayudarte, aunque tengo que decirte que tenía entendido que, a pesar de tus malos actos, eras una persona encantadora —los peores siempre lo eran— qué decepción. Tú me llamaste, podrías ser un poco más amable ahora que estoy aquí. No bromeaba, Miguel, me puedes considerar tu hada madrina. He venido a convertirte en una buena persona. Y más vale que nos pongamos manos a la obra cuanto antes. —Lo miró de pies a cabeza, divertida—. Hay mucho trabajo por hacer.

6
Miguel

Si se trataba de algún tipo de broma retorcida, se iba a asegurar de que el responsable la pagase muy cara. Siempre había pensado que la venganza era una pérdida de tiempo y energía estúpida e inútil —el daño estaba hecho y no se revertiría con un melodramático plan para resarcirse—, pero también era cierto que no estaba acostumbrado a ser la parte perjudicada.

Después del numerito del cuchillo, no le había quedado otra que seguirle el juego a la misteriosa desconocida. Estaba claro que, fuera quien fuere, tenía suficiente información como para hacerle la vida imposible, así que su única opción era equilibrar la balanza, descubrir tanto como pudiese sobre ella y usarlo en su contra.

Había accedido a seguir la conversación en el Starbucks del centro comercial —ella había sugerido que fuesen a casa de él, pero no iba a llevarla allí ni loco. Aunque lo más probable era que ya supiese dónde vivía—. La desconocida había buscado un asiento discreto al fondo de la cafetería y, en ese mismo momento, se bebía un *frappuccino* con extra de nata a su costa como si fuesen amigos de toda la vida, con el brazo extendido sobre el asiento y las piernas muy abiertas, con la misma actitud que tendría si todo el lugar le perteneciese. Miguel le daba vueltas a un café americano con un aire distraído, aunque en realidad estaba tan alerta como un puma en plena caza.

La mujer le dio un largo sorbo al *frappuccino* y cerró los ojos con placer.

—La humanidad ha cometido aberraciones terribles a lo largo de la historia, pero creo que solo por haber creado esto podríais ganaros el perdón divino. Sé que tiene el triple de azúcar que de café, pero ¿no es esa la gracia?

«¿Podríais?»... La explicación de que aquella mujer había perdido el juicio y hubiese elegido una víctima al azar cobraba fuerza.

La mujer depositó el vaso de plástico sobre la mesa y se inclinó hacia él, apoyando el codo sobre una de sus piernas y señalándolo con la otra mano.

—Escucha, Miguel. Sé que lo que te voy a decir no es fácil de asimilar, porque vuestros cerebros están bastante limitados en cuanto a lo que a percepción se refiere, quiero decir, solo tenéis cinco tristes sentidos y no muy buenos, precisamente. Por no hablar de que no os dais cuenta de la mayoría de cosas de forma consciente. A pesar de todo, cuando acabe de contártelo, lo creerás, porque así es como funciona.

—Sorpréndeme —la desafió.

Una parte de él se estaba divirtiendo. Puede que te parezca que el miedo y la diversión son sentimientos contradictorios; para personas como Miguel esa sensación de peligro inminente tenía un cierto encanto.

—Mi nombre es Salomé, llevo tres mil treinta y siete años viviendo en la Tierra y mi trabajo es limpiar el alma de tipos como tú. Hada madrina, ángel de la guarda, el genio de la lámpara, un golpe de suerte, llámalo como quieras.

—Claro, sí, ¿por qué no te creería? Eres limpiadora y vas a dejar mi alma como los chorros del oro. —Asintió, esperando a ver qué caminos seguía su delirio.

Salomé se rio.

—Que venga de parte del equipo de los buenos no significa que sea una idiota. Sé que no me crees, igual que sé todo lo que pasa por esa cabecilla tuya, así que vete olvidándote de engañarme.

—Está bien, puedes leerme los pensamientos. ¿Y qué otros superpoderes tienes?

—No *leer.* —Salomé se encogió de hombros—. Simplemente lo sé. Y no son superpoderes, son habilidades que todos los de mi clase poseemos.

Chasqueó los dedos y una hoja apareció flotando en mitad del aire, un folio que descendió hasta detenerse sobre la mesita entre ambos. Miguel se echó hacia atrás instintivamente, con el corazón acelerado en el pecho mientras su cerebro se esforzaba por comprender lo que acababa de ver. *Tiene que ser algún truco, un efecto óptico.*

—Tu alma está que da asco, así que léete eso y empecemos, ¿quieres?

—Me gusta mi alma tal y como está, gracias —dijo mirando el papel con recelo.

—¿Y a Martina, le gusta? —Salomé alzó una ceja, desafiante—. Ya está bien de jueguecitos; no se le puede mentir a un Centinela, así que dime la verdad, Miguel Sabato. *Toda la verdad.*

Si de veras aquella desconocida estaba loca, Miguel estaba empezando a perder el juicio junto a ella. Al escuchar su orden, el primer impulso que tuvo fue ponerse en pie y marcharse. No había sido educado para obedecer y tenía la mala costumbre de creerse por encima de toda autoridad, así que, con o sin armas blancas de por medio, su paciencia se había agotado. No estaba dispuesto a seguir acatando los deseos de una lunática con demasiado tiempo libre o de una estafadora con una puesta en escena muy cuidada.

Se había equivocado de víctima.

Sin embargo, antes de que sus piernas pudiesen responder a su voluntad, sus labios comenzaron a temblar. Miguel se esforzó por contener las palabras que se esmeraban por salir, pero querían ser formuladas y su ímpetu era superior a su autocontrol.

—Deseo a Martina con toda mi alma, como nunca había ansiado algo en mi vida, un apetito que no puedo saciar. Cambiaré por ella, estoy dispuesto a eso y mucho más. Haré lo que haga falta.

Venderé mi alma al Diablo si es preciso... —Habría seguido hablando durante minutos si el impulso irrefrenable no se hubiese desvanecido de golpe cuando Salomé lo interrumpió.

—¡Guau, guau! Echa el freno, al Diablo ni lo nombres. Para él, esto no es más que un juego de niños, y ya me tienes a mí para eso.

¿Quién era esa maldita mujer que lo había convertido en su sumisa marioneta con solo pronunciar unas palabras? Miguel le sostuvo la mirada con el ceño fruncido y el rostro rojo por la ira. Acostumbrado a ser el titiritero, no soportaba la idea de que jugasen con él, y mucho menos que le arrebatasen su preciada libertad, su control sobre sí mismo y todo lo que había a su alrededor.

—Llevas toda la tarde preguntándome qué quiero —continuó la mujer, cruzándose de piernas con una maestría digna de una actriz del Hollywood dorado, como si no solo sintiese que le pertenecía el asiento cobre en el que se acomodaba, o cualquier estancia en la que entrase; también le pertenecías tú—. Quiero ayudarte. He venido a convertirte en una buena persona.

Miguel resopló. Si hubiese creído en el destino, o si hubiese tenido sentido del humor, se estaría riendo ante la peculiaridad de sus caprichos.

—Sigues sin creerme —afirmó Salomé.

—¿Por qué iba a hacerlo? Solo es un truco. Dos amigas hablan a gritos sobre cómo el novio de una de ellas no para de darle plantón, cuando pasan por delante de una vidente que se ofrece a leerle la mano y le sugiere que «está atravesando una mala racha en el amor, pero que podrá superarla si es sincera con su pareja»; la chica se va feliz, convencida de los poderes de la vidente, y la anciana se queda contando las monedas y escuchando con disimulo las conversaciones a su alrededor. No es más real que lo que acaba de suceder aquí.

Salomé aguardó a que acabase de hablar con una expresión aburrida en su semblante, alzó un dedo en el aire y dijo:

—Se te olvida resaltar un importante detalle de tu bonita historia, Miguel: las dos amigas están más satisfechas con la vida después de su encuentro.

—No es eso lo que...

—Ya, sé lo que pretendes decir. Los racionales sois los peores. Sé todo de ti porque te he *hackeado* el móvil y he espiado tus redes sociales, ¿lo del papel en el aire? Algún efecto óptico, y ¿qué hay de lo de hacerte confesar tus más íntimos secretos? Seguro que te he sugestionado, o que te he echado algo en la bebida. Sí, sé cómo funcionáis los humanos como tú. Sois capaces de inventaros lo que sea con tal de no admitir que os halláis ante algo que no podéis explicar, algo más grande e importante que vosotros. ¿Crees que eres el primer hombrecito con un ego enorme que me cruzo?

Durante unos segundos Miguel se quedó en blanco, intentando articular una defensa, porque todo lo que había dicho era cierto; incluso en ese instante estaba tratando de encontrar una forma de adivinar cómo lo lograba. Era una excelente mentalista, de eso no cabía duda, pero sus habilidades eran explicables, igual que las de esos magos de televisión que guardan un papel en una caja, te preguntan un número al azar y ¡coincide! Solo se trataba de un truco, estaba engañando a su mente de alguna forma. Y no lo iba a permitir.

Esta vez sí se puso en pie antes de que la mujer pudiese obrar otra de sus artimañas.

—Si vuelves a acercarte a mí, llamo a la policía —advirtió con toda la serenidad que le fue posible, pero Salomé no se mostró en absoluto intimidada—. Ha sido una experiencia interesante, pero será mejor que te busques a otro a quien engañar.

—Lo entiendo. —Se encogió de hombros—. Cada uno necesita un tiempo para procesarlo. Volveré a ti cuando estés preparado para firmarlo —dijo señalando el documento, ni antes ni después—. Llévatelo para echarle un ojo.

—No, gracias. —Fue su última y tajante respuesta.

Se marchó tan rápido como pudo y corrió todo el camino de vuelta hasta su casa, intentando olvidar lo que sin duda acabaría por convertirse en una jugosa anécdota que contar en las fiestas. «Esa vez en que una pirada me increpó insistiendo en que era mi ángel de la guarda»; sí, si la contaba bien, provocaría más de una carcajada; le serviría para romper el hielo con alguien a quien le interesase conocer. Cuando por fin estuvo de vuelta ya estaba atardeciendo, y la tardía noche de verano se asomaba tras un manto rojizo.

—¡Ya estoy en casa! —anunció, y sus padres le respondieron vagamente desde el salón. Su madre se acercó para preguntarle por el viaje y Miguel se esforzó por ser diplomático y responder con cordialidad.

—Íbamos a cenar, si te duchas deprisa te esperamos. —Se ofreció su madre, Virginia. Entre los viajes por trabajo de sus dos progenitores y las numerosas ocasiones en que sus jornadas de trabajo se alargaban más de lo normal (ya fuese por un proyecto exigente o por unas copas con los colegas), no era del todo frecuente que coincidiesen los tres a la hora de cenar.

—No, gracias, estoy cansado. Creo que me voy directamente a dormir —dijo, aunque lo cierto era que seguía demasiado agitado por el extraño encuentro de esa tarde y por el rechazo de Martina, que aún le pesaba sobre los hombros.

—Como quieras. —Su madre sonrió. No insistió y, como siempre, Miguel se preguntó si era porque respetaba a rajatabla las decisiones de su hijo o si no le interesaba lo suficiente. Su madre siempre había sido así; incluso cuando estaba presente, su mente se encontraba muy lejos del resto de la familia, rebuscando ideas en su subconsciente para alguna campaña y organizando el trabajo del día siguiente en su cabeza, mientras los demás charlaban acerca del clima.

Sus padres lo querían, y él lo sabía. Había tenido una buena infancia en la que nunca le habían faltado bienes materiales, ni atención afectiva, ni una educación de primera. Pero a medida que maduraba, Miguel se daba cuenta con mayor facilidad de que había sido un complemento más en sus atareadas vidas. Puede que por eso se hubiese vuelto tan independiente, debería de estarles agradecido. Había aprendido a no contar con nadie que no fuese él mismo, a tomar lo que podía y a ocuparse él solo del resto. *Hada madrina*, recordó, y, en la seguridad de su hogar, resopló casi divertido. Él no necesitaba una de esas, ni creía en cuentos para niños.

Miguel subió las escaleras de dos en dos, seguido de su fiel perra Chica, y se refugió en su habitación. Cerró con un portazo sin pretenderlo y se quitó la ropa con la intención de meterse en la ducha y dejar que el horrendo día se fuese por el desagüe junto al olor a sudor. Se acercó a la silla de su escritorio para dejar la ropa sobre ella y fue entonces cuando lo vio, un pequeño taco de folios blancos que no recordaba haber dejado allí. Se acercó lo suficiente como para poder leer las primeras líneas.

Yo, _______________, accedo a que Salomé, Centinela del Bien con número de licencia 0072, se convierta desde el día de hoy, __________, en guardiana de mi alma, hasta el día en que vuelva a estar limpia de cada uno de los actos maliciosos que la corrompen.

Imposible. Se acercó a la ventana para asegurarse de que estaba cerrada y estuvo tentado de bajar para revisar el sistema de seguridad de la casa y llamar a la compañía para pedir que echasen un vistazo a las imágenes de las cámaras. No obstante, sospechaba que no encontrarían nada fuera de lo habitual.

Inspiró hondo y acarició la cabeza de Chica, que jugueteaba entre sus piernas en busca de atención. Se echó a reír, a plena carcajada, ante el descubrimiento de que algo escapaba de su control. La perra ladró junto a él como si quisiese acompañarlo. Años y años de recelos interiorizados lo habían vuelto invulnerable a la bondad ajena, sobre todo cuando parecía desinteresada, pero tenía que admitir que estaba impresionado. *Guardiana de mi alma*, se mordió el labio al darse cuenta de que, en el fondo, empezaba a creerle.

¿Y si esta vez sí que podía contar con alguien?

7
Inés

Cada vez que el ser humano le fallaba, lo cual sucedía bastante a menudo, Inés se refugiaba en la ciudad. Vivía en uno de los barrios de la periferia de Madrid y tenía que tomar un autobús y hacer dos trasbordos en el metro para poder llegar al centro, y aun así se sentía profundamente afortunada por vivir en aquel lugar mágico.

No había pisado las imponentes calles imperiales ni paseado por las espléndidas avenidas que en su tiempo pretendieron competir con París, Londres o Roma para acabar creando algo completamente distinto, hasta los primeros años de su adolescencia.

Su feliz infancia transcurrió en el barrio y nunca creyó que pudiese existir algo más fuera de él, del penetrante olor al mercadillo de los lunes —donde podías comprar desde aceitunas en salmuera a ropa interior de oferta—, las fruterías y carnicerías de toda la vida cuyos dueños se sabían tu nombre, las variadas tiendas especializadas en productos halal o de distintos países latinos, las plazas rodeadas por bares y terrazas para los padres y columpios para niños, los «todo a un euro» donde compraba cuches al salir del cole y pegatinas para decorar sus cuadernos... Se sentía tan apegada a esas pocas calles conocidas que aún recordaba el recelo con que se había subido al metro por primera vez cuando tenía catorce años, la idea de tener cientos de toneladas de tierra sobre su cabeza le resultaba como poco inquietante, y todavía rememoraba su incredulidad y asombro al salir de la estación en la mítica plaza de Callao.

Le parecía imposible que hubiese tanta gente yendo y viniendo en el mismo lugar.

Habían pasado años desde entonces y ya no era una adolescente impresionable, pero la constancia de la historia en las calles de la capital, tan palpable desde el trazado de la ciudad en el mapa al más mínimo detalle de las fachadas, le recordaba que, vistos con perspectiva, los inconvenientes de su vida carecían de importancia. ¿Qué más daba si acababan de romperle el corazón otra vez? Pasado un siglo, a nadie, ni siquiera a ella, le importaría. De una extraña forma su insignificancia, esa que tanto detestaba, la hizo sentir mejor.

Caminó con paso decidido por el Paseo del Prado, desde la Estación del Arte hasta la larga cola que se extendía ante el museo. La mayoría de las personas en pie en la fila eran turistas, ya fuesen de otros rincones de España como del extranjero. A Inés la había dejado bocabierta descubrir que la mayoría de sus compañeros de universidad no lo habían visitado jamás, o como mucho alguna vez con el colegio cuando eran niños. Le horrorizaba pensar en la habilidad del ser humano para no apreciar lo que da por hecho.

La cola avanzaba a ritmo ligero. A partir de las siete de la tarde se podía acceder a la colección de forma gratuita, lo cual no era demasiado generoso teniendo en cuenta que el museo cerraba a las ocho —y empezaba a vaciar salas a eso de las siete y media—, pero para la mayoría de agotados turistas era más que suficiente para echar un vistazo a *Las meninas*. De todas formas, para recorrer el museo y detenerse a apreciar cada obra harían falta varios días. A Inés también le sobraba el tiempo, buscaba un grupo de cuadros en concreto, así que se sumó a la cola. Aunque podría haber entrado gratis de todas formas al ser estudiante, le gustaba formar parte de la experiencia colectiva —y además le daba un poco de apuro saltarse la cola.

De esa forma entró en el museo, confundiéndose con la multitud y lo cruzó, ligeramente desorientada, pasando de largo la alargada sala abovedada donde se exponían obras de Rubens, serpenteando por las distintas estancias hasta que por fin dio con ellas.

Las pinturas negras de Goya.

La sala estaba repleta de curiosos, pero la mayoría se arremolinaba entorno a los cuadros sobre el levantamiento del 2 de Mayo, así que pudo avanzar con decisión hacia las obras más tenebrosas del artista: *El Santo Oficio, Saturno devorando a sus hijos, Las Parcas...* En esas escenas, incluso las figuras más inofensivas resultaban perturbadoras, como esa en la que un anciano se cernía sobre otro con la boca muy abierta y los dedos extendidos sobre sus hombros como si fuese a arrastrarlo consigo a un lugar tan horrible que quedaba libre a la imaginación del espectador, que podía ser aún más turbulenta que la realidad observada.

No eran las obras más hermosas del museo, ni las que poseían la mejor técnica, pero a Inés la hacían sentir mejor. Al verlas pensaba que tenía que haber alguien más en el mundo capaz de comprender los sentimientos oscuros que en ocasiones la invadían.

En mitad de su recorrido, un cuadro que no solía estar allí llamó su atención. Aunque lo había memorizado de la foto en su libro de historia del arte, era la primera vez que lo veía en persona. Leyó la inscripción de la placa junto a la pintura. *El aquelarre* (1798), «Cesión temporal del Museo Lázaro Galiano». Goya había pintado aquella obra veinte años antes que su homónima de las pinturas negras. Los colores eran mucho más brillantes y las figuras más nítidas, aunque las tinieblas eran igual de palpables. Inés no pudo evitar sonreír.

Qué casualidad que ese cuadro estuviese allí precisamente ese día.

Como a cualquiera que lo observase, la figura del macho cabrío alzándose entre sus adoradores la inquietaba, pero su interpretación de esa obra siempre había sido ligeramente distinta a la de los expertos. Observó cada línea con atención, cada trazo del pincel sobre el lienzo que daba forma a las estudiadas luces y sombras de la obra. Se sintió tentada de alzar su mano y tocarlo, se imaginó a sí misma haciéndolo, pero, por supuesto, se abstuvo, a pesar de que en ese momento no había nadie vigilando la sala.

No, ella no veía al Demonio del que todos hablaban, y tampoco le parecía una escena de horror, sino una de esperanza. Estaba convencida de que la anciana mujer, la supuesta bruja, a los pies de la bestia no le entregaba a su famélico nieto para que lo devorase; a sus ojos le rogaba que lo salvase del hambre y de la muerte. Del mismo modo en que la mujer que se alzaba sonriente, con un destello en la mirada, tampoco sacrificaba a su hijo, sino que lo aupaba para que fuese bendecido, para evitar que se convirtiese en uno de los que habían sido ahorcados al fondo de la pintura. Detenida ante la obra, Inés lo tuvo más claro que nunca: la bestia había acudido para salvarlas, no para condenar sus almas.

Puede que fuese una interpretación muy libre, pero ¿acaso no era ese el propósito de todo arte, transformarse ante los ojos del espectador en lo que fuera que él o ella viese? De todas formas, nadie puede estar ciento por ciento seguro de qué pretendía decir el autor. Le sonaba haber leído que era una crítica abierta a las supersticiones que llevaron a las supuestas brujas a confesar la escena reflejada en el cuadro tras insoportables torturas. Claro, tenía sentido, Goya era un ilustrado que creía en la razón. Podía dibujar aquel tipo de seres malignos con tanta vida en el lienzo porque no creía en ellos.

Inés sacó su cuaderno de dibujo de la mochila, ese que siempre llevaba con ella y en el que convertía la realidad a su alrededor en bocetos. Muy a su pesar, muchas de las páginas contenían retratos de Miguel que había hecho de memoria. Al abrirlo y encontrarse con ellos sintió una pesada bola formándose en su estómago.

¿Cómo he podido ser tan estúpida?

Había acudido al museo para olvidar, para dejarse sanar por el arte, pero resultaba difícil obviar que alguien de quien te habías enamorado te había mirado a los ojos para decirte: «No me gustas, solo te he utilizado». Sintió una punzada de odio al pensar en cómo había jugado con ella, pero lo que más rabia le daba era haberse dejado utilizar. No era la primera vez que le rompían el corazón, pero al menos en esa ocasión la herida se había hecho de golpe, en lugar de ir tallándose poco a poco durante meses de mensajes ambiguos y evasivas hasta que la verdad resultara innegable.

Estaba harta de que la mareasen, harta de ser la pobre, buena e ingenua de Inés, dispuesta a aguantar cualquier cosa para recibir unas pocas migajas de amor. La tonta de Inés.

Siguió pasando las páginas hasta llegar a una vacía y allí, armada con un bolígrafo de tinta gel, comenzó a dar forma a su propia versión de la escena ante sus ojos. Trazó líneas con frenesí, llenando la página de una oscuridad digna de los últimos años del mismísimo Goya, hasta que poco a poco se sintió mejor. Si se lo hubiese podido permitir, Inés habría estudiado Bellas Artes o Diseño Gráfico, pero cuando te has criado en un hogar en el que llegar a fin de mes es siempre un tema pendiendo en el aire y eres la primera de la familia que logra estudiar en la universidad, lo pragmático pesa mucho más que tu deseo por perseguir tus sueños. Administración de Empresas era la carrera ideal para alguien como ella, alguien que necesitaba asegurarse de que podría ganarse la vida.

Dibujó varios bocetos hasta que perdió la noción del tiempo. A su alrededor la sala fue vaciándose poco a poco hasta que la ausencia de murmullos le indicó que estaba a solas, así que cuando escuchó el repiqueteo de unos tacones tras ella intuyó que se acercaba la hora del cierre y que el personal del museo comenzaba a desalojar las salas. Al girarse para sonreírle a su interlocutora y asegurarle que ya se marchaba, descubrió que en parte tenía razón, y en parte estaba equivocada.

—*Pobre garza enjaulada, dentro de la jaula nacida. ¿Qué sabe ella si hay más vida, ni más aire en el que volar?* —canturrearon sus labios carnosos, de color carmesí, mientras se aproximaba hacia ella, reclamando el suelo como suyo con cada golpe de sus tacones.

—¿Disculpe? —preguntó tímidamente. Su instinto de supervivencia se disparó y ella intentó calmarlo con el argumento de que no había ningún motivo para sentirse intranquila, o al menos, ninguno que sus sentidos terrenales pudiesen discernir.

De su cuello colgaba una acreditación del museo, pero el aspecto de la mujer no encajaba con la sobriedad y el aire intelectual que se esperaba de alguien que trabajase en una institución tan importante. Quienquiera que fuese aquella mujer más bien parecía sacada de un anuncio de los años cincuenta, con su frondosa melena de un naranja que se confundía con el rojo, peinada en bucles en torno a su pálido rostro, una camisa blanca desabotonada y una ajustada falda roja que marcaba cada una de sus curvas. Cuando estuvo lo suficientemente cerca, Inés se percató de que, bajo aquella luz, el marrón de sus ojos casi parecía de un intenso granate.

Casi, se dijo, porque era imposible que lo fuesen del todo. Nadie tenía unos ojos como esos.

—He tenido que cobrarme un gran favor de un viejo protegido para conseguir que esa obra esté hoy aquí. —Sonrió mostrando una fila de dientes casi perfectos—. Me alegra ver que alguien la aprecia. Considéralo un regalo especialmente pensado para ti, ¿sí?

Inés balbuceó, sin saber muy bien qué responder. *¿Gracias?* Le hubiese gustado añadir algo más elocuente, pero había algo en aquella mujer, puede que el olor a rosas que emanaba de su cuerpo, o la total seguridad con que se desenvolvía, que la tenía cautivada.

—Soy Jacqueline Bontemps, curadora de arte, aunque ahora mismo estoy tomándome una década sabática para concentrarme en lo que más me gusta. Puedes llamarme Jackie. —Su sonrisa le provocó escalofríos, pero fueron sus extrañas palabras lo que más la desconcertaron. No acababan de tener sentido, y sin embargo, Inés se sentía dispuesta, no, entregada a escuchar cualquier cosa que dijese.

Se presentó, tendiéndole una mano adornada con un par de anillos y largas uñas rojas. Inés sostuvo su cuaderno y sus bolígrafos entre el antebrazo y el pecho para poder corresponder el gesto. Al rozar su piel sintió la misma inquietud que la invadía cada vez que miraba el cuadro de Goya, esa que resultaba perturbadora y atrayente a la vez.

—Inés García —respondió con tanta convicción como pudo. Incluso su nombre, tan común, tan normal, se le quedaba grande—.

Y yo... bueno, no soy nadie. Solo una estudiante. Pero no de Bellas Artes ni nada por el estilo, solo vengo aquí a mirar. —Se apresuró a aclarar.

La mujer frunció el labio y negó con la cabeza, soltando su mano para cruzarse de brazos.

—Inés, Inés... ninguna mujer ha logrado llegar lejos agachando la cabeza y haciéndose pequeña. Lo sabes, ¿verdad? Tú puedes hacer mucho más que «solo mirar».

Aunque tuviese razón, Inés se sintió atacada por sus palabras. ¿Quién se creía que era para darle lecciones cuando no la conocía de nada, acaso la tomaba por estúpida? Por supuesto, no tuvo valor para decir nada.

—¿Sabes cuántas pinturas hay en este museo, pequeña Inés?

Ella negó con la cabeza.

—Cerca de ocho mil. Ocho mil obras, solo de Rubens rondan las cien. Pero entre tantos hombres, solo hay hueco para treinta y tres mujeres y en la colección permanente solo se han expuesto pinturas de cuatro artistas. Cuatro. Podrían haber sido muchas más, pero muy poca gente se tomó la molestia de conservar piezas pintadas por mujeres; de hecho, cuando se dudaba de su autoría y se confirmaba que la autora era una de nosotras, su precio en el mercado se desplomaba, así que ¿por qué tomarse las molestias? Estamos en 2019 y solo ha habido una exposición íntegra dedicada a una mujer en este museo, en 2016. Hay decenas de obras guardadas en un sótano para que no se deterioren como si de verdad le importasen a alguien, obras que la humanidad ha olvidado y que se pasan años y años sin ser vistas, invisibles a los ojos de una historia narrada por tipos que desprecian a la mitad de su especie. Lo justo sería que se reconociese a todas, pero las dos sabemos que eso no va a pasar, así que dime, Inés, ¿qué obra prefieres ser, una de las que destacan o una de las del sótano? Puede que te conformes con el olvido, con deteriorarte como una pintura hasta desaparecer sin dejar rastro. ¿Quién eres, Inés?

La joven se sintió aturdida, ¿a qué venía esa pregunta? ¿Por qué esa desconocida le hablaba como si la conociese de toda la vida y, lo más inquietante de todo, ¿por qué no le resultaba tan extraño como debería? En cualquier otra circunstancia habría respondido que uno no elige, o eres una obra de exposición o una de depósito, pero, al mirar en sus ojos granates, las necesidades ocultas en su corazón, las verdades que ni ella se atrevía a reconocer, hablaron más alto que las décadas esforzándose por ser «una buena chica».

—No quiero ser una obra, quiero ser una de las cuatro artistas —dijo sin más, y aunque supo que era la verdad, no podía creer que hubiese hablado con semejante soberbia, ¿quién se creía que era? No era especial, solo una chica con un abono de transporte, un teléfono móvil viejo y un cuaderno de bocetos en la mochila. No era el tipo de persona que destacaba o que se atrevía a perseguir sus sueños, ni siquiera era el tipo de persona que gustaba a los demás.

Jackie se echó a reír.

—Eso me imaginaba. —Dio un paso más hacia ella e Inés no retrocedió—. Una joya por pulir, solo para mí.

—¿Quién eres? —preguntó Inés, con la respiración agitada, repentinamente consciente de que estaban solas en toda la sala, y quizá, solas en el museo.

—Una sanadora. Sé que tienes el corazón roto, que no es la primera vez que te tratan mal, que te preguntas a diario por qué eres tan difícil de querer.

Una punzada de temor recorrió a Inés. ¿Cómo era posible que supiese todo eso, secretos que había escrito en su diario a falta de amigas con quienes hablar, demasiado abochornada por sus banales problemas para buscar refugio en una familia llena de preocupaciones legítimas? Su instinto le advertía que huyese de aquella mujer, pero su magnetismo era demasiado intenso como para que pudiese resistirse. Ninguna persona con alma de artista lograría apartar la mirada de Jackie.

—Intentaría consolarte y decirte que entiendo cómo te sientes, pero lo cierto es que nunca he permitido que nadie me tratase así —dijo colocándole uno de los cabellos detrás de la oreja antes de acunar su rostro entre sus manos como si fuese de porcelana y temiese romperla.

—¿Cómo... cómo lo haces? —Se atrevió a preguntar Inés, esperando que su respuesta tuviese que ver con la idea del «amor propio» o algo parecido. En lugar de eso, Jackie volvió a sorprenderla. Sonrió y dijo con tanto candor que parecía una declaración de amor:

—Me aseguro de que no se atrevan.

8
Salomé

El apartamento de Salomé era un lugar a su medida: funcional y austero, pero con un toque de humor negro que rara vez se veía en un Centinela, por eso la mayor parte del salón estaba vacío, a excepción de un sofá en el que se sentaba a meditar, un rincón con pesas, un banco de musculación y otros artilugios de los que se valía para permanecer en forma. Un único póster era el encargado de decorar toda la estancia: una ilustración en blanco y negro de un ángel, que había encontrado en un mercadillo. La artista que los pintaba le había sugerido que comprase uno para su protección: «Si te llevas este ángel a casa, ninguna desdicha volverá a ocurrirte, él velará por ti». Salomé no pudo resistirse a la ironía, aunque nunca había comprendido del todo qué les hacía pensar que los Centinelas estaban a cargo de su seguridad física o de cumplir todos sus deseos. Si uno de ellos se veía en la disyuntiva entre que uno de sus protegidos viviese con el alma sucia o que muriese con su esencia impecable, siempre escogerían la segunda opción.

Quizá por eso había comprado la obra, para recordarse a sí misma lo que no era. Después de tanto tiempo en la Tierra a su suerte, a veces le costaba no dejarse llevar por la visión que los demás, la raza humana o sus compañeros y superiores Centinelas, tenían de ella.

Se suponía que los Centinelas no vacilaban, que cumplían su cometido con diligencia y honor, y cuando a Salomé la asaltaban las dudas se preguntaba si estaba defectuosa, si Los Siete Miembros la habían construido de la forma equivocaba, pero se suponía que ellos nunca erraban, así que la culpa debía ser suya. Ese pensamiento, claro, rozaba la blasfemia y solo lograba hacer que se sintiera peor. Una vez conoció a alguien a quien sus imperfecciones le resultaban «encantadoras», y ella había escuchado sus palabras seductoras, se había dejado llevar… *Olvídala de una vez,* se suplicó.

Como cada día volvió a casa después del trabajo, haciendo solo una parada en el supermercado. Dejó la bolsa de deporte junto a la entrada, se quitó las zapatillas deportivas y caminó hacia la cocina para dejar en la nevera los yogures de sabores que había comprado: de higos, manzana y canela, de melocotón y fruta de la pasión… Todos tenían nombres de muchas frutas en la etiqueta; y sin embargo, la mayoría solo llevaban azúcar con un poquito de colorante. El día en que había probado aquella sustancia fue su perdición. Como Centinela nunca se había permitido los grandes vicios: el alcohol, las drogas, los placeres de la carne no le estaban permitidos, pero ninguno de sus superiores había dicho nada en contra del azúcar refinado. Guardó los paquetes en la nevera, apartando uno de los yogures para engullirlo en el acto. Salió de la cocina, deleitándose mientras arrancaba la tapa para lamerla, cuando soltó el envase, que chocó boca abajo contra el suelo salpicando por doquier, al percibir una presencia en su casa que no era la suya.

Llevó su mano a la diminuta navaja que escondía en el brazalete diseñado para transportar un teléfono móvil e inmovilizó al intruso tras ella con una rápida llave. Empujó al hombre contra la pared, sujetando su brazo contra su espalda con una mano y sosteniendo la navaja contra su abdomen.

No tuvo tiempo de pedir disculpas al descubrir su error. No se trataba de ningún intruso, sino de su superior, un Centinela Mayor. El hombre sonrió, a pesar de su delicada posición. Aun entre la espada y la pared, seguía en posesión del poder.

—Veo que sigues en forma, a pesar de todo.

Salomé lo liberó y dio varios pasos atrás. Llevaba décadas sin verlo, al menos en persona. Se apresuró a seguir el protocolo que una Centinela Menor como ella debía respetar, hincando una rodilla y agachando la cabeza.

—Padre Rivera.

—Por favor, Salomé, levántate. No hay ninguna necesidad de esos viejos formalismos. —Le tendió la mano y Salomé la aceptó, indigna de ella—. Además, ahora soy *doctor Rivera.* —La Centinela asintió con la cabeza.

Era cierto. Había visto algunas de sus intervenciones televisivas en un vídeo de YouTube que una de sus clientas le había mostrado. Durante varios cientos de años, Rivera había recorrido el mundo adoptando los altos cargos de distintas religiones para asegurarse de que el Bien se instauraba a su paso, pero a medida que avanzaba el siglo XXI había comprendido que había una forma mucho más eficaz de llegar a cientos de miles de personas que desde el altar de una iglesia. Los nuevos tiempos requerían una nueva forma de actuar y, en su caso, una nueva apariencia, la de un gurú de la autoayuda que había vendido cientos de miles de ejemplares de sus libros sobre cómo alcanzar la felicidad a través de la bondad, la entrega y la psicología positiva.

—Los años no han pasado para ti —dijo el hombre, examinándola de los pies a la cabeza con la frialdad de un general que evalúa el armamento de sus tropas.

Salomé asintió con la cabeza a modo de agradecimiento. No podía decirse lo mismo de él. La constitución atlética de la que había presumido en los tiempos de los héroes, de Aquiles, Héctor y Eneas, había desaparecido lentamente al igual que su cabello rizado. Ahora sus duras facciones estaban enmarcadas por una barba blanca que destacaba sobre su piel, casi tan oscura como la de Salomé, y unas cejas severas sobre sus ojos grises. Se había vuelto... viejo. Ella se preguntó si formaría parte del disfraz o si la lucha estaría causando tanta mella en él que de veras necesitaba su vuelta al terreno.

—Gracias, doctor —dijo con un asentimiento de cabeza.

—Supongo que son las ventajas de la inactividad, ¿no es así? No has gastado tus energías —concluyó con una sonrisa que Salomé no supo cómo interpretar. ¿Se estaba burlando de ella?

—Estoy muy agradecida por la oportunidad que me han dado, doctor.

—¿De veras? Entonces, ¿cuál es el motivo por el que el humano no ha firmado el contrato aún? —Su sonrisa se esfumó, sustituida por una expresión amenazante.

Las mejillas de Salomé se encendieron por la vergüenza, apartó la mirada, incapaz de sostener la crudeza de sus ojos grises, templada por la fortaleza de quien ha presenciado todas las grandes guerras de la humanidad. Desde que tenía uso de razón, Salomé se había esforzado por ganarse la admiración y el respeto de aquella leyenda viva del gremio, pero de alguna forma siempre lograba fallar.

—So... solo ha pasado una semana. He sembrado la idea en su mente, es cuestión de tiempo...

—Puede que una semana fuese insignificante en los viejos tiempos. —La interrumpió, su voz, dura y cortante—, pero ¿sabes cuántas cosas pueden ocurrir en una semana hoy en día? ¿Cuántos mensajes de texto, retuits, *likes*, visualizaciones pueden producirse como consecuencia de un alma corrupta en siete días? El daño que pueden hacer los humanos con unas pocas palabras se ha multiplicado y cada segundo cuenta.

—Lo lamento, doctor —se disculpó, cabizbaja. La mejor forma de conseguir una firma siempre había sido dejar que el humano en cuestión se ahogase en sus propios pensamientos hasta que él mismo acabase por suplicar auxilio, demasiado temeroso ante la amenaza de pasar una eternidad en el Infierno, había olvidado que hoy en día la soledad, el tiempo con la propia conciencia, había desaparecido casi por completo y que la pantalla había ocupado su lugar—. Me aseguraré de presionarlo un poco más.

Avanzó hacia ella y Salomé tuvo que resistir el instinto de retroceder. La presencia y el aura de Rivera eran tan imponentes que parecía ocupar un lugar físico con ellas.

—Haz lo que haga falta, pero que firme —dijo señalándola con el dedo—. Creo que no es preciso que te recuerde que nuestro enemigo no tiene escrúpulos. Aún piensas en Jacqueline, ¿no es cierto? Ella también está buscando víctimas, imagina qué sucedería si se fijase en Miguel Sabato; debes estar alerta, ser más rápida, más audaz, o los Demonios volverán a ganarte la partida.

Salomé notó un vuelco en su estómago cuando mencionó a Jacqueline. Jackie. El Bien había creado a los Centinelas para que tuviesen sentimientos, tal vez para que pudiesen comprender mejor a sus protegidos, pero en ese instante le pareció más bien un acto de sadismo.

—Me he jugado mucho dándote esta nueva oportunidad, supongo que eres consciente de ello. Los Siete Miembros se negaban a dejarte volver, pero yo les aseguré que había pasado tiempo suficiente, que ya habrías aprendido la lección. No me dejes en ridículo.

Salomé tragó saliva y negó con la cabeza. Se le revolvió el estómago al imaginarse a Los Siete Miembros debatiendo sobre su moral, sobre la mancha que aún ensuciaba su reputación y de la que no podía culpar a nadie salvo a sí misma. *Aunque Jackie se esforzó mucho por ayudarme.*

El hombre se desvaneció ante sus ojos, como si una corriente de aire lo hubiese arrastrado igual que a un montón de hojas otoñales. Salomé pudo sentir la brisa en su rostro y el temblor que sacudió la lámpara que colgaba sobre su cabeza. Los Centinelas Mayores conservaban su esencia etérea intacta, ese era uno de sus privilegios. La de los Centinelas Menores, como Salomé, permanecía atrapada en su cuerpo. Era más rápida que un humano, más fuerte, de sentidos más agudos y mente más ágil, pero su envoltorio seguía siendo de carne y hueso. Tras años y años de práctica había logrado transportarse unos cuantos metros si era necesario, pero nada más.

Salomé caminó hacia la cocina para arrancar un pedazo del rollo de papel y se agachó para recoger el estropicio. *Qué lástima,* se dijo mientras tiraba el yogur lleno de polvo y miguitas a la papelera. *Espero no acabar como tú, desechada antes de tiempo.* Estuvo a punto de echarse a reír al darse cuenta de que se había sentido identificada con un producto lácteo y su trágico destino. Por suerte, Salomé aún podía reclamar el control de su propio porvenir.

Se acomodó en el sofá grisáceo con las piernas cruzadas, cerró los ojos y buscó, entre la infinidad de almas que habitaban la Tierra, los pensamientos de Miguel. Solo un humano protegido por un Demonio podría evadir la vigilancia de los Centinelas, y debía darse prisa si quería asegurarse de que no lo perdería antes de que firmase ese estúpido contrato. Y más le valía apresurarse, como le había advertido Rivera, antes de que el enemigo le echase el ojo a su alma corrupta. No le parecía que Miguel fuese de los que se resistiría ante la tentación.

9
Miguel

Los pequeños placeres de la vida resultaban imprescindibles para Miguel. La brisa de verano acariciando su piel en lo alto de esa azotea en Chamberí con vistas a la ciudad, el frescor cítrico del ceviche explotando en su boca y erizando todo su cuerpo, los matices del sauvignon blanc maridado a la perfección con el sabor a mar del pescado... eran el tipo de detalles que lo mantenían cuerdo y que le recordaban que entre él y sus objetivos había un camino que recorrer, que disfrutar, repleto de sensaciones lo bastante intensas como para distraerlo del deseo de que alguien mencionase el nombre de Martina para poder preguntar por ella. Había espiado sus redes sociales de forma compulsiva durante la última semana, pero ella, tan discreta como siempre, no las había actualizado. Ninguno de sus colegas parecía en absoluto interesado en el día a día de la joven y hablaban sin parar sobre sus brillantes futuros.

Alberto acababa de empezar unas solicitadísimas y aburridas prácticas en el Departamento Financiero de un prestigioso banco que le abrirían las puertas de cualquier empresa en la que desease trabajar, y Guille estaba a punto de marcharse a Costa Rica para pasar el verano trabajando en una empresa española de importaciones que se había asentado allí recientemente, cuyo dueño era íntimo amigo de su padre. Se habían vestido con prendas elegantes que los hacían parecer de mayor edad, incluido Miguel, que esa noche había optado por una camisa negra y unos pantalones a juego que le sentaban como un pincel, y quedaron en uno de los locales de moda del centro para despedirse por todo lo alto. Hasta Luis había acudido con sus muletas, acompañado, cómo no, de Ana. De hecho, Miguel era el único que había acudido sin una pareja, lo cual todos atribuían a su fama de don Juan. Él les dejaba creer que era así.

Miguel le dio un largo trago a su copa de vino mientras Guille acababa de narrar los detalles de los bonus que iba a recibir en Costa Rica. *Qué aburrimiento.* No le interesaba en absoluto si le iban a ceder un coche de alta gama o si le alquilarían un apartamento junto a la playa. Aún les quedaba un año para graduarse y todos sus colegas habían pasado de comportarse como universitarios alocados a fingir que eran adultos responsables de la noche a la mañana.

Buscó la mirada de Luis, el único con quien de verdad se entendía, y dio con una expresión cómplice, de esas que solo dos íntimos amigos pueden comprender sin palabras: «¿Cuándo crees que va a dejar de presumir?», preguntó Miguel. «*Pffff,* creo que tendremos que ser pacientes», respondió el gesto de Luis. Miguel sonrió y siguió escuchando vagamente a su colega mientras su mente divagaba, y no precisamente por lugares amables. Junto a Luis, Ana escuchaba atenta a Guille, fingiendo que no había nadie en el asiento que ocupaba Miguel. No podía culparla. Si él fuese capaz de sentir remordimientos también lo estarían ahogando.

—¿Y tú, Miguelito? —preguntó Guille, devolviéndolo al presente, con una sonrisa pícara—. ¿Qué tienes pensado hacer este verano?

Miguel depositó su copa de vino sobre la mesa.

—Voy a dedicarme a un proyecto personal —anunció, sin entrar en detalles. Nunca lo hacía por desconfianza, pero en esta ocasión se abstuvo de dar explicaciones porque no había ninguna forma digna de confesarles que iba a intentar convertirse en una buena persona porque lo habían rechazado.

—Uuuuuh, qué misterioso —respondió Cristina, la pareja de Guille—. ¿Y tú? —dijo girándose hacia Luis—. Tú eres un buen novio, seguro que no vas a abandonar a tu chica aquí sola todo el verano, no como otros —dijo dándole un codazo a Guille.

Luis se sonrojó, como cada vez que la atención se centraba en él. Se pasó una mano por su pelo castaño claro, casi rubio, que caía sobre su frente y acentuaba su aire de niño bueno.

—La verdad es que mañana tengo una entrevista de trabajo. —La respuesta fue recibida con una mezcla de asombro y alegría. Miguel cumplió con su papel de amigo orgulloso, pero por dentro lo carcomía la desidia. ¿Así iban a ser sus vidas a partir de ahora, bonus, entrevistas de trabajo, prácticas para hacer currículum? Iba a tener que buscarse otros amigos si la cosa seguía así.

Justo en el momento en que creía que la noche no podía ser más anodina, distinguió una figura familiar entre la multitud. Estuvo a punto de ponerse en pie de la impresión al reconocer a Salomé parada junto a la barra. Había sustituido su conjunto de cuero negro por un vestido corto de brillantes que relucían con mil tonalidades de gris y bailaban cada vez que les daba la luz. El corte era simple y elegante a la vez, justo a su medida, y caía sobre su cuerpo revelando su complexión atlética y atrayendo unas cuantas miradas anhelantes. Tuvo el presentimiento de que se había vestido para la ocasión, para recolectar su alma. Sintió una mezcla de emoción y de angustia. Emoción porque por fin iba a suceder algo que no tuviese que ver con «salarios iniciales» y «bolsas de empleo»; angustia, porque aún no había decidido si creer la historia de Salomé.

—Miguel, ¿estás bien? —preguntó Luis, siempre tan atento hacia los demás.

Su familia procedía de una longeva casta de médicos. Su bisabuelo era cirujano; su abuelo, psiquiatra; su madre, cardióloga, y él, la decepción de la familia. Nunca había sentido vocación por la anatomía, pero fue Miguel el que lo convenció para que estudiase Administración de Empresas, en parte porque quería mantenerlo a su lado, pero también porque estaba convencido de que era de los que vomitaban y se desmayaban el primer día en la morgue de la universidad, cuando les pedían a los estudiantes que se dedicasen a abrir cadáveres como si fuese lo más normal del mundo. Había oído rumores de que siempre lo hacían en el primer cuatrimestre para hacer un cribado de los que valían para médicos frente a los que tenían el estómago demasiado sensible.

—Sí. —Asintió con la cabeza, adoptando una de sus sonrisas más efectivas, la de «soy encantador y la vida puede ser maravillosa»—. Voy a por otra copa —dijo poniéndose en pie, y antes de que diese un solo paso, Ana lo imitó.

—Yo también, ¿alguien quiere algo? —preguntó la joven, y Cristina le pidió que le trajese otra Coronita.

Lo que me faltaba, se dijo Miguel malhumorado. Miró de nuevo hacia la barra para descubrir que Salomé ya no estaba allí. La buscó, desesperado, pero no había ni rastro de ella. *Volverá*, pensó, estaba convencido de ello.

Miguel y Ana caminaron por la azotea, sumidos en un incómodo silencio, hasta que por fin la joven se atrevió a decir lo que él estaba esperando oír:

—¿Vas a decírselo? —inquirió, con seriedad, mientras Miguel buscaba un hueco para pedirle las dos cervezas y otra copa de vino al barman.

—¿Y tú? —respondió sin ni siquiera mirarla.

—No quiero hacerle daño —dijo, y Miguel desvió la mirada, dejando que viese su sonrisa divertida—. ¿Qué? ¿Qué pasa?

—Nada, es que no sabía que fueses tan cínica.

—¿Cínica? —repitió Ana, lanzándole una mirada de odio. Pudo ver cómo le temblaba el labio, igual que le ocurría cada vez que se enfadaba con él.

Nunca se habían llevado demasiado bien. Ana lo había calado desde el principio, no estaba seguro de cómo, pero había visto a través de su fachada de galán encantador. Sabía que ella le advertía a Luis a menudo que no debería fiarse tanto de él, que le decía cosas como «lo pones en un pedestal cuando él no movería un dedo por ti». Y en cuanto a Miguel… no podía evitar sentir celos por que una persona tan mediocre le hubiese robado la compañía de su mejor amigo.

—Me parece genial que quieras asegurarte de conservar a tu presa —dijo lanzando una rápida mirada hacia Luis—, pero fingir que es por altruismo... Le has puesto los cuernos a tu novio con su mejor amigo, Ana, puedes seguir repitiéndote que eres una buena persona, pero no eres tan perfecta como nos quieres hacer creer a todos.

No sabía de dónde salía tanta rabia, pero ahí estaba, había dejado de disimular durante unos segundos para decir todo lo que pensaba, y aunque Ana parecía ultrajada, no se podía decir que estuviese sorprendida.

—Sé que no soy perfecta —dijo después de respirar hondo—. Estaba muy borracha, y tú también, apenas recuerdo nada... No tendría que haber ocurrido, pero pasó y lo mejor es olvidarlo. Solo quiero saber si estamos de acuerdo.

Miguel vaciló. Una parte de él le guardaba suficiente rencor como para seguir jugando con ella un poco más, pero ¿qué sacaba aparte de darle salida a su frustración durante unos segundos? No podía olvidar que era amiga de Martina. Si acudía a ella para contarle lo que sucedió entre ellos esa noche y además le aseguraba que se había comportado como un cretino acabaría con su intento por demostrarle que podía ser una buena persona, pero ¿acaso mentirle a su amigo no era el tipo de cosas que lo alejaban de un tipo decente?

—Me lo pensaré. No quiero ningún cargo sobre mi conciencia —dijo, siendo honesto por primera vez en mucho tiempo; sin embargo, poco acostumbrada a esa faceta suya, Ana no reaccionó como esperaba.

—¿Conciencia? Tú no tienes conciencia, Miguel, por eso vas a terminar solo. —Rio con amargura—. Martina hizo bien en rechazarte. —Sus palabras cayeron sobre él como si lo hubiese noqueado en la mandíbula con un puño americano.

Se lo había contado. *Maldición*. Se imaginó a las dos amigas tomadas del brazo y riendo mientras Martina describía con todo lujo de detalles cómo el miserable de Miguel Sabato le había declarado su amor y cómo ella le había pisoteado el corazón sin piedad. Por fin le habían dado su merecido.

—Vaya, ¿así que es verdad que tienes sentimientos después de todo? —Se burló Ana al ver su expresión consternada—. Está bien, planteémoslo así. Si tú no le dices a nadie lo que pasó, yo tampoco. ¿Ves? Te crees muy especial, pero todos podemos jugar a esto. —No añadió nada más porque no hacía falta, los dos eran presa del mismo secreto, del mismo error.

Ana se llevó las dos cervezas que el barman acababa de dejar sobre la barra y volvió a la mesa, y Miguel permaneció congelado en su sitio. Necesitaba salir de allí, perderse entre una multitud de desconocidos donde pudiese convertirse en quien le diese la gana: oscuridad, música alta, pieles tersas y cuerpos cálidos que le hiciesen olvidar el rostro de Martina. Más placeres mundanos. Sin mediar aviso, caminó hacia la salida, ignorando los mensajes de Luis en su móvil en los que le preguntaba si le pasaba algo.

Al principio su plan había funcionado. Empaparse en sudor ajeno, intercambiar miradas lujuriosas con chicas guapas y hombres hermosos, el parpadeo de las luces moradas y blancas que lo transportaban a un mundo de ensueño. Había conocido a un grupo de amigas que se habían acercado a él entre risitas, y le habían preguntado si había ido allí solo. Él mintió diciendo que había perdido a sus colegas porque daba mucho mejor imagen que plantarse en la pista como una especie de planta carnívora que espera a que una incauta mariposa se acerque demasiado. Después de un par de chupitos y de varias canciones bailando hasta que sus movimientos se fundían en un vaivén que nada tenía que ver con la danza, acabó en un reservado con dos de las chicas. Muchos se hubiesen cambiado por él, pero Miguel se sentía miserable. ¿Qué demonios le estaba ocurriendo? Las chicas coquetearon con él, acercándose cada vez más en el sofá, hasta que una de ellas lo besó mientras que la otra jugueteaba a bajar la mano lentamente por su pecho, hundiéndola por debajo de la camisa. En lugar de responder, se quedó petrificado ante el beso y la chica se detuvo al percatarse de que no tenía ningún interés en ella.

—¿Qué pasa? —preguntó, dudando entre si la situación era divertida o una pérdida de tiempo—. ¿Eres tímido?

Eran preciosas las dos, sin duda, con sus largas melenas cayendo sobre sus vestidos ajustados y sus escotes sugerentes, aunque Miguel siempre había sido más de perderse en los cuellos, aquellos largos cuellos… ¿cómo solían decir? De cisne, sí, eso era, cuellos de cisne, largas piernas… podrían pasárselo genial. Empezarían en el reservado y terminarían en algún hotel de la zona. Reirían, gemirían, olvidarían quiénes eran y de dónde venían. Pero Miguel acababa de darse cuenta de que no le interesaba olvidar. Lo único que quería era a la chica de sus sueños, lo demás le daba igual. Y por mucho que besase a esas chicas, ninguna se convertiría en la brillante e idealista Martina, que seguro que no estaba pasando la noche en una discoteca con precios desorbitados del centro. No, ella estaría en casa, leyendo algún libro histórico sobre el escándalo Watergate o sobre la Transición española. Muy a su pesar, las palabras de Ana aún resonaban con un eco ensordecedor en su cabeza: «Martina hizo bien en rechazarte».

Miguel se aclaró la garganta.

—¿Tímido? —Negó con la cabeza—. En realidad… preferiría estar solo —lo dijo tan alto como pudo para que lo pudiesen oír por encima del zumbido de la música, aunque tuvo que repetirlo un par de veces para que las amigas se asegurasen de haber oído bien.

Se miraron entre ellas, incrédulas, y después lo observaron como si fuese una especie de marciano.

—¿Eres gay? —preguntó la chica que había estado toqueteándolo.

El joven se echó a reír y se encogió de hombros. Si les resultaba más creíble que tuviese dudas con su sexualidad a que no le apeteciese hacer un trío, entonces adelante. Las dos amigas se tomaron de la mano y se marcharon, dispuestas a seguir disfrutando de la noche, y él se quedó a solas con su botella de champán de doscientos euros. Ni siquiera tenía ganas de bebérsela.

—Los humanos sois ridículamente predecibles —gritó una voz familiar junto a él, pero solo pudo discernir más de un par de palabras.

—¿Qué? —preguntó.

Salomé rodeó las barreras que separaban simbólicamente unos reservados de otros y se sentó en el sofá de cuero negro junto a él.

—¡Que sois muy predecibles! ¿Por qué crees que me he vestido así?

Miguel la examinó de nuevo y arqueó una ceja.

—Así que sabías que iba a acabar solo y amargado en una discoteca.

—De acuerdo con los datos de tu informe, es lo que sueles hacer. Ir a discotecas para evadirte de tu miserable vida y, llámame «perspicaz», pero he notado que hay muchas cosas en las que no quieres pensar.

El joven negó con la cabeza, incrédulo, preguntándose cómo había llegado a ese punto.

—Ah, sí... es cierto. ¡Lo sabes todo sobre mí!

Después de lo que había leído sobre las *cookies* de internet y la compraventa de datos, estaba seguro de que no era tan difícil descubrirlo prácticamente todo sobre él. Bastaba con rastrear sus tarjetas de crédito, las webs que visitaba con frecuencia, el tipo de posteos a los que les daba *like.*

—Sigues sin creerme —dijo Salomé, como si pudiese leerle los pensamientos.

Ah, por supuesto. Según ella, podía. *Cielos*, debía de haber bebido más de la cuenta para no estar llamando al tipo de seguridad en ese mismo instante.

—Acabo de darle un billete de cien a Boris para que salga a fumar un cigarrillo, así que ni lo pienses. En serio, tu escepticismo no me ofende. Si me creyeses a la primera de cambio, me preocuparía. Con que entiendas que he venido a ayudarte me vale por ahora.

—Ayudarme a ser buena persona —repitió él, mientras Salomé se acomodaba en el sofá, rodeándolo con el brazo justo por detrás de su cabeza.

—Exacto.

—¿Y si me gusta como soy?

—Lo entiendo; en realidad, no, pero lo que intento decir es que ese no es tu problema, ¿verdad? El problema es que a Martina no le gusta como eres.

La odió. En ese instante, detestó a Salomé con todas sus fuerzas, a ella y a Ana, y a sus amigos demasiado ocupados con su vida de adultos para distraerlo, y a Martina por obligarlo a mirarse en un espejo que nunca había querido colgar de la pared.

El contrato volvió a aparecer de la nada, esta vez sobre la mesita de cristal frente a ellos, y Salomé le tendió una pluma, pero no una de esas caras que venden como si se tratase de joyas, sino una pluma de verdad, que podría haber sido de halcón o de alguna lechuza pequeña, una pluma de la que brotaban pequeñas gotas de tinta negra.

Miguel se frotó la frente con la mano, incapaz de creer lo que estaba a punto de decir.

—Supongamos que firmo. ¿Qué sacas tú? ¿Qué tengo que darte a cambio?

Salomé negó con la cabeza.

—No soy un Demonio, no tienes que darme nada. No te concederé dones malignos y vendré a cobrarme el favor, te lo aseguro. Es solo una cuestión de trabajo, de convicciones más bien. Considéralo un servicio gratuito del Bien.

Miguel se inclinó sobre el contrato, aún aturdido por los chupitos que había tomado, pero no lo bastante como para no ser capaz de comprender el texto a la perfección.

Yo, ________________ , accedo a que Salomé, Centinela del Bien con número de licencia 0072, se convierta desde el día de hoy, __________, en guardiana de mi alma, hasta el día en que vuelva a estar limpia de cada uno de los actos maliciosos que la corrompen.

1.1 Exclusividad: el custodiado se compromete a no firmar un contrato de limpieza con ningún otro Centinela del Bien y a no establecer ningún tipo de relación contractual con guardianes del Mal.

Interesante, así que había servidores de las tinieblas morando entre los humanos. ¿Qué significaba eso, que todas esas historias de Dios y Satanás eran ciertas? Salomé no le parecía de las que se sentaban a rezar, y por otra parte no era como si solo hubiese una versión sobre la lucha entre el Bien y el Mal, cada cultura tenía sus propias leyendas. ¿Con cuáles se correspondía Salomé? ¿Qué parte de la verdad habían logrado adivinar y aceptar los humanos corrientes? Tal vez tendría que buscar una segunda opinión sobre su caso antes de comprometerse a nada... Siguió leyendo y el contrato no se volvía más normal en ningún momento.

2.6 El contrato solo podrá vencer cuando se logre el objetivo por el cual se firma —limpiar el alma del custodiado— o con el mutuo acuerdo de ambas partes, Centinela y custodiado.

Blablablá...

4.3 La existencia del presente contrato no será compartida por ninguna de las partes firmantes con ningún humano que no sea el custodio implicado.

Miguel respiró hondo, consciente de que Salomé lo observaba. «Ser una buena persona». ¿Sería el único al que ese concepto le aterraba?

—Los de tu especie sois reticentes al cambio, pero eso no significa que no vaya a valer la pena —intervino la Centinela. Miguel giró el rostro hacia ella, escrutando sus ojos grises en busca de algún indicio de maldad, pero seguía siendo indescifrable.

—Podría limitarme a fingir que soy un buen tío. Aprender, observar, y después fingir.

Salomé sonrió.

—Esa Martina tuya. ¿Cuán inteligente es? Quiero decir... ¿Cuánto tiempo crees que podrías engañarla?

Miguel apretó el puño y, antes de que pudiese darse cuenta, estaba sosteniendo la pluma entre los dedos, teñidos de negro por la tinta. No había muchas cosas que le hiciesen reír, pero pensar en que estaba a punto de convertirse en una especie de personaje de cuento que encuentra la salvación gracias al amor podría haberle sacado unas cuantas carcajadas, de no haber sido por que una parte de él estaba muerta de miedo.

Se inclinó sobre el documento y, con solo dos giros de muñeca, firmó.

10 Inés

Se detuvo ante la pirámide de cristal, encendida desde el interior por decenas de focos que iluminaban toda la plaza. Aún no había anochecido del todo aunque el museo estuviese a punto de cerrar, y el cielo parecía querer contribuir a la belleza de la postal aportando una mezcla de tonos azulados y rosáceos que numerosos turistas intentaban retratar en vano. Ninguna lente sería capaz de hacerle honor a la realidad ante sus ojos. Inés lo sabía y por eso no se molestó en intentarlo. Se limitó a admirar los colores y a retenerlos en su retina tanto tiempo como le fuese posible. Ante escenas así resultaba sencillo comprender por qué los impresionistas le habían concedido tanta importancia a la luz y a su fugacidad. ¿Quién no querría congelar ese instante en el tiempo? Pintar un cuadro era parecido a robar un fragmento de la existencia, uno capaz de pasar de mano en mano, de transformarse en función del ojo que lo contemplaba y a la vez ser inmutable.

—¿Qué te parecería hacer una rápida visita al Louvre? —Le había propuesto Jackie esa misma mañana.

Ella se limitó a sonreír.

—Nunca he estado en París —admitió.

Apenas había viajado más allá de un par de veranos a un apartamento que sus padres y sus tíos habían alquilado en Alicante —muy lejos de la primera línea de playa—, y esta era la primera ocasión en la que saldría de España. Como tantas otras jóvenes, había soñado miles de veces con visitar París y no se había sentido en absoluto decepcionada al comprobar que, además del despliegue de arte en cada esquina, también había demasiado tráfico, tiendas de *souvenirs* baratos y los típicos olores rancios de cualquier ciudad. Bajarse del avión y escuchar a todo el mundo hablando en francés, un idioma que había estudiado pero que apenas comprendía, le había provocado una sonrisa de oreja a oreja. Todo era tan distinto a lo que conocía, y a la vez tan familiar... ¿Así que eso era a lo que llamaban *vivir una aventura*?

Junto a Jackie había recorrido las eternas estancias del Louvre. Si hasta entonces creía que el Prado era grande, el museo francés tenía un alegato que hacer al respecto. Visitaron de lejos a la *Mona Lisa*, demasiado atareada atendiendo a la horda de curiosos que se turnaban para sacarle una foto desde la distancia del cordón de seguridad, y pasearon por salas casi vacías a pesar de las diez millones de entradas que se vendían cada año.

—A veces pienso que los humanos no os merecéis vuestras propias creaciones —dijo Jackie, contemplando cómo un cuadro de Rafael pasaba completamente desapercibido.

Inés no le confesó que, a veces, ella pensaba lo mismo.

La condujo a través de los pasillos blancos repletos de cuadros, presentaron sus saludos a la *Venus de Milo*, convertida también en una celebridad de mármol, y a la *Victoria alada de Samotracia*, alzada en el centro de una escalinata casi tan famosa como ella. A cada paso que daban, Jackie le susurraba al oído alguna anécdota sobre las excentricidades de tal pintor renacentista o el mal carácter de aquel otro escultor del romanticismo. Ninguna de esas cosas podría haberlas descubierto en los libros, solo de boca de alguien que los había conocido en profundidad, que había charlado, bebido y reído con ellos.

—¿Desde cuándo te dedicas al mundillo del arte? —preguntó Inés, después de descubrir que su mentora había sido mecenas, galerista y representante antes de convertirse en curadora.

Ella había sonreído con aquella elegancia gatuna que adoptaba cuando algo la divertía, arqueando los labios de oreja a oreja.

—Siempre ha sido un buen lugar para recolectar almas perdidas. —Era toda la explicación que iba a darle al respecto.

A Inés le pareció injusto que la mujer, o lo que sea que fuese, lo supiese todo sobre ella y le contase, a cambio de sus más íntimos secretos, tan poco. Se lo dijo, sin poder creer su osadía, y Jackie rio de nuevo.

—No me mires así. ¿Qué encanto tendría ser un Demonio si perdiese el misterio tan rápido?

Una de las salas que más le impactó a Inés fue el Patio de las Esculturas, que albergaba piezas de inspiración clásica que en realidad fueron talladas en el siglo XVIII. Lo que más la cautivó fue el vasto espacio ante sus ojos, las amplias plazas y la cristalera sobre su cabeza que bañaba las esculturas con la luz del largo atardecer de verano. Jamás creyó que pudiese existir nada parecido a un templo dispuesto tan solo para mostrar unas cuantas esculturas de caballos.

—Ven —dijo Jackie tomándola de la mano—. Voy a presentarte a una vieja amiga.

Caminaron por el museo hasta detenerse frente a una obra de aspecto cándido en la que una niña pequeña abrazaba a su madre, ataviada con ropajes que la asemejaban a una ninfa griega.

—Élisabeth Louise Vigée-Le Brun, Inés García. Inés, Élisabeth era la artista predilecta de la reina María Antonieta, así fue como la reina y yo nos conocimos. La corte de Luis XVI era un paraíso para los Demonios, aunque fue aún más impactante lo que vino después, de muy mal gusto, eso sí. —Hizo las presentaciones y se acercó al oído de Inés para susurrarle, después de mirar de un lado a otro para asegurarse de que nadie prestaba atención, o quizá solo por añadirle algo de intriga a la situación—. Debo confesar que no es la original, aunque es una imitación excelente, ¿no crees?

—¿Es falsa? ¿Y nadie se ha dado cuenta? —preguntó Inés, horrorizada—. ¿Dónde está la original?

Jackie se encogió de hombros.

—En mi dormitorio. Te la mostraré si quieres, tal vez sea hora de que la cuelgue en el salón para que todos los invitados puedan verla. —Inés se dispuso a reprocharle que aquello no estaba bien, que esa obra no le pertenecía a ella, sino a todas las personas, que tenían el mismo derecho que ella a admirarla, pero la mujer se adelantó a su discurso—. ¿De verdad crees que a alguien le importa? La mayoría de los visitantes ni se detienen a ver la obra y los expertos del museo se habrían dado cuenta de que el trazo no coincide con el del resto de sus obras si le hubiesen prestado la suficiente atención. —La desilusión se apoderó del semblante de Inés y Jackie suspiró—. ¿Sabes? A veces pienso que si les hiciese ver que me he llevado la obra la apreciarían mucho más, que de pronto la echarían de menos y la querrían de vuelta. Así sois los humanos. —Sonrió—. No sabéis lo que tenéis hasta que lo perdéis.

Reanudó la marcha, avanzando hacia la siguiente obra, pero Inés permaneció ante el autorretrato falsificado, masticando las palabras de Jackie, dejándose empapar por la idea que acababa de sembrar en su mente. *La apreciarían mucho más.* Cuando intentó reunirse con su guía, descubrió que la había perdido y, tras un fugaz momento de pánico, comprendió que la estaba retando.

«Quiero que uses tu nuevo don para una causa noble», le había explicado esa misma mañana. «Siempre hablan de los de mi clase como si fuésemos el Mal encarnado, pero lo cierto es que solo somos los que estamos dispuestos a hacer lo que hace falta».

Esta era la perfecta ocasión para demostrarle a Jackie que era digna, que se merecía contemplar el verdadero retrato. Que ella también estaba dispuesta a hacer lo que hiciese falta, a dejar su marca en el mundo, a hacer sentir su ausencia.

Unos minutos más tarde, en la plaza de la pirámide, Inés consultó el reloj de su teléfono móvil para comprobar que tenía el tiempo justo para cumplir con su misión. Dio la espalda al Louvre y a su pirámide, y cruzó el Pont du Carrousel hasta la orilla izquierda del río.

Quienes observasen la decisión con la que avanzaba aquella mujer hecha y derecha por la ribera no habrían reconocido a la muchacha insegura que era hacía solo unos días; aunque siguiese encogida en su interior se había esforzado por esconderla bien. Había sustituido sus pantalones desgastados por unos vaqueros negros ajustados, unos botines de tacón ancho y una blusa blanca con detalles bordados en un fino hilo negro. El conjunto la favorecía, al igual que su nuevo corte de pelo, a la altura de la barbilla y con un bonito flequillo que marcaba los ángulos de su rostro. Ya no tenía la apariencia de una chica que se había puesto lo primero que había encontrado en su armario con la intención de no destacar; ahora parecía alguien que tenía claro quién era. Paseó hasta detenerse ante las puertas de otro gran museo, el D'Orsay, erigido en lo que hacía no tanto tiempo había sido una estación de trenes.

Se sentó en un escalón junto a la entrada, sacó un cuaderno del interior de su bolso, un bolígrafo, y buscó en Google el aspecto que tenía una entrada del museo. La dibujó con mimo, prestando atención a cada detalle, sobre una mano idéntica a la suya. El regalo que Jackie le había concedido, su nuevo don, hizo el resto, y una entrada apareció sobre su mano como por arte de magia. Sonrió y se puso en pie, satisfecha consigo misma. Siempre había considerado la capacidad de crear como su gran poder, pero Jackie lo había elevado a otro nivel, más allá de la tinta y el papel.

Pasó el control de seguridad y le mostró su entrada a una amable mujer que le avisó de que estaban a punto de cerrar. Ella entendió lo suficiente para responder «*pas de problème*». No podía marcharse de París sin hacer una visita a la exposición de Berthe Morisot de la que Jackie llevaba todo el día hablando. Como la mayoría de las personas, la había descubierto mucho después que al resto de sus compañeros impresionistas, pero en cuanto lo hizo, se enamoró de sus obras. Estaba segura de que la exposición ayudaría a que se hablase más de ella, pero las palabras de la curadora resonaban en su mente: *¿De verdad crees que a alguien le importa? No sabéis lo que tenéis hasta que lo perdéis.*

Paseó entre las obras, deteniéndose a veces para mirar un cuadro durante varios minutos: una joven recostada en un sofá junto a su perro, un hombre parado ante una ventana, una madre acompañando a sus hijas en el parque… Escenas cotidianas que durante décadas habían caído en el olvido. Morisot había sido una más entre los impresionistas, con ideas propias y frescas. Participó en siete de las ocho exposiciones del movimiento junto a Monet, Degas o Renoir y, sin embargo, quienes escribían la historia del arte se habían encargado de que fuese olvidada. Cuando los niños y niñas estudiaban los movimientos artísticos en el colegio no encontraban nombres de mujeres en sus libros de texto.

Las cosas están cambiando, se dijo, mirando a su alrededor y viendo cómo sus pinturas habían sido rescatadas.

Pero no es suficiente. No quiero ser paciente.

Su obra había sido tratada como un despojo por muchos, ¿a quién le podía importar una escena en la que una madre con expresión de cansancio, pero también de ternura, velaba por su pequeña hija dormida? Desde luego, no a los académicos e historiadores del siglo XIX que despreciaban «los asuntos de mujeres». Según sus normas, si había algo peor que una mujer intentando actuar como un hombre, era una mujer que se sentía orgullosa de serlo.

Inés sabía bien lo que era que te menospreciasen.

Su conciencia le decía que lo que estaba tentada de hacer no era honrado, pero ¿adónde la había llevado haber escuchado a su conciencia? A ningún sitio. A ser una aspirante a librera a tiempo parcial que se dejaba pisotear y una marginada en la universidad. Quizá su noción del Bien y el Mal hasta la fecha estuviese alterada por todas esas personas que la querían sumisa, derrotada. Se convenció de que lo que tramaba era lo correcto. Después de todo, no lo hacía por ella, sino por Berthe, la olvidada e ignorada Berthe. Si se atrevía a dar el paso, nadie volvería a mirar al otro lado, no podrían.

Era la oportunidad que había ansiado durante tanto tiempo, por fin, ante sus ojos.

Abrió su bloc de notas y comenzó a capturar cada una de las líneas de *La cuna* con su bolígrafo, tan fielmente como pudo. Después trazó un marco a su alrededor y poco a poco añadió detalles en torno a él: una cama, una ventana, un escritorio... Inés dibujó con detalle la habitación de invitados de Jackie, decorada por la obra que colgaba en mitad de su pared. Sonrió satisfecha y volvió a guardar el bloc en su mochila.

—*Ça a été rapide* —se despidió la mujer de la entrada cuando la vio salir. Inés asintió con la cabeza y le dedicó una sonrisa, porque no recordaba cómo decir «ya te lo advertí».

No tenía del todo claro que lo que acababa de hacer fuese una buena acción, pero sí que se sentía pletórica. Ya fuera un acto de bondad o uno de maldad, era innegable que cuando los empleados del museo llegasen por la mañana y descubriesen que la obra más famosa de Berthe Morisot había desaparecido se generaría un buen revuelo, justo lo que ella estaba buscando. Quién se lo habría dicho hacía solo unos días, Inés García procurando atraer la mayor atención posible.

Se le escapó una carcajada.

Ya no había marcha atrás, no volvería a ser jamás esa chiquilla asustada que procuraba parecer corriente para encajar, que siempre decía que sí aunque no quisiese hacer lo que le pedían con tal de caer bien a los demás, en ocasiones mendigando el cariño de gente que ni siquiera le caía bien. Esa chica cuya piel ocupó había desaparecido para dar paso a la mejor versión de sí misma, una que había estado ahí todo el tiempo, esperando a que llegase su momento.

Y solo había tenido que firmar un sencillo contrato para descubrirlo.

ACTO SEGUNDO

«Su amor me tornó en otro hombre
regenerando mi ser
y ella puede hacer un ángel
de quien un demonio fue».

Don Juan Tenorio, José Zorrilla.

1 Miguel

Sus espesas pestañas se apretaron con fuerza al sentir los primeros rayos del sol. Miguel fue recobrando la noción del mundo a su alrededor a medida que despertaba. Estaba en su dormitorio, acompañado tan solo por su perra Chica, cuya respiración presentía en el borde de la cama. Había intentado enseñarle a dormir en el suelo, pero era demasiado terca para darse por aludida. Miguel estiró los músculos, incorporándose lentamente y llevándose los dedos a la frente, aturdido por el característico dolor de cabeza que el alcohol le había dejado como recuerdo de sus excesos. Se había acostado con la ropa puesta y los zapatos estaban esparcidos por el cuarto.

Sonrió para sí mismo. Había tenido el más estúpido de los sueños. Un contrato surgido de la nada, un ángel en forma de mujer, magia. Ignoraba que tuviese una imaginación tan vívida y prolífica. Se puso en pie, intentando recordar cómo había llegado hasta allí. Olfateó su camisa y encontró en ella una fragancia que no era la suya y que no reconocía. ¿Había logrado ahogar sus penas en unos brazos ajenos? No atinaba a dar con las piezas del puzle que rellenasen sus lagunas. Era la segunda vez que perdía el control con el alcohol en una semana, no podía permitirse actuar como un adolescente que no conocía sus límites. Se desabrochó los botones de la camisa y la dejó caer sobre el suelo. Se quitó los pantalones, los calcetines y la ropa interior, y se dirigió hacia la ducha de su baño privado.

Dejó que el agua fría corriese unos instantes antes de permitir empaparse con ella. Como cada mañana, sintió un momento de arrepentimiento bajo las gélidas gotas, pero se obligó a sí mismo a aguantar sus punzadas, sintiendo cómo los músculos y su mente despertaban. Cerró los ojos y dejó que el agua arrastrase el olor a perfume y a champán de su cuerpo. Era un nuevo día. Y por primera vez en mucho tiempo no sabía qué otra cosa hacer aparte de salir a correr con Chica. Se concentró en el torrente de agua, como si su crepitar contra la pizarra de la ducha pudiese enmudecer su inquietud, y se lavó el cuerpo de manera mecánica, esperando a que el frío lo despertase del todo. Fue entonces cuando se dio cuenta de las manchas que teñían su piel. Cerró el grifo y se apresuró a plantarle cara en el espejo, aunque no estaba preparado para lo que iba a ver.

Tuvo que contener un grito de horror al ver la imagen reflejada en él.

No.

Era imposible.

Tenía que ser un espejismo, un truco. *Tal vez estoy soñando*, se dijo, dejándose llevar por el pánico tan solo un segundo antes de apoyar las manos sobre la pila y obligarse a recobrar el control.

No era tan ingenuo. Supo que estaba despierto, que ninguno de sus recuerdos había sido un sueño.

De verdad había firmado aquel contrato, había entregado su alma a un ser inhumano. Era tan cierto como cada una de sus respiraciones. Firmó y después vino el dolor, un indescriptible tormento que solo podía explicarse con aproximaciones y metáforas: «como mil cuchillas atravesando su carne», «como si quemasen su piel desde dentro con un soplete», «como si un millar de ratas rabiosas y hambrientas se diesen un festín con su cuerpo». Todo eso y mucho más fue lo que sintió cuando aparecieron en su cuerpo los horrendos tatuajes que recubrían cada centímetro de su piel. El dolor había sido tan intenso que se había desvanecido para despertar en su cama a la mañana siguiente. Su cerebro debía de haber obviado el recuerdo en un pobre intento de protegerlo y había confundido el entumecimiento del dolor con una resaca común.

Cuando Miguel se recuperó del sobresalto, examinó las marcas una a una. A pesar de que todas presentaban un aspecto similar de color oscuro y trazos densos, el amasijo de sombras estaba compuesto por todo tipo de imágenes: flores, animales salvajes, criaturas mitológicas, rostros de desconocidos... Podrían pasar por tatuajes normales y corrientes; sin embargo, si uno prestaba la suficiente atención, se revelaba un destello de oscuridad en cada uno de ellos: las flores estaban recubiertas de espinas y supuraban veneno, los animales eran en realidad bestias de expresiones furiosas con las fauces abiertas, los seres imaginarios lo miraban con desdén y una amenaza silenciosa escrita en sus ojos, y los rostros resultaban esperpénticos, como si los hubiese dibujado un artista corroído por la locura.

Rebuscó en los cajones hasta dar con un espejo de mano que utilizó para verse la espalda. Si no hubiese temido la ira de Dios por primera vez en su vida, habría blasfemado en voz alta. Desde los hombros hasta el coxis, una calavera sin ojos le devolvía la mirada, envuelta en llamas, y Miguel sintió la presencia del Mal en su rostro de hueso desnudo.

El espejo se escapó de entre sus dedos por la impresión, rompiéndose en pedazos contra las baldosas del recién renovado cuarto de baño. *Siete años de mala suerte*, escuchó en el fondo de su mente, y reconoció, incrédulo, su propia voz. Siempre había creído que las supersticiones eran cosa de débiles, pero después de lo de anoche tenía la humildad suficiente como para admitir que ya no sabía en qué creía.

—Yo que tú recogería eso. Los humanos sois extremadamente frágiles, no querrás cortarte la planta del pie, ¿verdad? Empezarías a sangrar como un cerdo y lo pondrías todo hecho un asco. Nadie quiere que pase eso.

El corazón de Miguel dio al menos tres vuelcos al ver a Salomé apoyada contra el margen de la puerta del baño, cruzada de brazos y mirándolo de los pies a la cabeza con una mezcla de condescendencia e impaciencia, pero, sobre todo, con desinterés. Se apresuró a cubrirse con una toalla y después fue él quien la examinó. El vestido había desaparecido y volvía a vestir de negro de los pies a la cabeza. Era un alivio saber que había pasado la noche en su propia casa, pero le resultaba inquietante preguntarse cómo había hecho entonces para entrar y salir de nuevo de su habitación sin ser vista. Chica se había despertado y ladraba feliz en torno a ella, reclamando su atención. Miguel sintió una punzada de lástima por el animal. Realmente, no sabía lo que le convenía, ¿verdad? Con un poco de cariño le bastaba, sin importar de quién viniese. A veces sentía envidia por su simpleza.

—¿Qué demonios me has hecho? Esto no formaba parte del trato, parezco un maldito monstruo de circo. —Señaló su propio cuerpo. Había oído en muchas ocasiones relatos de personas que contaban cómo tatuarse les había ayudado a recuperar el control de su vida, o al menos la sensación de control, tras momentos duros o traumáticos. Él sentía todo lo contrario, aquellas imágenes ancladas en su cuerpo eran la demostración de que su vida ya no le pertenecía del todo.

—Vayamos por partes. Primero: si vamos a trabajar juntos, tienes que dejar de mentar al Demonio. —Hizo una mueca de desagrado al arrugar la nariz y los labios—. No es de muy buen gusto. Y segundo: *¿circo?* Estamos en el siglo XXI, casi todo el mundo se tatúa hoy en día; además, yo creo que te favorecen. Pareces un tipo duro.

—¿Estás tomándome el pelo? —preguntó Miguel, haciendo un puño con la mano para contener la rabia.

Salomé sonrió.

—Solo un poquito. Pero es verdad que te dan un aire así como de… jefe de la yakuza, o de presidiario cumpliendo una cadena perpetua —dijo imitando la típica pose de quien muestra sus bíceps con orgullo—. A mucha gente le resulta atractivo, igual has encontrado un nuevo filón.

—Quítamelos —ordenó, y si esperaba causar algún efecto se encontró con una desagradable decepción.

Ella se encogió de hombros.

—No puedo, que sigan ahí o no depende sobre todo de ti. Es lo que vamos a hacer, ¿no?, limpiarte el alma. Para eso necesitamos sacar todos tus pecados a la luz, y créeme, mejor fuera que dentro. Cuando todas esas malas acciones se quedan retenidas por dentro acaban volviéndose tóxicas y es terrible para el cutis, ¿por qué crees que algunos políticos y tipos poderosos envejecen tan mal y tan rápido? Si conoces a alguien que no esté envejeciendo bien, que no le eche la culpa a la dieta o al estrés. En este caso, beber mucha agua no sirve de nada. Aunque es verdad que a veces los genes son unos cretinos.

Miguel frunció el ceño, tan amenazante como pudo, pero Salomé seguía siendo inmune a sus técnicas de intimidación.

—No estoy para juegos. No puedo salir así a la calle, arréglalo o…

—¿O qué? —Una daga apareció de la nada entre los dedos de Salomé y jugueteó con ella con un aire distraído—. Acaba la frase, Miguel… si no fuese tan fácil para mí darte una paliza, ¿qué harías? —Lo miró, desafiante.

—No necesito recurrir a la violencia para arruinarte la vida —dijo, satisfecho consigo mismo, aunque sospechaba que Salomé no se parecía a las demás personas que había conocido.

Era mucho más sencillo doblegar a la gente de lo que podría parecer, solo tenías que tantearlas un poco, averiguar sus más profundos miedos, sus debilidades, sus deseos, y tocar las teclas necesarias para que creyesen que podías arrebatarles lo que tanto aman o darles lo que ansían, pero Salomé… parecía que esa mujer no temía ni quería nada, que simplemente existiese. *No me lo creo,* se dijo Miguel. Ángel, humana, Centinela o lo que sea que fuese, si había una llama ardiendo en ese corazón suyo, la encontraría.

—Miguel, puedes dejar de planear tu venganza en mi contra —dijo, aburrida. *Mierda,* había olvidado esa habilidad suya para ver más allá de sus silencios, de entrar en su mente y leerla como una bruja que echa las cartas—. Nadie verá los tatuajes, puedes estar tranquilo. Solo otro Centinela, Demonio o alguien bajo su amparo sabrán que están ahí.

A pesar de su resentimiento, Miguel respiró aliviado. No quería imaginarse la expresión en el rostro de su madre si veía su cuerpo cubierto de tinta desde el cuello hasta los pies. Seguramente diría algo así como «con lo guapo que tú eres, hijo».

—Podrías haber empezado por ahí —le reprochó, alzando una ceja.

Salomé sonrió de nuevo.

—Podría. Pero es que los que os tomáis tan en serio a vosotros mismos sois los más divertidos de hacer rabiar. —Acarició a Chica entre las orejas y retrocedió hacia el interior de la habitación—. Date prisa y vístete, eh. Tenemos mucho en qué trabajar y me muero de ganas de desayunar. ¿Tenéis Chocapics?

Fue entonces cuando Miguel distinguió la bolsa de deporte repleta de ropa en el suelo de su dormitorio.

—¿Qué hace eso ahí? —preguntó, seguro de que la cantidad de furia que estaba sintiendo antes de tomarse siquiera un café no podía ser sana.

—Me apetece tan poco como a ti pasarnos el día juntos, pero, si queremos arreglar este estropicio —dijo señalando los tatuajes que encarnaban sus pecados—, vamos a tener que pasar mucho tiempo juntos. Suena genial, ¿eh? *Yupi.* —Ya que estaba acabando con su paz mental, podía ahorrarse el sarcasmo.

—¿Y es necesario que pases la noche aquí? —preguntó al distinguir un cepillo de dientes entre sus posesiones. Quién lo iba a decir, los ángeles necesitaban cuidar su higiene dental.

Salomé se mordió los labios, pensativa, y asintió después de unos cuantos segundos.

—Créeme, por las noches es cuando más me vas a necesitar. Es cuando los monstruos están más hambrientos.

No puede ser verdad que esté a punto de hacer esto, pensaba Miguel mientras daba vueltas al plato de ensaladilla que Sus había dejado preparado para la cena junto a un gazpacho casero. Por primera vez en semanas, su padre, su madre y él se habían reunido en torno a la mesa. En verano los dos tenían menos trabajo y, cuando no estaban de vacaciones cada uno por su lado, había más probabilidades de que el milagro sucediese. Miguel tragó saliva, ignorando la anodina conversación de sus padres sobre si era hora de que cambiasen el colchón o si podían esperar un poco más y el ruido de fondo de las noticias en las que se anunciaba cómo el misterioso robo de un cuadro en París había vuelto viral el trabajo de una artista impresionista que muchos habían ignorado durante siglos. Según informaba la policía francesa, no tenía ninguna pista fiable al respecto.

—Luego dicen de los españoles —masculló su padre entre bocado y bocado—, pero esto aquí no hubiese pasado, os lo digo yo. A estas horas ese cuadro ya estaría colgado de vuelta en su sitio —afirmó en un súbito alarde de amor patrio.

—Pues a mí me parece muy curioso —apuntó su madre, que siempre había sido una gran amante del arte— que pudiendo colarse en el Musée d'Orsay hayan robado precisamente ese cuadro. Hay obras allí que valen fortunas, como el autorretrato de Van Gogh. ¿No será una campaña de publicidad del museo?

Miguel oía sin escuchar, dando vueltas a la conversación que había tenido con Salomé hacía solo unas horas, mientras devoraban el desayuno después de convencer a Sus de que la Centinela era una amiga de la universidad —aunque la mujer no le quitó el ojo a su atlética musculatura, como si no se acabase de creer que una estudiante de Administración de Empresas pudiese pasar tantas horas en el gimnasio.

Salomé se había acomodado en la silla del comedor que solía ocupar y había extendido las piernas, apoyando sus pesadas botas militares sobre la mesa y engulló un bol de los cereales integrales —a falta de Chocapics— de su madre en un par de bocados. Miguel la observó, atónito. Parecía increíble que después de haber descubierto que existían fuerzas todopoderosas del Bien y el Mal luchando por convertir las almas humanas a su causa le sorprendiese el apetito voraz de la Centinela, que se limpió la boca con la manga y un sonoro sorbo.

—¿De verdad que no tenéis nada un poco menos… *sano*? —preguntó.

Miguel le sostuvo unos segundos la mirada hasta que comprendió que pretendía que él fuese a buscarlo. Estuvo tentado de responder por enésima vez quién se creía que era, pero recordó la daga que aparecía y desaparecía mágicamente en su mano y optó por agilizar las cosas. Volvió un par de minutos después con una caja de donuts que encontró en el fondo del armario. Miguel creyó que se comería uno, quizá dos, pero Salomé engulló los seis en unos pocos bocados. Cuando iba por el tercer bollo alzó la vista hacia Miguel, que ya había acabado su café americano hacía un buen rato y la miraba atónito.

—¿Qué?

—Nada… —dijo, y sonó convincente. Estaba acostumbrado a callarse sus pensamientos. No le habría ido demasiado bien por la vida si los demás pudiesen saber qué se le pasaba por la mente de verdad a cada momento; por desgracia, Salomé sí podía hacerlo.

—Estás juzgándome —dijo, no era una pregunta.

—Es que nunca había visto a nadie comer así, quizás a Chica —dijo con una pizca de malicia, y Salomé le sacó la lengua con desdén—. En serio, por curiosidad científica, ¿qué te pasa con el azúcar?

Salomé entornó los ojos, como si se preguntase si era buena idea darle tanta información a una persona que, literalmente, estaba cubierta hasta el cuello por sus pecados.

—No soy un ser carnal como vosotros. Soy… ¿pura esencia? Por llamarlo de algún modo, así que este cuerpo tiene que hacer un esfuerzo enorme para contener toda esa energía. Digamos que necesito más calorías que tú.

—Ya… tiene sentido —dijo Miguel, asintiendo con la cabeza. No. No tenía sentido en absoluto. *¿Pura esencia?* Salomé hablaba de su cuerpo como si no fuese más que una prenda que le había tomado prestada a una amiga. *¿Para qué preguntaré?*

—Mientras acabo de desayunar, por qué no le vas echando un ojo a esto en lugar de observarme mientras como, es siniestro.

—Chasqueó los dedos y un tríptico desplegable apareció de la nada. El panfleto flotó en el aire hasta caer sobre la mesa, justo frente a Miguel.

—¿En serio, un folleto informativo? —dijo examinando el título *Cinco pasos para convertirte en una buena persona*. Frunció el labio. Qué anticlimático.

—Ni esto es el monte Sinaí ni tú eres Moisés. Los tiempos han cambiado. ¿Qué esperabas, un par de tablas de piedra cincelada?

—No, pero me resulta extraña la idea de que haya ángeles por ahí diseñando panfletos con Adobe Indesign. ¿También tenéis una centralita de atención al cliente?

—Muy gracioso… Supongo que sí que tienes humor cuando es para burlarte de otros. Lee —ordenó Salomé, y Miguel volvió a sorprenderse a sí mismo al seguir sus órdenes.

Abrió el tríptico y comenzó a leer la que seguramente era la mayor sarta de tonterías que hubiera oído jamás.

Cinco pasos para convertirte en una buena persona

1. Estar agradecido, por lo que te han podido dar y por lo que no.
2. Llevar a cabo un acto altruista, sin esperar beneficios o retribuciones por ello.
3. Decir la verdad, aunque te perjudique.
4. Pedir perdón cuando yerras y aceptar las disculpas cuando los errores de otros te damnifican.
5. Compartir tu felicidad y consolar las desdichas ajenas.

Siguiendo estos cinco pasos podrás crear un mundo mejor para las personas a tu alrededor y para ti.

Más bien sonaban como los cinco pasos para ser la persona más desdichada de la Tierra. ¿Agradecer lo que no tienes? ¿Dejar que algo tan subjetivo y trivial como la verdad te impida alcanzar tus objetivos?

—¿De verdad funcionan? —preguntó, resignado y escéptico.

—Tan seguro como que la Torre de Babel nunca llegó al cielo —dijo Salomé, justo antes de limpiarse una mancha de chocolate del borde del labio.

Ya. Claro. Suponiendo que tal cosa existiese.

Suspiró.

—Está bien, ¿por qué no probar? ¿Por dónde tengo que empezar?

—¿Qué te parece... por el principio?

Salomé le había dedicado una de esas miradas que le hacía dudar de si no se encontraba ante el verdadero Diablo; Miguel supo que no le iba a gustar lo que vendría a continuación.

Algo más de nueve horas después, Miguel seguía dándole vueltas a la comida en el plato sin un ápice de apetito mientras sus padres discutían sobre qué cuadro robarían si fuesen expertos ladrones de película.

—Cariño, ¿te encuentras bien? —preguntó su madre, al cabo de un rato—. Apenas has probado bocado.

Miguel carraspeó. Era el momento. Pudo ver cómo Salomé le hacía gestos, escondida tras la escalera, para que siguiese adelante.

—Es que... quería... eh... deciros una cosa. —Su madre lo miró consternada, temiendo quizás una mala noticia como que dejaba los estudios o que iba a convertirlos en abuelos antes de tiempo. No había ninguna forma que no fuese bochornosa de salir de esa situación, así que optó por arrancar la tirita de un tirón—. Quería daros las gracias por todo lo que habéis hecho por mí, por alimentarme, por llevarme a clase todos los días, por pagar todas esas extraescolares tan caras *—y que tanto detestaba—*, por venir a todos mis partidos de rugby *—menos cuando teníais reunión—*. En fin, por... ser mis padres. —Cerró el discurso con una de sus impecables sonrisas de niño bueno y sus padres intercambiaron una mirada confundida a la que le siguió un silencio que se prolongó mientras ordenaban sus ideas.

—Vaya... —dijo su padre, llevándose las manos a los ojos, conmocionado, y frotándoselos por debajo de las gafas. *Por el amor de Dios, ¿de verdad van a llorar?*—. Eso... es un detalle, hijo.

—¿Está todo bien de verdad? —preguntó su madre, más preocupada que conmovida.

—Sí, es que pensaba que no os lo digo lo suficiente —dijo sin perder la sonrisa, y como si nada hubiese ocurrido, siguió comiendo. Ya está, lo había hecho, por absurdo que hubiese sonado, estaba un paso más cerca de ganarse el amor de Martina.

En cuanto acabó de comer, lo cual se aseguró de hacer lo más deprisa posible sin que resultase sospechoso, se excusó y subió las escaleras a la carrera en dirección a su cuarto de baño, seguido de Chica. Se quitó la camiseta frente al espejo y examinó su cuerpo musculado en busca de un hueco, de alguna ausencia notable, pero su piel permanecía intacta. Las bestias y criaturas parecían mirarlo con sorna.

—¿De verdad creías que un numerito teatral serviría de algo? —dijo una voz desde su dormitorio. Encontró a Salomé tumbada en su cama, con las botas quitadas y Chica demandando sus caricias. *Esta perra es tonta del todo,* maldijo Miguel.

—Ya, supongo que ahora es cuando me dices que tengo que «sentirlo de verdad», ¿no es así?

—¿Recuerdas el punto tres? «Decir la verdad, aunque te perjudique» —citó—. No limpiarás tu alma contando mentiras. —Cruzó los brazos tras sus hombros y Chica se acomodó a sus pies.

—Sabías que esto iba a ocurrir —dijo sin disimular su resentimiento. Lo había obligado a pasar por una experiencia humillante a sabiendas de que sería inútil, ¿por qué? ¿Por placer? Ni siquiera él, con todos sus defectos, era un sádico.

—Tienes que aprender muchas lecciones antes de convertirte en una persona decente. Esta es una de ellas. ¿Creías que iba a ser un paseíto por la *urba* con tus amigos ricos? —Salomé se incorporó de la cama y se desvaneció ante sus ojos para reaparecer un instante después justo frente a él. Solo había sido un metro de distancia, pero ver a alguien teletransportarse ante tus ojos era bastante para paralizar a cualquiera—. Pues no. Cambiar es duro, y vas a tener que cuestionarte todas y cada una de las decisiones que tomes, pero también tus pensamientos y sentimientos. ¿Sabes lo peor de ti, Miguel? Ni siquiera tienes una excusa. Eres el resultado de una infancia feliz, así que pregúntate por qué te parece tan bochornoso agradecerles a tus padres que se hayan desvivido por ti. —Salomé sonrió antes de que Miguel pudiese responder, lleno de rabia, y volvió a tumbarse en la cama como si nada, con la cabeza apoyada sobre la almohada—. Lección aprendida.

—Tú… tú no sabes nada de mi infancia —balbuceó, dándose cuenta de lo estúpido que sonaba, porque en realidad sí que lo sabía. Ya se lo había demostrado, era un condenado ángel capaz de teletransportarse y de hacer aparecer objetos de la nada que lo sabía todo sobre él. *Cielos.* Iba a explotarle la cabeza—. Mis padres… sí, hicieron todas esas cosas por mí, pero no lo hicieron porque me quisiesen, nadie lo hace; lo hicieron por egoísmo, para ser buenos padres, para sentirse mejor con sus vidas, porque querían perpetuarse a sí mismos con un hijo exitoso y para que alguien los cuidase de viejos. Es lo mismo que hace todo el mundo, ¿sabes qué? Que todo esto es una estupidez y una pérdida de tiempo, las buenas personas no existen.

Salomé sonrió de nuevo, esta vez con un resoplido de sorna mientras agitaba un pie en el aire, de tan buen humor que parecía que iba a ponerse a tararear en cualquier momento. Miguel se preguntó por qué demonios todo le hacía tanta gracia.

—Suenas igual que alguien que conocí… —dijo, y por un instante Miguel sintió que la Centinela estaba muy lejos de allí, de su dormitorio, de su conversación, de su protegido y de la misión que tenían entre manos—. Supongo que tendremos que ir poco a poco.

2
Inés

Inés García jamás se había sentido tan viva como en el momento en el que cruzó las puertas del Musée d'Orsay después de haber cometido un crimen.

Por primera vez había hecho algo que, se suponía, no debía; por primera vez sus actos marcarían una diferencia en el mundo. Si había algo peor que sentirse invisible, era ser irrelevante, y ya nadie podría acusarla de ello nunca más.

Se detuvo unos segundos bajo la estructura de cristal y metal de estilo *art déco* para reír sin control. Se llevó las manos al rostro para disimular su felicidad, aunque su sensación de triunfo no duraría demasiado. Miró a su alrededor, a los turistas y parisinos que caminaban entre las estatuas de animales y que charlaban sentados en los escalones de la plaza. Ninguno de ellos tenía ni idea de lo que Inés acababa de hacer. ¿Cómo reaccionarían cuando supiesen que la obra había sido robada? Fue entonces cuando una oleada de pánico la invadió. Su robo sería noticia. Vendría la policía a investigar, revisarían las cintas de seguridad, interrogarían a los trabajadores, ¿y si relacionaban el robo con la misteriosa artista?

—Estoy muy orgullosa de ti, *petite fleur* —dijo una voz junto a ella. Jackie apoyaba las manos sobre sus hombros igual que un entrenador con su luchador justo antes del combate—. Y no te preocupes, al contrario que tú, ellos son mortales comunes y corrientes, no creen en la magia, muchos ni siquiera piensan que una mujer joven pueda hacer nada digno de mención. Nadie se fijará en ti... aunque admito que cada vez eso es más difícil —dijo acariciando uno de sus mechones de pelo—. Siempre hay una mesa reservada para mí en uno de mis restaurantes preferidos, celebraremos tu primera maldad allí. —Sonrió de oreja a oreja y avanzó hasta situarse frente a ella para poder sostenerla de la mano—. Te va a encantar.

¿Maldad? El malestar en el cuerpo de Inés no se alivió ante las alabanzas de su maestra, sino que se asentó hasta lo más profundo de su ser.

Inés estaba a punto de preguntarle a su nueva mentora si acaso lo que acababa de hacer no era lo justo, lo que alguien tendría que haber hecho mucho antes que ella, cuando sintió un aliento sobre su hombro y escuchó algo parecido a un gruñido animal. Cuando se giró para comprobar qué sucedía, se encontró de frente ante una criatura grotesca, una especie de híbrido entre cánido y lagarto, sin pelo ni escamas, ni siquiera piel, solo músculo empapado por una sustancia negruzca y una cabeza alargada con dos enormes mandíbulas cubiertas por dientes. Inés gritó y en un intento por apartarse cayó al suelo. Miró a su alrededor y nadie parecía percatarse de la presencia del engendro.

Jackie se rio.

—No te preocupes, este pequeñín no te hará nada, sabe que estás bajo mi protección. Solo atacan a los protegidos de los Centinelas, son nuestra creación, después de todo.

La Demonio se agachó junto al monstruo y lo acarició en el cuello, justo debajo de la cabeza, como un humano habría hecho con un golden retriever. *¿Pequeñín?*, Inés observó incrédula cómo la mano de Jackie se empapaba de la pegajosa y goteante sustancia.

—A esta Bestia la ha atraído el olor del pecado fresco —le explicó Jackie—; aún no tienes la marca, pero pronto aflorará en tu piel. ¿Tienes dueño, eh? Eres un buen chico, ¿a que sí? ¿A que sí? —dijo dando golpecitos entre lo que deberían haber sido las orejas, y para el espanto de Inés, ese ser, la Bestia, parecía complacido—. ¿Qué te parece si nos lo quedamos?

La perspectiva de tener que ver al monstruo todo el tiempo le revolvió el estómago. ¿A esa cosa… la había atraído ella, lo que ella había hecho?

—No me apetece cenar fuera, no… no me encuentro muy bien.

—¿A casa, entonces? Podemos ir a comer mañana. —Jackie sonrió, tensa, al sentir cómo se le escapaba el control sobre su pupila.

Inés asintió con la cabeza y apenas fue consciente del camino de vuelta por la ajetreada avenida de St. Germain des Près y por las estrechas callejuelas del *6ème arrondissement* hasta llegar al edificio donde Jackie disfrutaba de un apartamento de lujo en una zona donde los alquileres eran escandalosamente prohibitivos. Por suerte para la Demonio, había sido un regalo de agradecimiento de uno de sus protegidos, allá por los años veinte. Entraron a través de un patio en una zona tranquila, repleta de galerías que habían cerrado hacía horas.

Inés fue directo hacia su dormitorio y Jackie la dejó marchar. La joven abrió la puerta con un nudo en el estómago, con el secreto deseo de que su nuevo don, el que Jackie tan generosamente le había concedido, hubiese fallado. Pero no tuvo esa suerte. Allí estaba, el cuadro en la pared, tal y como lo había dibujado; ahora *La cuna,* de Berthe Morisot, le pertenecía.

«Si quieres convertirte en una persona excepcional, tienes que tener los talentos de una», dijo Jackie después de que firmase el contrato. Y así fue como el Demonio le concedió aquello con lo que Inés siempre había soñado, un poder sin parangón, digno de dioses, uno que ni siquiera los grandes artistas lograron alcanzar.

Inés podía crear con su mano todo aquello en lo que su corazón creyese.

Si quería oler el aroma de las flores le bastaba con dibujar un ramo, si no tenía dinero para comprar unos pendientes que la seducían por el rabillo del ojo, bastaba con que los dibujase en su oreja. Inés no conocía los límites del don que al principio le habían extasiado por completo, ebria en una sensación de control que jamás había disfrutado, pero en ese momento, detenida frente a la obra de arte, sintió miedo. «Disfrútalo», le había dicho Jackie, e Inés se dio cuenta de que no sabía cómo.

—¡Ah! —exclamó cuando un súbito dolor desgarró la piel de su antebrazo, rozando la palma de la mano, en una extraña mezcla de agonía y… placer.

Se encogió sobre sí misma, abrumada por las punzadas, y unas lagrimillas brotaron de sus ojos. Cuando el tormento pasó, Inés se examinó la muñeca temiendo que estuviese hecha pedazos, que Dios, el karma, el universo, la hubiese castigado por sus actos; pero en lugar de sangre o deformación, halló belleza: dos majestuosas peonías se entrelazaban en su piel, dibujadas en tinta negra, y sobre ellas el esqueleto de un colibrí se inclinaba en busca de néctar.

La respiración de Inés se agitó ante la visión de la marca, tan hermosa y terrible a la vez. Así que a eso se refería Jackie, eso era lo que había traído a la Bestia. Acarició el tatuaje con la yema de los dedos. Las peonías eran flores nacidas de los mitos, un castigo de deidades furiosas y celosas; representaban la compasión, la timidez, el honor, la buena fortuna… y sobre ellas se cernía un halo de muerte. Por un momento, temió haberse condenado a sí misma. Solo por un momento.

Recuerda por qué haces esto, se dijo, mientras acariciaba a su pequeño colibrí. Llevaba demasiados años asustada, haciéndose pequeña, intentando agradar. Era normal que el instinto de preservación volviese a la superficie, pero ella ya no era un animalillo perdido, era una mujer que sabía lo que quería.

—¡Jackie! —llamó, y la Demonio apareció ante sus ojos, envuelta en una humareda oscura que se entremezclaba con los restos de su segundo cigarrillo. Su maestra la observó, inquisitiva, y sonrió como si supiese lo que iba a decir—. Ese restaurante… ¿está muy lejos?

Jackie abrió el periódico de par en par sobre la diminuta mesita verde en el exterior del Café de Flore. El verano había sorprendido a la capital francesa con una ola de calor digna de ser recordada, pero eso no les había impedido a los clientes más fieles acomodarse bajo las sombrillas y tomar su café *creme* y expresos bien cargados y calientes. Una parte de Inés aún no podía creer que de verdad estaba en la ciudad más hermosa de la Tierra, donde cada rincón había sido cuidado con detalle y los edificios parecían competir para lograr la fachada más bella y regia de cada calle. Hacía solo un par de días creía que iba a pasar el verano encerrada en su cuarto y trabajando en esa librería donde los clientes más desagradables le hablaban con tono condescendiente, como si solo fuese una niña estúpida, y ahora... ahora aparecía en la primera plana de *Le Monde*; aunque solo le habían dedicado un diminuto recuadro a la desaparición de *La cuna*, era suficiente para provocarle ardor de estómago.

—Un comienzo excelente, *ma chérie* —le dijo Jackie, mientras señalaba el artículo con ímpetu—. Muchos matarían por iniciarse con una aparición como esta en la prensa. Deberías estar orgullosa.

Inés asintió vagamente.

El robo de un cuadro a plena luz del día había captado no solo la atención de los medios tradicionales, sino también de las redes sociales. Twitter se había inundado de hilos sobre la vida de Berthe Morisot y en Instagram se compartían fotos de sus obras. Inés se sentía complacida por haberle devuelto a la pintora la fama que merecía, pero seguía tratando de digerir su propia celebridad.

—«La policía no ha confirmado que existan pruebas que puedan conducirlos al misterioso ladrón y por ahora el curso de la investigación es confidencial». —Jackie resopló y dio un sorbo a su cargado café—. «El misterioso ladrón», te lo dije, a esos bastardos ni siquiera se les ocurre que una mujer tenga el poder o la astucia para burlar sus ridículas medidas de seguridad. —Sonrió—. Mejor para nosotras. Ese cuadro está mejor en la pared de tu habitación que en sus cámaras subterráneas.

Inés se movió incómoda en su silla. ¿Lo estaba? *Te mereces cuanto quieras*, se recordó, era lo que tanto se estaba esforzando por aprender, que no debía pleitesía a nadie, que el mundo era tan suyo como de cualquier otro y no tenía por qué aceptar menos que la parte que le tocaba. Se esforzó por ignorar a la vieja Inés, que se preguntaba si acaso no eran ellos quienes deberían de pertenecer al mundo y no al revés.

—Hay algo que no entiendo... si tanto los odias, ¿por qué trabajas para ellos? —dijo, refiriéndose a la faceta «normal y corriente» de Jackie como curadora y experta en arte.

La Demonio sonrió. No había nada que la complaciese más que un pretexto para exponer alguna de sus numerosas teorías sobre el Bien y el Mal. Cerró el periódico y lo depositó en el borde de la mesa.

—Porque amo el arte con todas mis fuerzas. Es una de las pocas cosas interesantes de este mundo, aparte del sexo, los carbohidratos y el café bien cargado. —Le guiñó un ojo—. El deseo... no, la necesidad de las almas perdidas por entenderse a sí mismas y al mundo que las rodea es fascinante, y sí, el siglo XXI es de lo más aburrido con todos esos científicos, el I+D y ese empeño por buscar leyes que definan la realidad en lugar de explorar las infinitas posibilidades hacia las que os guían vuestras vísceras... —Alzó las manos como si rogase paciencia al cielo, con las palmas hacia arriba y un suspiro maternal—. Pero aun así... el arte sigue estando en todas partes, porque continuáis sin tener ni idea de quiénes sois y de cuál es el sentido de todo esto. Claro que los mismos impulsos que os llevan a mostrar ante el mundo obras hermosas o provocativas también os convierten en fanáticos y... ¿cómo lo llamáis ahora?, ¿*haters*? —Rio, divertida ante las ocurrencias de sus queridos niños—. ¿Quieres saber por qué trabajo para los museos aunque deteste todas las instituciones humanas? —Se encogió de hombros—. Solo escucho a la sabiduría popular: «Mantén a tus enemigos más cerca que a tus amigos», «si no puedes con ellos, únete». Uno de nosotros es la infección; el otro, la cura, pero ambos se encuentran en el interior. ¿Quién crees que es quién, Inés? ¿Los Demonios os inspiramos para crear arte o para cometer atrocidades? —dijo, mirándola fijamente con sus penetrantes ojos granates. Siempre que hacía eso, Inés sentía una asfixiante inquietud recorriéndole la espina dorsal, como si con un vistazo la mujer pudiese saber qué sentía y qué pasaba por su mente mejor que ella misma.

—¿Acaso importa? Pensé que solo querías divertirte, ¿qué más da lo que yo piense?

—Oh, no. No te hagas eso, querida. No necesitas que te den palmaditas en la espalda, ni siquiera si vienen de mí. No te quites importancia para esforzarte por complacer. Tu opinión vale tanto como la de cualquier otra persona —dijo la Demonio, adoptando una actitud seria que era casi tan inquietante como sus sonrisas—. Dime, ¿dónde quieres ir ahora?

—¿Irnos? —dijo Inés, había esperado poder pasar unos días más en la capital francesa.

—Estaba pensando en que podríamos hacerle una visita a una persona especial.

—¿A quién?

—Cierra los ojos.

Inés vaciló durante un instante. Sin embargo, se recordó que no tenía sentido no confiar en su maestra, ¿acaso no le había entregado su posesión más preciada, su alma? Obedeció y Jackie se inclinó lentamente sobre ella para susurrar:

—Quiero que pienses en la persona que más daño te ha hecho, que veas su rostro en tu mente… dime, ¿quién es?

En un primer momento, Inés creyó que iba a ser Miguel quien apareciese en su imaginación, pero, aunque se trataba de la herida más reciente, no era ni de lejos la más profunda. Su piel ya estaba más que curtida cuando tropezó con él. En cambio, había un rostro que nunca olvidaría, un momento de su vida marcado a fuego en su subconsciente, la primera vez que se sintió la persona más insignificante y ridícula del mundo, el día en que Paloma Ferrero decidió convertirla en el juguete y entretenimiento de la clase; la primera vez en la que la llamaron por el mote que la acompañaría durante toda la primaria. Pudo ver el rostro de aquella mezquina niña de doce años con total nitidez, con el mismo aspecto que tenía la última vez que la vio antes de que sus padres la cambiasen a un colegio concertado en lugar de llevarla a la secundaria del instituto público, con el pelo lacio recogido tras una diadema blanca, sus pendientes de perla y su falsa sonrisa.

—A mí tampoco me han gustado nunca las que presumen de mojigatas —dijo Jackie—. Suelen ser las peores de todas, las que más tienen que esconder.

—No quiero volver a verla —aseguró Inés, que sintió el irremediable impulso de abrazarse a sí misma. Cuando se enteró de que no tendría que volver a escuchar su voz nasal y sus crueles palabras nunca más sintió el mayor alivio de su vida, ¿por qué iba a buscarla tantos años después?

Jackie la rodeó con el brazo y suspiró, melancólica.

—Cuánto tienes que aprender aún, Inés. No eres tú la que tiene que esconderse, ni marcharse, ni agachar la cabeza. Dentro de muy poco, será ella la que no quiera volverte a ver.

3 Salomé

Miguel Sabato era todo un reto, no lo podía negar.

La lógica más básica de la bondad parecía resbalar sobre él como si una capa impermeable cubriese su alma, una que se negaba a mezclarse con el lado luminoso que existía en todos los corazones. Si había una certeza que mantenía cuerda a Salomé cuando se encontraba con casos como el de Miguel era la de que todo, absolutamente *todo el mundo* podía ser salvado. Puede que tuviese que escarbar hondo para encontrar la bondad en el interior del joven, pero se las había visto con casos infinitamente peores. Y sin embargo, cada vez que lo miraba, incluso mientras dormía en el suelo junto a la cama, podía sentirlo, emanando de él, la fuerza que lo mantenía vivo, que lo despertaba por las mañanas y lo conducía entre las horas del día: el deseo. El insaciable y continuo deseo *de más*.

Después de unos cuantos días intentando inculcarle la idea de «el altruismo» decidió que Miguel estaba preparado para dar el próximo paso, o al menos para intentarlo.

—¿Me llevas a servir comida a un albergue para gente sin techo o algo así? —preguntó con una mueca de desagrado a medida que avanzaban entre las casas bajas—. Si me hubieses dicho que vendríamos a un barrio chungo de la periferia no hubiese traído el Rolex —susurró, cruzándose de brazos como si no quisiese que su preciado reloj suizo quedase a la vista de cualquier desaprensivo que pudiese arrebatárselo.

—No te alejes demasiado de mí y no te ocurrirá nada. —Disimuló una sonrisa al percibir cómo sus músculos se tensaban—. Chica y yo te protegeremos, ¿verdad? —dijo, acariciando a la perra entre las orejas.

Salomé podría haberle respondido que era un barrio perfectamente normal, que ese tipo de casas, antiguas, de ladrillo y tejas rojas con pequeñas ventanas y terrazas minúsculas que prácticamente solo servían para tender la ropa era el tipo de casas en las que vivía la gran mayoría de la gente, pero prefirió deleitarse con la inquietud de su protegido unos cuantos minutos más. Quizás el miedo le desproveyese de algo de ese maldito orgullo suyo.

—No, Miguel, ya has aprendido que no sirve de gran cosa hacer buenas obras por motivos egoístas, así que, por ahora, nada de voluntariado. Hoy probaremos con algo… un poquito más personal. —A ver si le encontraba la fibra sensible.

El joven la miró con desconfianza y siguieron caminando entre las calles cada vez más estrechas hasta llegar a la puerta del portal de un edificio de cinco plantas de los años sesenta. La fachada exterior había sido pintada de un color salmón que contrastaba con el granate de las ventanas y con el hueco transparente del ascensor que habían construido *a posteriori*.

—Llama al tercero B —ordenó Salomé, señalando el desgastado y amarillento telefonillo—. Es la casa de Inés García.

Miguel arqueó una ceja.

—¿Inés? —repitió, escéptico—. ¿Aquí vive Inés?

—¿Recuerdas el manual? Un paso fundamental hacia la redención es la capacidad de pedir perdón. Creo que los dos podemos estar de acuerdo en que lo que le hiciste a Inés no estuvo bien.

Miguel apartó la mirada y se metió las manos en los bolsillos, incómodo.

—Supongo… no fue para tanto, solo le pedí unos cuantos apuntes, estudiamos juntos un par de tardes. No es ni de lejos lo peor que he hecho.

Salomé arqueó la ceja, incrédula. Ahí estaba ella, creyendo que Miguel se avergonzaba de sus actos cuando en realidad lo que ocurría era que creía que «podía hacerlo mejor».

—Sí... eso es cierto. Pero mejor empezar poco a poco, ¿no crees? Jugaste con los sentimientos de Inés para aprovecharte de ella y de su trabajo. ¿Te parece que podrás disculparte por ello, de forma honesta? Puede que para ti no haya sido gran cosa, pero a ella le hiciste daño.

Además, había una cosa diferente acerca de Inés. Miguel se había pasado la vida mintiendo; la mayoría de sus víctimas, como sus amigos o profesores, no tenían ni la menor idea del daño que les había causado o de que él era el responsable de sus males, pero a Inés la había mirado a los ojos y había confesado, había presenciado cómo su corazón se rompía al saber la verdad, y tenía la esperanza de que ese recuerdo fuese lo bastante poderoso como para remover algo en él.

Un vecino salió cargado con una bolsa de basura y Salomé aprovechó para sostener la puerta. El hombre los miró de los pies a la cabeza con un mohín de desagrado, como si no le hiciese gracia la idea de que fuesen a entrar en su edificio, pero, desde luego, no se atrevió a decir nada. Con solo un vistazo, a Salomé le bastó para conocer todos sus vicios y pecados, así que no le sorprendió haberle causado ese rechazo natural. Les sucedía a todos los cretinos cuando entraban en contacto con un Centinela, al menos a todos los que no querían ser salvados.

Miguel vio pasar de largo al hombre, como si hubiese presentido la misma mezquindad que ella, pero esta vez no iba envuelta de glamur y encanto como a él le gustaba pensar que era la suya.

—Está bien, lo haré. Es el tipo de cosas por las que Martina me odiaría. Así que, ¿por qué no? Arreglémoslo. —Entró decidido y comenzó a subir las estrechas y oscuras escaleras casi a la carrera, con Chica tras él. Salomé lo siguió.

—¿Sabes que pedir perdón no repara el daño, verdad? —advirtió, no quería que esperase milagros.

—Entonces, ¿para qué hacerlo? —Miguel siguió andando.

—Porque es la semilla de algo nuevo... mejor. Eso es lo que estamos haciendo, Miguel, sembrando. ¿Lo comprendes? No quiero que te desanimes.

Miguel se detuvo al llegar a la tercera planta y caminó hasta la puerta de enfrente.

—Claro, siembras y luego recoges. Es lo que llevo haciendo toda la vida: saludas a alguien todos los días, lo invitas a tomar algo, te haces su amigo, lo escuchas cuando tiene problemas como si te importase, porque sabes que algún día, esa persona te podrá dar algo. Y lo hará sin pensárselo dos veces, porque eres su amigo. —Se encogió de hombros—. Claro que lo entiendo.

Salomé suspiró, resignada.

—Procura dejar de hacer eso de ahora en adelante, ¿de acuerdo?

—¿Y qué quieres que haga entonces? —preguntó, frustrado—. Porque voy a tener mucho tiempo libre de repente.

—Hacerte amigo de alguien porque… te gusta estar cerca de esa persona.

Miguel resopló, como si quisiese decir «¡ya, claro!», pero al sentir el peso de la mirada de Salomé, el escrutinio de un Centinela sobre sus actos y pensamientos, acabó por asentir.

—De acuerdo, haré la prueba algún día de estos. Y ahora, me toca pedir perdón porque es lo correcto, ¿verdad? Porque puede que pedir disculpas alivie un poco el dolor que le he causado a Inés.

Salomé asintió, satisfecha con su inteligente pupilo. Puede que después de todo, no fuesen tan mal como ella creía.

Miguel tocó el timbre y, al cabo de unos segundos, una señora de aspecto afable les abrió la puerta, cubriendo su pijama veraniego con una fina bata de color azul. En ella Salomé percibió todo lo contrario que en su vecino o en Miguel, ni pecados ni sombras, solo luz y alguna que otra equivocación. Aquella mujer podía decir sin remordimiento alguno que se alegraba de la vida que tenía. Solo pudo leer en ella una distante preocupación por su hija, cubierta por una sensación de alivio muy reciente. Vaya, parecía que Inés se había sobrepuesto rápidamente a su corazón roto o disimulaba muy bien frente a su familia.

—¿Sí? —preguntó algo confusa. No todos los días se presentan en tu puerta un chaval que parece sacado del catálogo de una marca exclusiva y una mujer con un físico de atleta vestida de cuero negro.

—¿Está Inés? —preguntó su protegido—. Soy un compañero de su hija, de la universidad —dijo con una de sus radiantes y falsas sonrisas. Y ya está, con eso, se la había ganado. Salomé se alegró de estar allí, de ir a arreglarlo antes de que fuese tarde. Los que tenían sonrisas bonitas venían con un extra de peligrosidad añadido.

—¡Uh, sí, sí! Miguel, ya recuerdo. Mi Inés no dejaba de hablar de ti. Al final, ¿qué tal fueron los exámenes? ¿Bien?

—Sí, muy bien, gracias a la ayuda de su hija, es una chica extraordinaria —continuó, y Salomé carraspeó con la garganta. Miguel se giró hacia ella, malhumorado. *¿Qué?, solo intento ser amable, ¿tampoco puedo?,* irradiaban sus pensamientos.

—¡Qué bien! Aunque seguro que fue casi todo cosa tuya, Inés me ha dicho que eres un muchacho muy inteligente. —Miguel asintió con la cabeza, pero bajando la mirada, con fingida humildad. Salomé insistió dándole una patadita mal disimulada a su protegido.

—¿Está en casa? —preguntó el joven de nuevo.

—Ah, no, hijo, me temo que no. Se ha ido de viaje con una amiga.

—¿Con una amiga? —dijo Miguel, con una incredulidad que seguramente era lo único honesto en aquella conversación. *Ignoraba que Inés tuviese amigas*, decía su tono, pero la madre de la chica parecía demasiado ingenua y amable para interpretarlo así.

—Así es, supondría que todos lo sabríais ya, con esto de las redes sociales, todo el día subiendo vuestras cosas. —Rio—. Son cosas de cada generación, supongo, menos mal que mi Inés solo comparte sus dibujos, ¿son preciosos, verdad?

Saltaba a la vista que Miguel no tenía ni la menor idea de lo que estaba hablando, así que se limitó a asentir.

—Tiene mucho talento... ¿podría decirme cuándo va a volver?

La mujer intentó hacer memoria, pero acabó por negar con la cabeza.

—Lo siento, hijo. Está en casa de su amiga, así que no me ha dicho nada. Yo siempre le digo: «Mientras lo hagas con cabeza y te haga feliz, haz lo que quieras» —sentenció con esa seguridad que solo pueden tener las madres—. Pero qué grosera soy. ¿Os apetece pasar a tomar algo? ¿Un poco de agua para la perrita? —Chica ladró contenta como si supiese que hablaban de ella.

—No, gracias —se apresuró a decir Salomé—. Es usted muy amable. —Aunque una parte de sí misma quería decirle: «Y muy incauta por invitar a entrar al primero que se presenta en su casa diciendo que conoce a su hija, ¿es que no ve las noticias?»—. Pero tenemos que irnos.

Agarró a Miguel del brazo y se despidieron de la mujer.

—¿No tienes la sensación de que el destino no quiere que cambie? —preguntó Miguel, mientras bajaban las escaleras con cierta languidez flotando en el espacio entre ellos.

—Tú no crees en el destino, Miguel.

—En absoluto. Pero no me digas que no es casualidad. Lo más lejos que ha estado esa chica de su casa es en Alcalá de Henares y justo tiene que hacer un viaje ahora...

Salomé no quería admitirlo en voz alta, pero sí, casi parecía como si estuviesen poniéndolos a prueba para asegurarse de que se lo tomaban en serio... o burlándose de ellos. Salieron a la calle y bajo la luz del mediodía a Salomé le resultó más fácil ser optimista.

—Vendremos otra vez cuando Inés esté de vuelta —dijo—. Tal vez sea lo mejor, no estoy segura de que estés preparado.

—Gracias por *su* confianza —dijo Miguel sarcástico—. Tampoco es como si tú fueses la mejor de las maestras...

—Puede, pero soy la única que tienes. Estoy aquí para asegurarme de que no arruines tu propósito en la Tierra y tu alma y...

Chica la interrumpió con un gruñido que desvió la atención de ambos. La perra se había encogido y mostraba los dientes, con el pelo del lomo erizado en dirección a la callejuela frente a ellos.

—¿Chica? —la llamó Miguel, preocupado—. ¿Qué pasa, Chica? No hay nadie ahí. Tranquila, *shhh,* ¿crees que habrá ratas? —le preguntó a Salomé, con palpable preocupación por la seguridad del animal. *Ni los más cabrones se resisten a los perros.*

—Puede ser… —dijo para no alarmarlo mientras ocultaba la mano tras su espalda para invocar su daga en ella. Las ratas serían una bendición en comparación con lo que podría estar al acecho.

Mantuvo la vista fija en la callejuela sin luz.

Chica comenzó a ladrar y Miguel tuvo que agarrar la correa con todas sus fuerzas para que no se abalanzase sobre su amenaza invisible, pero entonces, para horror del humano, su enemigo se reveló ante sus ojos.

Un segundo cuchillo se materializó en su otra mano y Salomé se interpuso entre las criaturas y su protegido. El filo se deslizó por el cuello de la Bestia un instante antes de que sus dientes se cerrasen en torno al cuello de Salomé. La primera cabeza gimió de dolor mientras la segunda intentó aprovechar la distracción para clavar sus cuernos en el pecho de la Centinela, y quizá lo habría conseguido si no fuera porque llevaba tres mil años despachando bicharracos mucho más grandes que ese. Con el segundo cuchillo apuñaló a la criatura en la garganta y deslizó la daga hacia abajo por su largo y musculoso cuello hasta llegar a su corazón de maldad pura, que salpicó su putrefacta esencia en todas direcciones.

La Bestia murió con un último quejido y se desplomó ante sus pies. La putrefacción fue tan voraz con sus restos ya corrompidos que apenas permaneció el tiempo suficiente para que pudiesen apreciar su fealdad.

El ser, negro de los pies a sus dos horrendas cabezas, tenía la esbelta musculatura de un perro de pelea y la gracia aerodinámica de un guepardo. No tenía pelaje, solo una carne negruzca que olía igual que un filete en mal estado. Las Bestias no fueron concebidas para adornar, tampoco para sobrevivir, solo para alimentarse y aniquilar, por eso su cuerpo era un arsenal de armas. Afiladas garras de tigre, fauces descomunales y mandíbulas de serpiente, el semblante de una especie de cánido deforme y un cocodrilo mal fusionados y un par de cuernos cabríos sobre la cabeza. Incluso su cola, fuerte, parecida a la de un reptil, podía matarte si te daba un mal golpe. Por no hablar de las cabezas, en plural. Podían ir de una a seis, aunque Jacqueline le aseguró que una vez había criado a un cachorro con siete. Últimamente, se acordaba más de ella y de sus historias de lo que le gustaría.

Chica siguió ladrando incluso después de que el cuerpo se hubiese desvanecido por completo, como si nunca hubiese existido. Salomé limpió la sangre tóxica de ambas dagas en su pantalón, ebria de adrenalina. *Cómo había echado de menos una buena refriega.* Escuchó una respiración agitada tras ella. Casi había olvidado la presencia de Miguel, paralizado a sus espaldas.

—¿Qué… cojones era esa cosa? —dijo cuando el temblor en su cuerpo le permitió reaccionar.

—Miguel, por favor, cuida ese lenguaje —lo reprendió disimulando la satisfacción retorcida que le provocaba ver su cara de pasmo. Su jefe la habría reprendido de haberla visto actuar así—. No te preocupes, soy tu Centinela; tú eres mi protegido, mantenerte a salvo forma parte de mi trabajo.

—¿Mantenerme a salvo? ¡¿De qué?! ¡Nadie dijo que mi vida iba a estar en peligro! —Sus gritos solo lograron agitar a Chica aún más. Salomé se agachó junto a la perra y le acarició el cuello, tirando de su pellejo hacia atrás hasta que se calmó.

—*Shhh*, ya está, preciosa, ya pasó, el bicho malo está muerto —dijo, y Chica comenzó a chupetearle las manos.

—¡Salomé! —exclamó Miguel, reclamando su atención.

—Ya, ya… Supongo que te debo una explicación… —Se incorporó lentamente y se encontró con la mirada acusatoria de su protegido.

—¿Tú crees? —Aún seguía pálido. Pobre Miguel, estaba convencida de que no iba a dormir esa noche o de que tendría horrendas pesadillas.

Una vez que un humano contemplaba a una Bestia era como si la inocencia se rompiese en ellos para siempre, igual que un niño que descubre que los Reyes Magos en realidad son sus padres, quienes forman parte de una gran conspiración a nivel mundial para mantenerlos en la ignorancia. Sí, los horrores sobre los que advierten los textos sagrados no eran metáforas, sino amenazas tan reales como tú y como yo. ¿Cómo sigues con tu vida como si nada después de eso? La respuesta es simple: *no puedes.*

—A las Bestias les atrae el olor del pecado fresco en la carne. Es de lo que se alimentan —explicó, señalando los tatuajes que intentaba disimular con una camisa de manga larga en pleno junio, aunque solo pudiese verlos él—. Para limpiarlos hay que sacarlos a la luz y… esto es lo que conlleva.

—¿Me estás diciendo… —dijo Miguel, que parecía estar a punto de desmayarse— que me has convertido en un anzuelo para monstruos?

—*Bestias* —corrigió Salomé—. No te preocupes, a medida que los vayamos limpiando vendrán cada vez menos.

—¡¿Quieres decir que van a volver?!

—¡Pero no te pasará nada! Llevo tres mil años en activo y ninguno de mis protegidos ha muerto en las fauces de una Bestia. Tengo un expediente impecable. Deberías estar agradecido. Solo es una treta de los Demonios para incordiarnos, los alimentan con su sangre para que se mueran por probar un pedazo de maldad.

—¿Que los alimentan con su sangre? Claro, ¿por qué no? Tenía la esperanza de que cuando hablabas de Demonios y del Mal lo hicieses de forma figurada, supongo que soy un iluso.

—En toda guerra hay dos bandos, no debería sorprenderte. Eso sí, si alguna vez rompes el contrato y firmas otro con un Demonio, las Bestias serán el menor de tus problemas, porque iré tras de ti hasta hacer que te arrepientas.

Salomé habló en tono de broma, pero esa inseguridad no era del todo fingida. Aún no había logrado limpiar un solo pecado de su piel, y tras el ataque tendría que informar a sus jefes para cumplir el protocolo y, si lo hacía, Rivera le preguntaría por su progreso y ella… no tendría nada para mostrarle.

O puedes dejar esto entre tú y las Bestias, sugirió una corrupta voz en su mente, los restos que había dejado una vieja memoria de su pasado. Negó con la cabeza. No, estaba siendo lenta, tendría que asumir las consecuencias de su torpeza, se convenció; y sin embargo, la tentación seguía ahí.

4
Inés

No fue complicado dar con el rastro de Paloma Ferrero a pesar de que había transcurrido cerca de una década desde la última vez que se encontraron. Inés solo tuvo que hacer una rápida búsqueda de su nombre en Google y enseguida apareció una impoluta y elaborada página de LinkedIn. En ella, Paloma se había esmerado por enumerar todas y cada una de sus virtudes y aptitudes, así como una lista detallada de todos sus empleos hasta la fecha, en la que describía sus funciones. Así fue como Inés descubrió que se había mudado a Londres y que trabajaba como becaria en el Departamento de Marketing de una red inmobiliaria.

Inés resopló.

No le sorprendía nada. La Paloma que ella conocía jamás se hubiese conformado con quedarse en el barrio para siempre. Ahí iba una mujer que conseguía lo que se proponía, eso se lo tenía que reconocer. En cambio, sí que le sorprendió su larga lista de voluntariados en ONG de todo tipo. Incluso había pasado un verano ayudando a acondicionar colegios para niños desfavorecidos en Sudáfrica —se había asegurado de incluir tiernas fotos con los alumnos, que parecían adorarla—. Inés se mordisqueó las uñas, olvidando que estaban pintadas, y no se detuvo a pesar del químico sabor del esmalte.

¿Y si se estaba apresurando a la hora de juzgar? Después de todo habían pasado muchos años desde lo que ocurrió y las dos eran personas completamente distintas. No sabía quién era en el presente, y si lo pensaba detenidamente, tampoco llegó a saber gran cosa de su vida cuando Paloma se encargaba de hacer la suya imposible. ¿Quién era Inés para decidir quién merecía un castigo y quién no? La voz seductora de Jackie se apresuró a disipar sus dudas.

—Qué fotos tan conmovedoras. Seguro que la han ayudado a conseguir todos esos puestos tan jugosos de ahí —dijo, señalando la pantalla de su móvil por encima de su hombro—. ¡Vaya! Londres. No es mi ciudad preferida, pero tengo que admitir que desafiar esos aburridos valores victorianos fue *très amusant.*

Antes de que Inés pudiese pararse a pensar, Jackie había reservado dos billetes a Heathrow y, en lo que pareció un suspiro, se bajaba del avión sin ni siquiera llevar una maleta. Podía conseguir toda la ropa que quisiese con solo trazar unas líneas.

Londres la recibió con uno de sus característicos cielos ambiguos de verano, que amenazaban con una llovizna antes de dar paso a un radiante sol para volverse a oscurecer horas después. Inés se sentía como si el mismo juego de nubes se estuviese produciendo en su interior. Jackie le había dejado claras desde el principio las condiciones que tenía que cumplir para convertirse en una nueva y mejorada versión de sí misma, alguien que no se dejaba pisotear, que vivía bajo sus propias normas y no siguiendo las de una sociedad que solo buscaba de ella la complacencia.

Nunca debía conformarse.

Ni dejar que se aprovechasen de ella.

Por lo que no debía decir la verdad a quien la empleara en su contra.

Debía proteger su prosperidad para asegurarse de que no se la arrebataran.

Y, sobre todo, no podría permitir que quienes la querían mal se saliesen con la suya.

Sabía dónde estaban las oficinas de la inmobiliaria en las que trabajaba Paloma, así que Jackie se despidió de ella con un casto beso en la mejilla, deseándole suerte, e Inés emprendió el camino armada con una chaqueta negra de corte militar y unas pesadas botas que la hacían sentir como si estuviese un poco más preparada para enfrentarse a quien había hecho de su infancia un tormento.

Recorrió los subsuelos del metro de Londres hasta la South Bank de la ciudad y se sentó en un banco junto al río, justo enfrente de la entrada al edificio de aspecto gris y triste. Inés contraía y relajaba los músculos al ritmo de la música de sus auriculares en un intento por conservar su manicura y agitaba sus piernas con nerviosismo. Pasó algo más de media hora y la joven comenzaba a impacientarse. Se suponía que Paloma tendría que haber salido del trabajo, pero, cómo no, seguro que era toda una cumplidora que sabía ganarse el afecto de sus jefes igual que lo había hecho con el de los profesores.

La luz desaparecía poco a poco mientras la tormenta se aproximaba, e Inés sintió una gota de agua rodando por su mejilla. Resopló, malhumorada por su mala suerte, pero entonces recordó que ya no tenía por qué estar a su merced. Sacó su bloc de dibujo de la mochila y comenzó a dibujar la ciudad ante sus ojos, bañada por la intensa luz del sol y un cielo despejado. Cerró los ojos, concentrándose en su visión. A pesar de sus ventajas, sus dones no eran ilimitados, tenía que creer de corazón aquello que su mano había creado para tornarlo realidad, así que se concentró en invocar su visión, en sentir el sol acariciando su piel, el canto de los pájaros, el fulgor del cielo azul, y cuando volvió a abrir los ojos las nubes comenzaban a replegarse a su alrededor. Pero el tiempo no era lo único que había cambiado. Paloma acababa de cruzar la puerta del edificio y caminaba en dirección al metro tras comprobar, estupefacta, que al final no iba a necesitar su paraguas.

Inés sintió náuseas, pero se recordó por enésima vez que no tenía nada que esconder, nada de qué avergonzarse. Puede que hubiese sido una necia por permitir que la tratasen así en los últimos años, pero por aquel entonces solo era una niña, y había aprendido su lección.

Se puso en pie de un salto y caminó con zancadas tan grandes como le permitieron sus cortas piernas, segura de sí misma, pero Paloma andaba aún más rápido que ella. Parecía que en el mes que llevaba allí se había adaptado a la perfección al frenético ritmo londinense. Inés sostuvo el bloc de dibujo y comenzó a esbozar a la carrera y torpemente, sin poder detenerse ante el miedo de perderla de vista. Al cabo de un par de minutos, sus bosquejos acabaron adoptando una forma reconocible, la de un vaso de café para llevar que apareció en su mano. Inés pudo sentir el calor entre sus dedos y el aroma del café recién hecho. Nadie creería jamás que hacía solo un instante ni siquiera había existido.

Inés aceleró el ritmo, decidida a no dejar que Paloma escapase, y cuando estuvo casi a su altura fingió tropezar con ella y vertió el café sobre su impoluta camisa blanca. Así se aseguraría de que podría retenerla durante el tiempo suficiente.

—¡Uh, vaya! Cuánto lo siento —dijo con fingida sorpresa, en un inglés que había aprendido viendo series y vídeos de *youtubers*.

Paloma maldijo en español, dándole a Inés la oportunidad para cambiar a su idioma. La prometedora becaria se sacudía el café como podía de su elegante traje de oficinista, pero la tela ya había absorbido la mayor parte del líquido.

—¿Paloma? ¿Eres tú? —se apresuró a decir Inés, y la joven alzó la vista hacia ella, consternada. La examinó de los pies a la cabeza, y ahí estaba, la mueca de desdén con que siempre la había mirado.

—Perdona, ¿nos conocemos? —preguntó al fin, como si hubiese decidido que era imposible que una persona como Inés estuviese entre sus conocidos. Ella, siempre tan formalita y seria, e Inés, con su ropa negra y sus ojos muy pintados, no pertenecían al mismo mundo y sugerir lo contrario era un insulto.

Pero Inés había aprendido de Jackie a no darse por aludida. Después de todo tenía razón, ellas dos nunca se parecerían en nada, por suerte.

—¡Qué coincidencia encontrarte por aquí! Vives en Londres —siguió diciendo, con la esperanza de que Paloma reconociese la nariz «de cerdita» de la que tanto se había reído, o sus «ojos de sapo».

—Lo siento… —dijo Paloma, quien empezaba a sentirse apurada. Se llevó la mano a su perfecto recogido de pelo—. De verdad que no logro ubicarte. ¿De qué dices que nos conocemos?

Y ahora, el momento que Inés tanto había esperado.

—Soy Inés, Inés García —dijo, pero Paloma seguía sin dar signos de reconocimiento—. Inés, de primaria —*nada*—. Fuimos juntas al Gloria Fuertes, en el barrio.

Paloma sonrió, incómoda, ante la perplejidad de Inés.

—Lo siento, fue hace mucho tiempo... si no te importa tengo que... —Pero Inés no iba a permitir que se marchase, no de esa manera.

Se apresuró a agarrarla del brazo con tanta fuerza que parecía que pretendía arrancárselo. Sintió cómo sus uñas mordisqueadas se clavaban en el brazo y deseó haberlas dejado crecer más largas.

—Me llamabas Porky, ¿recuerdas? —Su voz, desbordada de rabia—. Y como eras la más popular de la clase, todo el mundo me empezó a llamar así también. «Porky, nariz de cerdito». Después te inventaste que olía mal y que todo el que se acercase a mí empezaría a apestar también. ¿Sigues sin recordarlo?

Todos los recuerdos volvieron a ella como una repetición de ese episodio que has visto mil veces, haciendo que su estómago se encogiese y le subiese acidez por el pecho al rememorar aquellos meses que pasó completamente sola en el patio del recreo, comiendo su almuerzo en el suelo junto a la valla mientras el resto jugaba a polis y cacos. Recordó las risas cada vez que iban al baño y las niñas se pasaban la mano por la nariz asqueadas como si el aire apestase, los *oink oink* a su paso en el pasillo.

No, Paloma no iba a irse de rositas.

Porque de niño te contaban en las historias que los abusones acaban mal, que la venganza de sus víctimas es ver cómo el matón del instituto acaba con un empleo que detesta y mal pagado, acosado por las deudas y los vicios, abandonado por su pareja... pero no es verdad. Lo que pasa es que las historias suelen escribirlas quienes están al otro lado y es lo que necesitan decirse: «Puede que te hiciese la vida imposible en el instituto, pero tú progresarás, como el patito feo, te convertirás en cisne, y ellos se quedarán donde estaban, recordando los viejos tiempos con nostalgia porque fracasaron en la vida». Toda una sarta de mentiras. En la vida real a veces los abusadores tienen éxito, a veces el tipo que te ponía la zancadilla y te metía en el cubo de la basura se convierte en un deportista de élite admirado por sus «valores», y la que te robó la ropa en el vestuario y se reía de tus muslos se convierte en una prestigiosa política que habla de mejorar el país. Porque la vida real no es justa.

Por eso, Inés había dejado de confiar en la vida e iba a encargarse de labrar su propia justicia.

Paloma la miró horrorizada y tiró con fuerzas para intentar librarse de sus uñas.

—Te estás equivocando de persona. Yo nunca habría hecho eso. Todos mis compañeros me querían, fui delegada de clase. No sé de quién es la culpa, pero desde luego no fui yo —dijo con un gesto altivo—. Y ahora, si me disculpas… —Forcejeó de nuevo y esta vez Inés la dejó ir.

La vio marchar a la carrera, girándose para comprobar que aquella perturbada que la había asaltado en la calle no la siguiese. Inés sonrió, y al cabo de unos segundos su sonrisa era tan grande que no pudo evitar echarse a reír.

Paloma no se acordaba.

De verdad se veía a sí misma como la niña buena y perfecta que sus padres y sus profesores creían que era. Someter a Inés a sus burlas continuas y esparcir rumores sobre ella había sido una actividad tan banal que la había borrado de su mente sin esfuerzo. Claro, por supuesto. ¿Por qué iba a recordar a Porky? La niña rarita que siempre iba a clase con una coleta mal hecha y que se sentaba al fondo para poder dibujar.

La risa se apagó lentamente en su garganta.

No pasaba nada. Puede que Paloma lo hubiese olvidado, pero ella se iba a encargar de que jamás despreciara de nuevo, o se pudiera quitar de la cabeza, el nombre de Inés García.

A pesar de las glamurosas fotos que subía a sus redes sociales, la vida londinense de Paloma no era tan perfecta como pretendía hacerles creer a sus compañeros de universidad, familiares y conocidos.

Tan pronto como Inés se recuperó del shock inicial, echó a correr tras ella, ocultándose tras la marabunta. Por una vez en su vida se sintió agradecida por su reducida estatura, que le permitió entrar en el metro a solo unos pasos de ella sin que Paloma pudiese verla. Era como si toda la ciudad pretendiese ocultarla, como si una chica tan pequeña no tuviese lugar en ella y no le quedase otra opción que fundirse con sus sombras para existir.

La siguió hasta el andén y se subió en el vagón continuo, desde donde podía verla a través del cristal. Paloma estaba tan atareada mirando las notificaciones de su móvil que seguramente no se habría percatado de su presencia aunque se hubiese sentado justo enfrente, pero prefirió no correr el riesgo. Cuarenta y cinco minutos y tres trasbordos después, Paloma se bajó del tren en un barrio a las afueras, no tan distinto de aquel del que ambas provenían. La multitud se había disipado por el camino y ahora solo avanzaban por la calle ellas dos, entre los restaurantes de comida india o china para llevar y los parques infantiles vacíos, hasta llegar a un bloque de edificios. Inés se detuvo al ver que sacaba las llaves de su bolso. Maldición, ¿cómo iba a saber en cuál de todos esos pisos vivía? Aguardó en la calle y tras menos de un minuto una luz se encendió en la quinta planta.

Te tengo, se dijo con una sonrisa pérfida, complacida y asustada a la vez al descubrir que llevaba esa oscuridad dentro de sí misma. «Posees lo que hace falta», le había dicho Jackie, «tan solo necesitas dejar de temer todo cuanto podrías llegar a ser y sacarlo a la luz».

Aguardó paciente hasta que el atardecer dio paso a una fresca noche de verano y por fin las luces del quinto piso se apagaron. Era el momento, entonces o nunca. Y supo qué le habría dicho Jackie si hubiese estado allí; era casi como si, en cierto modo, siempre la llevase con ella. «El ahora es para los que actúan, no para los que esperan».

Inspiró hondo y caminó hacia la puerta del edificio, armada con sus mejores armas: papel y tinta.

Se detuvo ante ella y vaciló unos segundos. No tenía ni la menor idea de cerrajería. Podría dibujar mil llaves antes de dar con una que encajase. *No se trata de precisión, sino de voluntad*, se recordó. Cerró los ojos y dejó que el bolígrafo fluyese en el papel. No bastaba con crear cualquier llave, únicamente *esa*. Solo tenía que desearlo con todas sus fuerzas, que creer que podía hacerlo, y la realidad se moldearía a sus deseos. Deslizó sus dedos por la tinta fresca, que aún manchaba el dorso de su mano, y su creación se transportó del papel a su palma, una pequeña llave dorada con muescas muy diferentes a las que había trazado.

Inés respiró hondo. *Confía en ti*, se dijo mientras introducía la llave en la cerradura y comprobaba que encajaba a la perfección. Giró la llave y se encontró a oscuras en el portal. Revisó los buzones uno a uno antes de dar con el nombre de «Paloma Ferrero». Confirmó que vivía sola en la quinta planta, puerta seis. Inés subió por las escaleras para asegurarse la mayor discreción posible y repitió el proceso con la cerradura del piso de Paloma. Entró a hurtadillas, caminando de puntillas sobre una moqueta grisácea, como una vulgar ladrona. Estuvo a punto de echarse a reír. Eso era en lo que se había convertido, en una ladrona, pero en una ladrona famosa, después de todo. Incluso entre los criminales había clases. *Criminal*, su conciencia masticó la palabra e Inés decidió que prefería *inconformista*.

Se paseó por el piso de Paloma, intentando imaginar su vida allí, luchando por ese puesto bien pagado por el que todos los becarios de la inmobiliaria estarían dispuestos a apuñalarse como si se tratase de una edición de los Juegos del Hambre. En el salón vio varios folletos de gimnasios y una colección de vales de descuento de al menos tres supermercados. En la cocina encontró el paquete vacío de una lasaña precocinada en la encimera, que sostuvo asqueada. Paloma ni siquiera se había molestado en usar un plato. *¿Qué ha sido de los smoothies y ensaladas de tus stories?*, negó con la cabeza, Paloma era una farsa. Igual que había inventado falacias sobre ella también había creado una vida ficticia, un rostro amable y bondadoso que se esforzaba por vendérselo a los demás.

Paloma no era una buena persona, y se merecía un castigo por ello. Puede que su conciencia estuviese en lo cierto y ella no fuese quién para decidir, pero ya no se trataba de justicia, ¿verdad? Se trataba de venganza. Ella haría por la pequeña Inés lo que una niña asustada no había podido.

Siguió examinando la casa, curiosa por saber cómo vivía esa persona que tanto la había atormentado. Después de ver las potentes cremas antitranspirantes y los exfoliantes para el acné que utilizaba, ya no resultaba intimidante. Tras un momento de duda, también se asomó a su dormitorio, y la encontró profundamente dormida sobre una cama de matrimonio. «Duerme en paz, ahora que puedes», susurró. Ya había decidido cuál sería su castigo. Mentira por mentira. Le haría probar su propia medicina, le enseñaría lo que se sentía cuando te acusaban de ser quien no eras, cuando te repudiaban por cosas que no habías hecho, que otro había inventado sobre ti. Jackie se equivocaba, había un lugar mejor para *La cuna* que su habitación.

Pasó la página de su bloc y vertió en ella la imagen que había memorizado con todo lujo de detalles en su mente de tanto mirarla, de tanto pensar en ella, de tanto verla en las redes sociales y en los periódicos, dibujó hasta sentir que se convertía en uno con la obra y una réplica exacta de *La cuna* apareció ante sus ojos, en el suelo de la destartalada cocina que la atareada Paloma no había tenido tiempo para recoger. Después dibujó un teléfono móvil idéntico al suyo, uno que funcionase sin un número y sin cobertura, solo con la fuerza de su deseo, y lo utilizó para mandar un mensaje anónimo con la dirección de la joven y la promesa de que allí encontrarían la obra robada.

Colocó la réplica de *La cuna* justo frente a la entrada, para que cuando la policía pasase por allí, escéptica, solo para asegurarse de que se trataba de una broma de mal gusto, la viesen tras una adormilada e incrédula Paloma. No tardarían demasiado en percatarse de que no era el original, solo un engaño —o quizá no—, pero Inés no quería que la encarcelasen, no; era la vergüenza lo que ansiaba para ella, quería verla agachar la cabeza, jurar que era inocente aunque nadie le creyese, convertirse en el blanco de todas las miradas, que sus compañeros guardasen silencio al ver cómo se acercaba por el pasillo en la oficina y que oyese risitas a sus espaldas, porque en realidad, a ninguno de ellos le importaría que supiese que se burlaban de ella, porque no era nadie, porque no tenía ningún poder. Cuando la verdad saliese a la luz, ya sería tarde, los rumores se habrían extendido, y los «y si...» tendrían mucho más peso que la realidad.

Le llevó quince años, pero por fin las tornas habían cambiado.

Inés salió del apartamento igual que había entrado en él, una sombra silenciosa, un vestigio entre la persona que había sido y la que esperaba llegar a ser, y en el mismo instante en el que cerró la puerta tras de sí, sintió una punzada de dolor en su hombro izquierdo. Se llevó la mano derecha a la articulación y la sostuvo con fuerza, como si sus uñas clavándose en la piel herida pudiesen aliviar su sufrimiento; pero no lo harían, era parte del trato, parte de su penitencia. Si quería completar el acuerdo, tener el mundo a sus pies, no podía conformarse con su antiguo aspecto, debía mudar de piel.

Cuando el dolor cesó, desabrochó su camisa y se apresuró a comprobar cuál era el aspecto de su nuevo compañero. Igual que la peonía en su muñeca, el dibujo resultaba engañoso. A simple vista, tan solo se trataba de una alegoría, la justicia encarnada con una balanza en una mano y los ojos de su semblante sereno vendados con una tela. Sin embargo, la espada que debería de haber sostenido con su otra mano atravesaba su pecho, del que brotaban borbotones de sangre que bajaban por su toga. Si no hubiese tenido los ojos vendados, Inés habría jurado que el tatuaje le devolvía la mirada.

No tengas miedo, se rogó, y aunque la visión la perturbó, no llegó a sentir temor, quizá porque llevaba toda su vida tan asustada que se había agotado su cupo. Notó cómo su móvil vibraba y comprobó que tenía un mensaje de su mentora.

Bien hecho, esta noche lo celebramos, pero mañana... ¿Por qué no le haces una visita a otra de mis amigas?

A continuación le envió una fotografía que provocó una sonrisa en los labios de Inés. Buscó en su móvil los horarios de apertura de la National Portrait Gallery.

5 Miguel

El plan de Salomé para limpiar su alma no solo incluía cumplir cada uno de los cinco puntos del panfleto hasta que los tatuajes desapareciesen, también parecía estar esforzándose por llenar cada minuto libre de sus vacaciones de verano con actividades que habría rechazado en cualquier otra circunstancia. Los únicos ratos de descanso que la Centinela le permitía eran para entrenar al rugby o cenar con sus padres.

Esperaba que Martina apreciase sus esfuerzos, que estuviese desperdiciando su «último verano de libertad» leyendo libros y ensayos de filósofos que llevaban entre unos pocos años y varios siglos muertos, en los que reflexionaban sobre en qué consistía «el Bien» y cuál era el auténtico significado de su vida. No estaban teniendo demasiado impacto en él porque le daba la sensación de que la mayoría de esos tipos se habían pasado más tiempo recluidos pensando sobre la vida que viviéndola, por no hablar de que se contradecían constantemente —unos se empeñaban en que para ser bondadoso era necesario el conocimiento; otros, en que el hombre solo podía ser bueno desde la ignorancia, o desprendiéndose de la propia identidad; había quienes decían que para ser bueno primero había que ser feliz, y otros que se inclinaban por el autosacrificio—. Cuando le planteó a Salomé estas incongruencias ella se encogió de hombros, mientras les sacaba brillo a sus cuchillos, y dijo:

—La idea es que aprendas a distinguir el Bien del Mal, y eso es algo que solo cada persona puede hacer. Te equivocarás, pero no te preocupes. —Sonrió—. Yo estoy aquí para corregirte y llevarte por el buen camino, como si fueses un bebecito aprendiendo a andar. —Se burló.

—Sé distinguir el Bien del Mal. —Lo que ocurría era que hasta entonces nunca le había importado la diferencia.

En la lista de lecturas de Salomé también había libros infantiles como *Momo* o *El Principito*, pero su madre ya le había leído ese tipo de historias de niño y mira para lo que sirvió. «No te estás esforzando», lo regañaba Salomé, pero ella, que era capaz de ver a través de sus pensamientos, debería de haber sabido que no era así.

Otro de los ejercicios de Salomé consistía en sentarlo delante del telediario hasta que sintiese algo.

—No soy un psicópata —protestó el primer día—. Claro que me dan pena las víctimas de los crímenes y las catástrofes naturales, pero no es asunto mío, y no hay nada que pueda hacer. ¿Por qué sentarme a lamentarme por ello? Nadie gana nada.

—Nadie te ha llamado *psicópata*, solo un poco… *insensible*. Pero no te lo tomes como un ataque personal, la mayoría de los humanos os acabáis anestesiando ante el sufrimiento ajeno. Es lo que tiene que te hagan engullir tragedia tras tragedia a la hora de la cena. Así que presta atención y vuelve a preguntarte si de verdad un tipo tan astuto como tú no puede hacer nada para cambiar un poquito el mundo, ¿sí?

Y como si no tuviese suficiente, además había intentado enseñarle a rezar.

—Yo no creo en Dios —dijo, cuando Salomé le sugirió la idea.

—Eso es evidente, si no, no te comportarías así —rebatió Salomé de mala gana—. No hace falta que creas en nada en particular, solo intenta… no sé, cerrar los ojos y pensar en algo que no seas tú mismo.

—Tampoco voy a meditar ni a hacer yoga ni ninguna de esas chorradas, antes de que lo sugieras.

—¿Y un diario? —sugirió Salomé, en un último intento desesperado—. ¿Puedes hacer eso? Apuntar un par de ideas positivas y buenos deseos antes de irte a la cama.

Miguel accedió de mala gana, aunque no estaba seguro de querer dejar constancia de sus pensamientos. ¿Cómo iba a defenderse si alguien los encontraba? Cada noche se sentaba sobre su saco de dormir en el suelo —dado que Salomé había usurpado su cama «porque era lo que se esperaba de un buen anfitrión», aunque a él le pareciese una excusa— y daba rienda suelta a todas sus frustraciones y quejas, como si la tinta que vertía sobre el papel procediese del mismo lugar que los pérfidos tatuajes en su piel.

Por mucho que su Centinela lo intentase, todos los planes que Salomé parecía sacarse de la manga acababan rebotando de una forma inesperada, aunque ella se esforzaba por animarlo: «Al menos hoy te has indignado cuando ha salido ese reportaje sobre la gente que abandona perros, y has hecho un donativo a la protectora sin que yo te lo mandase». Parecía que olvidaba a propósito la parte en que había afirmado que si pillase a un maltratador de perros *in fraganti* se aseguraría de devolverle el daño multiplicado por diez.

«Supongo que es mejor que nada», anotó en su diario, justo antes de cerrarlo con un suspiro. Apagó las luces y se metió en su saco de dormir. Le preocupaba acostumbrarse a la frustración.

Desbloqueó su móvil y antes de darse cuenta estaba en el perfil de Instagram de Martina. Martina del Valle, la razón de toda aquella locura. Acababa de subir una foto celebrando su nuevo puesto de becaria en el periódico que tanto le gustaba, ese que leían cuatro gatos y en el que denunciaban cada día la corrupción del resto de los medios, la falta de medidas de los gobiernos ante el cambio climático, la desigualdad en el ámbito laboral, el avance de las ideologías del odio que señalaban a todo aquel que fuese diferente de la norma... Miguel amplió la foto, tumbado en el suelo, con los brazos alzados por encima de su cabeza con cuidado de que la luz de la pantalla no despertase a Salomé, que roncaba en la cama como un oso pardo en plena hibernación. Se fijó en cada detalle de la imagen, en su perfecta sonrisa de ortodoncia, en el lazo azul con el que recogía su melena, en cómo miraba a cámara... no, a quien sea que hubiera sacado la foto, con tanta felicidad que sus pupilas parecían irradiar luz en lugar de absorberla. En sus manos, había un modesto ramo de rosas que sostenía con delicadeza, pero firme. Un ramo de rosas. ¿Quién se lo habría regalado? ¿Sus amigas, sus padres? ¿O había alguien más? El rostro de un tipo imaginario lo hizo bullir de rabia. Sus flores favoritas eran los lirios. Hasta él lo sabía. Un ramo de rosas. Apretó el móvil entre los dedos y contuvo el impulso de lanzarlo contra la pared. ¿Rosas? Era eso lo que quería, ¿con eso se conformaba? Con un triste ramo genérico. Miguel podía regalarle tantas flores como quisiera, cada día si era preciso. Girasoles, tulipanes, claveles, lo que le pidiese.

Iba a irse a dormir, con la impotencia y los celos encendidos en el pecho, pero pensó algo en el último momento. *Menos mal que mi Inés solo comparte sus dibujos.* No recordaba el usuario de la joven, pero sí que la seguía. Rebuscó entre sus centenares de seguidores hasta que dio con ella. Abrió el perfil y sintió un escalofrío al ver las imágenes que surgían de la imaginación de Inés. Se parecían demasiado a los tatuajes en su cuerpo. El último era una especie de esqueleto macabro de un pájaro posado sobre una flor. Resultaban un poco oscuros para su gusto, pero era cierto que tenía talento. Y si hubiese tenido una pizca de interés en ella como persona, se habría dado cuenta enseguida en lugar de limitarse a codiciar sus apuntes. Tal vez siendo un capullo no estaba ganando tanto como pensaba, y puede, solo puede, que también se estuviese perdiendo mucho.

Apagó el móvil y, a pesar de la total oscuridad, mantuvo la vista clavada en el techo, pensando en el intenso rojo de las rosas, preguntándose si vería a Martina al día siguiente, en el partido de rugby, o si estaría demasiado ocupada con quienquiera que le hubiese hecho ese estúpido regalo.

Por primera vez en semanas, Miguel se despertó completamente solo en su habitación. Se incorporó, extrañado, preguntándose adónde habría ido esa Centinela suya. ¿Estaba preocupado por ella? Nah.

La había visto luchar, así que temía más por quien se pusiese en su camino, y en realidad era un alivio tener un poco de espacio personal. La Centinela lo seguía hasta cuando salía a correr. Al parecer sus dos únicas adicciones eran el *fitness* y el azúcar. Al principio la había subestimado, pero una sola sesión intentando seguir su ritmo le había bastado para comprender que Salomé se había ganado sus abdominales a pulso.

Tal vez me está poniendo a prueba, pensó, *para ver cómo me comporto cuando creo que no está*. No podía andar muy lejos, no con las Bestias pululando por ahí. Fingió que era una mañana como otra cualquiera, se duchó, se puso el uniforme de su equipo amateur de rugby y bajó a desayunar.

—Buenos días —saludó a su padre, que veía las noticias matinales en el salón.

Se asomó al televisor para comprobar, sin demasiada curiosidad, cómo habían detenido a una ciudadana española en Londres por el robo del cuadro de esa pintora impresionista, Berthe Morisot. Al parecer ella lo negaba todo. Horas más tarde, descubrieron que el cuadro era una imitación.

—Ya me parecía raro que un robo tan fino lo hubiese ideado algún español —resopló su padre, mirando de lado hacia él—. Seguro que si hubiese sido ella, se habría equivocado de puerta al salir del museo y habrían sonado todas las alarmas.

Asintió y se ahorró comentar que hacía un par de noches había defendido a ultranza que la policía española era mucho más competente que la francesa. La afición preferida de su padre era opinar sobre absolutamente todo sin pararse a pensar cinco segundos de qué estaba hablando y para olvidarlo con la misma rapidez. *Miguel, es tu padre, te ha criado lo mejor que ha podido*, pudo oír los reproches de Salomé aunque no estuviese allí. Qué horror, se había metido hasta el fondo de su cabeza.

En la cocina, su madre hablaba por teléfono con tono serio pero amigable, así que Miguel pudo deducir que se trataba de una llamada de negocios con alguien a quien le interesaba hacerle la pelota, pero sin que se notase demasiado. Lo confirmó cuando oyó cómo se reía. No era su risa real. Puede que la personalidad de Miguel no viniese del todo de la nada.

—¿Con quién habla? —preguntó, sentándose junto a su padre. Sabía que si la molestaba para prepararse un café mientras estaba al teléfono se ganaría una mirada de reproche.

—¿Eh? —dijo su padre—. Ah… —añadió al darse cuenta de que se refería a su madre, adicta al trabajo, pegada al móvil de empresa un sábado por la mañana—. Creo que es el redactor en jefe del periódico ese, el del grupo de comunicación que va a comprar su empresa.

Ah, ya. Su madre les había hablado por encima de aquella operación. El conglomerado de empresas al que pertenecía la suya, en la que producían bebidas azucaradas y energéticas, iba a convertirse en un importante accionista —aunque no el mayoritario, ahí su padre se había desviado un poco de los hechos— de otro *holding* de empresas que a su vez era dueño de uno de los periódicos más importantes e influyentes del país. Aparentemente era una forma mucho más fácil y rentable de conseguir cobertura favorable en los medios que comprar anuncios.

—¿Crees que acabaremos cenando con él y con toda su familia? —preguntó Miguel con desgana.

—Me parece muy probable… —admitió el hombre, resignado, sin despegar la vista del televisor.

Al ver que iba para largo, Miguel decidió que compraría algo por el camino. Se echó al hombro su bolsa de deporte con el cambio de ropa y el resto del equipamiento, se despidió de Chica —a quien tuvo que cerrarle la puerta en el hocico porque no lograba hacerle entender que «no tocaba paseo»— y casi sufrió un paro cardiaco al encontrarse con una sombra junto a él.

—¿Partido de rugby? —preguntó Salomé, dando lengüetazos a un mikolápiz de chocolate y vainilla junto a la entrada de su casa. ¿Para eso había salido de casa temprano, para comprar helados?—. ¿Quieres que vaya a animarte como una *cheerleader*? —Agitó las manos en el aire como si tuviese unos pompones.

—¿No me digas que apruebas el rugby? Pensaba que un deporte que consistía en golpearte con el rival te horrorizaría —dijo con exagerada sorpresa. Lo cierto es que no era del todo broma, a estas alturas que hubiese algo que él disfrutaba y que el Bien considerase aceptable le parecía toda una proeza.

Salomé hizo un mohín de duda.

—El compañerismo y la disciplina están bien, pero no estoy segura de que los valores del deporte sean el motivo por el que lo practicas.

—¿Y cuál sería ese motivo, según tú?

—Liberar tu rabia contenida de una forma socialmente aceptable.

—Tengo el cuerpo cubierto de tinta tóxica, no me he acercado ni un poco a ser una persona decente en estas semanas y, para colmo, hay bestias antropófagas que estarían arrancándome la piel a bocados ahora mismo si no estuvieses aquí para impedírselo, así que discúlpame si tengo que liberar mi rabia de alguna manera.

Echó a andar escalones abajo, abrió el maletero de su coche y dejó caer la bolsa deportiva en su interior.

—No me malinterpretes —dijo Salomé, siguiéndole de cerca. Miguel se sentó en el asiento del conductor y ella se adjudicó el del copiloto—. Me parece estupendo que encuentres mecanismos para gestionar tus emociones y, ¡eh!, el deporte puede ser el único vicio sano que tengas. Pero ya que vas a ver a tus amigos podrías aprovechar para… —Lo señaló como si fuese su turno de intervenir, igual que en esos estúpidos dibujos animados en los que animaban a los niños a gritarle a la pantalla del televisor.

Miguel arqueó una ceja, mirándola de los pies a la cabeza. ¿Cómo iba a justificar su presencia ante sus amigos? A pesar de que hiciese treinta y pico grados, Salomé se había negado a renunciar a sus pesadas botas de cuero recubiertas de tachuelas metálicas. Los amigos de la *urba* de Miguel solo habían visto a gente así vestida en las películas de Halloween. Más que una especie de ángel parecía un vampiro retrofuturista.

—Di que soy una prima lejana de la que tu familia se avergüenza si quieres, pero ¿has escuchado lo que te he dicho?

—Quieres que… ¿haga una buena acción? —Estuvo a punto de poner el coche en marcha, pero se detuvo en el último momento—. Espera, ¿pretendes que vaya al campo en bici o algo así? —preguntó, escéptico.

—Es un detalle que te preocupes por tu huella ecológica, pero estaba pensando más en la parte de, ya sabes, decir la verdad —sugirió con una sonrisa de niña buena que resultaba de lo más inquietante en una persona que sabes que es capaz de acertar a un blanco en movimiento a quince metros de distancia o de degollarte con un movimiento limpio.

—¿Decir la verdad? —repitió en un vano intento de comprender mágicamente a qué se refería Salomé.

—¡Luis! —exclamó, frustrada.

Ah. Claro. Luis. Puede que no dijese demasiado a favor sobre su «proceso de mejora», pero entre la irrupción de lo paranormal en su vida y el ramo de rosas de Martina se había olvidado por completo de ese tema. A su amigo acababan de quitarle la escayola y sería la primera vez que entrenase y jugase con el resto del equipo en semanas.

—¿Te lo pensarás al menos?

—Sí, claro…

—¿Qué hemos hablado acerca de mentir, Miguel?

El joven suspiró, exasperado. A este ritmo iba a llegar tarde al partido y necesitaba jugar con toda su alma. Alguien tenía que pagar las consecuencias de su malhumor.

—Escucha, es que no veo el sentido de confesar lo que pasó. No es que yo no salga beneficiado, es que nadie lo hace. Luis es feliz creyendo que su novia es una santa, dejémosle que siga haciéndolo, ¿no?

Salomé suspiró resignada.

—Es un detalle que pienses en la felicidad de tu amigo, pero a veces no se trata de lo que más beneficia a alguien. Al menos no a la hora de hacer lo correcto. —Él notó su mirada, estudiándolo, y sintió que lo estaba poniendo a prueba.

—¿Me vas a decir en serio que *la verdad* es más importante que la felicidad? Mira lo que pasó con Inés en la librería, no sirvió de nada.

La Centinela lo miró y de nuevo Miguel se sintió como un niño pequeño que no tenía ni idea de cómo atarse los cordones.

—La verdad es la única forma de llegar a ser feliz. —Se encogió de hombros—. Puede que aún tardes un poco en comprenderlo, pero por ahora, confía en mí, ¿de acuerdo? Piensa en lo que he dicho. La decisión es tuya, pero tómala, ¿sí? Haz lo correcto, no lo conveniente.

El joven asintió, y esta vez lo hizo de verdad. No le fue sencillo asumir su ignorancia con humildad, pero había descubierto que existían demasiadas cosas que creía cuentos de hadas en las últimas semanas como para seguir estando tan seguro de que lo tenía todo bajo control.

Condujo hasta el campo de rugby y se aseguró de que nadie mirara antes de dejar que Salomé se bajase del coche.

—Intenta no llamar mucho la atención —rogó, y Salomé se echó a reír.

—Puedo ser como un fantasma si me lo propongo —dijo en tono misterioso, despidiéndose de él con unas palmaditas en las mejillas antes de encaminarse hacia las gradas.

Se trataba de un partido amistoso, fuera de temporada, entre dos equipos aficionados, así que los espectadores podían contarse con los dedos de las manos y todos eran parejas, colegas y padres.

Miguel se apresuró hacia los modestos vestuarios y allí encontró a su equipo listo para salir al campo. Saludó con un vago gesto de la cabeza y sacó las zapatillas de su bolsa deportiva.

—¿Dónde te habías metido? —inquirió Alberto—. Ya pensábamos que te habías dormido y que no ibas a venir.

—En realidad la teoría era que estarías pasándotelo bien, ya me entiendes, con alguna *amiga* —se burló Guille, dándole unas palmaditas en la espalda.

—Me he dormido —respondió Miguel, tajante.

Se sentó junto a Luis para atarse los cordones, pero el chico no saludó ni añadió nada a las bromas de sus amigos.

—De acuerdo, de acuerdo. —Guille se encogió de hombros—. Mensaje recibido. Lo que pasa en los reservados, se queda en los reservados. Y ahora, ¿vamos a jugar o qué?

Miguel se puso en pie de un salto, para señalar que estaba listo.

—Vamos, démosles una paliza —dijo a su colega, apoyando las manos sobre su hombro, pero Luis se apartó con brusquedad. *Mierda.* ¿Lo sabía? No. Ana nunca hubiese tenido los ovarios de contárselo. Tenía que ser otra cosa—. Eh, ¿estás bien?

—Estoy perfectamente… —dijo, pero chocó contra él al pasarle de largo.

Lo sabe. Miguel se encontró a sí mismo solo en el vestuario, admirando el coraje de Ana. Vaya, no tenía ni idea de que la chica tuviese lo que hacía falta. Suspiró. Estupendo, su mejor amigo también había decidido odiarlo. Algún día Luis tenía que darse cuenta de qué pasta estaba hecho. El lado positivo era que si estaba tan enfadado con él, significaba que, con toda seguridad, se había librado de Ana.

Salió del vestuario tras su equipo y al saltar al campo su vista se desvió hacia las gradas. En una esquina, tal y como había prometido, Salomé observaba atenta como una sombra. Sin embargo, pronto su atención se desvió hacia dos jóvenes sentadas en la primera fila. Ana y Martina. Su corazón se saltó unos cuantos latidos de la impresión. ¿Qué hacían allí? Miró a Luis, y después a Ana, sin comprender. La parejita se saludaba tan acaramelada como siempre. Miguel no entendía nada, ¿se lo había dicho o no? Ana lanzó un beso al aire y Luis fingió atraparlo. Esa no era la actitud de un hombre traicionado. Puede que las palabras de Salomé lo estuviesen volviendo paranoico y que Luis estuviese enfadado por cualquier otra cosa, porque había llegado tarde o por lo distante que había estado esas últimas semanas… *Bien, mejor.* Significaba que su amistad estaba a salvo. Tras ver a Martina en la grada sintió que no sería capaz de sobrellevar otro rechazo.

Miguel se apresuró hacia el corro que formaban sus colegas mientras que el entrenador del equipo, un universitario de último curso, daba instrucciones. De pronto, lo irrelevante de todo ese juego lo golpeó. Él siempre se dejaba la piel para ganar, porque lo hacía sentir mejor consigo mismo. Era exactamente lo mismo que hacía en la vida, luchaba y luchaba por ganar, pero ¿cuál era el premio? ¿Para qué tantos dolores de cabeza si todo en su vida era... un estúpido juego? Apenas podía escuchar las órdenes del entrenador y cuando quiso darse cuenta el partido ya había empezado.

Adoptaron sus posiciones y se prepararon para la jugada que tantas veces habían ensayado durante el curso. Sonó el pitido del árbitro y se hicieron con la pelota. Guille la lanzó hacia él, la atrapó y tardó tanto en reaccionar que estuvo a punto de echar a perder toda la jugada. Corrió para evitar que un fortachón del equipo rival se le echase encima, esquivó al *flanker* y logró hacer un pase un instante antes de que lo placasen. Sintió cómo su espalda chocaba contra el suelo, el peso del armario empotrado que lo había derribado, y el dolor de sus huesos en el barro. Por un instante deseó quedarse en la tierra, paladeando el dolor. El propio rival fue quien le tendió la mano para que se levantase. Después de todo, solo era un partido amistoso. Miguel la aceptó. La cabeza le daba vueltas, pero no era por el impacto, no. Era la incertidumbre, haber perdido por completo el control de su vida hasta el punto de no saber si Luis seguía siendo o no su amigo.

Su vista se desvió hacia las gradas y vio cómo Martina sacaba fotos del partido con su vieja cámara analógica. Quizás a otros su impulsivo empeño por registrarlo todo le resultase irritante, pero no a Miguel. Entendía de sobra esa necesidad ahora que ya no estaba seguro de qué era real y qué no. Las fotos eran hechos, instantes de tiempo retenidos para siempre sobre el carrete, verdades innegables. *La verdad es la única forma de ser feliz.*

Ganar ya no le parecía tan importante. Ni en el campo, ni en la vida. ¿De qué le serviría ganar si acababa quedándose solo? Se había convencido de que no necesitaba a nadie, pero ¿y si era otra de sus mentiras? Siguió jugando como un autómata, su equipo iba ganando, pero eso no hacía que se sintiera mejor. De hecho, no le hacía sentir nada; quizá, el impulso de echarse a reír, de gritar «¡qué más da!». Lo único que lo animaba un poco eran los golpes que recibía, como si pensase *me lo merezco*, y su castigo le quitase una parte del peso sobre sus hombros que no sabía cargar. Por fin el árbitro pitó el fin del partido y a pesar de que Miguel había jugado peor que en toda su vida y de que Luis se había esforzado por fingir que su colega no existía a la hora de pasar la pelota, ganaron. Estaba cubierto de barro de los pies a la cabeza, le dolían la espalda, la cadera y la rodilla izquierda, se había hecho una pequeña brecha en el labio que no dejaba de sangrar y, sin embargo, no era el cuerpo lo que más le dolía, ni la suciedad de la tierra la que más impuro lo hacía sentir.

—¡Luis! —lo llamó al ver cómo su amigo caminaba directo hacia el vestuario—. ¡Luis, espera!

Tuvo que agarrar a su amigo del brazo para retenerlo y cuando se dio vuelta no vio rabia ni odio en sus ojos —puede que eso lo hubiese hecho sentirse mejor. ¿Acaso no se lo merecía?—, solo una profunda indiferencia.

—¿Qué quieres, Miguel? —dijo con tono aburrido. Lo miró vagamente—. Tienes mal aspecto, a lo mejor deberías pasarte por el médico antes de ir a casa. —Dio media vuelta para seguir con su camino.

—¡Espera! —le gritó Miguel, pero no sabía por dónde empezar.

Decir la verdad, como si fuese tan sencillo. ¿Qué era la verdad? No estaba del todo seguro, pero Luis tendría que conformarse con *su* verdad.

—La cagué, ¿vale? No te lo he contado antes porque… —*soy un cerdo egoísta*, completó una voz en su mente por él— no quería hacerte da… —*mentira*—. Mira. No estoy orgulloso de lo que pasó, pero te mereces saber la verdad. —Luis lo miraba expectante y Miguel se preparó para recibir un puñetazo tan pronto como acabase de hablar—. Me acosté con Ana en el viaje de fin de curso. Yo estaba borracho, ella también, y estoy seguro de que ninguno se acuerda de gran cosa. Nunca tendría que haber ocurrido, pero… pasó. Sé que ya es tarde, que tendría que habértelo dicho antes, pero estaba seguro de que no me volverías a hablar y eres la única persona a la que echaría de menos si te largases para siempre. La verdad es que tendría que haber sido mejor amigo de lo que he sido, y que no te merezco.

Los cinco segundos que transcurrieron desde que concluyó su confesión hasta que Luis reaccionó fueron los más largos de su vida.

Cuando vio que su colega se movía, Miguel cerró los ojos instintivamente, pero en lugar de un puño en su rostro, se encontró con unos brazos rodeándolo. Su amigo lo estaba... abrazando.

—¿No... no me odias? ¿No estás enfadado?

—Oh, sí que lo estoy. —Se alejó de él—. Pero he tenido mucho tiempo para pensar desde que Ana me lo contó, para darme cuenta de que teneros en mi vida es más importante que guardaros rencor por un error estúpido.

No te lo mereces, repitió esa voz que, empezaba a sospechar, no era Salomé, sino la conciencia que llevaba tanto tiempo ignorando.

—No lo entiendo, ¿por qué estabas tan enfadado entonces?

—Pensaba que no me lo ibas a contar, y que a lo mejor había sido un tonto por haber confiado en ti, pero me alegra que hayas decidido hacer lo correcto. Gracias, Miguel. —Luis le dio unas palmaditas en el hombro y siguió caminando hacia el vestuario.

Miguel se quedó paralizado en mitad del campo mientras los jugadores y el público en las gradas se marchaban, hasta quedarse completamente solo.

¿Luis acababa de darle las gracias por pegársela con su novia?

—No, idiota —dijo una voz tras él—. Te ha dado las gracias por ser honesto, por aceptar las consecuencias de tus actos fuesen cuales fueren y por valorar más su amistad que tu comodidad.

Dio media vuelta y se encontró con Salomé, cruzada de brazos, con una expresión de absoluta satisfacción en el rostro. Lo que para él era el momento más extraño de su vida, resultaba ser una rotunda victoria para Salomé. A veces se le olvidaba que, en cierto modo, ella también estaba en mitad de su juego particular, uno sobre el que él no sabía demasiado.

—Miguel Sabato, ¡enhorabuena! ¡Has hecho lo correcto!

A pesar de que Salomé acabase de proclamar su triunfo a los cuatro vientos, Miguel no lo pudo disfrutar el tiempo suficiente. Sintió un punzante dolor en su bíceps derecho, no tan fuerte como el que le golpeó cuando aparecieron los tatuajes, pero si lo bastante para encogerlo del dolor y hacer que tuviese que morderse el labio inferior para no gritar. ¿Por qué si había hecho el Bien por una vez en su vida estaba siendo castigado? Cuando el dolor cesó por fin, se remangó y halló en el brazo un espacio vacío.

—Se ha ido... —dijo, incrédulo.

Tuvo que hacer memoria para recordar qué había ocupado su lugar, una horrenda serpiente de dos cabezas; una de ellas había permanecido inmóvil, casi mansa, mientras la otra abría la boca de par en par, sacando la lengua y mostrando unos amenazantes colmillos. Un ser con dos rostros.

—La verdad ha triunfado sobre la traicionera mentira. Disculpa que no te abrace, pero no me va mucho el contacto físico —dijo Salomé, tendiéndole la mano. Miguel la aceptó, sintiendo que el gesto era mucho más solemne de lo que la situación requería. Después de todo su cara seguía cubierta de tierra y manchas de sangre.

Lo había conseguido; aunque pareciese imposible, estaba un paso más cerca de ser alguien digno de Martina. Su atención se desvió hacia la joven, detenida en el parking junto a su amiga, riendo, feliz, puede que enamorada de otro, y el sentimiento de triunfo se desvaneció exprimido por el súbito odio que no dejó espacio para nada más en su interior, ni siquiera para ese desmedido amor que decía sentir por ella. Un supuesto amor que tendría que hacerlo mejor persona, pero que en ese momento solo lo envenenaba.

Salomé suspiró.

—¿Sabes qué? Creo que me he precipitado.

6
Inés

Angelica Kauffman fue reconocida como una niña prodigio del arte, aunque se la podría haber considerado como *prodigio* a secas. Hablaba cuatro idiomas y estaba dotada con uno de los atributos más apreciados en las jovencitas de su época: el canto. Pero Angelica no deseaba cantar para entretener a los caballeros, ni conformarse con los retratos o bodegones que se le «permitía» pintar a las mujeres artistas. Su mayor ambición siempre fue pintar escenas de mitos y leyendas propias de la época romántica en la que vivió, rebosantes de drama y significado, mil historias que contar contenidas en cada una de ellas. No obstante, a pesar de su talento, había algo que le faltaba a juicio de muchos de sus contemporáneos para dedicarse a la pintura histórica: ser un hombre. Por supuesto, puedes adivinar que eso no la frenó, o no estaríamos hablando de ella aquí. No solo pintó numerosas escenas mitológicas, sino que lo hizo subrayando el punto de vista de las heroínas que las protagonizaban; y aunque nunca fueron estas las obras que le permitieron ganarse la vida como artista, Angelica se salió con la suya. Quizá por eso a Inés le parecía tan irónico ir a convertir, precisamente uno de sus retratos, en la obra de arte más famosa del momento.

En esa ocasión eligió el horario en el que el museo estaba más concurrido, según Google. Entre las tres y las cuatro de la tarde. Inés cruzó las puertas de piedra de la National Portrait Gallery, situada a solo unos cuantos metros de su popular hermana de Trafalgar

Square, la National Gallery, y se fundió con el resto de los visitantes. Subió y bajó por sus intrincadas escaleras hasta llegar a las salas del romanticismo y el siglo XVIII. El espacio era anticuado y contrastaba con las áreas más modernas del museo, pero el recargado papel pintado de turquesa oscuro y los marcos recubiertos de pan de oro e intrincadas formas le daban un encanto especial.

Inés se detuvo al llegar al cuadro que estaba buscando. *Angelica Kauffman*, dibujado por Angelica Kauffman, 1770-1775. Tomó asiento en uno de los sillones verdes y se acomodó justo frente a la obra. Miró a los ojos a la artista, inmortalizada por su propia mano, y mientras sacaba su material de dibujo de la mochila sintió una punzada de complicidad. Dos compañeras de oficio, distanciadas por más de doscientos años, unidas por el imperecedero poder del arte.

La autora se había retratado con un aire informal, pero seguro de sí mismo. Sostenía un cuaderno de bocetos sobre sus rodillas y apoyaba sobre él la mano con la que blandía un pincel como si fuese un arma. Angelica había decidido la forma en que pasaría a la historia: como una pintora.

Inés asintió con la cabeza, igual que si la artista acabase de darle permiso para replicar su obra, y comenzó a dibujar, ajena al ir y venir de los visitantes. Algunos paseaban por la sala sin demasiado interés y otros se detenían largo y tendido delante de cada obra; para Inés eran todos más de lo mismo, sombras en movimiento a su alrededor, entes de otro mundo muy distinto al lugar en que ella se encontraba mientras dibujaba, donde no existían el espacio ni el tiempo, solo la tinta y el movimiento.

Podría haber hecho un boceto descuidado y el efecto habría sido el mismo, pero Inés quería asegurarse de hacerle justicia al original, aunque fuese imposible; se aseguraría de acercarse a lo que le transmitía al observarlo tanto como pudiese con su bolígrafo de tinta gel.

Al cabo de tres horas había logrado reproducir cada sombra, cada línea de expresión, cada cabello, y sobre todo el brillo en los ojos de Angelica y su contenida, pero firme, sonrisa. Puede que solo fuese otra de sus libres interpretaciones, pero cuando Inés miraba aquel cuadro sentía como si su autora estuviese diciendo, señalándose al pecho: «Aquí estoy, esta soy yo, no me escondo».

Suspiró y dejó que la magia de la tinta obrase sus efectos. Cerró los ojos, inspiró hondo e imaginó la obra donde nadie la buscaría, en su diminuto cuarto en un humilde barrio de Madrid.

Al abrir los ojos, descubrió que un hueco ocupaba el lugar donde hacía solo un instante estaba el cuadro. Cuando intentasen encontrar al ladrón, no podrían explicar qué había ocurrido, e igual que Angelica, Inés no pensaba volver a esconderse. Dejó pasar unos segundos y caminó hacia la auxiliar de sala, que seguía con la mirada a cada nuevo visitante fugazmente para asegurarse de que nadie sacaba fotos con flash o se acercaba demasiado a los cuadros.

—¿Disculpe?

La mujer se giró hacia ella, con un gesto entre la sorpresa y el aburrimiento.

—¿Sí?

—¿Está el retrato de Angelica Kauffman en restauración o algo así? Había venido a dibujarlo —dijo mostrándole su bloc—. Pero no lo he encontrado.

—Está ahí mismo, cariño… —le indicó, apuntando hacia la pared. Enmudeció poco a poco a medida que su cerebro procesaba el hueco, mucho más enorme que el espacio que realmente ocupaba. Dio unos pasos en su dirección, incrédula, e Inés observó, con una sonrisa autocomplacida, cómo sacaba su intercomunicador del cinturón y corría por los pasillos mientras alertaba a sus compañeros.

Como si nada hubiese ocurrido, Inés guardó el bloc en su mochila, se la echó al hombro y salió del museo con paso tranquilo, disfrutando de haber logrado lo imposible, robarle una valiosa obra de arte al Reino Unido a plena luz del día y rodeada de cámaras. Bajó los escalones hacia la salida con una ligereza que no sentía desde hacía años para perderse en las calles londinenses de camino a Charing Cross, creyéndose la mujer más poderosa del mundo. Si era capaz de algo así conseguiría todo cuanto se propusiese, todo cuanto desease.

Nadie podría volver a decirle que no, porque estaba en su mano tomar sin pedir perdón ni permiso.

7
Salomé

A pesar de haber sido cordialmente apartada de sus funciones durante años, Salomé había seguido el rastro de muchos de sus compañeros y superiores a lo largo de los siglos, a veces intencionadamente y otras porque la fama parecía perseguirlos a través del tiempo. Ese era el caso del ahora doctor Rivera, que siempre dejaba tras de sí una estela demasiado brillante como para apartar la mirada y bastante cegadora como para que fuese imposible averiguar de qué manera lo lograba.

Salomé sabía que sus libros eran de esos que se vendían en aeropuertos y estaciones tanto como en las librerías, o quizá más, que su fama como psicoterapeuta y *coach* lo había llevado a intervenir en varios programas de televisión y que alguna de sus entrevistas y charlas eran virales; pero para una criatura ancestral como Salomé esos números no eran más reales que una planta de plástico, y no llegó a comprender su verdadero alcance hasta que tropezó con la interminable cola en la entrada de la librería, que daba la vuelta al edificio de la calle Preciados, situada entre la Gran Vía y la Puerta del Sol. Centenares de personas se apretujaban con sus ejemplares entre las manos con la esperanza de conseguir el suyo firmado.

La Centinela bordeó la cola hasta dar con la entrada y vio cómo la sala donde el doctor Rivera presentaba su nuevo libro *La felicidad de ser bondadoso: cien buenas acciones que te llenarán de alegría* estaba a rebosar.

Comprendió que no iba a poder entrar como si nada y buscó un rincón discreto donde cerrar los ojos y transportarse unos cuantos metros para aparecer en el fondo de la sala. El espacio no era demasiado grande, pero parecía aún más pequeño por el gentío. Todas las sillas habían sido ocupadas y numerosas personas escuchaban de pie o sentadas en el suelo mientras el doctor Rivera respondía a las preguntas del público. Salomé observó desde la distancia, procurando fundirse con las sombras. Él mismo había sido quien la había invitado a la presentación, más o menos.

Al volver del partido de rugby de Miguel había encontrado una nota sobre la mesilla de la cocina. *Necesitamos hablar.* Conociendo a Rivera, estaba bastante segura de que no quería regalarle uno de sus libros firmados para felicitarla por su buen trabajo.

—Verás —dijo a la mujer que presentaba el evento, como si charlase con una íntima amiga en su salón en lugar de ser observado por cientos de ojos—, con positividad y un corazón bondadoso se puede superar cualquier situación. Elimina los sentimientos negativos, los que proceden de nuestra oscuridad, de lo peor de nosotros, y también acabarás con lo malo de cada situación. Sonríe. —Mostró sus brillantes dientes—. No hay motivos para estar triste o enfadado.

La mujer asentía con los ojos entrecerrados. Parecía que era lo más fascinante que hubiese escuchado en su vida.

—Cuánta razón, doctor Rivera. Tenemos tiempo para una última intervención, ¿alguien más tiene alguna pregunta para el doctor?

Varias docenas de manos se alzaron en el aire. Una de las empleadas de la librería acercó un micro a una mujer de la segunda fila, que se puso en pie con esfuerzo, apoyándose sobre un bastón. No aparentaba más de cuarenta años. Explicó con la voz temblorosa cómo hacía tres años le habían diagnosticado una enfermedad rara que había cambiado su vida por completo.

—He leído todos sus libros, pero no consigo ser del todo feliz —explicó cabizbaja, avergonzada, como si acabase de confesar un terrible pecado—. Hay días en los que no puedo evitar sentirme abrumada y paralizada. No tengo ganas de salir de la cama y me siento... *culpable*. Y me pregunto qué es lo que estoy haciendo mal.

El doctor Rivera asintió con la cabeza con un gesto paternal y la invitó a sentarse de nuevo con un ademán que hizo que Salomé recordase todos sus años como sacerdote. La paz en su semblante era idéntica a la que solía mostrar mientras repartía la eucaristía entre sus fieles, cuando aún era El Padre Rivera, hablándoles sobre las abrasadoras llamas del Infierno en las que arderían los pecadores con una sonrisa afable. La mujer obedeció.

—Comprendo tu lucha interna, pero debes recordar que el sufrimiento es un engaño de la mente. —*Del Diablo* era una expresión poco acertada para el siglo XXI, pero Salomé supo que era lo que quería decir—. En realidad tu enfermedad es una bendición, gracias a ella has recibido el don de apreciar mejor que cualquier otra persona las cosas buenas de la vida, centra tu atención en ellas y verás cómo eres una afortunada. Hoy no serías quien eres sin todas las desgracias que te han sucedido.

Cuando concluyó, el público aplaudió; todos los presentes parecieron conmovidos por su respuesta, todos salvo la mujer, cuya mirada se había perdido en algún lugar del infinito en un gesto de desesperanza y vergüenza. Salomé se cruzó de brazos, incómoda. Puede que el discurso de Rivera hubiese cambiado mucho desde sus tiempos en el púlpito, que ya no hablase del Demonio, el Infierno o el pecado, pero detrás de su positividad ella no podía evitar distinguir un mensaje familiar.

Dieron la presentación por concluida y Salomé aguardó paciente a que firmase todos y cada uno de los ejemplares que ponían en su mesa. El baño de masas se prolongó durante casi dos horas a pesar de que la que parecía su agente apurase a sus lectores a tomar el ansiado *selfie* y dejar paso al siguiente.

Si hubiese sabido que iba a tardar tanto, habría protegido mejor la casa.

Al ver que iba a tener que dejar a Miguel a su suerte durante un rato había colocado todo tipo de ambientadores por la casa para evitar que las Bestias rastreasen el aroma de la tinta ponzoñosa, pero aquellas criaturas tenían un sexto sentido que superaba con creces al olfato del más agudo de los sabuesos. Al menos podía estar segura de que no saldría de la casa hasta que acabase el dichoso partido de futbol que él y todos sus amigos habían quedado para ver. Fútbol. Nunca había entendido la gracia de ver cómo otros practicaban deporte, pero no había mejor olor para despistar a las Bestias que el de un gran grupo de humanos jóvenes. Para estar del todo segura, también había impregnado las entradas de la casa con pequeñas manchas de sangre de Centinela que repelerían a las criaturas si lograban encontrarlos.

Por fin el último de los lectores abandonó el espacio, dejando a Rivera a solas con dos mujeres sonrientes, la periodista que lo había entrevistado durante la presentación y su agente, una mujer de porte seguro y mirada aguda. Salomé se acercó a él y la agente la escrutó de una forma que la hacía parecer más bien su guardaespaldas. No llevaba ningún libro con ella y vestía exactamente como uno esperaba de una asesina de élite, así que no le echó en cara su expresión de desconfianza. Por fortuna, Rivera intervino antes de que llamase al personal de seguridad.

—¡Salomé! Has venido. —Rivera la recibió con los brazos abiertos y una de sus falsas y afables sonrisas—. ¡Qué alegría! ¿Te ha gustado la presentación? —Apoyó su mano sobre su hombro en un gesto amable, pero la Centinela sintió cómo sus dedos se cerraban en torno a la articulación con el ímpetu de unos grilletes.

—Ha sido… interesante… —Salomé evitó mirarlo a los ojos, aunque, después de todo, no estaba mintiendo—. ¿Qué opinan los de arriba de todo esto? —Señaló a su alrededor.

—A los de arriba les da igual lo que hagamos, siempre y cuando obtengamos resultados. ¿Por qué crees que te he llamado? —dijo, apretando con más fuerza. A su alrededor los trabajadores de la tienda comenzaban a guardar las sillas y a desmontar todo aquel despliegue, pero, a pesar de la compañía de testigos, Salomé no se sintió más segura.

—Miguel está avanzando. Ha logrado limpiar su primer pecado. Hace unas semanas parecía imposible —procuró sonar lo más seria que pudo.

—Y sin embargo, te las has apañado para que haya más odio en él que cuando lo encontraste…

—A veces hay que dar un paso atrás para tomar impulso. Miguel está avanzando —repitió—. Esa emoción le servirá para entender muchas verdades sobre sí mismo, cosas que necesita afrontar, como lo que significa amar a alguien frente a la posesión y los celos. Yo me encargaré de guiarlo, ese es mi trabajo, no hacer que no sienta nada…

—¡Ajá! —Rivera dio una sola palmada que resonó en el aire y sonrió; esta vez el gesto era honesto, pero no tenía nada de amistoso—. Ahí está. Tus auténticos sentimientos. Desapruebas mis nuevos métodos.

—Yo no soy quién para desaprobar nada…

—Y sin embargo, lo haces. —La miró fijamente y Salomé aceptó el desafío.

—Se parecen demasiado a los viejos métodos, para mi gusto. Si no eres feliz porque no lo quieres lo suficiente, ¿de verdad? Creía que la culpa ya había pasado de moda…

—¿Acaso no es cierto? El día en que limpien sus repugnantes almas de todo ese pecado, toda esa miseria y ansia, entonces a lo mejor llegan a merecerse eso que llaman «felicidad». Son unos ingratos, débiles criaturas que no dejan de quejarse, de pedir más, cuando tienen el maldito mundo a su disposición para corromperlo como quieran. —A Rivera le disgustaba el odio del que eran capaces los humanos, pero la furia en sus ojos recordaba mucho a ese «vulgar sentimiento»—. Siempre has sido demasiado blanda con ellos, Salomé. Por eso sigues donde estás a pesar de tus talentos, confías en que en el fondo todos quieren salvarse. No es cierto, Salomé, no te confundas, nuestro trabajo no es guiarlos, es *obligarlos* a ser mejores.

Ella cerró la mano en un puño, sintiéndose impotente. Las palabras de su superior provocaban rechazo en cada fibra de su cuerpo material y de su inabarcable alma de Centinela, pero su futuro estaba en manos de Rivera y el Centinela Mayor lo sabía tan bien como ella.

—Miguel progresa —repitió—, solo necesito algo de tiempo.

—No lo comprendes. —Rivera negó con la cabeza—. El tiempo nos ha vencido a todos en el siglo XXI, nadie es lo bastante rápido para verse las caras con él. No puedes derrotar a todas las tentaciones con tiempo, sino todo lo contrario. Sé que tienes que adaptarte a los métodos de esta época —dijo con un repentino deje paternal que solo logró que los músculos de Salomé se tensasen aún más, a la defensiva—. Por eso, he pensado que podría venirte bien una pequeña ayudita.

En su mano apareció una funda de color gris que le tendió y que Salomé aceptó. Se apresuró a abrirla para descubrir que en su interior había una especie de jeringuilla, muy similar a la que le había visto emplear a los enfermos de diabetes, salvo por que esta era de metal y cristal, y una aguja.

—Ya está cargada, solo tienes que administrarle la dosis al humano y en cuestión de días será nuestro.

—¿Dosis? ¿Dosis de qué? —preguntó mientras examinaba el líquido casi transparente en el interior de la jeringuilla.

—Ayudará a que el humano se recupere, igual que cualquier otro medicamento. No puedo darte más detalles, los de arriba ni siquiera querían confiarte este secreto hasta no estar seguros de tu valía…

—*¿Los de arriba?* —Salomé sintió el peso en la jeringuilla, comprendiendo por fin a qué se refería Rivera al decir que el tiempo los había vencido; de pronto se sintió como lo que en realidad era, lo que veían Los Siete Miembros cuando la miraban: una reliquia del pasado, un vestigio de otros tiempos más difíciles, y a la vez más sencillos—. ¿De verdad todos los Centinelas utilizan esto? —preguntó, mirando por enésima vez el brillante líquido. Rivera respondió con una mirada de lástima que desapareció sepultada bajo la dureza de su voz.

—Te he defendido delante de los que pensaban que eres una causa perdida y de Los Siete Miembros, así que no me hagas quedar en ridículo. Avísame si el humano presenta algún… efecto secundario adverso. Podría significar que la has administrado mal y no queremos que tengas cargos de conciencia, ¿verdad? —Le dio un par de golpecitos en el brazo y volvió a reunirse con las dos mujeres, diciendo algo así como que se debía a sus fans, pero Salomé ya no le prestaba atención, absorta por el descubrimiento entre sus manos.

Un medicamento… ¿un medicamento para qué?

Debería de alegrarse de que en algún momento durante su destierro hubiesen avanzado hasta ese punto, pero entonces ¿qué sentido tenía su cometido si bastaba con una inyección? ¿De qué servía limpiar el alma de forma artificial si el sujeto no aprendía antes los motivos por los que era importante llevar una vida honrada?

Tarde o temprano volverían a cometer los mismos errores sin las motivaciones adecuadas. No. Puede que sus compañeros se hubiesen sentido incapaces de competir contra la era de la información, pero ella iba a demostrarles de lo que era capaz una Centinela de la vieja escuela.

8
Inés

A Inés no le gustaba el cuadro que iba a robar esa noche. No era hermoso ni agradable de contemplar, pero como artista que era, sabía que a veces la calidad de una obra podía medirse por lo mucho que te costaba sostener la mirada en lugar de apartarla, por la opresión en tu pecho cuando te obligaban a afrontar una realidad desagradable. No, no todo en la historia del arte habían sido paisajes venecianos, vírgenes María con el niño en brazos o bodegones repletos de detalles. Había habido ocasiones en las que, incluso en aquella época en la que los pintores eran considerados diestros artesanos que trabajaban por encargo, la fuerza del creador se había impuesto, su propia historia había trascendido al oficio, empapando la obra, dando lugar a una forma de expresión más que a un bonito objeto con el que decorar los palacios de los aristócratas de ese entonces.

Le incomodaba la obra y le hervía la sangre la historia tras ella, pero era el cuadro que el mundo debía mirar fijamente para sentir cómo se le revolvía el estómago.

Cuando Jackie le había preguntado cuál era el siguiente lugar que le apetecía visitar, Inés no había vacilado siquiera. Florencia. La ciudad que era un museo de arte al aire libre. Llevaba toda su vida ansiando ver aquellas míticas obras: el *David*, de Miguel Ángel; *El nacimiento de Venus*, el Duomo, uh, el Duomo. Podía comprender a la perfección que el síndrome de Stendhal le debiese su origen a aquella ciudad. Había que ser de piedra como sus estatuas para que no te conmoviese tanta belleza junta.

Pasearon por las calles, cruzaron sus puentes, comieron hasta hartarse, y mientras tanto Jackie le contaba las divertidas y trágicas historias que había coleccionado gracias a los Medici. Durante unos instantes, Inés jugó a imaginarse a sí misma como una de aquellas damas que formaban parte las intrigas de poder, y cruzaban los pasajes elevados sobre la ciudad con sus elegantes vestidos y joyas especialmente diseñadas para brillar en sus cuellos de cisne.

—*Écoute moi, petite fleur,* no hubieses querido vivir en aquella época —le advirtió Jackie—. Tus únicas opciones como mujer hubieran sido ser cortesana, retirarte a un convento —dijo poniendo los ojos en blanco en señal de aburrimiento—, o dejar que tu familia te casase con quien a ellos les conviniese para dar a luz a una criatura tras otra hasta que acabases por morir en el parto, suponiendo que una familia rival no te asesinara antes.

—¿De verdad en todos esos siglos ninguna mujer consiguió ser dueña de su destino? —preguntó Inés, entre sorbos a su capuchino. Estaban sentadas en una de esas terrazas con precios inflados en plena Plaza de la Señoría.

—¡*Bien sûr*! Pero el precio que pagaron por su libertad fue muy alto.

—Yo lo pagaría con gusto —dijo Inés, sin pensárselo dos veces.

Jackie sonrió a modo de aprobación, y fue entonces cuando le contó con detalle la historia de todas esas mujeres exitosas y luchadoras cuyos nombres Inés había oído de pasada: Lavinia Fontana, que llegó a ser elegida miembro de la academia romana y trabajó para el mismísimo papa; Elisabetta Sirani, que creó su propia escuela de pintura para mujeres; Sofonisba Anguissola, retratista de la corte de Felipe II que destacó entre todos sus colegas por la naturalidad con la que capturaba el carácter y estado de ánimo de sus modelos, y sobre todo, un nombre que resonó en la mente de Inés con una fuerza sobrecogedora, Artemisia Gentileschi. Como el de tantas otras, su nombre había sido borrado por los historiadores y biógrafos de la época; sus obras, atribuidas a otros artistas o perdidas para siempre, hasta que el siglo xx la rescató del olvido.

—Creo que hay una pintura suya en el museo —dijo Jacqueline, dando un lengüetazo a su helado—. Podíamos pasarnos a saludar. —Su sonrisa de oreja a oreja no daba lugar a duda sobre la naturaleza de sus insinuaciones y a estas alturas Inés no necesitaba más que una vaga sugerencia para saber lo que tenía que hacer.

Dibujó un par de entradas que les permitieron saltarse las eternas colas de acceso al museo más famoso de la ciudad y pasearon entre el resto de los turistas por el corredor de las estatuas. La Galería Uffizi fue uno de los palacios renacentistas que se construyeron bajo las órdenes de los Medici, con fines burocráticos que en nada se parecían al templo del arte en el que se había acabado convirtiendo; aun así, sus constructores habían procurado que la edificación en sí misma fuese una obra maestra de la belleza. Inés se detuvo un instante para observar la ciudad a través de las ventanas que recorrían todo el pasillo. También alzó la vista y admiró los elaborados frescos que decoraban los techos del edificio. Hacía solo unos siglos las grandes damas de la ciudad habían posado su mirada en los lugares en que ahora estaba ella y habían visto exactamente lo mismo, una ciudad que se resistía al arrollador paso del tiempo. Siguió a Jackie y pasaron de largo las salas más importantes, esas que acogían las obras de los «grandes genios», las que debías visitar si solo tenías un rato que dedicarle a la Galería Uffizi, si estabas de paso por la ciudad. La sala que reunía las obras de Botticelli, la de Leonardo, la de Miguel Ángel, la de Rafael, la de Tiziano y Caravaggio. No había hueco en ninguna de ellas para una obra que en su tiempo fue relegada a uno de los rincones más oscuros del Palacio Pitti. Encontraron por fin a *Judit decapitando a Holofernes* en la sala 34 —Sala dei Lombardi del Cinquecento—. Las pocas personas que entraban y salían de ella parecían desorientadas, como si estuviesen buscando otra sala o no fuesen capaces de encontrar la salida, así que Inés no tuvo ningún problema para detenerse ante la obra y admirar el talento de su creadora, a pesar de la incomodidad que le provocaba la escena.

Se obligó a mirar, porque apartar la vista le pareció un acto de cobardía.

Artemisia había capturado el episodio bíblico sin ningún pudor. Tal y como describían las sagradas escrituras, la hebrea Judit liberaba a su pueblo de la dominación extranjera con un horrendo acto que asumía con una frialdad que erizó la piel de Inés. Decía la historia que la mujer engañó y sedujo al general asirio para después cortarle la cabeza con la ayuda de una segunda mujer, pero no eran la violencia ni la sangre lo que revolvía el estómago de Inés, sino la forma en que la Judit de la pintura se había remangado para no mancharse como si esa fuese la mayor de sus preocupaciones y la expresión concentrada en su rostro. No había ira ni odio en su semblante, solo el tesón de una mujer dedicada a su cometido. Era terrible, y a la vez una obra maestra. Nadie dijo que el arte ofreciese respuestas coherentes.

—*La más grande pintora de todos los tiempos*. ¿Qué te parece? —preguntó Jackie a su lado.

—Que no tenía ningún tipo de pudor. No me extraña que la gente no se detenga a admirarla —dijo, aunque en realidad la mayoría de los turistas ni siquiera se percataban de que la obra estaba allí.

—Uh, pero sería muy distinto si junto al cuadro apareciese el nombre de Caravaggio, ¿verdad? Siempre me ha parecido curioso cómo nos horroriza mucho más una escena violenta surgida de la mente de una mujer que cuando la plasma un hombre. Prefieren vernos como víctimas, por eso Artemisia pintó esta obra; fue su forma de vengarse de quienes le hicieron daño e intentaron destruirla, de los hombres necios que la trataron como a un objeto, y de los jueces que les dieron impunidad tras humillarla en un amago de juicio. —Rio con amargura—. ¿Qué tal si les recordamos que una daga afilada corta igual sin importar quién la sostenga?

—Iba a decir lo mismo de los pinceles —dijo Inés, sonriendo a su mentora—. Creo que va siendo hora de que Artemisia salga de los rincones oscuros.

Podría haberlo hecho en ese mismo momento, entregarse a su cuaderno de bocetos y reproducir la obra como había hecho ya en numerosas ocasiones, todas ellas convertidas en un titular sensacionalista que recorría el planeta, pero había una opresión en su pecho que se lo impedía. *No,* se dijo. *Si vas a hacerlo, hazlo bien.* Una cosa era dibujar la ternura de una madre meciendo la cuna de su bebé o el autorretrato de una artista, pero detrás de la obra de Artemisia había un peso oculto, una lucha que merecía silencio, serenidad. Además, no estaba segura de que su mano fuese lo bastante firme para dibujar la expresión de angustia y dolor de Holofernes rodeada por una multitud, por niños y ancianos.

Tan solo unas pocas horas después, Inés volvería a pasear por los pasillos de la Galería Uffizi, esta vez a solas.

La noche florentina era un digno escenario para la próxima actuación del que la prensa ya llamaba «el ladrón de las olvidadas», un misterio que ni los periodistas ni la policía habían logrado resolver. No había testigos, tampoco había huellas, las cámaras no habían captado nada fuera de lo normal. ¿Quién iba a reparar en una muchacha menuda, de rostro y aspecto corriente, que recorría los museos? Esta vez, Inés iba a ponérselo un poco más difícil a sí misma, quizá para que no pudiesen seguir ignorando su existencia.

Se apoyó contra el muro de piedra que la separaba del río Arno, justo frente a la fachada de la galería. Cerró los ojos para recordar el aspecto del interior del museo y lo recreó de memoria en su cuaderno, con suficiente detalle como para que cualquiera que hubiese estado allí pudiese reconocer sus célebres pasillos. Después dibujó una figura que casi se confundía con las sombras del edificio, una joven con un corte anguloso en su pelo castaño oscuro y el mismo vestido de cuadros blancos y negros que llevaba puesto para combatir el calor de la Toscana. Inspiró hondo y dejó que el poder de la tinta hiciese el resto.

Parpadeó y un instante después se encontraba de nuevo en el interior de la Galería Uffizi. El absoluto silencio y la oscuridad convertían el corredor de las estatuas en un paraje que parecía surgido de un sueño. En lugar de los murmullos en decenas de idiomas podía escuchar su propia respiración y el eco de sus pasos sobre las baldosas.

Se sentía como una niña a solas en una tienda de chucherías. Solo podía pensar en llevarse todo cuanto cupiese en sus bolsillos.

Anduvo con paso lento pero seguro, deleitándose con cada instante, empapándose de la certeza de que no muchas personas vivas podían decir que habían conocido la sensación de ser observadas por las estatuas como si no existiese nadie más en el mundo. Inés se detuvo frente a la imagen de una dama de rostro solemne que señalaba hacia el horizonte, con la vista clavada en la distancia. No tenía nada que ver con las dulces y sensuales esculturas del Louvre. La joven sabía que las obras más famosas de la ciudad se encontraban en la Galería de la Academia, pero había algo en el semblante de rasgos clásicos que la cautivó.

Extendió la mano lentamente hacia ella y dejó que sus dedos acariciasen el mármol, recorriendo una a una las arrugas que el vestido formaba en su muslo. Siempre había querido hacer eso. Algo tan inocente y a la vez atrevido como saltarse todas las señales de PROHIBIDO TOCAR. La vieja Inés no habría sido capaz, aunque nadie la mirase, y nadie se lo impidiese.

Alzó su mano libre hasta su propio pecho para sentir la calidez de su piel en contraste con la fría piedra. Escuchó una respiración y por un instante creyó que la mujer había cobrado vida, pero no tardó en distinguir unos pasos en la distancia y una linterna alzándose al fondo del pasillo, a solo unos metros de donde ella se encontraba. *Mierda*. Por supuesto, un museo con obras de semejante valor no estaría desprovisto de seguridad, ¿la habrían capturado las cámaras? Esperaba que sí, aunque aún tenía trabajo por hacer.

Los pasos continuaron acercándose y ella se escabulló entre las sombras, entrando en una de las salas. Permaneció inmóvil hasta que el hombre, vestido con un uniforme oscuro, sacó el *walkie-talkie* de su cinturón. Inés estaba tan pletórica de adrenalina que no reparó en que junto a una porra y a un par de esposas, el guardia llevaba también una pistola cargada.

—*É libero, quassù*. —Inés distinguió el tono de desconfianza en su voz, pero el hombre desoyó a su instinto y reinició la marcha en dirección al otro extremo del edificio.

El corazón de Inés latía acelerado en su pecho. Sonrió. Era lo más emocionante que había hecho nunca, pero debía ser más cuidadosa si no quería tener problemas. Una imprudencia la llevaría directo al calabozo, donde le quitarían su cuaderno y sus rotuladores y no podría dibujar una llave para huir ni una capa de invisibilidad. Inspiró hondo y reanudó la marcha, recorriendo de memoria el camino que había hecho con Jackie aquella misma tarde. No tardó demasiado en reencontrarse con ella, Artemisia.

—Con tu permiso —imaginando que el determinado rostro de Judit era el de la artista.

En lugar de utilizar su bolígrafo, sacó el juego de pinturas acrílicas que Jackie le había regalado de su bolso, los pinceles, y dibujó un caballete con un lienzo preparado para pintar que se manifestó ante sus ojos.

Ahora que todo estaba listo, era ella la que tenía que estar preparada. Inspiró hondo y empapó el pincel en la pintura negra.

Al principio la incomodidad que sentía al mirar la obra permaneció mientras deslizaba el pincel con gestos precisos; sin embargo, a medida que trabajaba, cualquier emoción se esfumó y comenzó a fluir. Su mente estaba en blanco, su corazón era un lienzo vacío y su mano se concentraba en reproducir cada línea y sombra en un estado de sincronía absoluta. Ese tipo de instantes era lo que más amaba de la pintura, los momentos fugaces en que ella, Inés, mujer de veintiún años nacida en un hospital en las afueras de Madrid, estudiante de Administración de Empresas, hija modelo pero sin ningún amigo de verdad, aficionada a las series y al manga, se desvanecía por completo y solo quedaba la fuerza vital que la movía, una energía libre y poderosa que podía convertirla en cualquier otra persona, en una nueva Inés sin todas esas etiquetas cargadas a sus espaldas. Dibujó sumida en la perfección de aquel trance hasta que nuevas pisadas en la distancia la distrajeron de su cometido. Ya casi había terminado la figura de las dos mujeres y de su víctima, así que se apresuró a ultimar algunos detalles antes de que el guardia la encontrase.

Solo tenía que dibujarse a sí misma en cualquier otro lugar y estaría a salvo, se recordó. Cerró los ojos para imaginar la obra en su dormitorio e igual que había sucedido en otras ocasiones, la obra desapareció. *Perfecto*, pensó, en el exacto momento en que un flash de luz la cegó.

—*Fermo dove sei!* —exclamó el hombre, apuntando hacia ella con un arma.

Inés no sabía ni una palabra de italiano que no sirviese para pedir un plato de comida, pero el contexto hizo de traductor por sí mismo y supo que le estaba dando el alto. Alzó las manos, dejando caer su pincel. La sangre bullía por sus venas con frenesí. Tenía que hacer algo, lo que fuese menos quedarse allí parada. Había decidido no volver a permitir que la tratasen como a un ser insignificante y la idea de dejar que aquel italiano de ojos asustadizos la esposase y la llevase, humillada, al cuartel de policía más cercano no la sedujo en absoluto.

Haz lo que sea.

Miró hacia la puerta de la sala más cercana y de nuevo hacia el hombre, que apenas era capaz de mantener la pistola en alto sin que le temblasen las manos. Inés también había sido un corderillo, así que reconoció a uno de los suyos. No era el tipo de hombre que disparaba y luego preguntaba, estaba segura de que nunca antes había apuntado a alguien con su arma, y decidió apostarlo todo a esa intuición. Echó a correr, y en lugar de disparar, el hombre corrió tras ella. El vigilante estaba en forma, pero Inés era pequeña y veloz.

—*Fermati o ti sparo, fermo!* —gritaba el hombre tras ella, pero los dos sabían que no iba a usar su arma, no solo porque le faltase coraje, sino porque Inés se movía entre obras de valor incalculable.

Al cabo de unos pocos segundos el miedo había desaparecido por completo e Inés reía, como si no se tratase más que de un juego. Dejó atrás las salas para corretear entre las estatuas, escondiéndose tras ellas para la frustración del hombre. *Atrápame si puedes*, pensó, apoyando su espalda contra uno de los pedestales. Sin embargo, no fue su nuevo amiguito quien la encontró.

Sintió el yugo de una mano firme en torno a su muñeca y un segundo hombre tiró de ella con fuerza. Inés gritó mientras el guardia tiraba de ella hacia la luz.

—*Stupida mocciosetta…* —escupió el hombre. Al contrario que su compañero, no había vacilación en su mirada, sino más bien el desdén de alguien que detestaba que le tomasen el pelo—. *Lo trovi molto divertente, veri?* —Apretó la mano sobre ella e Inés profirió un grito de dolor contenido.

Supo que ese sí era del tipo que apretaba el gatillo. Miró a su alrededor en busca de una escapatoria, pero sus ojos solo dieron con las magníficas obras de arte que custodiaban el pasillo como si fuesen sus verdaderos guardianes. Frente a ella, un joven semidesnudo, con un casco de guerrero en la cabeza y una espalda apoyada sobre su musculoso costado parecía mirarla con pena. Inés lo observó fijamente hasta que sintió que le devolvía la mirada. Si tan solo… si tan solo pudiese escucharla, acudir en su auxilio. A esas alturas no esperaba nada de los humanos, pero el arte siempre había estado ahí para ella.

Como respuesta a sus plegarias, la escultura comenzó a moverse lentamente, llevando su mano derecha hasta la espada esculpida. Inés abrió los ojos y la boca de par en par.

—*Hai perso la lingua?* —dijo el hombre a la vez que la sacudía, sin percatarse de lo que sucedía tras él, de cómo lo que hasta hacía unos instantes solo era un bloque de piedra tallada descendía de su pedestal con la torpeza de un cuerpo que acaba de despertar de su letargo.

La escultura avanzó con pasos lentos y pesados, como si estuviese superando poco a poco la inercia que le advertía que lo que estaba haciendo era imposible, que él, al igual que Pinocho, no era de verdad, pero con cada paso que daba, el mármol y la carne dejaban de parecer tan distintos. La estatua alzó la espada y, siguiendo la mirada abrumada de Inés, el guardia se giró justo a tiempo para recibir un golpe en el hombro que lo derribó con un gemido seco. El vigilante se encogió sobre sí mismo por el dolor, incapaz de moverse.

Una vez cumplido su cometido, la estatua ladeó la cabeza hacia Inés y la miró fijamente mientras la joven se frotaba las magulladuras que el hombre le había provocado en la muñeca. Presintió sus sólidos ojos de piedra sobre ella y con una mezcla de miedo y orgullo, la joven le devolvió la mirada.

Puede que no fuese de carne y hueso, pero sí era real.

No solo tangible, sino que había algo más allá, la reminiscencia de un ente consciente, una existencia surgida de la nada, que ella había creado. La estatua aguardó paciente sus indicaciones, pero Inés no tenía ninguna que darle, ningún propósito con que bendecir a su creación.

Se miró las manos, incrédula. Jackie le había prometido un poder sin parangón a cambio de la bondad de su alma, pero jamás hubiese creído que podría obrar una proeza como esa. Un milagro. No tuvo demasiado tiempo para regodearse en sus nuevas habilidades. Escuchó un grito tras ella y descubrió al primer guardia al otro extremo del pasillo con el arma en alto. Estaba temblando de terror. ¿Cuánto de lo sucedido había presenciado? Sin duda, pensaría que se estaba volviendo loco, o que se encontraba ante el mismísimo Diablo.

—Non voglio farti del male.

Inés no lo sabía, pero significaba «no quiero hacerte daño». No podría habérselo hecho aunque quisiese. La estatua se interpuso entre ella y el vigilante, aterrado por la visión del gólem. El miedo se apoderó de su cuerpo y el hombrecillo vacilante de hacía unos instantes vació su cargador contra la escultura, que permaneció inamovible a pesar de las grietas que recorrían los precisos trazos del cincel. Uno de los brazos de la escultura se desplomó contra el suelo, rompiéndose en grandes pedazos.

—¡No! —exclamó Inés, sintiendo una punzada de pena amarga al comprender que la obra acababa de sufrir un daño irreparable—. ¡¿Qué has hecho?! —preguntó, horrorizada. Lo miró fijamente y le deseó el peor de los males; si en lugar del don de la creación le hubiese sido concedido el de la destrucción, aquel hombre ya sería polvo.

Y entonces, envenenada por semejantes pensamientos, lo oyó, un último disparo surcando el aire, esta vez en dirección al guardia. Se asomó tras la estatua lo suficiente para ver cómo el hombre se desplomaba entre gritos.

Giró la cabeza en busca del origen del disparo y encontró a Jackie con lo que debía ser el arma más hermosa que jamás había visto aún en la mano. Se trataba de una diminuta pistola, como esas que esconden las agentes secretas de las películas de James Bond en algún rincón bajo sus vestidos, una pequeña obra de arte dorada con adornos florales tallados y pintados de blanco por toda su superficie. Jackie bajó el arma sin expresión alguna en su rostro. No estaba disfrutando, pero tampoco se podía decir que se preocupase. Inés tragó saliva al recordar la serena expresión de Judit en el cuadro que acababa de pintar.

—¿Lo... lo has matado? —preguntó Inés, con un nudo en el estómago.

—Nah —dijo Jackie—. No creo. Le he disparado en el hombro, tengo buena puntería —le aseguró, y caminó hacia ella para tomarla de las manos en un intento por calmarla. Hasta ese momento Inés no se había percatado de que todo su cuerpo temblaba sin control—. Tenemos que irnos, *petite fleur.*

Le tendió la mano e Inés la aceptó a modo de acto reflejo, dejándose guiar hacia la salida sin dejar de mirar hacia atrás. Retuvo la imagen de la estatua en su retina tanto tiempo como pudo. Sintió, aunque no supo explicar cómo o por qué, que un pedazo de ella se quedaba atrás a medida que la piedra volvía a convertirse en un objeto inerte.

—¡Ah! —exclamó en mitad de las escaleras.

Tuvo que detenerse un instante, ante la mirada orgullosa de Jackie, hasta que la nueva figura acabó de formarse en su piel. Esta vez fue la pierna izquierda la que ardía como si la estuviesen prendiendo fuego.

—Felicidades —dijo la Demonio, como si el nuevo pecado grabado en tinta para siempre en su cuerpo fuese un motivo de celebración.

Inés se revisó hasta dar con la imagen de una paloma blanca con las alas extendidas. En el pico portaba una rama de olivo, pero solo un iluso la habría confundido con un símbolo de paz, pues en mitad de su pecho había abierta una grieta de honda oscuridad, un agujero lo bastante grande para vaciarla por dentro. *El corazón*, supo Inés.

Jackie, que comenzaba a perder la paciencia, la tomó de la mano, esta vez sin tanta delicadeza, y tiró de ella para conducirla entre los callejones de Florencia con el sonido de las sirenas de los carabineros aproximándose a la escena del crimen como banda sonora.

¿Qué he hecho?, se preguntó Inés mirando hacia atrás, recordando la estatua acribillada a tiros, los dos hombres sometidos a sus pies y el hueco vacío en la pared del museo.

¿Qué he hecho?, repitió en su mente, y aunque aún no estaba segura de la respuesta, sí sabía que ya no había marcha atrás.

9
Miguel

Gracias a su ensayada sonrisa y al tono firme y seguro de su voz, Miguel se las había apañado para convencer a su madre de que Salomé, que se presentó con el que parecía ser su único vestido formal —ese que brillaba más de la cuenta y no dejaba demasiado a la imaginación—, era una vieja amiga de la carrera. Se preguntó si acaso no contaba como mentir y si no estaban intentando precisamente que dejase de ser un manipulador de primera categoría, pero en este caso parecía que a Salomé le preocupaba más que las Bestias diesen con su aroma y lo engullesen vivo que el pecado de sus pequeñas mentirijillas.

—He hecho lo que he podido para mantener la casa protegida, pero ahí fuera eres un caramelito —aseguró, y no sentía el más mínimo deseo de poner a prueba sus palabras.

Así fue como acabaron en el asiento trasero del coche de su padre de camino a la pequeña fiestecita que habían organizado en la sede de la empresa donde trabajaba su madre. Iban a presentar la campaña de publicidad del verano, que sin duda vendría acompañada con una presentación en Power Point sobre lo mucho que se desvivían para trabajar por una mejor sociedad y todos esos rollos de responsabilidad social corporativa que sonaban muy bonitos con música pop de fondo. A pesar de que su madre se hubiese convertido en un témpano de hielo con los años para sobrevivir al competitivo ambiente corporativo, Virginia estaba atacada de los nervios en el asiento delantero. Estarían presentes periodistas de los medios más importantes del país —que sin duda recibirían algunos «detalles» para agradecerles la visita y beberían y comerían como reyes hasta que estuviesen de buen humor— y varios *influencers* de primera línea. Tendrían que haber presentado la campaña a principios de junio, pero el nuevo enfoque de marketing —o «qué estrategia seguir ahora que somos dueños de un periódico»— la había retrasado. En función de lo que ocurriese aquella noche, de las conversaciones en *petit comité*, de los *off the record* y de lo que se publicase al día siguiente en la prensa, dependía el puesto de trabajo de Virginia, así que sí, Miguel podía entender que por una vez su madre estuviese de los nervios. La hipoteca de su chalet no se iba a pagar sola.

Mientras tanto, Miguel divagaba distraído por su móvil. No esperaba ver ninguna publicación nueva de Martina, que de vez en cuando retuiteaba algún artículo que pretendía concientizar sobre la importancia de la reducción en el consumo de carne o sobre el proceso judicial de algún escandaloso caso machista, pero poca cosa más. Ninguna de esas noticias le servían para saber si el tipo de las rosas, si es que existía, seguía por ahí. Sin embargo, una de ellas llamó su atención lo suficiente como para que se detuviese en mitad del bombardeo de información.

La noticia hablaba de un nuevo robo, esta vez en Florencia, que había dejado un herido de bala, aunque en lugar de centrarse en la obra que había desaparecido o en el estado del guardia herido, el titular destacaba el hecho de que, tal vez, «el ladrón de las olvidadas» fuese en realidad «las ladronas».

Hizo clic en el enlace sin pensar demasiado en ello, más a modo de reflejo que de otra cosa. Quería saber qué tenía en mente Martina, leer algo que ella había recomendado. Era lo más cerca que podía estar de ella en ese momento. Echó un vistazo a la noticia. Al parecer seguían sin tener la menor idea de quiénes eran las responsables y, sobre todo, de cómo lograban llevar a cabo los robos, aunque todo indicaba que en esta ocasión las ladronas habían sido descuidadas. La policía italiana se negaba a dar más datos a la prensa mientras la investigación continuase abierta, pero por lo visto se había filtrado una imagen de la cámara de seguridad, que mostraba en blanco y negro y borrosa a una mujer cuya presencia gritaba «peligro, *femme fatal*» a kilómetros de distancia —¿qué clase de persona atraca un museo subida a unos tacones de aguja de quince centímetros y con una falda de tubo ajustada?— y a una chica menuda tras ella de la que solo se distinguía un oscuro flequillo.

—¿Qué estás viendo? —preguntó Salomé, quitándole el móvil de las manos sin ningún pudor.

Miguel tuvo que inspirar hondo para no soltar una grosería delante de su madre.

—¿Serías tan amable de devolverme mi móvil? —preguntó, pero Salomé parecía estar absorta en otro mundo, con la boca abierta de par en par.

—¿Puedes ampliar la imagen? Necesito verle la cara —pidió, sin rastro de su habitual autoritarismo.

Cualquiera diría que acababa de ver un fantasma.

Salomé seguía utilizando uno de esos viejos Nokia sin conexión a internet —a Miguel le costaba creer que esos móviles existiesen aún—, así que hizo un pantallazo y lo aumentó hasta centrarse en el rostro de la *femme fatale*. Salomé se aferró al móvil y se lo acercó tanto a la cara que hizo que su protegido se preocupase.

—¿La conoces? —Arqueó una ceja, incrédulo.

Desde luego Salomé no tenía pinta de llevar una vida social demasiado rica fuera del trabajo y era imposible que la ladrona fuese una Centinela. En lugar de responder a su pregunta, ella le devolvió el móvil, dejándolo con la intriga para siempre, y preguntó:

—¿Queda mucho? Espero que los aperitivos sean generosos. —Pero sus quejas no sonaban del todo convincentes.

Ella estaba allí, sus palabras también, pero Miguel sospechaba que su mente se encontraba perdida en un lugar distante. Optó por no insistir.

Por fin el coche fue frenando al llegar a las flamantes oficinas de la multinacional y su padre condujo hacia el parking en donde los esperaba la plaza privada de su madre, que se había pasado todo el trayecto doblando y desdoblando el mismo papelito para no caer en el viejo hábito de morderse las uñas. Un minuto después estaban entrando en una fiesta que, para ser corporativa, derrochaba glamur. Virginia ni siquiera se excusó antes de lanzarse con su sonrisa de «directora de comunicación» al primer grupo de periodistas que vio bebiendo vino en una esquina. Su padre tampoco tardó en encontrar a conocidos a quienes contarles sus teorías sobre la actualidad y sus batallitas.

—¿Dónde está la comida? —preguntó Salomé, mientras avanzaban entre la multitud—. Esperaba al menos un refresco.

Como si se tratase de la respuesta a su plegaria, un camarero adolescente con pinta de estar en primer año de la carrera pasó junto a ellos con una bandeja de *mini wraps* y Salomé se apresuró a hacerse con media docena de ellos. Miguel miró a su alrededor para asegurarse de que nadie los mirase. Al camarero, en cambio, pareció hacerle gracia el voraz apetito de su acompañante.

—Nunca he entendido por qué a la gente rica de hoy en día le gusta tanto pasar hambre. Tendrías que haber visto los festines de Roma —dijo ella mientras se llenaba la boca—. Eran igual de inmorales, por la desigualdad y todo eso, pero al menos tenía sentido. Esto de los minicanapés y los bocaditos, en cambio…

—Roma… —repitió Miguel, escéptico.

Le había repetido mil veces que llevaba más de tres mil años en la Tierra, pero, a pesar de haber visto Bestias infernales y sido testigo de los poderes de Salomé, seguía sin poder procesarlo.

—Me pasé doscientos años sin descansar ni un segundo y no sirvió de mucho, la mayor parte de los problemas que seguimos arrastrando hoy en día vinieron de ahí —le aseguró Salomé, negando con la cabeza en un gesto de desaprobación.

Miguel interceptó una copa de champán y le dio un pequeño sorbo.

—¿Has… —Hizo una pausa para elegir bien la palabra— *trabajado* con alguien famoso alguna vez?

Salomé se mordió el labio, como si no estuviese segura de si tenía o no permitido hablar de esos temas. ¿Acaso eran como los psicólogos o los párrocos y tenían que guardar silencio sobre los jugosos secretos que les desvelaban? Esperaba que no, no le vendría mal escuchar la historia de alguien despiadado convertido en santo, o de un rey tirano que se hubiera vuelto bondadoso.

—Verás, a la gente influyente, con poder, y todo eso, la suelen llevar los peces gordos. Yo no soy uno de ellos —señaló—. Evidentemente.

—Vaya, muchas gracias por dejar claro que somos dos mindundis sin importancia. Así que tenéis una jerarquía —comentó con curiosidad. Lo cierto era que Salomé lo conocía absolutamente todo sobre él, hasta en qué pensaba cuando se metía en la ducha por las mañanas, y él no sabía nada acerca de ella, su mundo o su pasado.

—Claro, si no, ¿cómo funcionaríamos? Deja la anarquía para los de ahí abajo, no, qué va. ¿Sabes qué? Creo que tienes razón, no hará daño que sepas más sobre nuestro trabajo. —Masticó el último de los *wraps* y se limpió una mano con la otra antes de señalar una especie de peldaños en el aire—. Están Los Siete Miembros, supongo que esos son a los que vosotros llamáis «arcángeles»; luego los Centinelas Mayores, y por último, los Centinelas Menores. También existen pequeños espíritus del Bien e influencias positivas que están por ahí en el mundo, ¿sabes cuando alguien se queda dormido porque no le suena el despertador y gracias a eso evita una desgracia? Se dedican a ese tipo de cosas: presentimientos, ideas surgidas de la nada que dan lugar a grandes novelas, la sensación de que conoces a alguien de toda la vida aunque te lo acaben de presentar...

—Y tú eres... una Centinela Menor —dijo Miguel, cuyo sentido de la ambición se sintió traicionado al comprobar que trabajaba con una don nadie.

—Oye, soy una Menor... —Lo señaló con el dedo desafiante—. Pero soy buena en mi trabajo. La única diferencia entre los Centinelas Mayores y los Menores es que los Mayores, además de dirigir a sus subordinados, se encargan de esas personas que tienen el potencial de causar un gran impacto en el mundo. Emperadores, reyes, ministros, directores ejecutivos de grandes empresas, actores, futbolistas...

Miguel recordó todos los artículos reivindicativos de Martina y no pudo evitar contener un resoplido a medio camino entre risa e indignación.

—Ya, pues están haciendo un *gran* trabajo —dijo sarcástico, dándole un sorbo a su champán.

—No todo el mundo quiere firmar, Miguel, supongo que puedes entender eso. —Ahí llevaba parte de razón. Sí, lo comprendía, si no fuese por Martina, ¿qué necesidad iba a tener de pasar por semejante suplicio?—. E incluso cuando firman..., no siempre sale como nos gustaría. Con Felipe II se les fue un poco el asunto de las manos, por ejemplo. Digamos que pecaron por exceso. —Suspiró—. En los libros siempre es fácil: «Seguid estos diez mandamientos e iréis al cielo», pero en la práctica... a veces las cosas son más complicadas.

Miguel se movió incómodo en su sitio, estaba harto de hablar del Bien y el Mal. Tenía una copa de champán en la mano y en lugar de intentar charlar con una chica o un chico guapos estaba anclado a la vera de Salomé.

—Así que... nada de famosos.

Salomé miró hacia arriba, como si hiciese memoria.

—No sé... depende de a qué llames «famoso». Los Centinelas Menores nos encargamos de todas las demás personas, de las que pueden influenciar a su círculo cercano, más o menos grandes, pero no países. A ver... he trabajado con algún que otro pensador, con caballeros y soldados de la nobleza, *buf*... los guerreros en general siempre dan dolores de cabeza. ¿Merece la pena defender una causa que consideras noble si debes cometer actos atroces? En serio, la época de las Cruzadas fue un suplicio. No había forma de hacerles entender que ninguna guerra es santa. Y después están los artistas y poetas. —Suspiró exasperada—. Cómo les gusta darle mil vueltas a todo por el drama. Y eso que me perdí el romanticismo, no hay mal que por bien no venga. No creo que hubiese sido capaz de aguantar a Lord Byron y sus amiguetes.

—¿Por qué te perdiste el romanticismo? —preguntó Miguel, sin ninguna ambición más que seguir charlando un poco, pero la reacción de Salomé logró despertar su curiosidad.

—¿Qué? Eh… No… nada. No tiene importancia.

Miguel estaba convencido de que era lo más parecido a una mentira que Salomé había contado en mucho tiempo y sintió una extraña satisfacción al comprobar que ni siquiera su Centinela era tan perfecta como pretendía ser. Aun así, lo dejó estar.

—Hay algo más que me gustaría saber —continuó Miguel, aprovechando el deseo de Salomé por cambiar de tema. La mujer lo miró expectante.

—Dime.

—¿Lo has visto alguna vez?

—¿A quién? —preguntó Salomé, con el ceño fruncido.

—Ya sabes… a *Él*. —Miguel señaló hacia arriba y la frente de Salomé se relajó al comprender a qué se refería. Salomé sonrió divertida.

—¿*Él*?

—Bueno, o ella. ¿*Elle*?

Antes de que Miguel pudiese seguir preguntando, las luces de la sala se atenuaron y escuchó unos golpecitos de micrófono mientras su madre subía a una tarima que servía de improvisado escenario.

Tal y como esperaba, Virginia les dio las gracias a todos por venir y una bonita y conservadora presentación se proyectó a su espalda. Habló durante más de un cuarto de hora sobre los «valores de la marca» que el equipo de comunicación había escogido a conciencia para que sonasen modernos, amigables y lo bastante ambiguos como para que no pudiesen medirse de forma objetiva. Miguel dejó de escuchar cuando comenzaron a hablar de todas las labores sociales que la empresa realizaba. Solo les faltaba rescatar cachorrillos abandonados con sus propias manos, aparentemente. Cuánto dinero invertido para lavar el hecho de que sus productos llevaban tanta azúcar e ingredientes añadidos que seguro que podían matarte si los consumías a diario, veneno en botellas de plástico, eso sí, reciclado, porque «les preocupaba el medioambiente y dejar un legado a las generaciones venideras». Puede que hubiese empresas que de verdad se preocuparan por su impacto, pero Virginia había tenido que tapar unos cuántos escándalos medioambientales y laborales en los años que llevaba trabajando en esa. Y luego el villano era él. Tal vez fuesen todas esas semanas escuchando las peroratas de Salomé, o que podía imaginar lo que diría Martina si estuviese allí, pero las mentiras que su madre pronunciaba con orgullo y una sonrisa lo hicieron sentir... incómodo.

Acabó el discurso y todo el mundo aplaudió. Miguel vio de reojo cómo varios periodistas tomaban notas y a los *influencers* subiendo sus *stories*. Era curioso, porque era él quien había vendido su alma, pero se sentía mucho más dueño de sí mismo que todos los presentes.

Su madre se apresuró a reunirse con su familia después de saludar a varios compañeros.

—¿Qué tal, os ha gustado? —preguntó Virginia con entusiasmo mientras su padre se sumaba a la conversación.

—Has estado increíble, cariño —dijo su marido, sosteniendo su mano, y en verdad había cierto orgullo en su mirada. Miguel desvió la suya, empalagado. Ni siquiera tenía la carta de los «padres que se desprecian mutuamente y no paran de discutir» para justificar su mal comportamiento.

Él se limitó a asentir con la cabeza mientras su madre les pedía que la acompañasen.

—Quiero presentaros a un nuevo colega —dijo, abriéndose paso entre la multitud con una sonrisa de oreja a oreja—. Es un pez gordo del *holding*, así que sed tan amables que dé asco —pidió en un susurro, y Salomé lanzó una significativa mirada a Miguel, una que decía *ajá, de tal palo, tal astilla.*

La Centinela permaneció apartada mientras Virginia guiaba a su familia hacia el otro lado de la enorme sala.

—¡Teodoro! —llamó a la vez que alzaba su mano en el aire para saludar a un hombre trajeado con el pelo canoso y un par de frondosas patillas salidas de otra época.

Así que aquel era el hombre al que no le importaba poner su periódico al servicio del mejor postor. A Miguel no le interesaba demasiado la actualidad, pero recordaba haberlo visto intervenir en una de esas tertulias políticas de la tele defendiendo opiniones difíciles de sostener. Ahora entendía por qué. Estaba seguro de que si firmase un contrato con un Centinela tendría muchos más pecados a la vista que él, pero sería preciso prácticamente un milagro para que una persona con tantos privilegios y tan pocos reparos renunciase a una vida de lujos para cambiarse al bando de los buenos tipos. La vista del joven pasó de recorrer al que podría haber sido él en unos cuantos años de haber seguido con su trayectoria a la figura de la esbelta joven a la que rodeaba con el brazo.

Dios tenía que estar poniéndolo a prueba.

Por favor, que sea su padre, pensó mientras intercambiaba una tensa mirada con su adorada Martina.

Al contrario que Salomé, la joven vestía de forma apropiada para la ocasión, siempre ciñéndose a lo correcto. Llevaba puesto un vestido liso, de un color rosa claro que contrastaba con su piel morena después de un mes en la playa y la piscina, y unos taconcitos beige lo bastante altos para ser elegantes, pero no demasiado como para llamar la atención. Puede que Martina le echase en cara no ser una persona auténtica, y no le llevaría la contraria, pero esa noche ella tampoco podía presumir de honestidad. Estaba fingiendo el papel de la «hija perfecta» con una maestría digna de un premio. Jamás la había visto vestir de rosa o llevar tacones. Miguel miró a su alrededor en busca de Salomé y se percató de que había desaparecido. Estupendo. Estaba solo frente al batallón. El tal Teodoro los saludó con una sonrisa comedida, pero unos modales impecables.

—Virginia, qué alegría verte. Permíteme que te presente a mi hija Martina. —Miguel sonrió mientras la joven se esforzaba por mantener la compostura. Bien. No le importaba alterarla de esa forma. Era infinitamente mejor que serle indiferente.

—Hola, Martina, es un placer conocerte. Tu padre no hace más que hablar de su brillante y prometedora hija —dijo su madre en un acto de peloteo nada sutil—. Este es mi marido, y este, mi hijo, Miguel. Tiene la misma edad que tú, Martina.

El hombre le tendió la mano y la estrechó con una fuerza y una firmeza que decían «aquí quien manda soy yo». Miguel se mordió la lengua para no hacer ningún comentario mordaz. Si Salomé estuviese allí le diría que no se dejase intimidar por esa territorialidad, que él estaba por encima de esas guerras del ego de los machos alfa, pero Salomé era muy optimista con su «rehabilitación».

—Juventud, quién la pillara —bromeó el hombre—. ¿Qué estudias, Miguel?

—Administración de Empresas, señor —respondió secamente.

—Vaya, tú también sigues los pasos de tus mayores. Martina está a punto de graduarse en Periodismo, ¿verdad? —dijo, y Martina asintió con una sumisión que Miguel jamás habría esperado de ella—. Tenemos mucho de qué hablar —mencionó, dirigiéndose a su madre—. ¿Qué te parece si dejamos que los muchachos se conozcan mejor y tratamos... nuestros asuntos?

Virginia asintió con la cabeza y se despidió de su hijo dándole un golpecito en el hombro. El padre de Miguel no tardó en mezclarse de nuevo con la multitud, dejándolo a solas con la chica que le quitaba el sueño.

—Ya has oído —dijo Miguel, apenas capaz de disimular la acritud en su semblante. Por muy duro que le gustase parecer, el rechazo, los celos, eran demasiado recientes—. Conozcámonos mejor.

—Creo que ya nos conocemos todo lo que tenemos que conocernos, Miguel —dijo Martina, recuperando su habitual pose desafiante.

—Yo diría que no; por ejemplo, nunca hubiese imaginado que tuvieses *daddy issues*. ¿Así que de ahí te viene esa obsesión tuya por la verdad y por la justicia, eh? Tu padre es un embustero de primera.

Genial. Era la primera vez que la veía desde su fallida declaración de amor y lo primero que hacía era cabrearla. Esa actitud era impropia de él. Se estaba dejando llevar por las emociones en lugar de pensar con frialdad. No hacía falta que mintiese, bastaba con que se callase.

—No te confundas, Miguel. Mi padre me ha enseñado la pasión por el periodismo, aunque tengamos ideas distintas...

—¿Lo sabe él? Que no piensas como papaíto.

Martina le lanzó una mirada de desdén.

—Sí. Pero no le gusta que lo sepa nadie más. —Alzó las cejas en un gesto de orgullo y Miguel sonrió al ver en Martina algo de esa malicia que tanto le había echado en cara. *Lo sabía, no somos tan distintos.*

—¿Así que eres la gran decepción de papaíto? Tantos años pagándote buenos colegios para que eches tu carrera a perder hablando de peces que mueren y de feminismo. ¿Del uno al diez, cómo de bien se siente fastidiarlo tanto?

Martina rio.

—Dieciséis. Pero sigue diciéndose que «es solo una fase» y que «acabaré por entrar en razón». Cree que volveré llorando a sus pies...

—Entonces, es que no te conoce bien —concluyó Miguel, con un nudo en el estómago que odiaba por encima de todas las cosas. No soportaba la manera en que Martina lo hacía sentir, pequeño, vulnerable, y aun así, seguía siendo adicto a su existencia. Necesitaba más de ella.

—Tienes razón. Soy de las que no cambian de opinión —dijo Martina, a modo de advertencia. Miguel no necesitaba un cartel para percatarse de que se refería a él y su peculiar declaración de amor.

—Lo sé. —Sonrió, divertido por la ironía—. Créeme, lo sé. *—Por eso estoy cambiando hasta el color de mi alma por ti.*

Martina desvió la mirada y Miguel quiso poder gritar, ponerse de rodillas y confesarle que estaba extirpando su larga lista de maldades una a una, que seguiría frotándose la piel cada mañana como si quisiese arrancarse la tinta hasta que le sangrase la piel. ¿Qué pensaría la racional Martina cuando le confesase que su acompañante era en realidad una especie de ángel redentor? No, por ahora tendría que conformarse con su recelo. Se lo había ganado a pulso.

—Tengo que irme... —dijo Martina, mirando hacia su padre, que la llamaba con un sutil gesto de manos—. Como siempre, ha sido un placer hablar contigo —soltó girándose hacia él y sosteniéndole la mirada mucho más tiempo de lo que la mayoría solía ser capaz. Asintió con la cabeza y se marchó, dejándolo a solas, rodeado de desconocidos.

—¡Martina! —la llamó en un último y patético arrebato. La joven dio media vuelta, intrigada. Ese afán suyo por saber era la curiosidad que mató al gato—. ¡Voy a cumplir mi promesa! —gritó, y aunque ella negó con la cabeza y le indicó con gestos que no podía oírlo por encima de la música que sonaba de fondo, a Miguel le bastó con decirlo en voz alta para saber que era cierto. Ser correspondido era el único trofeo que podría ganar con su virtud y no con sus malas artes. Se miró las manos, aún marcadas por sus errores del pasado.

10 Salomé

Nunca había soportado ese tipo de ambientes. Sobre todo después de lo que ocurrió en Francia. Daba igual en qué época se encontrase, las fiestas glamurosas en las que se codeaba la alta sociedad eran siempre en las que más enrarecido estaba el aire, sin importar lo caro que fuese el champán. En general en cualquier aglomeración humana era habitual que, por estadística, se reuniese cierto grado de maldad, pero igual que sus pretenciosos canapés, las ambiciones y pensamientos eran más enrevesados. Para una Centinela capaz de percibir las verdaderas intenciones de todos los presentes, el continuo vacío entre lo que se decía y aparentaba ser frente a lo que de verdad se les pasaba por la mente podía llegar a ser insoportable. Detrás del más amable de los «hola, ¿cómo estás?» se escondían todo tipo de intereses ocultos.

Era agotador.

Aunque se le ocurría alguien que hubiese disfrutado del ambiente, alguien capaz de sembrar la discordia con un comentario desafortunado. Ella solía tener un talento innato a la hora de convertir una velada tranquila en una explosión de lujuria ciega o rencores a flor de piel en función de su estado de ánimo. Últimamente pensaba en Jackie más de la cuenta, sobre todo para lo mucho que se repetía que lo había superado. Puede que estuviese pasando demasiado tiempo entre humanos y observando sus desamores.

Se alejó de Miguel en cuanto tuvo una excusa. Puede que hablar con Martina le devolviese la motivación que tanto le estaba costando mantener. Seguía creyendo que «conquistar» el amor de una joven como si se tratase de una competición no era la mejor de las premisas para transformar a Miguel en un hombre honrado, pero dadas las circunstancias, tomaría cualquier recurso que le fuese brindado.

Mientras se adentraba en el pequeño jardín, separado de las oficinas por un cristal transparente a través del que se podía presenciar la fiesta en todo su esplendor, Salomé toqueteó la funda en su bolso, sin poder dejar de pensar en su contenido.

«Avísame si el humano presenta algún efecto secundario adverso», le había advertido Rivera cuando le entregó el fármaco.

A pesar de la distancia, le llegaban los impulsos de Miguel con un ímpetu digno de una fiera luchando por su supervivencia. La fuerza de sus deseos le preocupaba. De acuerdo, quizá no había sido buena idea dejar que hablase con la chica. Suspiró, con la funda entre los dedos y la mano metida en el bolso. Era su propio orgullo lo que le impedía curarlo allí mismo, con un gesto tan sencillo como poner una inyección. Los «efectos adversos» la inquietaban, ¿a qué podía referirse Rivera? Y, sin embargo, se suponía que todos los Centinelas la empleaban. No podía ser tan terrible, ¿verdad? O Los Siete Miembros no lo permitirían. Se alejó tanto como pudo en el pequeño patio y tomó asiento en las escaleras de emergencia de metal, segura de que allí nadie la molestaría. Cielos. No se dio cuenta de lo cansada que se sentía hasta que estuvo sentada. Había echado de menos su trabajo durante doscientos años y ahora que lo había recuperado estaba acabando con ella.

Para colmo, no iba a poder disfrutar de la ansiada calma que buscaba.

Sucedió tan deprisa que no supo discernir qué vino primero, si el sonido de sus tacones avanzando tras ella o una esencia tan oscura que logró eclipsar a todos los humanos corruptos de la sala. El cuerpo de Salomé reaccionó de forma automática al presentir ese aura familiar. Se puso en pie, alerta, y su daga apareció en su mano sin que tuviese que invocarla siquiera.

Debo de estar volviéndome loca, pensó al darse la vuelta y comprobar que estaba sola. Sonrió, con acritud. *¿Qué creías?, que por pensar en ella se iba a manifestar por arte de magia*, se reprochó con una mezcla de alivio, y una pizca de decepción.

—Había oído rumores sobre tu vuelta al oficio, pero tenía que verlo para creerlo. —Escuchó su voz aterciopelada y antes de que pudiese girarse para enfrentar a un enemigo mucho más insidioso y retorcido que cualquier Bestia, ella le había arrebatado el cuchillo de la mano y la había arrinconado contra la reja de las escaleras—. ¿Pensabas acuchillarme, así sin más, sin ni siquiera preguntarme «qué tal» primero? —Jackie negó con la cabeza, como una madre regañando a sus traviesos hijos—. Qué decepcionante. Y pensar que tú eres «la chica buena» de las dos.

Su rostro permanecía inalterado, ni una sola arruga, ni manchas o pecas habían aparecido en su impoluta piel, por la que no parecía haber pasado un solo instante desde la última vez que se vieron, aquel fatídico día que había echado a perder la carrera de Salomé y que le había roto el corazón en mil pedazos. El día en que descubrió por qué los Centinelas no pueden permitirse el lujo humano de abrir su corazón, y mucho menos, de confiar en nadie que no sea uno de los suyos.

—¿Qué quieres? —preguntó, zafándose de su atacante con un brusco movimiento. Jackie retrocedió hasta chocar con la barandilla entre carcajadas. La rabia de Salomé no hacía más que alimentar su malicia.

—¡Saludarte! Cielos, ¿no puede una pasarse a decir «hola, mucha suerte en tu nuevo empleo» a una vieja amiga? —Jugueteó con un mechón de su pelo rojo con un aire casual y distraído, igual que si presentarse como si nada después de doscientos años fuese lo más normal del mundo.

Cómo detestaba a esa mujer. Siempre se había creído que tenía derecho a todo, sin importar los sentimientos de los demás, y Salomé había sido tan estúpida como para creer que hasta un ser como ella podía llegar a cambiar esos hábitos, aunque en el fondo eran lo que la habían cautivado de ella.

Mala suerte para Jackie, ya había aprendido su lección.

Invocó su daga de nuevo y la alzó hacia la Demonio. Cualquier amago de debilidad se había esfumado al reconocer la misma sonrisa malévola con la que le confesó que había estado jugando con ella, que sus dulces palabras, que todas las dudas que sembró en su mente sobre el Bien, el Mal y las almas humanas no habían sido más que una artimaña. No iba a volver a caer en la tentación de creer una sola de sus palabras.

—Ya veo que todavía no lo has superado —dijo Jackie con un suspiro—. ¡Solo era trabajo! Entiéndelo *ma chèrie*, no fue nada personal.

—¡¿Que no fue nada personal?! —Dos frases y ya había hecho que perdiese el control.

Solo son emociones, se recordó a sí misma, *desventajas de los cuerpos carnales, no les prestes atención*, se suplicó, esforzándose por mantener su respiración lo más constante que pudo.

—Claro que no. Tú tienes que responder ante tus jefes y yo ante los míos. —Se encogió de hombros—. Aunque tengo que decir que nunca esperé que fuesen tan generosos como para concederte otra oportunidad después de haber confiado en un Demonio. —Se mordió el labio y Salomé supo que estaba jugando con ella.

Bajó la daga, aunque seguía alerta por si tenía que recurrir a ella. No serviría de gran cosa contra un Demonio, pero le daría el tiempo que necesitaba para sacar a Miguel de allí y asegurarse de que Jackie nunca lo encontrara.

—Los Centinelas somos magnánimos. Si no creyésemos que todo el mundo merece una segunda oportunidad no existiríamos.

Jackie le dedicó una de sus sonrisas traviesas, pero a estas alturas Salomé se había vuelto inmune a ellas. Sabía que no eran más que el presagio de otra nueva mentira.

—¿Eso me incluye a mí?

—Tú ya la tuviste, Jacqueline. Y la utilizaste para engañarme.

La Demonio hizo un mohín de pena.

—Lástima. —Suspiró—. Supongo que debes de odiarme mucho, ¿verdad? Seguro que llevas décadas y décadas dándole vueltas a la forma de resarcir tu error, ¿verdad? Torturándote con la culpa... ¡cómo os gusta a los Centinelas fustigaros! Y lo peor es que pretendéis que los demás hagamos lo mismo.

Salomé no respondió. Mentir no era una opción para ella, pero tampoco le iba a conceder el placer de escuchar la verdad, de admitir que tenía razón. Una parte de ella se había quedado atrapada en aquellos días y se había negado a abandonarlos. Y ahora, con Jackie ante sus ojos como si no hubiese pasado el tiempo, sentía que los últimos dos siglos solo habían sido una ilusión. Ella volvía a ser una Centinela, y Jackie, su enemiga.

—Sea lo que sea lo que vas a proponer, la respuesta es «no». Márchate, Jacqueline.

—¡Doña No vuelve a la carga! —Rio, y Salomé se preguntó cómo podía haber caído en sus redes, cómo podía haber creído que... que la amaba. El mero pensamiento la repugnó. «Doña No» era como solía llamarla cada vez que intentaba detener una de sus malas acciones, de sus jueguecitos, cada vez que se negaba a participar en sus locuras—. Podrías escuchar al menos lo que tengo que decir.

—Las palabras venenosas de una maldita súcubo —dijo con desdén. Intentó marcharse escaleras abajo, pero Jackie corrió para interponerse en su camino, agarrándose con cada mano a uno de los lados de la barandilla.

—Estoy segura de que los insultos pasados de moda te hacen sentir mejor, pero ¿sabes qué sería infinitamente más placentero que la jerga bíblica? Vengarte.

Salomé no supo si reír o llorar.

—¿Intentas corromperme? ¿A mí? —preguntó, incrédula. Su desfachatez no tenía límites.

—Bueno... —dijo Jackie, recreándose en su sonrisa—, ya lo hice una vez, ¿no?

Salomé la apartó. Jackie podía ser diestra con sus palabras, pero nunca había sido rival para la fuerza de la Centinela. Siguió bajando las escaleras cuando escuchó el sonido de una pistola lista para disparar. Dio media vuelta hacia Jackie, que la apuntaba con su arma, tan elegante y complicada como ella.

—¿En serio? —preguntó la Centinela, desconcertada.

—Vas a escuchar lo que he venido a decir, Salomé. Te ofrezco algo que puede interesarte.

—Porque hacer tratos con una Demonio es una gran idea... —masculló malhumorada consigo misma.

—Te ofrezco la oportunidad de demostrar que eres mejor que yo, de dejarles claro a tus jefes que aún les puedes ser útil a pesar de tus... errores.

Una parte de Salomé le advertía que no escuchase, que nunca saldría nada bueno de aquella relación turbia y plagada de ardides, mientras que otra, esa que a veces sentía mucho más humana de lo que le gustaría, donde residían sus deseos e inseguridades, era toda oídos.

—Yo también tengo una nueva pupila. Y por muy buena que sea en lo mío, tampoco está siendo sencillo. —Señaló con la cabeza hacia la sala—. ¿No sería estimulante hacer una pequeña competición? Si tú ganas y lo conviertes primero —alzó la mano en el aire, con un aire de solemnidad fingida—, prometo no volver a corromper una sola alma por toda la eternidad.

Salomé frunció el ceño. ¿Un Demonio menos en las calles? Sin duda a sus jefes les encantaría la idea.

—Tu palabra no vale nada. ¿Lo has olvidado?

—No, pero un pacto de sangre sellado por una Centinela y una Demonio, sí.

Salomé se cruzó de brazos. Sabía que tenía que haber un truco escondido, y sin embargo, si lograse derrotar a la Demonio que había atraído la desdicha y la deshonra sobre ella, no solo recuperaría su honor, sino también la confianza de los Centinelas Mayores y Los Siete Miembros.

—¿Y si lo logras tú primero? —preguntó, *solo por curiosidad,* se dijo, por mera curiosidad.

—Me dejas a tu chico. —Se encogió de hombros y Salomé negó con la cabeza.

—El alma de Miguel no es mía, no puedo entregarla.

—Uh, pero eso no es lo que habéis firmado, ¿verdad? Tú eres la guardiana de su alma. Además, no es lo inmaterial lo que más me interesa. Necesito al chico para... propósitos algo más elevados. Tú no lo entenderías, a los Centinelas siempre os ha faltado visión, imaginación...

—He dicho que no —la cortó Salomé, antes de que pudiese seguir mareándola. Pero Jackie conocía demasiado bien sus vulnerabilidades y no se iba a rendir tan fácilmente.

—Vamos, piénsalo, por los viejos tiempos, nos lo pasamos bien en Francia, ¿no? Si no lo haces por diversión o por nostalgia, piensa en todas las almas que se salvarían si pierdo mi poder frente al riesgo de sacrificar a un solo e insignificante humano. Es prácticamente un regalo.

Salomé resopló.

—Ya, claro. Por la generosidad de tu corazón. Tienes a tu pupila robando cuadros por todo el continente, seguro que vas a acabar con ella mucho antes que yo.

—No creas. Es una jovencita dura de roer. Tiene dudas... taaaantas dudas —dijo conteniendo un bostezo—. Pero hay algo de lo que está completamente segura... —Bajó el arma y descendió varios escalones, hasta quedar a solo unos cuantos centímetros del rostro de Salomé— de que odia a Miguel Sabato con toda su alma.

Jackie agarró la daga de Salomé, que le había arrebatado unos segundos antes, y la apretó con fuerza mientras la clavaba en la palma de su propia mano, deslizándola hacia abajo para dejar que la sangre corriese, sin el más mínimo gesto de dolor en su precioso rostro de muñeca. Pretendía hacer un pacto de sangre. Le tendió la daga a Salomé, que la observó impasible.

—Tu pupila... ¿es Inés García? —preguntó, recordando el rostro de la amable mujer que los había atendido, una madre alegre porque por fin su hija hubiese salido de su cascarón sin sospechar que la amiga que la acompañaba era en realidad una maldición.

—¿Lo ves? Yo también lo tengo complicado. Así que, dime, ¿no tendrás miedo de medir tu talento con el mío?

¿Miedo? No. Lo cauto frente a Jackie era estar aterrada. Sabía de sobra de lo que era capaz. Ella misma fue una de sus víctimas. Si había reducido la voluntad de una Centinela a cenizas, ¿qué no haría

con una pobre muchacha como Inés? Las gotas de sangre caían por su muñeca, de un color negro tan profundo que parecía surgido de una dimensión donde no existía la luz. En aquella materia opaca, Salomé encontró el recordatorio que necesitaba, una evidencia más de que los seres como Jackie tenían el corazón putrefacto a pesar de su hermosa apariencia. Antes de conocerla nunca se había cuestionado dónde acababa el Bien y comenzaba el Mal, pero una Centinela no podía permitirse ese tipo de pensamientos.

—La respuesta es «no».

El ceño de Jackie se frunció de rabia al comprender que había perdido su poder sobre ella y profirió un quejido agudo y gutural.

—¡Está bien! ¿Prefieres que lo hagamos por las malas? Tendré que encargarme de tu cachorrito por mi cuenta, y entonces desearás haberme escuchado, *mon amour.* —Lanzó la daga de Salomé a sus pies y se desvaneció ante sus ojos, dejando atrás un vago rastro de humo negruzco y el corazón de la Centinela latiendo a mil por hora.

Se apresuró a bajar las escaleras y corrió hasta el interior de la sala, en busca de Miguel. Lo encontró charlando con un completo desconocido, tan encantador como siempre, matando el tiempo hasta que su madre diese por concluida la velada, como un buen hijo. Salomé respiró aliviada, aunque la angustia no se había desvanecido del todo. *Puede que los Centinelas Mayores tuviesen razón, puede que no esté preparada para el mundo humano,* se dijo, preguntándose cómo iba a mantener a las Bestias y a Jackie a raya y a la vez deshacerse de la maldad aferrada en el alma de su protegido. Puede que hubiese cometido un error al no aceptar el trato, así al menos habría podido intentar salvar el alma de la pobre Inés. Aunque esa no era la mayor de sus preocupaciones, por lo que sabía Inés ya estaba perdida y no había nada que pudiese hacer por ella; Miguel, en cambio… «Tendré que encargarme de tu cachorrito por mi cuenta», había advertido Jackie. Un escalofrío le recorrió toda la espalda hasta llegar a la nuca. No se podía confiar en que Jackie cumpliese sus promesas; en cambio, siempre era fiel a sus amenazas.

Entremés

No fue difícil encandilarla. Salomé llevaba siglos luchando contra los Demonios, pero nunca había conocido a ninguno, no como nosotras dos llegamos a conocernos. A veces las personas con las que más rápido y más hondo conectas son aquellas que peor te caen al principio, y nosotras nos detestábamos a más no poder.

Antes de que te cuente esta historia, permíteme que te aclare que me han llamado muchas cosas a lo largo de los siglos, aunque la mayoría eran variaciones del mismo concepto en distintos idiomas. *Bruja, zorra, ramera,* los más repetidos. Aunque ese último está pasado de moda ahora, hace unos siglos les encantaba decirlo: «Esa ramera», os juro que se les llenaba la boca con cada sílaba. Me odiaban, pero cómo amaban despreciarme. Eso no ha cambiado. Los humanos habéis descubierto la penicilina y nombrado miles de planetas, inventado la fisión nuclear, el teléfono e internet, algunos dicen que hasta habéis logrado poner a uno de los vuestros en la Luna mientras que a otros os encanta negarlo. Tantos y tantos logros, pero no sois demasiado originales a la hora de insultar. Ninguna de esas palabras logró herirme, ¿por qué iba a hacerlo? Me habéis perseguido, amenazado, denigrado y maltratado—aunque cada palabra hostil y cada golpe me aseguré de devolverlos multiplicados por mil—, porque eso es lo que les ocurre a los de mi clase en este mundo, pero nada me dolió tanto como la fe que esa santurrona depositó en mí, sabiendo que jamás estaría a la altura.

Pero no soy dada a la autocompasión y yo no tengo la culpa de que los Centinelas tengan una mira tan estrecha. Y, sobre todo, de que sean tan hipócritas. Cuando los humanos escuchan sus susurros manipuladores lo atribuyen al libre albedrío, la infinita bondad del alma humana y, sin embargo, cuando deciden pensar por sí mismos y hacer lo que de verdad desean, dicen que los hemos corrompido. Permíteme que admita, muy a mi pesar, que las mayores atrocidades de la historia las habéis cometido vosotros solitos y sin ayuda. Así que, ¿infinita bondad? Me muero de risa. No. Tanto el Bien como el Mal han mantenido su atención puesta en vosotros porque saben que siempre estáis vacilando entre un lado y otro de la balanza y que una buena jugada puede decantarla a favor del mejor postor.

Así fue como Salomé y yo nos conocimos por fin cara a cara, más allá de una sonrisa desafiante aquí y un insulto allá, peleándonos por un alma que no se merecía tanto alboroto.

¿Qué te parece la idea de hacer un pequeño viaje hacia el pasado? Aunque sea un cliché, a veces siento que fue ayer. Cuando has pasado los últimos tres mil años de un lado para otro en una tierra de mortales, un par de siglos no son gran cosa.

El siglo XVIII avanzaba a grandes zancadas hacia el fin del sistema feudal y la monarquía absolutista, pero aún faltaban décadas para que esa era se apagara completamente. Si me preguntas si los responsables fueron los Centinelas o nosotros, confesaré que no tengo ni idea. Sospecho que al final todos sacamos una buena tajada de la Revolución francesa. Los que salieron perdiendo fueron los que iban por libre, sin un Centinela o un Demonio a su lado para protegerlos, y, si no, mirad a la pobre Olympe de Gouges. Intenté reclutarla un par de veces, pero no hubo manera. Caminó hacia la guillotina con la misma satisfacción que si la estuviesen coronando reina de Francia, a pesar de que su único crimen fue defender que la famosa *egalité, liberté et fraternité* no sería tal si no incluía a las mujeres en el paquete.

En resumen, fue una época resplandeciente, latente, la calma que precede a la tormenta, la tentación a punto de ser culminada, y después, vino el caos. Pero eso es solo contexto.

Esta historia empieza con un joven inexperto al que le legaron un poder que no sabía manejar y para el que nadie lo había preparado.

Una presa fácil, pero la cuestión era ¿una presa fácil para quién? Os pediría perdón por no recordar su nombre, pero lo cierto es que si no me importaba por aquel entonces lo bastante para memorizarlo, imaginad cuánto me preocupa ahora. Sí puedo deciros que era el nuevo conde de una provincia francesa y que no destacaba en ningún aspecto. No era demasiado listo, ni estúpido; no era hermoso, ni un espanto para la vista; no era un buen conversador, ni se le daba bien la caza o montar a caballo; no lo compensaba con sus nulas dotes intelectuales, no sabía bailar, ni cómo entretener a sus invitados o negociar con sus rivales. Era terriblemente aburrido, pero una pieza jugosa. Había un dilema en su alma y mucho poder en sus manos. Y ahí es cuando entramos nosotras.

Hacía solo un año su padre había fallecido a causa de los achaques de la edad y su hermano mayor heredó sus tierras y su posición. Mientras tanto, nuestro joven conde, que por aquel entonces era un segundo hijo, se había entretenido viajando a las grandes ciudades del país. Allí había disfrutado de la compañía de otros de su clase y de las mejores fiestas que jamás había tenido el gusto de olvidar, pero también conoció a burgueses con ideas peligrosas que se atrevían a murmurar sus críticas a un sistema que consideraban injusto y que pasaban de unas manos a otras ensayos que podrían haber llevado a la horca a quien fuese sorprendido con ellos en su poder. Acusaban a la nobleza y al clero de gozar de privilegios, y aunque al principio nuestro conde no prestaba demasiada atención, más preocupado por no perderse una sola velada de diversión, en la ciudad también descubrió desigualdades que ni siquiera él podía justificar. También había pobreza en el campo, pero no como la que se escondía en los callejones de la ciudad, en los puertos y bajos fondos. La duda había sido sembrada. El rey era tal porque así lo había decidido Dios, pero ¿qué clase de dios era ese que vestía a algunos de sus hijos con telas hermosas y joyas de oro mientras condenaba a otros a rebuscar pan seco en el barro?

Cuando su hermano mayor cayó de su caballo y se rompió el cuello en dos, un hombre indeciso se convirtió en conde, un hombre que dudaba entre la frontera que separaba el Bien y el Mal, de la legitimidad del sistema que su mera existencia contribuía a sustentar. Era un hombre perdido.

Los favoritos de los Centinelas y de los Demonios.

Quien consiguiese un contrato por su alma adquiriría un poderoso aliado que moldear a su gusto y placer.

Conseguí hacerme pasar por la sobrina de un aristócrata extranjero y convertirme en una amiga cercana de la hermana menor del conde, una florecilla criada para ser indefensa y a la que jamás se le había pasado por la mente que pudiese convertirse en otra cosa que en la futura esposa de otro noble aburrido. Desde esa posición tendría que acercarme al conde y ganarme su confianza.

El conde era incapaz de disimular que estaba aterrado, siempre encogido sobre sí mismo y con un gesto ansioso. Tampoco lograba ocultar que no tenía la menor idea de cómo gobernar sus tierras, tartamudeando cada vez que alguien le pedía una orden. Prácticamente suplicaba a gritos que alguien tomase las decisiones por él. Y yo lo complacería con mucho gusto. Habría sido solo un juego de niños, de no haber sido por ella.

Distinguí el fulgor de su presencia antes siquiera de verla. Supongo que Salomé intuiría mi oscuridad de la misma manera. Nos habíamos encontrado muchas veces antes, como dos soldados en el terreno que acaban cruzando lances, sin nunca llegar a herirse, hasta que a pesar de ser enemigos surge cierta camadería entre ellos. Y quizás un poco de tensión sexual. ¿Por qué no admitirlo? Pero en ese siglo, Salomé estaba especialmente radiante. Avanzaba del brazo de ese condenado maestro suyo a quien ha seguido ciegamente durante siglos, claro que por aquel entonces no se hacía llamar «doctor Rivera». En el siglo XVIII aquel embustero era el cardenal Mercier, y Salomé, su ahijada. La presentó al conde y se marchó al cabo de un par de días alegando una «urgencia» sin dar más detalles. Si se percató de mi presencia, debió de pensar que Salomé se encargaría de lidiar con ella. Ya lo había hecho antes. Pero Mercier debería haber tenido en cuenta que acumulábamos tantas derrotas como victorias en nuestra larga partida.

El riesgo de la competición solo volvía su belleza aún más apabullante. Llevaba puesto un vestido de un azul tan pálido como el reflejo del cielo en la nieve, que lograba resaltar la oscuridad de su piel y teñía sus ojos del mismo color, tan ajustado como mandaba la moda de la época. La tela había sido decorada con lirios delicadamente bordados. Recuerdo haber pensado que era exquisita, porque era el tipo de halagos que se hacían entonces, *exquisita*, como uno de los pasteles que se servían en la corte real o una novela picante que lees a escondidas. Salomé era sensual, pero no de manera obvia, sino de una forma contenida e indómita a la vez. Y sospechaba que ella no tenía ni idea. También pensé que era una gran oportunidad para deshacerme de ella, pero que sería una pena. Ella no tuvo tanta clemencia conmigo.

Sucedió una noche de primavera, un par de días después de que Rivera, o Mercier, se marchase. Llevaba dos semanas tanteando el terreno, descubriendo los secretos y debilidades de los hombres de confianza del conde, dejando caer mis sonrisas invitadoras cuando me cruzaba con él por los jardines, rozando su mano cada vez que me ofrecía a llenarle la copa de vino, susurrando a su oído argucias para delatar a sus enemigos y que le ganarían el favor del pueblo. Ese pobre hombre estaba tan preocupado y se sentía tan inseguro que cualquier muestra de atención le desbordaba el corazón, pero era obvio que lo que más apreciaba de mí eran mis consejos. El resto de los nobles no confiaba en su temperamento, el pueblo llano estaba cada vez más agitado por culpa de las malas cosechas, y él no tenía ni idea de qué hacer para acabar con las dudas de sus rivales o el hambre de sus súbditos. Yo, en cambio, tenía todas las respuestas. Era cuestión de tiempo para que se volviese tan dependiente de mí que no dudaría cuando le pusiese un contrato ante los ojos y me ofreciese a comprar su alma.

Caminaba a través de las salas del palacio en busca de los aposentos del conde, cuando Salomé me encontró antes a mí. Sentí un impacto contra la enorme pared de espejos a mis espaldas y me eché a reír al sentir el filo de una daga en mi cuello. Por fin un poco de emoción. Mis últimas conquistas empezaban a ser tan repetitivas que creía que me iba a volver loca. Echaba de menos a los artistas, poetas y músicos que se entregaban agradecidos a mis promesas, pero Salomé acababa de aumentar mis expectativas de diversión.

Ella nunca me defraudaba.

—Ten cuidado con eso —dije, sin dejar de sonreír—. Podrías hacerte daño.

—Cierra la boca, sucia súcubo del Infierno —respondió ella. Tan romántica como siempre.

Su seriedad solo hizo que mis carcajadas aumentasen, y con ellas su confusión. Podría haberme desvanecido en el aire para contraatacar como en otras ocasiones, pero estaba preciosa, y no quería dejar de mirar.

—No es necesario que te alteres, Salomé. Esta vez no me interesa el joven conde —mentí. Siempre ha sido tan fácil, tan cómodo—. Me interesas más tú. —Pero a veces la verdad puede ser más perniciosa que un engaño, ¿no te parece?

Sospecho que Salomé habría reaccionado mucho mejor si le hubiese pegado una patada en el estómago. Me golpeó en el rostro con la empuñadura de su daga. Sentí el sabor de la sangre en mi boca y una gota negra bordeó la comisura de mis labios.

—¿De qué estás hablando? No juegues conmigo. Conozco los trucos de los de tu calaña. ¿Crees que nací ayer? Márchate y no vuelvas. El conde no es de tu incumbencia.

Yo tenía una lista de cosas divertidas que hacer antes del fin del mundo, y corromper a un Centinela llevaba mucho tiempo en ella. ¿Por qué no empezar con mi vieja enemiga? A quién le importaban los artistas. Aquello era mil veces más emocionante.

—Aprieta con ganas entonces. —La agarré de la cintura y la acerqué hacia mí. Sentí cómo el brusco movimiento clavó el frío metal en el borde de mi cuello. Solo tenía que deslizarlo y mi sangre negra empaparía el suelo del palacio, sus pies y su precioso vestido cubierto de lirios, que resplandecía bajo la luz titilante de las velas.

—¿Y atraer a un millar de Bestias? ¿Crees que soy estúpida?

La miré a los ojos, buscando un signo de debilidad en sus fríos iris grises. Verás. Es fácil ser un Demonio. Sobre todo con el paso de los años, cuando los patrones empiezan a repetirse hasta el hastío. Solo tienes que encontrar las debilidades ajenas: qué temen, qué ansían... es curioso, pero en numerosas ocasiones ambos coinciden. No os imagináis cuántas personas viven atormentadas por la posibilidad de que sus sueños se cumplan. Supe con solo un vistazo que Salomé era una de ellas. Quería salvar el mundo, pero, ah, qué sería de ella cuando lo consiguiese. Ansiaba algo que le diese sentido a su vida más allá del Bien y el Mal.

Y lo único que hice fue darle ese algo.

—¿Para qué profieres amenazas si no tienes lo que hace falta para cumplirlas?

Aparté la daga de un manotazo y busqué sus labios con los míos. Solo fue un instante fugaz en el que dejé que descubriese el sabor de mi boca, en el que me permití sentir su piel ardiendo ante el roce de mi sangre; para ella, el más tóxico de los venenos. Me deleité en la mezcla de dolor y anhelo irrefrenable, y justo cuando sentí cómo su cuerpo cedía a sus deseos, me desvanecí en el aire para volver a aparecer tras ella.

—¿Sabes qué ocurrirá si alguna de las dos convencemos al conde para que haga lo que quieren nuestros jefes? Si yo consigo corromperlo, desafiará a los nobles que no confían en él y habrá un baño de sangre. Si lo consigues tú, dará limosnas a los pobres, pero la desigualdad seguirá siendo abismal y el pueblo se alzará ante un señor débil. ¿Y adivinas qué sucederá? Eso es... otro condenado baño de sangre. Nadie gana. Todos pierden. Para eso sería mucho mejor que se quedasen como están, así que, dime, ¿qué te parece si hacemos un trato?

Me habría decepcionado si hubiese aceptado a la primera.

Se dio la vuelta sin soltar su daga, en posición defensiva.

—No necesito pactar contigo. Solo los humanos perdidos acceden a vuestros sucios trucos, y yo estoy aquí para guiar al conde, y para asegurarme de que no ensucies su mente con tus mentiras.

Reí de nuevo, lo que solo logró enfurecerla.

—¿Eso piensas, Doña No? Es curioso, ¿por qué siempre que los humanos hacen una de las suyas es «porque les hemos enturbiado las ideas»? ¿Sabes? A veces se encargan ellos solitos de arruinar el mundo.

Nos miramos de nuevo, y sentí una punzada de satisfacción al ver la duda asomándose a sus ojos.

—Eso... Eso no es cierto. El alma humana es pura por naturaleza, solo necesitan...

—¿Que los guíes? —continué por ella—. Ya he oído esa historia muchas veces. Si tan convencida estás de lo que dices, juguemos. Yo dejo al conde en paz y tú también. Veamos cuán pura es su alma. —Le tendí la mano y ella permaneció inmóvil, aferrándose a su daga.

—No confío en la palabra de un Demonio.

Me llevé la mano al pecho y suspiré con un gesto afligido, como si me sintiese profundamente ofendida por sus recelos.

—Me partes el corazón. —Sonreí—. No tienes por qué confiar en mí. Puedes vigilarme tan de cerca como quieras, más incluso. —Distinguí un ligero rubor en sus mejillas, lo que fue más que suficiente para mí.

—No tengo por qué demostrarte nada.

—¿Y no te gustaría demostrártelo a ti misma?

—Tengo suficiente con mi fe.

No debería haber dicho eso. Al aferrarse con fuerza a sus convicciones solo logró que me muriese de ganas por desbaratarlas. El mundo era caos, y si uno quería alcanzar su máximo potencial nunca debía confiar ciegamente en nada, o las fuerzas del universo se encargarían de zarandearlo en un barco que se negaba a abandonar.

—Convénceme. Haz que cambie de opinión. Demuéstrame que el ser humano es bondadoso y haz que renuncie a mi pernicioso camino. Serás la primera Centinela de la historia en convertir a un Demonio.

Y así fue como encontré su punto débil. Qué predecible. El mayor problema de los de su tipo siempre ha sido la arrogancia. Para los Demonios hay mil formas distintas de existir, pero ellos solo conciben una válida: la suya.

Salomé aceptó mi desafío y yo cumplí mi palabra durante meses. El conde y sus intrigas en la corte dejaron de interesarme y toda mi atención se centró en demostrarle que el corazón de todos los humanos estaba emponzoñado, mientras ella se esforzaba por rebatirme. Solía dejarle notas por doquier con nombres de personajes infames que nunca necesitaron a un Demonio susurrando sobre su hombro, por mucho que a los humanos les encante esa analogía. Al principio ella los ignoraba, hasta que un día dejé un nombre a sabiendas de que vendría a rebatir mi mentira. Creí que así comenzaría su perdición, pero fue el principio de la mía. Un corazón de piedra, conservado intacto durante milenios, comenzó a fundirse al escuchar sus apasionados argumentos. Tienes que comprenderme. Los de mi clase nos caracterizamos por nuestro cinismo, y los humanos... son demasiado volubles y pasajeros como para causar mella en nosotros, así que jamás había conocido a alguien con una voluntad tan férrea y convicciones inamovibles. Lo que al principio provocó mis burlas, acabó por convertirse en lo que hizo que me enamorase de ella.

No sabría decir qué vio en mí. Por supuesto, soy irresistible, forma parte de mi naturaleza, como una flor carnívora de hermosos colores y dientes afilados, pero me atrevería a decir que lo que Salomé sentía era mucho más que una atracción pasajera. Es lo único que explica cuánto le dolió lo que ella consideró la peor traición posible, aunque ya hablaremos de eso más adelante.

Por ahora basta con que imagines intensos debates que se alargaban hasta el amanecer, o cómo la forma en que me vigilaba de cerca para asegurarse de que no me acercara al conde, se convirtieron en juegos de miradas de una punta a otra de la sala. Terminé cayendo en las redes que yo misma había tendido. ¿Cómo no iba a hacerlo? Su negativa rotunda a ceder ante la tentación no hacía más que inflamar mi deseo de caer en ella.

—Puede que lo estés consiguiendo —le dije una noche, sentada en el bordillo de piedra de una de las fuentes del meticuloso jardín, que requería un ejército de jardineros para que los nobles y los reyes tuviesen la falsa ilusión de controlar a la naturaleza.

—¿Que creas en la supremacía eterna del Bien?

Metí la mano en el agua y la salpiqué en el rostro con los dedos húmedos.

—No. Solo que me plantee que a lo mejor existe. Que convive con el Mal, que incluso pueden llegar a llevarse bien.

—Eso último lo dudo.

Salomé convirtió sus manos en cuencos, los sumergió en el agua y me lanzó todo su contenido. Respondí en la misma proporción y acabamos tirándonos la una a la otra al interior de la fuente, completamente empapadas. Así nos divertíamos mientras la hambruna azotaba a los campesinos cada vez con más furia, mientras los nobles aumentaban el yugo de los impuestos para mantener su estilo de vida y se elevaban los susurros que exigían un cambio. Haber vivido miles de años no te libera de volverte una estúpida cuando te enamoras, menos aún cuando lo haces de quien debería ser tu enemiga mortal.

Si alguna de las dos hubiese prestado atención al conde nos habríamos dado cuenta de cómo su corazón se tornaba amargo. Detestaba a la nobleza en silencio, no los desafiaba como yo hubiese deseado, pero tampoco hacía nada por ayudar al pueblo. Solo gruñía en soledad y despreciaba todo lo que otros hacían mientras él permanecía paralizado. Parecía que ninguna de las dos ganaba en la competición, pero al final ambas acabamos perdiendo.

En un viaje para visitar a la hija de un duque como pretendiente, el conde y su comitiva fueron abordados por agricultores convertidos en bandoleros que sufrían la escasez de sus tierras baldías. Si se hubiese tratado de asaltadores de caminos profesionales, la desdicha jamás se habría producido. Uno de los ladrones se puso nervioso y disparó por error, atravesando el corazón de la hermana menor del conde y matándola en el acto. El conde vertió su ira contenida durante meses en el pueblo al que había olvidado, y Salomé me culpó por ello.

—Me prometiste que no lo corromperías —me acusó. Si los Centinelas hubiesen podido llorar, estoy segura de que habría estado cubierta en lágrimas—. Y yo he sido tan estúpida como para creerte.

—No he tenido que hacer nada. Te lo advertí. Los humanos tienen oscuridad en sus corazones; a veces son capaces de hacer cosas hermosas, pero no si renuncian a sus tinieblas. Esa perfección que buscas no existe. —Nunca me había alegrado tan poco de tener razón.

—Incluso si dijeses la verdad, si yo lo hubiese ayudado… si lo hubiese conducido hacia la luz…

—Desarrollan su potencial cuando son libres, solo lo habrías convertido en un cordero.

—No puedes comprenderlo, solo eres un Demonio.

Solo un Demonio.

Igual que supe captar el deseo entremezclado con el miedo en sus ojos aquella primera noche, supe que había decidido culparme, que ya no veía a Jacqueline, sino al enemigo. Por eso le di algo en lo que seguir creyendo. ¿Quería que el comportamiento del conde fuese el fruto de mis malas artes? Pues eso sería lo que le diese.

—Mis jefes estarán contentos. —Sonreí—. Nunca he cumplido una misión con tan poco esfuerzo. —Hice una reverencia—. Gracias por tu colaboración.

No sabía que no volveríamos a encontrarnos en el terreno, que esos arrogantes Centinelas Mayores la apartarían de su gran pasión, la misión de su vida, cuando descubrieron que yo la había embaucado.

Y así el mundo volvió a su guion original. Un Demonio malvado y un ángel bondadoso. Era mucho más sencillo, más fácil de comprender que lo que de verdad había sucedido entre nosotras. Se lo puse fácil para que pudiese marcharse y llevarse su resentimiento y su orgullo hecho añicos con ella. Nuestra sangre era dañina para la otra, igual que lo había sido ese sentimiento que compartimos, parecido al amor. Digo «parecido», porque resulta imposible que fuese real, porque ella cree ciegamente que yo envenené sus pensamientos, pero jamás se le ocurrió pensar que ella había logrado endulzar los míos. Cuando llevas milenios viviendo, cualquier brizna de cambio en tu interior te hace daño y te eleva a partes iguales. Puede que solo nos hubiésemos vuelto adictas a eso que nos convertía en personas distintas.

Tanto que teníamos que acabar encontrándonos de nuevo.

ACTO TERCERO

«El amor que hoy se atesora
en mi corazón mortal
no es un amor terrenal,
como el que sentí hasta ahora;
no es una chispa fugaz que cualquiera apaga;
es incendio que se traga
cuanto ve, inmenso, voraz».

Don Juan Tenorio, José Zorrilla.

1
Inés

Cuando firmó aquel maldito contrato y sintió el poder de una magia oscura vibrando en cada una de sus células, desde el más fino vello de sus brazos hasta los fuertes músculos de su corazón, Inés creyó que por fin le había sonreído la suerte. Creyó que la vida, que tanto se había burlado de ella, le ofrecía un regalo a cambio de renunciar a algo tan prescindible como su debilidad. No había comprendido, hasta esa plácida y aburrida mañana de domingo en Madrid, que todo lo que se le había otorgado también había exigido un sacrificio.

Desde que tenía uso de razón, cada vez que se había sentido agitada o dolida, cuando su mente estaba demasiado inquieta para dejar de pensar y agotada en exceso como para producir un solo pensamiento coherente, se había volcado en sus dibujos.

Ahora ya no podía hacerlo.

El don de la creación le había arrebatado la libertad de expresarse sin miedo.

Se había levantado pasado el mediodía. Estaba sola en casa, llevaba un par de días sin querer hablar con nadie, ni siquiera con su madre. Dejaba pasar las horas preguntándose en quién se estaba convirtiendo. Solo había ansiado sacar de su interior a la verdadera Inés, fuerte, sin complejos. Pero ahora, cuando se miraba en el espejo de su dormitorio y le devolvía la imagen de su piel cubierta de tinta, no estaba tan segura de que le gustase lo que veía. Solo eran tres garabatos. ¿Qué son tres marcas en toda una vida? Aún estaba a tiempo de dejarlo estar, de volver a ser la chica de antes, la tímida y asustadiza Inés, la Inés que decía «sí» aunque su mente gritase «no». Pero tampoco deseaba ser esa chica. Entonces, ¿quién demonios era?

Intentó aplacar sus dudas existenciales armada, como siempre, con un bolígrafo. Abrió uno de sus libros de arte y comenzó a reproducir un autorretrato de su adorada Frida Kahlo. Ella había soportado en su vida suplicios mil veces peores que cualquier crisis existencial que ella pudiese padecer. La polio en su infancia, el accidente de tranvía que la había postrado largas temporadas en la cama donde dibujaría durante el resto de su vida, las decenas de dolorosas operaciones quirúrgicas, las úlceras e infecciones, el amor inconstante de un marido en quien no podía confiar. Si la valerosa Frida había sobrevivido, o más bien *supervivido* —porque jamás dejó de amar la vida, sus ideales exaltados y también todas sus desdichas—, fue porque empleó su pincel para dejar huella de su existencia.

Significaba que no había en este mundo nada más poderoso que el arte.

Inés garabateó dejando que su atención se perdiese en el proceso de trabajo por completo, ajena a que sus padres habían vuelto de tomar el aperitivo, a su madre llamándole para saber si quería comer con una mezcla de enfado y preocupación —que eran en realidad lo mismo—. Podría haber habido un terremoto sacudiendo la ciudad e Inés solo lo habría notado en que su mano temblaba al trazar una línea. Al cabo de un par de horas dejó el bolígrafo sobre la mesa, satisfecha con su trabajo. Era la primera vez en semanas que dibujaba sin un propósito más que el de disfrutar. Giró la silla de su escritorio para ponerse en pie y tropezó con un objeto rectangular que cayó en el suelo de bruces.

No, por favor, no, pensó, invadida por una súbita oleada de pánico.

Se trataba de un lienzo, o más bien de su parte de atrás. Inés no necesitó levantarlo y darle la vuelta para saber con qué se encontraría, pero aun así lo hizo con un ápice de esperanza que no fue satisfecho. Ahí estaba, el rostro de Frida, con la mirada perdida, mariposas en el cabello, su mono doméstico en el hombro derecho, el gato negro que auguraba infortunios en el izquierdo y un collar de espinas atravesando la piel de su cuello. Una obra que nunca había pretendido robar había acudido a su llamada. Se llevó la mano a la boca, abrumada; al principio, porque nunca antes había visto una obra de la pintora en persona, y luego, al imaginar el hueco en el Harry Ransom Center de Austin, en Estados Unidos.

Jackie la había convencido de que robar las obras era la única forma de lograr que los medios y, por lo tanto, la inmensa mayoría de la gente, prestase atención a las vidas y obras de autoras olvidadas a excepción de unos pocos, pero Frida Kahlo no precisaba de semejantes trucos. Había sido el centro de numerosos libros y hasta de una película de Hollywood, se vendían camisetas y pósteres con su rostro en las grandes superficies —lo cual, sin duda, la hubiese horrorizado—. Si le pidieras a un extraño por la calle que te dijese nombres de pintores, surgirían decenas sin problemas: Dalí, Velázquez, Goya, Zurbarán, Da Vinci, Rafael, Van Gogh, Warhol…, pero pregunta por pintoras y todo el mundo te dirá el mismo nombre: Frida Kahlo.

Se sentó en la cama, incrédula, preguntándose si acaso no podría volver a pintar. ¿Y si dibujaba una escena macabra? ¿Se producirían los hechos en la realidad, como si se tratase de una profecía? Si dibujaba un objeto o una persona, ¿aparecerían por arte de magia? *Qué estúpida,* se dijo, al comprender que sus dones eran en realidad una maldición.

Horas más tarde, los periódicos y noticiarios de medio mundo hablarían de una «organización criminal», porque a pesar de haberla grabado en vídeo, seguía siendo más plausible que un grupo complejo y numeroso fuese capaz de realizar tan increíbles robos, a que la culpable fuese una veinteañera de un barrio de Madrid.

Recordó la conversación, o más bien *la discusión,* que había tenido con Jackie durante su huida en Florencia. Inés se detuvo en una calle cercana a la estación de trenes, a solo unos metros de la basílica de Santa María Novella.

«No puedo...», dijo, apoyándose contra una pared.

«Claro que puedes, ya estamos casi ahí», dijo la Demonio, tomándola de la mano con candidez.

«No, no puedo seguir haciendo esto, yo no soy así», alzó la vista y la miró a sus ojos granates. Se estremeció al ver cómo la ternura fraternal con la que la trataba desaparecía de golpe.

«No, *petite fleur*, no lo eres. Por eso has recurrido a mí, ¿recuerdas?, es lo que tu querías».

«¡Hemos herido a un hombre! Yo nunca quise eso».

«A veces pasa», dijo Jackie, impasible.

Inés agitó y alejó la mano con brusquedad para zafarse de la de ella.

«¿A veces pasa?», sintió cómo el aire se resistía a entrar en sus pulmones y a permanecer en ellos cuando lograba respirar. «A veces pasa...».

«¿Qué creías, que nunca habría obstáculos en tu camino, que no tendrías que mancharte las manos? *Ma fille, la doucer meme*. Pero si tus manos ya están sucias. Piensa en lo que le hiciste a Paloma...».

Inés negó con la cabeza, resistiéndose a escuchar la verdad en las palabras de la Demonio.

«Eso... eso es diferente».

«¿Por qué? ¿Porque se lo merecía?», se burló. «¿Y quién decide eso? Tú. Porque esa es la mujer que quieres ser, la que decide atacar en vez de esperar a que la hieran, ¿no es así?». Jackie hablaba y las ideas y los pensamientos de Inés no hacían más que enredarse sobre sí mismos. «¿Piensas acaso que a Paloma no le dolió lo que le hiciste? Puede que no sangrase, no, pero sin duda lloró y se lamentó como si lo hiciese aunque el daño se quedase por dentro. Puedes hacerlo, Inés. No tienes por qué tener miedo de tu potencial».

«¡Basta!».

«¡No!», exclamó la Demonio, agarrando su barbilla. «Entiendo tu momento de debilidad, los humanos sois... frágiles, vuestra mente aún más, pero tienes que reponerte. ¿Es que no quieres el poder que te han negado, no quieres al mundo a tus pies, admirándote, preguntándose quién eres? ¿O es que tienes miedo de admitir lo que de verdad deseas?», soltó su rostro solo para colocar un mechón de su pelo casi negro tras sus orejas. «No olvides, Inés, que puedo ver más allá de tu piel, que conozco tu alma mejor que tú misma, y créeme, está incendiada por todos los anhelos que te has negado. ¿Cómo van a respetarte si no puedes mirarte en el espejo y aceptarte tal y como eres?».

La liberó por fin y dio un paso atrás, dejándole espacio para decidir. Jackie era su mentora, su guardiana, pero no podía arrebatarle su libre albedrío. Inés cerró los ojos y se esforzó por devolver su respiración a la normalidad, antes de alzar de nuevo la mirada y decir: «Quiero volver a casa».

Y así había sido. Sus deseos hechos realidad y, sin embargo, no había encontrado sosiego entre las cuatro paredes que habían cobijado todo su mundo. Ahora su dormitorio le parecía más pequeño y asfixiante de lo que había sido nunca.

Al unísono con sus pensamientos, una sombra se materializó lentamente ante sus ojos.

Jackie.

—¿Cómo te encuentras, *ma précieuse*? —preguntó, pero Inés se negó a contestar—. Veo que has estado dibujando… —Silencio—. Verás, hace tiempo que he estado insistiendo para que esto sucediera, y por fin lo he conseguido. Se trata de una ocasión muy, muy especial y he pensado que podría gustarte. —Dejó un pequeño panfleto sobre la mesa de su escritorio—. Creo que ella se merece la atención del mundo, ¿no te parece? Vendré cuando tomes una decisión.

Con la misma facilidad con que apareció, la Demonio se desvaneció de nuevo en el aire dejando tras de sí un rastro de humo negro, de sombras.

Inés se esforzó por ignorarla, segura de que así podría librarse de su mala influencia, pero ¿a quién quería engañar? La curiosidad la estaba matando, y una influencia, del tipo que fuese, capaz de sacarla de aquel sopor era lo que más ansiaba. Saltó de la cama y tomó el panfleto. Sus ojos se abrieron de par en par al comprobar que anunciaba una exposición en Sevilla, una que no podía perderse.

Jackie le volvía a dar dos opciones: seguir en casa encerrada, lamentándose por algo que no podía evitar ser y hacer, o asumir que por una vez tenía el poder. Solo tenía que aceptar, y todos los ojos mirarían a donde ella quisiese, como una directora de orquesta. Y quería que viesen a Luisa.

Luisa Roldán.

La famosa escultora de Sevilla, que como tantas otras había muerto en la miseria.

Recordó la sensación que la había invadido al mirar a los ojos a aquellas obras de la Galería Uffizi, de pronto vivas solo porque ella lo había deseado, la conexión íntima con un ser de su propia creación tallado por otras manos. Estaba maldita, sí, pero Jackie estaba en lo cierto al decir que una parte de ella anhelaba esa oscuridad. Si no iba a hallar consuelo en el dibujo, tendría que encontrar otra forma de acallar la inquietud de su mente y de calmar el incendio en sus entrañas.

Le gustase o no, se moría por hacerlo.

2
Miguel

No era la primera vez que Miguel se vestía a oscuras, moviéndose con sigilo y andando de puntillas para escabullirse de la habitación donde dormía una mujer, pero sí que era una novedad hacerlo en su propio cuarto y que la mujer en cuestión solo lo hubiese tocado con la punta de una daga afilada.

Salomé dormía profundamente en su cama después de haber pasado la mayor parte de la noche en vela. Para poder jugar con los demás a tu conveniencia es fundamental ser capaz de reconocer la complicada y rica gama de emociones humanas, así que la práctica hizo que a Miguel no se le escapase el extraño comportamiento de Salomé de anoche. Había desaparecido sin previo aviso y, cuando volvió a verla, estaba tan distante que ni siquiera hizo comentarios incisivos sobre su vida amorosa.

Parecía que hubiese visto un fantasma.

Miguel no dijo nada, porque estaba seguro de que Salomé se sentiría abochornada si alguien le echase en cara que tenía emociones igual que un humano cualquiera y porque tampoco estaba seguro de que pudiesen hablar como si fuesen… ¿qué? ¿Amigos? Cuando volvieron a su casa, la Centinela se había pasado gran parte de la noche dando vueltas en la cama hasta que se había hartado y se había sentado junto a la ventana, mirando al cielo, a las nubes, a los árboles, a las pocas luces de las casas del vecindario que permanecían encendidas, a cualquier cosa capaz de distraerla, supuso. Miguel sabía todo esto porque él tampoco había pegado ojo.

Salomé se giró en la cama con un murmullo malhumorado y él se detuvo en seco. Un instante después volvía a roncar como si no hubiese un mañana. Respiró aliviado. Esa mañana prefería actuar solo. No es que estuviese haciendo nada que Salomé le fuese a reprobar, sino más bien todo lo contrario. Por eso se sentía tan abochornado. Había escogido un nuevo «mentor», uno que no supiese el motivo por el que se estaba rebajando a hacer algo por lo que llevaba burlándose de su amigo desde hacía años.

Bajó las escaleras en silencio y Chica corrió a pegarse a él, reclamando su paseo matutino. Miguel intentó acallar sus ladridos, pero, como siempre, Chica se negó a parar hasta que se salió con la suya y le dio los mimos que reclamaba. La hubiese llevado con él, pero no quería ni imaginarse qué podría ocurrirle si aparecía una de esas horribles Bestias. Suponía que no le harían nada mientras estuviese rodeado de gente, pero no iba a poner a Chica en ningún riesgo porque la muy tonta se lanzaría en brazos del peligro con tal de proteger a un amo que no se lo merecía.

Caminó hasta llegar a la estación, donde había quedado con Luis. Él quería ir en coche, pero su amigo insistió en que el transporte público era más «sostenible». No tenía suficiente con tener que aprender a preocuparse «por los demás», ahora también le tocaba pensar «en el planeta».

—Por fin —dijo su amigo desde el andén, al verlo llegar. Debajo del brazo llevaba una hucha de latón para los donativos y una carpeta en la mano para apuntar correos electrónicos—. Ya pensaba que te habías acordado de lo mucho que odias estas cosas y habías preferido quedarte en la cama —bromeó con una sonrisa afable. Si Miguel hubiese hecho un comentario parecido, habría sido con malicia, para lanzar una pulla, pero Luis no era así.

Estuvo a punto de inventar una excusa, como que se había quedado dormido, pero recordó que no debía mentir, así que se conformó con asentir con la cabeza. Nunca había valorado lo suficiente el tiempo de los demás como para molestarse en intentar ser puntual, así que apuntó mentalmente otra cosa que debía cambiar sobre sí mismo. Iba a tener que comprar un bloc de notas para tomar apuntes si quería recordarlas todas.

—¿Estás bien? —preguntó Luis—. Tienes unas ojeras terribles.

—Ya me conoces, me paso el día de fiesta en fiesta, ¿no? —Suspiró, incómodo ante la idea de que su amigo fuese capaz de preocuparse por él después de lo que había pasado con Ana.

¿Es que era un santo? ¿Cómo demonios lo hacía? Normalmente se habría alegrado por poder salirse con la suya, pero al compararse con Luis no podía evitar sentirse como un auténtico fracaso. No había ninguna forma de que pudiese llegar a ser la mitad de decente que su amigo, por más que lo intentase.

—¿Estuviste de fiesta anoche?

—Sí... No... No exactamente. —Desvió la mirada hacia el minutero de la estación. Detestaba sentirse tan vulnerable, tan débil—. No he dormido bien, eso es todo.

Luis asintió con la cabeza.

—De acuerdo, no tienes por qué contármelo si no quieres, cuando estés preparado —dijo con esa aureola suya de bondad desmedida. Por un momento, Miguel se olvidó de que era su amigo y quiso golpearlo.

—¿Por qué tiene que pasarme nada? —manifestó a la defensiva.

Luis le dedicó una sonrisilla un tanto condescendiente. No era la primera vez que lo trataba como si fuese un niño, y en algunos aspectos, su amigo no se equivocaba, no tenía mucha más madurez que un preadolescente medio. El amor era uno de ellos.

—Llevo tres años siendo voluntario en esa ONG y nunca te has preocupado por el tema. ¿Por qué tanto interés de pronto?

A veces Miguel se decía que Luis «de bueno era estúpido», pero no tenía nada de tonto, solo una escala de valores opuesta a la suya. Además, lo conocía lo suficiente como para saber a estas alturas que Miguel no hacía nada por casualidad. Se recriminó a sí mismo haber bajado tanto la guardia con él. Aceptaba que intuyese que era un tanto egoísta, puede que un poco engreído, pero no podía permitirle que se adentrase lo suficiente en su conciencia, o incluso él huiría.

—Solo intento ser mejor persona, ya sabes, compensar mis privilegios. —Se encogió de hombros lo más casualmente que pudo.

—*¿Privilegios?* —Arqueó una ceja—. No suena como algo propio de ti. Más bien empiezas a sonar como Martina.

Y ahí estaba, una sonrisa fugaz, apenas perceptible. *Lo sabe.*

—Ana también te ha contado eso, eh. Le encanta ponerme en evidencia.

—Puede que se le haya escapado, sí. No se lo tengas en cuenta, fue cuando me habló de… ya sabes. —Carraspeó, era un alivio saber que aunque los hubiese perdonado a ambos la situación lo seguía incomodando—. Solo intentaba asegurarse de que supiese que tus sentimientos estaban en otra parte. Así que, ¿es verdad? ¿Te gusta Martina?

¿Qué si *le gustaba Martina*? En comparación con lo que sentía por Martina se podría decir que «le gustaba» respirar, o que «le gustaba» la gravedad. Era algo más intenso que una necesidad o que una fuerza de la naturaleza.

Resistió un nuevo impulso de mentir, de echar balones fuera. Si quería que Luis lo ayudase, sería mejor que tuviese casi toda la información, ¿no? La parte de vender su alma se la podía ahorrar.

—¿A quién en su sano juicio no le gustaría Martina?

Luis ladeó la cabeza, pensativo. Claro que a él no le gustaba, pero estaba enamorado *de Ana*, ¿qué sabía él?

—Así que por eso lo de la ONG, ¿intentas impresionarla? —A juzgar por su tono de voz, estaba preocupado por él. *Por favor, no.* Lo último que deseaba era la compasión de nadie.

—Intento convertirme en el tipo de persona que lo haría, sí.

Su amigo no añadió nada, pero desvió la mirada y fue como si pudiese escuchar sus pensamientos amplificados por la megafonía de la estación.

—¿Qué?

—Nada… No sé. Es que me parece un poco… —*¿Mezquino, retorcido, falso?*—. Triste.

De todos los posibles adjetivos que Luis podría haber elegido, ese era el último que habría esperado escuchar.

—¿Triste? —repitió, incrédulo, algo indignado. Él, que despertaba pasiones y envidias a la par allá donde iba, *¿triste?*

—Sí, quiero decir… ¿De verdad te haría feliz que ella se fijase en ti por algo que no eres?

El sonido del tren aproximándose en la distancia de una curva cerrada hizo que sus últimas palabras apenas pudiesen escucharse, pero Miguel tenía tan buen oído para los reproches como ojo para las oportunidades.

—Sé por dónde vas, pero sí que seré esa persona. Seré yo. Una nueva y mejorada versión. —¿No era eso lo que todo el mundo quería de él?

—No lo sé, Miguel… Me parece genial que intentes ampliar tus horizontes y todo eso, pero no estoy seguro de que cambiar para gustarle a otra persona sea la mejor idea. A mí me gusta pensar que Ana está conmigo porque le gusto tal y como soy, pero si es lo que quieres…

Claro que lo quería. Más que nada en este mundo.

Su identidad era algo a lo que renunciaría alegremente con tal de conseguir lo que tanto ansiaba.

Si solo supiese cómo.

El cercanías frenó al llegar a la estación hasta detenerse por completo. Una de las puertas quedó, como por arte de magia, justo frente a ellos. Miguel detestaba el transporte público. Le recordaba a esa época en la que era un adolescente desbordante de ambiciones y anhelos que no podía satisfacer por culpa de su DNI, o al menos así fue hasta que consiguió uno falso. Solía sentirse impotente y frustrado, una sensación que no había vuelto a experimentar hasta las últimas semanas. Desde que cumplió los dieciocho había procurado no volver a subirse a uno de esos pringosos vagones en los que siempre parecía oler a humanidad. Cuando Luis pulsó el botón que abría la puerta y le recibió ese familiar aroma, una mueca asqueada cruzó su rostro de forma tan espontánea que no logró contenerla o disimularla.

Tras cuarenta minutos de incomodidad en los que Miguel se esforzó por no tocar nada —muy a su pesar tenía que respirar el mismo aire enrarecido que todo el mundo, pero no podían obligarlo a agarrarse del pasamanos— y dos trasbordos en metro, por fin llegaron a su destino, la calle Preciados de Madrid, donde Luis lo obligó a ponerse un humillante chaleco que lo identificaba como representante de la ONG y le dio algunas pautas sobre cómo debía comportarse.

—No queremos increpar a nadie, solo estamos aquí para informar, así que hay que sonreír mucho, intentar establecer contacto visual y dejar ir a quien veas que no está receptivo. Si alguien de verdad tiene interés, se parará a hablar con nosotros.

Miguel observó como un aprendiz, en segundo plano, el estilo de su amigo. A pesar de su buen humor y su aureola de luz y bondad, la mayoría de las personas pasaban de largo con un «no, gracias» o sin mediar una sola palabra. En la primera hora consiguió que tres personas se parasen a charlar y les explicó con todo lujo de detalles las labores de la organización para facilitar asistencia médica a los más desfavorecidos de los países más pobres. Se preguntó qué le diría Salomé si estuviese allí e intentó con todas sus fuerzas sentirse triste por todas las injusticias del mundo, pero en realidad estaba más ocupado por escuchar a su amigo, por interiorizar sus gestos y su tono de voz, su elección de las palabras. Quizá no pudiese sentir demasiada empatía por aquellas personas que no conocía, pero sí que sabía fingirla. *No es mentir si es por una buena causa,* se dijo, una causa que sin duda preocuparía a Martina.

—¿Por qué no pruebas tú? —lo animó Luis cuando la última de sus «conquistas» se marchó después de donar diez euros.

Miguel aceptó el desafío, convencido de que su sonrisa arrebatadora y sus encantadores hoyuelos harían su trabajo por él. Dio un paso hacia delante para alejarse un poco de su compañero y adoptó la misma pose inofensiva que él. Vio cómo un hombre trajeado de mediana edad se aproximaba.

—Bue… —Comenzó a decir, pero para entonces el hombre ya había pasado de largo. Escuchó cómo Luis reía tras él y sintió una puñalada en su orgullo.

—Intenta evitar a los que tienen cara de solo pensar en su trabajo.

Sintió el arrebato de mandar el plan al cuerno. Cuando se daba cuenta de que algo no se le daba bien solía buscar a otro que lo hiciese por él; no soportaba tener que fracasar para mejorar, y últimamente era lo único que hacía, tropezarse una y otra vez. Inspiró hondo y se obligó a sí mismo a intentarlo de nuevo.

Esta vez probaría con alguien con quien de verdad le apeteciese hablar. Su objetivo ideal apareció a solo unos metros de distancia. Una chica alta, con una larga y preciosa melena castaña, más o menos de su edad, que llevaba puesto un vestido blanco de estilo ibicenco y unos tacones. No tuvo que pensarlo dos veces antes de sonreír y lanzarse de cabeza.

—Buenos días, ¿tienes un minuto? —Como si el maldito chaleco de voluntario fuese su criptonita personal, esa que le hacía perder todo su magnetismo, la chica le dedicó una vaga sonrisa, sin detenerse a mirarlo siquiera.

—Lo siento, tengo prisa —dijo, sin la menor expresión en su voz, y siguió andando a paso tranquilo.

Miguel buscó la mirada cómplice de su amigo, incrédulo.

—¿Sabes que me ha mentido en la cara, verdad?

Luis sonrió. Parecía divertirle esa faceta ingenua de su amigo, como si fuese un necio por creer de verdad que alguien se iba a parar solo porque era alto y guapo. En el centro de la gran ciudad la gente estaba inmunizada a todo, tanto a la belleza más cegadora como a las injusticias más incómodas. Los madrileños tenían demasiadas cosas en la cabeza —conservar su trabajo, los alquileres al alza, cómo dormir más de seis horas, si el gluten era o no malo para su salud…— como para pararse a pensar en qué había a su alrededor.

—Tendrá sus motivos —concluyó su amigo, encogiéndose de hombros, pero Miguel no iba a dejarlo ir tan fácilmente.

—¿No te molesta ni un poco que pasen de nosotros de esa manera, como si fuésemos unos don nadie?

Estuvo seguro de que si su amigo no se reía a carcajadas era solo para no ofenderlo y herir aún más sus sentimientos.

—Somos unos don nadie —intentó explicar—. Además, si tuviese que juzgar a todo el mundo que me dice que no, mi vida sería agotadora. No puedes obligar a las personas a que hagan lo que tú quieres, a veces hay que dejarlas ir. —Le lanzó una mirada cargada de significado, de esas que daban a entender que había mucho más tras sus palabras de lo que estaban diciendo.

Se refiere a Martina, supo Miguel, de verdad creía que era un error que siguiese pensando en ella, que intentase ganarse su afecto.

—Pues yo soy más de conseguir lo que quiero sea como sea.

Antes de que su amigo pudiese detenerlo, salió corriendo tras la chica del vestido ibicenco.

—¡Espera! —gritó, pero la joven no se dio por aludida hasta que Miguel la adelantó y se interpuso en su camino, obligándola a detenerse. La desconocida abrió los ojos de par en par y su mano corrió al interior de su bolso, seguramente en busca de sus llaves por si tenía que defenderse con ellas.

—¿Qué quieres? —preguntó, mirándolo con una desconfianza más que razonable.

Miguel sonrió, su mejor arma.

—No he podido evitar darme cuenta de que tienes un iPhone nuevecito y que tus zapatos son de Gucci —dijo señalando la insignia en los tacones—. ¿De verdad vas a decirme que no puedes pararte dos minutos y donar cinco tristes euros? —Alzó la hucha en el aire para que pudiese verla.

—Eso no es asunto tuyo.

—Pero es asunto de los pobrecitos niños de Camboya. —La mujer no pareció en absoluto convencida.

Se cruzó de brazos, desafiante.

—¿Ah, sí? ¿Cómo sé que un directivo corrupto no se lo va a gastar en drogas y prostitutas? Leo el periódico, ¿sabes?

—Puedes seguirnos en Instagram y ver día a día qué se hace con tu dinero —dijo, citando palabra por palabra a Luis—. Vamos, cinco euros, ¿qué son cinco euros? Tres, si le descuentas la cerveza a la que podría invitarte. —Ladeó la cabeza, con su sonrisa más canalla, esa en la que apenas mostraba los dientes y solo se arrugaba un lado de su cara. Una de dos, o daba media vuelta después de insultarlo y se iba, o haría lo que hacía casi todo el mundo: caer en sus redes.

—¿Eres de los que utilizan a las ONG para ligar?

Ahí fue cuando recurrió a su frase mágica.

—Normalmente no.

A pesar de sus esfuerzos, a la chica acabó por escapársele una sonrisa. Cuanto más se resistía alguien a su carisma, con más fuerza lo golpeaba cuando se rendía. Acabó haciendo el donativo y dándole su número de teléfono. Se llamaba Aitana, tenía veinticuatro y trabajaba como Social Media Manager para una revista de moda. A Miguel no le importaban ninguno de esos datos, pero escuchó el tiempo suficiente para poder volver a reunirse con su amigo sin levantar sospechas.

Luis lo miró incrédulo. «¿Cómo lo has hecho?», preguntaba su expresión.

—¡Te lo dije! Siempre consigo lo que quiero. La clave es no rendirse nunca.

—Siento haberte subestimado, creo que podrías convencer al mismísimo Diablo para que pusiese calefacción de suelo radiante en el Infierno, ¿qué le has dicho si puede saberse?

—Le he prometido una cita.

Su amigo frunció el ceño. Por Dios, estaba harto de ver en todo el mundo esos gestos reprobatorios, ¿y ahora qué? Había conseguido el donativo, ¿no?

—¿Piensas quedar con ella de verdad?

—Por supuesto que no. —No podía permitirse que Martina siguiese creyendo que era un mujeriego embustero.

Apenas había concluido la frase cuando la amenaza de un dolor familiar se convirtió en certeza. Una punzada le atravesó la piel, y se abrió paso a uno de los pocos rincones vacíos que aún le quedaban en su brazo. Un diminuto espacio para acoger un pequeño pecado. Miguel se encogió con un humillante gemido de dolor y su amigo se apresuró a sostenerlo. Luis le preguntaba qué le ocurría, pero Miguel no tenía fuerzas para responderle. En lo único en lo que podía concentrarse su mente era en el ardor que laceraba su piel, intenso, pero fugaz. Cuando el proceso llegó a su fin, se incorporó lentamente, con los ojos húmedos de aguantar el mal trago y el semblante pálido. No necesitaba mirar para saber que había un nuevo dibujo poblando su cuerpo.

—¿Qué ha pasado? ¿Estás bien? ¿Quieres ir al médico? —preguntó su amigo, bastante más alterado que él. Miguel negó con la cabeza, agradeciendo que Luis no pudiese ver su colección de pecados.

—Ya ha acabado, estoy bien —dijo, con la voz quebrada, a la vez que sentía cómo una gota de frío líquido negro caía brazo abajo. Miró justo a tiempo para ver cómo la tinta alcanzaba la punta de sus dedos y se vertía sobre el suelo.

A solo unos pasos de ellos, dos golden retriever comenzaron a ladrar como si estuviesen poseídos, fuera de sí, para asombro de su dueña, que tuvo que hacer un esfuerzo sobrehumano para mantener a los perros bajo control. Miguel recordó la última vez que había visto reaccionar a un animal así, a su perra Chica, y las palabras de Salomé: «Siguen el olor de la tinta fresca».

Fue entonces cuando vio a la criatura bicéfala y a su par de cuernos, «la Bestia», como Salomé la había llamado, abriéndose paso desde el principio de la calle con una trayectoria limpia que la llevaría directamente hasta él. Se habría lamentado por no poder seguir siendo una de esas ignorantes personitas que iban por el mundo sin saber que convivían con ángeles, demonios y monstruos, pero toda su atención estaba puesta en dar con una salida que le permitiese poder contarlo. Lo único que se le ocurrió fue correr.

—Ahora vuelvo —le dijo a su amigo, que lo siguió con la mirada, incrédulo, mientras salía a la carrera en dirección al metro.

Oyó cómo su amigo lo llamaba, pero no podía pararse a mirar atrás, no quería, porque entonces vería cómo el monstruo acortaba distancias a una velocidad inquietante. No podía batirlo con su par de piernas humanas, por muchas horas que hubiese pasado entrenando en el campo de rugby y corriendo por el vecindario para despejar la mente. Una cosa era huir de tus propios pensamientos y otra de un ser del inframundo que anhelaba alimentarse con tu piel.

Bajó las escaleras de la estación de metro de Callao y saltó el torno sin que nadie lo detuviese, aunque todo el mundo lo miraba al pasar, seguramente preguntándose si era algún tipo de perturbado, o quizás un delincuente. Siguió corriendo hacia las entrañas de la Tierra y escuchó, como si se tratase de un milagro, el sonido de un tren acercándose en la distancia. Bajó el último tramo de escalones antes de llegar al andén con la Bestia a solo unos metros de distancia y se detuvo en seco.

El tren aún no había entrado en la estación, y sin tren, no había una vía de huida. Iba a morir por culpa del transporte público madrileño que tanto se esforzaba por evitar. Oh, la ironía. Quince segundos más, y quizá podría haber huido. Se dio la vuelta justo a tiempo para ver cómo la Bestia tomaba impulso para saltar sobre él. Cerró los ojos y sintió un impacto que le hizo chocar de bruces contra el suelo con la misma fuerza que un placaje en pleno partido. Se le escapó un gemido y abrió los ojos, intuyendo la sombra de la Bestia cruzando por encima de su cabeza y yendo a parar a las vías del tren en el preciso instante en el que el metro hacía su magistral entrada en el andén. El primer vagón arrolló a la criatura, que estalló en mil pedazos de olor pútrido, como si su cuerpo se compusiese de una especie de gelatina humeante y apestosa. Miguel respiró, aliviado. Puede que después de todo el metro tuviese sus ventajas.

Cuando Miguel logró procesar que seguía vivo, se incorporó con torpeza, lo suficiente como para comprobar que había una mujer encima de él. Desde luego aquel día no estaba resultando como lo había previsto.

—Qué lástima, esa pobre criatura solo tenía hambre. Espero que valgas la pena, chico. Así que ni se te ocurra echarme la culpa si se te ha roto algo —dijo la pelirroja, sentándose sobre el frío suelo del andén y aprovechando la pausa para colocarse varios mechones de su melena roja. Todo el mundo los estaba mirando, pero no parecía que le importase—. Piensa que es mejor que te duela una parte del cuerpo a que la digiera una Bestia. De nada.

Miguel observó a la mujer, incrédulo, no solo por su impertinente forma de hablar, ni por su belleza apabullante, sino porque acabase de hablar de la Bestia con total normalidad, porque de ella se desprendía una energía que no era capaz de identificar, pero que le provocaba escalofríos. Estaba convencido de que no podía ser humana, pero tampoco parecía un ángel.

Sus ojos… eran granates, casi rojos.

La mujer se puso de pie y le tendió la mano.

—Vamos, *beau garçon*. Cierra esa boca, te van a entrar moscas y no te favorece el gesto.

A pesar de su orgullo, Miguel no tuvo el tiempo ni la fuerza para resistirse. Aceptó su mano y dejó que la mujer lo alzase como si no pesara nada.

—¿Quién demonios eres?

—Precisamente.

La mujer se echó a reír y Miguel intentó comprender qué podía haber de gracioso en su pregunta. Cuando se dio cuenta, no le hizo ninguna gracia. «Demonio». Había contemplado la posibilidad de que pareciese una Bestia en su incursión solitaria, pero no la de ser abordado por… «la competencia».

—Podría decirse que soy una vieja amiga de Sally. Tenía la esperanza de verla si te encontraba a ti, pero parece que no ha habido suerte —explicó la pelirroja, y Miguel también tardó más de la cuenta en darse cuenta de que se refería a Salomé, seguramente porque no se la imaginaba permitiendo que nadie la llamase «Sally» sin ponerle un cuchillo en la yugular. Sacó un panfleto que guardaba entre su cinturón y la falda ajustada de tubo y se lo tendió—. ¿Podrías darle esto, caramelito? Creo que podría interesarle —le pidió con una sonrisa seductora que le habría quitado el aliento si no lo hubiese perdido hacía un buen rato.

Miguel aceptó el papel y la mujer dio un paso hacia él, apoyando su delicada mano sobre su pecho. Se puso de puntillas sobre sus tacones para poder susurrar en su oído:

—Si te cansas de intentar conseguirlo por las buenas, puedes llamarme cuando quieras. Solo deséalo muy fuerte, ¿sí?

La misteriosa Demonio le guiñó un ojo, se alejó unos milímetros y de pronto Miguel se encontró a solas en el andén, con el pulso desorbitado, la adrenalina bombeando por su cuerpo y la sangre muy lejos de su cabeza como para poder pensar con claridad o poder distinguir el contenido del panfleto. Cuando se tranquilizó un poco pudo ver que se trataba de una especie de exposición de arte religioso en Sevilla. Supo que era una invitación, para Salomé y para él, y aunque no tenía la menor idea de por qué se la ofrecía ni con qué intenciones, presintió que ni él ni su Centinela iban a poder resistirse al magnetismo de aquella mujer.

3
Salomé

Decían que Sevilla olía al azahar de los árboles y a la cera de los cirios, pero a finales de julio eran decenas los olores que competían en el aire por conquistar los sentidos de sus visitantes. Los aromas de los tés afrutados que vendían en tiendecitas del barrio de Santa Cruz se entremezclaban con los de las paellas congeladas y la sangría que les vendían a los turistas como «típica comida española». Olía a calor, a los caballos que tiraban de las calesas por el centro de la ciudad, a cerveza y vino frío y a la humedad rebosante de vida que emanaba de la rivera del Guadalquivir. Sevilla en verano era una orquesta aromática embriagadora, seductora y desagradable a la vez, en función de la dirección en la que soplasen las escasas brisas, y Salomé procuraba llenarse los pulmones con ímpetu para sentirlos todos.

No había vuelto a pisar aquella ciudad desde que la abandonó para subirse a un barco a punto de cruzar el océano. En algunos aspectos, Sevilla había cambiado tanto que jamás podría haberla reconocido, pero en otros seguía siendo la misma de siempre. A veces, cuando se adentraban en una callejuela vacía, podía imaginar a jóvenes batiéndose en duelo en la oscuridad de la noche por el afecto de una dama o alguna otra estupidez por la que los humanos disfrutaban poniendo su vida en riesgo y matándose. Miró de reojo a su protegido y dio gracias por que esa costumbre hubiese dejado de estar de moda hacía siglos.

Además del rico legado cultural, de la imponente arquitectura y del carácter abierto de sus gentes, Sevilla también podía presumir de un asfixiante calor que no todo el mundo sabía apreciar, por decirlo con delicadeza. La Centinela había convivido con beduinos del desierto, pasado largos veranos en la Media Luna Fértil y vagado por los trópicos en búsqueda de almas perdidas, así que podía lidiar con un poco de calor. Miguel, en cambio, más acostumbrado a los aires acondicionados y a los veranos en la playa, apenas podía respirar. Además, no había dejado de quejarse desde que Salomé había insistido en que tenían tiempo para «dar un paseo» desde la Estación de Santa Justa antes de la inauguración de la exposición.

—He hecho muchas cosas malas en la vida, seguro, pero ninguna tan grave como para estar a pleno sol en Sevilla en agosto. Acabamos de pasar un termómetro que marcaba cuarenta y dos grados, ¿es que planeas matarme?

—Si fuese tú, no desperdiciaría mis valiosos fluidos corporales en hacer preguntas tontas.

El paseo, además de permitirle descubrir el paso del tiempo en la ciudad, era una excelente excusa para examinar el terreno y asegurarse de que no estaba plagado de Demonios y Bestias. Si Jackie les iba a tender una trampa, que al menos fuese en igualdad de condiciones.

Llegaron hasta una plaza repleta de sombras frescas y apacibles que parecían llamarlos por su nombre y de artistas que vendían sus obras amparados por la fachada del Museo de Bellas Artes. A modo de protesta, Miguel se sentó en un banco de piedra bajo los árboles de la plaza en busca de un momento de alivio. *Qué blandos son los humanos*, pensó Salomé. Compró un par de botellas de agua en un quiosco para asegurarse de que su protegido no se desmayara y se sentó junto a él. A tan poca distancia, las sensaciones que imprimían los pensamientos de Miguel eran como gritos. Se preguntaba cómo habían llegado hasta ese punto, y en parte, ella también. Si los dos hubiesen cumplido con su parte del trato, tal vez hubiesen podido resistirse al magnetismo visceral de Jackie, si ella se hubiese adaptado mejor a los nuevos tiempos, si Miguel hubiese estado un poco más dispuesto a escuchar. Ella tampoco podía quitarse de la cabeza su último error, y la facilidad con la que la Demonio les había llevado a su terreno.

No podía dejarlo solo ni cinco malditos minutos.

Salomé había cometido el error de caer dormida poco antes del amanecer y, cuando despertó, se encontró sola en la habitación de Miguel y sin rastro de su protegido.

Maldición, ¿en qué estaba pensando ese niñato? Creía que le había dejado bastante claro que las Bestias podían atacar en cualquier momento. Lo peor de todo era que ni siquiera le sorprendía, se había encontrado con muchos hombres a lo largo de su milenaria existencia que parecían creerse inmunes al peligro hasta que lo tenían en las narices.

«Condenados humanos», farfulló mientras se vestía a toda prisa, aunque tuvo que apoyarse un par de veces sobre el escritorio de Miguel para no caer de bruces. La cabeza iba a estallarle. Oh, no. Había bebido champán la noche anterior, ¿verdad? *Los humanos no son los únicos que toman decisiones estúpidas*. Le sentaba fatal el alcohol y lo sabía, a todos los Centinelas les sucedía. Los cuerpos humanos se habían adaptado a su consumo durante milenios, con todas esas enzimas que metabolizaban el alcohol, pero cuando cuando los Centinelas fueron creados alguien debió decidir que no necesitaban esas adaptaciones genéticas. Su hígado se volcaba tanto en asimilar cada gota de alcohol que sus niveles de azúcar se desplomaban.

A pesar de que la seguridad de Miguel estaba comprometida, lo primero que hizo Salomé fue arrastrarse como pudo hasta la cocina, detestando con toda su alma cada ruidito y rayo de luz que incrementaba su jaqueca, y abrir el congelador en busca de un bote de helado de medio litro que ella misma había guardado allí hacía un par de días. Se sentó en el suelo con el helado y una cuchara sopera, cruzando los dedos para que los padres de Miguel no entrasen en la cocina. A pesar de que lo estaba engullendo con cucharadas rebosantes, saboreó cada bocado como si fuese el néctar de los dioses hasta que poco a poco la glucosa surgió efecto y la revivió lo suficiente como para que pudiese invocar su viejo Nokia.

Buscó el número de Miguel en la guía de teléfono y marcó. Se sintió algo decepcionada, pero nada sorprendida cuando no contestó. Después de todo, si se había marchado a hurtadillas era porque no la quería cerca. Una parte de sí misma se sintió tentada de dejar que una Bestia le mordiese el culo a ver si así aprendía la lección, el problema era que rara vez una Bestia se limitaba a causarte heridas en partes no vitales de tu cuerpo. Suspiró. Tenía que encontrarlo antes que las criaturas.

Necesitaba un mapa de la ciudad. Si hubiese tenido la menor idea de cómo funcionaban esos ridículos móviles inteligentes no habría tenido que complicarse tanto la vida, pero, si tan inteligentes eran, ¿por qué no funcionaban solitos? Se había adaptado al Renacimiento, a la Revolución Industrial, al capitalismo de consumo, pero la revolución tecnológica de Silicon Valley había llevado su capacidad de mimetización al jaque.

Rebuscó en el salón de los Sabato hasta que encontró una vieja guía de Madrid entre las estanterías que aparentaba tener al menos cuarenta años. Aun así le serviría. Extendió el callejero, cerró los ojos y lo recorrió lentamente con la mano hasta sentir la pulsación de la presencia de Miguel. Suspiró exasperada. ¿Por qué se había escabullido el humano para ir al centro? Si Salomé hubiese sido un Centinela Mayor podría haberse transportado hasta Preciados en un parpadeo, pero las limitaciones de su cuerpo carnal solo le permitían desplazarse unos cuantos metros cada vez. El desgaste era considerable, y no merecía la pena, así que no le quedó otra opción que pedir un taxi. Se pasó todo el trayecto cruzando los dedos para que ninguna Bestia hubiese devorado a su protegido y maldiciendo en su contra. Cuarenta minutos después se bajaba del taxi en la plaza de Callao. Siguió el rastro de Miguel hasta que lo encontró saliendo del metro, pálido y recubierto de sudores fríos.

—Lo sé. Ya lo sé. No hace falta que digas nada —dijo al verla. Su mirada penetrante había perdido intensidad y apenas era capaz de sostenerse en pie de la impresión por lo que fuera que hubiese sucedido ahí abajo.

Salomé se mordió el labio. «¿En qué estabas pensando?», «¿es que te has vuelto loco?», «¡podrías haber muerto!», eran todas esas cosas que Miguel no necesitaba oír por mucho que ella se muriese por decirlas. Lo importante era que hubiese aprendido la lección, así que hizo de tripas corazón y se limitó a preguntar:

—¿Estás bien?

Miguel asintió, pero tuvo que sentarse en un bordillo que rodeaba a un pequeño árbol. Le lanzó una última mirada de arrepentimiento. Era demasiado altivo como para decir «tenías razón», pero no lo bastante estúpido como para no pensarlo.

—Lo único que no entiendo es cómo has sobrevivido —dijo Salomé, que aún podía sentir el rastro de la Bestia en el aire.

A modo de respuesta, Miguel le tendió un panfleto. Salomé lo aceptó y tan pronto como vio su contenido supo que se trataba de un mensaje para ella. Se sentó en el bordillo junto a él. Aún no se había recuperado del todo de su resaca, y saber que su protegido le debía la vida a su mayor enemiga era un desayuno difícil de digerir.

—Tu amiga quiere que vayas a verla —resopló con un deje irónico—, a Sevilla, nada menos. —Salomé no respondió, seguía intentando descifrar las intenciones de Jackie—. Podía ver mis tatuajes, pero estoy convencido de que no era una Centinela. Tenía demasiado...

—¿*Sex appeal*?

—Iba a decir «carisma», pero sí, supongo que eso también.

Miguel ladeó la cabeza para poder mirarla a la cara, quizá para poder estudiar su reacción. No le estaba preguntando qué era Jackie, sino por qué motivo debía permanecer con ella en lugar de unirse a la Demonio.

—Créeme, sé lo seductoras que pueden llegar a ser las palabras de las de... su clase, pero si las escuchas solo lograrás ensuciar más tu alma.

—¿Y si decido que no quiero mi alma limpia? —inquirió desafiante, y fue entonces cuando Salomé se percató del mismo aroma que había atraído a las Bestias.

Tinta fresca.

Había un nuevo pecado escrito en la piel de su pupilo.

Agarró su brazo para examinar la marca. Sintió un nudo en el estómago ante un nuevo fracaso y el peso de las dudas sepultándola. ¿Y si Rivera tenía razón, y si no estaba en forma, y si no estaba preparada para los nuevos tiempos? No había hecho más que fracasar y comprometer el alma de su protegido.

—Miguel… —Suspiró, intentando acallar las voces que le repetían que ya no era lo que había sido, que sus días de gloria habían pasado, que estaban enterrados, que ella ya no servía—. Escucha. El camino que Jackie te ofrecería es mucho más fácil de recorrer, no te lo niego. Decir «toma lo que quieres» es mucho más efectivo que «gánatelo» a la hora de conseguir adeptos. Entiendo que pienses que te has equivocado de bando, que sientas que no avanzamos, pero los comienzos, cuando se hacen bien las cosas, siempre son más duros. Por cada dos pasos adelante que se dan, se retrocede uno. Puede resultar frustrante, pero la recompensa es mayor. El precio que pagarás si escuchas a Jackie consumirá tu corazón, olvidarás lo que es el amor, ¿es eso lo que quieres?

Miguel sonrió con acritud.

—¿Amor? Ya… amor. Si te digo la verdad, no estoy seguro de saber qué es eso, solo sé lo que es estar desesperado. Y ya he tenido suficientes emociones nuevas por una temporada.

Salomé se cruzó de brazos y los apoyó sobre sus rodillas en busca de algo de confort.

—Puede que no te lo creas… pero te entiendo.

—Empiezo a estar harto.

—También te entiendo.

Ambos quedaron sumidos en un silencio incómodo que gritaba «¿y ahora qué?» cuando ninguno de los dos tenía una respuesta razonable que dar, pero también era cierto que hasta ese momento lo «razonable» no les había servido de nada.

Dio varias vueltas al folleto como si en él fuese a encontrar la respuesta adecuada. «La mayor exposición de Luisa Roldán hasta la fecha», presumían desde el Museo de Bellas Artes de Sevilla. Jackie y su nueva pupila iban a dar un paso más en su espiral de decadencia. Robarían una de las obras de la escultora más célebre de la historia de España, y la retaba a detenerlas. ¿Y si aceptaba el desafío?

—Ven conmigo a Sevilla.

Miguel la miró como si se hubiese vuelto loca, y puede que tuviese algo de razón.

—¿Recuerdas los robos de los telediarios?

—¿Vas a decirme que es cosa de tu… amiga?

—No la llames así —dijo con una fea mueca que torcía sus labios—, pero, sí, ha sido ella. Supongo que es la forma más llamativa y melodramática de corromper a la pupila que ha encontrado. A los Demonios les encanta dejar su huella, llamar la atención. —No disimuló el desdén en sus palabras. Alzó el panfleto en el aire—. Ven conmigo. Este va a ser su próximo golpe. Si la detenemos, estaremos haciendo un gran gesto de nobleza: impedir una injusticia, combatir el Mal, y no hay nada más honroso que dedicar tu vida a esa lucha. Considéralo un extra.

Miguel negó con la cabeza.

—No voy a ir a Sevilla a jugar a cacos y polis.

Si quería convencerlo, no le serviría de nada a esas alturas apelar a su bondad innata —escondida en algún sitio debajo de tanta porquería—, ni a lo que Martina opinaría de sus actos. No. Esta vez necesitaría ser mucho más contundente para llevárselo a su terreno, tendría que correr riesgos.

—Si después de este viaje no quieres seguir conmigo… —No podía creerse lo que estaba a punto de decir, pero hizo de tripas corazón y lo soltó tan rápido como pudo—, yo misma te llevaré con Jackie para que seas su pupilo.

La mirada de Miguel se encendió, por fin había captado su atención. Pero no solo había sorpresa en su gesto. Sus cejas se habían encogido en un deje que revelaba un resquicio de… ¿temor? Parecía que el paso del tiempo no le había robado a Jackie la habilidad de impactar a todos los que se tropezaban en su camino.

—¿Y qué pensarían tus jefazos de esta propuesta? —preguntó algo escéptico, como si no se fiase del todo de su palabra. Se sentiría ofendida si no hubiese aprendido en todos esos años cuán cierta era esa expresión que decía que el ladrón piensa que todos son de su condición.

—Mis jefes no van a enterarse nunca, porque no vas a querer ir a ningún lado.

El brote de bravuconería pareció complacer a su protegido. Miguel sonrió y le tendió la mano.

—Trato hecho.

Luisa Roldán, más conocida como La Roldana, nació en Sevilla en el año 1652, mucho antes de que Salomé volviese a pisar Europa tras un par de siglos a sus espaldas intentando limpiar parte del peso de todas las atrocidades cometidas en el mal llamado «Nuevo Mundo» —los Centinelas no estaban especialmente orgullosos de su trabajo, aunque hicieron lo que pudieron ante una codicia sin precedentes—. Quizá por eso no sabía demasiado sobre la artista y había tenido que investigar por su cuenta.

Podía entender por qué a la pupila de Jackie le resultaba un objetivo tan interesante. Compartía muchas cualidades con el resto de las artistas de su colección. Todas eran mujeres, todas habían tenido que pagar de una u otra forma las consecuencias por su forma de vida, dedicada a su arte en lugar de a lo que se esperaba de ellas en su época; y todas, a pesar de su talento, habían quedado ensombrecidas por sus compañeros varones ante los ojos de los historiadores que no consideraban que su obra, una obra de *mujer*, fuese digna de ser alabada o recordada.

Luisa había aprendido a tallar madera cuando solo era una niña, gracias a las enseñanzas de su padre, a quien ayudaba en el taller, un rol que era común para una mujer en una familia de artesanos. Lo que sí resultaba extraño era que esa misma mujer tuviese ambiciones propias más allá del amparo de su padre o de su marido. Su estilo personal y su técnica la convirtieron en una artista célebre en la corte y en la primera mujer nombrada escultora de cámara del rey Carlos II, y sin embargo, ni los títulos ni su talento la libraron de las penurias económicas. Por lo que había leído, a pesar de los tiempos difíciles que le tocó vivir, a La Roldana no le habría sorprendido en absoluto descubrir que siglos después sería la protagonista de una exposición tan ambiciosa en su tierra natal. Luisa siempre confió en su talento y en su obra, hasta en los momentos más oscuros.

Salomé sintió una punzada de envidia. En los últimos tiempos tenía la sensación de que se pasaba el día dudando de sí misma.

A medida que la hora de la inauguración se acercaba y mientras el sol descendía entre las callejuelas de Sevilla, el ambiente en la plaza, vigilada por la estatua de Murillo, comenzaba a transformarse. Los primeros en aparecer fueron los políticos y sus séquitos, que atrajeron la atención de numerosos curiosos. Salomé supuso que no podían dejar la ocasión de aparecer en la foto. «La mayor exposición de una de las más grandes artistas nacionales» sonaba como el tipo de acontecimiento del que todos los partidos podían sacar algún provecho. Les siguieron ese tipo de invitados de primera categoría que no suelen aparecer en los periódicos, pero que campan por el mundo a sus anchas sabiendo que es suyo —no pudo evitar mirar a su protegido de reojo— y, por último, como si llegar tarde formase parte de su trabajo, alguna que otra celebridad.

—A mi madre le habría encantado esta fiesta —comentó Miguel—. O mejor dicho, su lista de invitados. ¿Cómo piensas que vamos a colarnos sin invitación?

Salomé suspiró. Ninguno de los dos iba lo suficientemente arreglado para la ocasión —aunque con su gesto altivo Miguel podría salirse con la suya a pesar de llevar una sencilla camisa de rayas rosas y blancas y unos pantalones negros—, así que la táctica del despiste —¿dónde habré puesto las invitaciones?— quedaba del todo descartada.

—Tendremos que improvisar —dijo avanzando con decisión hacia la entrada del museo, protegida por dos vallas amarillas y un joven trajeado que pasaba lista a los invitados.

Apenas se detuvieron en la cola, Salomé supo dónde atacar. Los pensamientos y secretos del encargado de la lista resonaban tan alto que no podía no utilizarlos a su favor. Cuando llegó su turno, el joven les lanzó una mirada condescendiente y desaprobó el atuendo de Salomé con una mueca en los labios que no se molestó en disimular.

—¿Nombre? —preguntó, aunque Salomé pudo escuchar el eco de su verdadera duda: *¿Cómo podían invitar a alguien que vestía de forma tan vulgar? Cuero de los pies a la cabeza a plena luz del día, qué despropósito.* Después de un mes conviviendo con Miguel casi le pareció un halago. Se acercó a su oído para susurrar unas palabras que les abrirían las puertas con mucha más rapidez que su nombre escrito en la lista.

—Si nos dejas pasar, Susana nunca se enterará de lo que ocurrió en Granada. Al menos, no por mí. —Se alejó con una sonrisa amable y vio cómo la expresión arrogante del joven había dejado lugar a una repentina palidez.

—A... adelante —dijo desviando la mirada, incómodo.

Entraron en el abarrotado vestíbulo, decorado con mosaicos de vivos colores pintados en los azulejos que representaban a santos y a criaturas mitológicas. Pasaron de largo el improvisado *photocall,* en dirección al patio cerrado que conducía a la exposición permanente.

—Para ser de las buenas, a veces das bastante miedo —dijo Miguel una vez que estuvieron bastante alejados.

—Eh, vamos... No pensaba cumplir mis amenazas —aclaró Salomé.

—Eso no significa gran cosa. Sabías que no necesitarías hacerlo. ¿No dice nada tu panfletito de buenos hábitos sobre la extorsión?

—Es muy positivo que te hayas dado cuenta de que no es lo correcto, vamos avanzando.

—Ya... disimula cuanto quieras. Me parece a mí que no solo los Demonios corrompen a los humanos.

Salomé lo ignoró, aunque muy a su pesar tuviese razón. Apenas hacía un par de días que Jackie había regresado a su vida y ya se estaba comportando como no debía y dándole un pésimo ejemplo a su protegido. Alejó esos pensamientos al recordarse que localizar a Jackie y a Inés para impedir que saboteasen la exposición era mucho más urgente que gestionar su propia conciencia.

—Mantén los ojos bien abiertos —le dijo a Miguel cuando dejaron atrás el patio y entraron en la primera de las salas de la exposición.

Las obras de La Roldana se entremezclaban con los cuadros de Murillo y Velázquez, aunque la mayoría de los invitados no prestaban demasiada atención ni a unas ni a los otros, demasiado ocupados haciendo *networking* como para fijarse en las esculturas. La mirada de Salomé enseguida revoloteó hasta una virgen cuyo gesto compungido contrastaba con los exuberantes y festivos ropajes que la adornaban. Las lágrimas brotaban de sus ojos mejillas abajo, congeladas en el tiempo por toda la eternidad en un llanto sin fin. Era la expresión de una mujer que había perdido todo cuanto le importaba después de que le hubiesen prometido el cielo.

Salomé se obligó a apartar la vista. No iba a encontrar a Jackie en los ojos de una virgen. Miguel se había adelantado hasta llegar a una impotente escultura que representaba el triunfo de su tocayo, el arcángel Miguel, sobre el Demonio, retratado como una especie de hombrecillo asustado y enclenque con un par de cuernos. Al contrario que en el caso de María, el ser celestial era la encarnación de la templanza. No había en su rostro rasgo alguno de rabia, odio o sufrimiento. Se limitaba a cumplir con su cometido. La Centinela, poco más que una soldado rasa en aquella lucha eterna contra el Bien y el Mal, jamás había conocido a Los Siete Miembros, los arcángeles, pero si los rumores eran ciertos, Luisa Roldán había errado de lleno al retratar a la mano izquierda de Dios. El arcángel Miguel tenía fama de tomárselo todo *demasiado* a pecho.

—¿Por qué los Demonios salimos siempre tan mal parados en el mundo del arte? —dijo tras ellos la familiar voz de la mujer a la que habían venido a buscar, seguida de un melancólico suspiro.

Miguel y Salomé se dieron la vuelta al unísono mientras la Centinela se aferraba a la empuñadura de su daga. Al final habían sido ellos los encontrados.

Salomé se esforzó por no mirar a otro lugar que no fuesen las peligrosas manos de Jackie, esas que podían arañarte un segundo después de una de sus amables palabras. A pesar de sus esfuerzos, su vista se apresuró a recorrer su cuerpo sinuoso, marcado por la tela roja de un ajustado vestido que se tornaba vaporoso a la altura de su pecho. Parecía una de esas estrellas de mediados de siglo que perdieron el pudor ante las cámaras y los juicios ajenos, una Sophia Loren, una Elizabeth Taylor, una Marilyn y una Rita, todo a la vez.

—Me alegra que hayáis podido venir. —Jackie sonrió con picardía—. Justo a tiempo para que empiece la función.

Salomé escuchó un grito a su lado y descubrió una escena que parecía sacada de una película de terror. El brazo de barro del Diablo a los pies del ángel había cobrado vida y agarraba a su protegido del brazo con ímpetu mientras con el otro le tapaba la boca. La Centinela apuntó a la obra, lista para lanzar su daga, pero el falso ángel blandió su lanza contra ella, arrojando su arma lejos de allí.

Un instante más tarde comenzó un coro de gritos y el estruendo de un gentío corriendo para ponerse a salvo. Poco a poco todas las obras empezaron a moverse como si hubiesen sido poseídas. Quienquiera que manejase los hilos solo parecía interesado en castigar a Miguel, pues el resto de los invitados pudieron huir, dejándolos a solas con las obras que no tardaron en rodearles: ángeles, cristos, vírgenes, santos y todos los personajes de los nacimientos, anunciaciones y piedades los cercaban convertidos en blasfemas marionetas.

—Tendrías que haber aceptado mi oferta, Sally —dijo la Demonio con un suspiro—. Las cosas podrían haber sido mucho más fáciles.

El ángel de barro saltó de su pedestal, sin dejar de apuntar su arma hacia el cuello de Salomé. Era consciente de que Jackie no los recibiría con los brazos abiertos, pero no había previsto que su aprendiz fuese tan poderosa. Invocó su segunda daga y pidió disculpas en su fuero interno por lo que iba a hacer. Blandió el acero en el aire atravesando la mano derecha del ángel y resquebrajando el sólido barro de un golpe seco.

Un grito enfurecido atravesó el aire y Salomé oteó el museo en busca de su origen. Sus rivales acababan de cometer un error. La aprendiza había revelado su escondite. Los observaba desde la balconada del patio, moviendo a sus marionetas protegida por la distancia. Sin embargo, Salomé también se había equivocado. La había hecho enfadar al destruir la obra de La Roldana. El arcángel de barro la embistió con todas sus fuerzas, agitando su puño hacia ella una y otra vez en arremetidas que apenas podía esquivar. Escuchó cómo Miguel gritaba mientras el Demonio se esforzaba por retorcerle el pescuezo como si fuese una gallina vieja que despachar.

Las estatuas siguieron avanzando hacia Salomé y cuando quiso darse cuenta apenas le quedaba espacio para moverse. Se agachó justo a tiempo para evitar varios puñetazos lanzados a la vez desde todas las direcciones. Las estatuas, demasiado lentas, no lograron detenerse ni rectificar su trayectoria, impactando las unas contra las otras. La Centinela aprovechó la confusión para inmiscuirse entre varias decenas de piernas que intentaron detenerla en vano. Una vez libre del círculo, tuvo el tiempo justo para ver la situación con perspectiva.

Miguel seguía forcejeando por su vida mientras Jackie discutía a gritos con su aprendiza. Al parecer ella no era la única que no estaba siendo la mejor de las guías espirituales.

—¡¿Por qué no me dijiste que él estaría aquí?! —preguntó la joven, con las manos formando puños de ira, aunque era difícil saber si se debía al desprecio que le evocaba Miguel o a la traición de la Demonio.

—¡Era una sorpresa! Maldita sea, ¡suéltalo ahora mismo o vas a asfixiarlo de verdad!

Así que era cierto, Jackie pretendía arrebatarle a su protegido, pero no había contado con que la ira que llevaba avivando en el corazón de Inés durante semanas se volviese en su contra. Salomé dio un paso adelante, apartando a Jackie sin demasiados modales.

—Inés —la llamó sin gritar, pero lo bastante alto como para que la joven pudiese oírla—. No hagas nada que no tenga remedio. Cualquier mancha en tu alma puede enmendarse, salvo esta. No lo hagas, no renuncies a tu inocencia para siempre, no por alguien como él.

Miguel carraspeó una protesta ininteligible, seguramente porque no le parecería el mejor momento para solventar la situación mediante el diálogo más que por la forma en que se había referido a él. La joven se negó a escuchar y Salomé percibió la fuerza de sus sentimientos.

Traicionada, ridiculizada, era una ingenua, engañada una y otra vez, ¿cuál era su maldito problema? No podía permitirlo, no otra vez.

Supo que Inés no iba a detenerse.

Las sombras con las que había cargado durante años se habían apoderado de ella, por mucho que en el fondo fuese una buena persona. *Una buena persona.* Recordó la fórmula que Rivera le había entregado en una jeringa de acero que llevaba cargando durante días, indecisa, esperando a que una epifanía escogiese por ella, que le señalase el camino adecuado. Miró hacia arriba, preguntándose si los Centinelas Mayores sabían que todo aquello sucedería o si solo era una casualidad. No tenía demasiado tiempo para meditar sobre qué esperaban sus superiores de ella, si es que esperaban algo. Miguel había logrado romper uno de los brazos del Demonio de barro, pero la extremidad había cobrado vida y trepado por su cuerpo para continuar asfixiándolo, y mientras tanto Jackie apuntaba a la estatua con su pistola, en busca de un tiro limpio. El resto de las estatuas los mantenían atrapados, esperando su turno por si el Demonio de barro fallaba. Salomé tomó una decisión, aunque en el fondo sentía que ya estaba hecha antes de que pusiesen un pie en aquel museo.

Cerró los ojos y dejó que su cuerpo se desvaneciese en el aire para aparecer en la balconada, justo detras de Inés. La joven se giró hacia ella con los ojos llenos de lágrimas enturbiadas por una mueca de odio. Lloraba por las valiosas obras de arte destruidas, por la traición de su maestra que prefería al chico que le había roto el corazón antes que a ella, por todas las veces en que le habían hecho daño y subestimado. Salomé quiso asegurarle que ella era diferente, que jamás la traicionaría, que venía a ayudarla, pero las palabras de apoyo tendrían que esperar a que estuviese en condiciones de escucharlas. La jeringuilla apareció en una de sus manos y, antes de que Inés pudiese defenderse, la clavó con fuerza en su cuello y apretó para introducir el suero dentro de su sistema.

La ira desapareció de la mirada de Inés y pudo sentir cómo sus pensamientos repletos de odio se templaban.

Ya está. Así de fácil. La había salvado.

Rivera tenía razón, el suero era el futuro, a pesar de la nostalgia que sintiese por tiempos pasados. Salomé no pudo contener una sonrisa aliviada. ¿Por qué había sido tan desconfiada?

Sin embargo, poco a poco la expresión de rabia de Inés se convirtió en un gesto indiferente; sus músculos se destensaron, pero los efectos de la inyección no se detuvieron ahí.

—¿Qué… qué me has hecho? —Logró mascullar Inés, y Salomé no consiguió comprender el pánico en su mente hasta que el ruido que le llegaba desde el interior de la joven se desvaneció, igual que sus sentimientos, igual que la luz y la inteligencia en su mirada.

La sonrisa de Salomé se marchó con ellos cuando Inés, o lo que quedaba dentro de ella, se desplomó ante sus ojos.

4
Miguel

Miguel había tenido semanas mejores, de eso estaba convencido.

Desde luego nunca había estado a punto de ser asesinado por una estatua mientras una Demonio procuraba impedirlo a tiros. Los dedos de barro habían tratado de asfixiarlo, retorciéncole el cuello, y su nueva táctica parecía ser llegar hasta sus ojos y apretar con todas sus fuerzas. Miguel no pensaba ponérselo fácil, así que siguió resistiéndose entre maldiciones hasta que las manos se detuvieron por completo. La Demonio, de pie ante él, dio un paso atrás y miró hacia el patio. Ante la estupefacción del joven, se hizo un rápido corte en la mano con un cuchillo surgido de la nada y se la restregó por el cuello de su camisa, empapándola de un líquido negruzco con un olor familiar, entre el alquitrán y la tinta, con un teatral toque a azufre.

—Ya nos veremos —le dijo la tal Jackie, justo antes de desvanecerse en el aire como había hecho en el metro de Callao.

Una vez que Miguel comprendió que quien había querido matarlo se había detenido, se desplomó contra el pedestal de la estatua, esforzándose por recuperar el aliento y toda la energía que había invertido en permanecer con vida. Arrancó las manos de barro, ahora inertes, de su cuello y su rostro, y las arrojó contra el suelo sin miramientos, disfrutando al ver cómo se convertían en polvo arcilloso.

Si de veras llegó a creer que la noche había acabado ahí, estaba pecando de ingenuo. Jackie se había marchado, pero Salomé apareció en la entrada de la sala con una muchacha en brazos que al principio no reconoció. Su protectora jadeaba, sudaba y estaba tan asustada que por primera vez desde que la conoció parecía mucho más humana que Centinela.

—¿Y ahora qué ha pasado? —preguntó, irritado.

—Tenemos que marcharnos —dijo Salomé, y como si quisiesen darle la razón, se escuchó el sonido de las sirenas de la policía aproximándose al edificio.

—Supongo que me vas a decir que ya habrá tiempo para explicaciones.

—Chico listo, vamos. —Le tendió la mano y Miguel la rechazó.

No estaba de humor para dejar que nadie lo ayudase —sobre todo porque se las había tenido que ver solito con las estatuas asesinas—. A Salomé no pareció importarle su rechazo, echó a correr en dirección opuesta en busca de una salida de emergencia que les condujese hasta el exterior del museo. Recorrieron los pasillos y salas sin tiempo para admirar las obras de arte que parecían vigilarlos con recelo desde sus lienzos. Acabaron por dar con una salida que daba a una calle amparada por viviendas bajas de dos y tres plantas, y caminaron entre ellas hasta llegar a una callejuela lo bastante oscura como para cobijarlos.

—¿Te parece un buen momento ahora para contarme por qué casi me matan ahí dentro?

—De eso puedes culparte a ti mismo, Miguel. —Su mirada descendió hacia la joven inconsciente y solo tras varios segundos contemplando su rostro comprendió a qué se refería. El nuevo corte de pelo, la ropa cara, el maquillaje... tal vez si le hubiese prestado la suficiente atención no le habría costado tanto reconocerla, pero tenía que admitir que ni siquiera cuando había hablado con ella la había mirado dos veces.

—Inés... la pupila de ese Demonio es Inés —masculló—. ¿Tú lo sabías? ¿Y no te pareció buena idea contármelo?

Por eso no habían podido localizarla cuando la visitó para disculparse, no estaba en su casa, sino viajando por el mundo junto a una Demonio. Ella era la ladrona de la que hablaban en todos los telediarios y sobre la que los internautas elaboraban complejas teorías conspiratorias sin dar en el clavo. La ingenua y dulce Inés. Parecía que ella había tenido mucho más talento a la hora de transformarse que él. Se llevó la mano al cuello y sus dedos toquetearon el lugar donde la estatua había intentado estrangularlo. ¿Tanto daño le había hecho para que renunciase a su bondad, tan mal se había portado como para que el odio cegase a Inés hasta el punto de tratar de matarlo?

—Me pareció que solo te haría sentir más culpable —se justificó Salomé.

Miguel tragó saliva.

—Deberías estar orgullosa, resulta que tenías razón. —No estaba nada acostumbrado a la opresión en su pecho, pero supo que era eso a lo que el resto de la gente llamaba «remordimientos».

En las últimas semanas había pensado mucho en cómo sus actos pasados y su forma de ser lo habían afectado a él, pero, por primera vez, se percataba de hasta qué punto sus malas acciones pesaban sobre otros. Había destruido por completo a la persona que Inés había sido, y ahora no quedaba nada de quien fue. Por muy injusto que hubiese sido con ella, por tonta que le pareciese la bondad de la que se había burlado no hacía tanto, esa Inés le había agradado. «Nada de lo que tocas sale indemne», le había reprochado Martina. Ahora comprendía a qué se refería. Extendió la mano hacia la joven, aún en brazos de Salomé, y apartó un mechón de pelo castaño para poder verle la cara. Estaba muy pálida y, a pesar del pintalabios oscuro que llevaba puesto, podía notar que sus labios estaban blanquecinos.

—¿Qué… qué le ha pasado? —preguntó, aunque en realidad quería decir: «¿Qué le has hecho?».

La joven no estaba inconsciente, pero tampoco parecía percatarse de nada de lo que sucedía a su alrededor, o al menos no era capaz de reaccionar a ello. Sus ojos estaban abiertos y parpadeaba de tanto en tanto, pero sus brazos y piernas caían como pesos muertos. La inquietante visión le revolvió el estómago, pero sobre todo le hizo pensar en que no debía hacer enfadar a Salomé nunca más.

—Yo... —Salomé tragó saliva y desvió la mirada. Nunca antes la había visto quedarse sin palabras—. Ha sido un accidente. Pero sé de alguien que puede arreglarlo, un viejo amigo, o eso espero.

—¿Un *accidente*? —repitió Miguel, escéptico. No se le ocurría qué tipo de accidente podía dejar a una persona catatónica en los quince segundos en que Salomé se había ausentado.

Miguel miró hacia el Museo de Bellas Artes, desde donde se podía escuchar el ir y venir de la policía entremezclado con las voces de los curiosos que comenzaban a asomarse a las ventanas para comprobar qué estaba sucediendo.

—No puedo transportarme muy lejos con ella en brazos —explicó Salomé, con una mirada suplicante que pedía que no hiciese más preguntas.

Miguel asintió con la cabeza.

—Busquemos a tu amigo.

Esta vez no podía mirar hacia otro lado. Si él no se hubiese comportado como un auténtico cretino con Inés, lo sucedido aquella noche jamás habría tenido lugar. Era tan responsable como el que más, o al menos así se sintió. *¿Estaría Martina satisfecha si pudiese verle entonces?* seguía siendo un miserable, pero al menos, empezaba a arrepentirse de ello lo bastante como para enmendar sus malos actos.

Salomé lo guio entre las calles, por las que avanzaba vacilante, en busca de callejuelas vacías donde no llamase la atención la chica inconsciente en sus brazos, pero en una noche de verano era prácticamente imposible encontrar un rincón vacío en Sevilla, cuyas calles habían sido tomadas por gente de todas las edades que buscaban el alivio del anochecer y la cerveza fría después de un día caluroso y noches que no daban tregua del todo. Evitaron las calles principales, pero no estuvieron libres de alguna que otra mirada suspicaz y comentarios jocosos a su paso sobre «no saber beber». Salomé respiró aliviada cuando se dio cuenta de que los tomaban por un grupo de amigos llevando a casa a una chica que se había pasado con el alcohol.

Siguieron hasta que su camino acabó por conducirlos a su monumento más célebre y visitado. Miguel no supo si echarse a reír como un loco o sentarse a llorar cuando comprendió adónde lo estaba llevando.

—No me parece el mejor momento para rezar o hacer turismo —reprochó, incrédulo, ante la silueta de la catedral de Sevilla.

Aún seguía sin resolver sus sentimientos con respecto a la existencia de un «ser superior» que todo lo gobernaba, a quien ni siquiera Salomé ni los suyos habían visto jamás, ¿cómo creer en algo así? Y sin embargo, había presenciado tantas cosas inverosímiles en las últimas semanas que no podía negar ninguna posibilidad. Si de veras existía y se parecía solo un poco al poder que describían en los libros sagrados, dudaba mucho de que estuviese de humor para recibirlos con los brazos abiertos después de lo que habían hecho.

Salomé no le contestó; de hecho Miguel empezaba a pensar que su Centinela y protectora se había olvidado de él. Avanzó tan rápido como pudo en dirección a la entrada de la catedral, que en la noche parecía resplandecer con un incandescente brillo cobrizo, provocado por los focos que iluminaban la piedra de sus anchas fachadas, de su torre y de las numerosas agujas que parecían apuñalar el cielo sin estrellas. Se detuvo ante la puerta metálica que la protegía de los intrusos. Miguel tragó saliva, ¿de verdad iban a colarse en un templo sagrado? Dudaba de que eso contase como el tipo de entretenimiento que iba a limpiar sus pecados.

—Sujétala —ordenó la Centinela mientras le tendía el cuerpo de la muchacha.

A Miguel no le costó ningún esfuerzo elevarla en el aire. Inés siempre había sido bajita y menuda, como si apenas ocupase un lugar en el mundo, pero siempre pensó que esa impresión se debía, en parte, a sus esfuerzos por pasar desapercibida y no ser vista. Ahora que la sostenía junto a su pecho resultaba evidente que no debía llegar a los cincuenta kilos. Tragó saliva. ¿Cómo había podido albergar tanto odio en su pequeño cuerpo para desear estrangularlo con tanta fuerza? Una parte de sí mismo quería soltarla y dejarla caer contra los adoquines a modo de venganza por el mal trago, mientras que otra no podía dejar de mirarla con un deje de... admiración. No sabía que Inés tuviese dentro lo que hacía falta. Puede que le apenase haber destruido a la vieja Inés, pero lo cierto era que se moría de ganas por conocer a la nueva.

Salomé forzó la cadena que mantenía la puerta cerrada con dos secas patadas. Miró de un lado a otro para comprobar si alguien había reparado en su presencia, pero los transeúntes parecían demasiado ocupados en sus propios asuntos y la Centinela había sido rápida.

—Vamos.

Le indicó que la siguiese mientras abría la verja y caminaba hacia la entrada de la catedral. Miguel prefería otro tipo de bellezas, más carnales y mundanas, pero reconoció que el amplio pórtico, repleto de hileras de estatuas de aspecto rojizo, y el colosal rosetón que lo coronaba eran dignos de admiración. El misterio nocturno la transformaba, como si en lugar de un mero edificio fuese un enorme árbol que había crecido de manera intrincada, mezclando distintos estilos arquitectónicos como si simplemente hubiesen surgido así, de la nada, con una portada gótica por allí, los restos de una mezquita almohade por allá, arcos apuntados, vírgenes y santos junto a atauriques y lacerías, igual que si fuesen distintas ramas retorcidas a placer. Salomé, en cambio, no se paró a mirar. Avanzó decidida hasta detenerse en la grandiosa entrada, que tan pequeña la hacía aparecer, y posó la mano sobre el metal verdoso de las puertas que se abrieron ante ella.

—La casa de Dios siempre está dispuesta para sus siervos —explicó ante la incredulidad de Miguel.

Cruzaron al otro lado y atravesaron el patio de los naranjos en dirección a la nave central de la catedral, custodiada por las campanas de la Giralda. Él siguió a Salomé de cerca, consciente de la mala pinta que tenía la escena si los descubrían inmiscuyéndose en la catedral en plena noche con una muchacha inconsciente en brazos. La Centinela avanzaba como si conociese el lugar a la perfección, sin tener que pararse a pensar o a recalibrar el rumbo. Sabía de sobra adónde los estaba conduciendo. Una última puerta se abrió a su paso y Miguel entró en una iglesia por primera vez en años.

Tragó saliva ante la magnificencia del espacio. Los arcos góticos y las cúpulas bañadas por las luces de los focos parecían haber sido construidos en oro, aunque solo el retablo mayor podía presumir de semejante honor. La cantidad de recursos que se habían dedicado a crear un hogar digno de Dios en la Tierra resultaban obscenos si uno se paraba a pensar en la desigualdad de la época en que se erigió la catedral, pero precisamente de eso se trataba, de crear algo tan bello y colosal que demostrase la insignificancia de los humanos. Sus constructores podían estar orgullosos. Habían cumplido con su cometido.

Miguel no tuvo más que unos pocos instantes para admirar la construcción antes de que Salomé se apresurase hacia el altar. Se puso de rodillas junto a los escalones y, ante la incrédula mirada del joven, los cirios sobre el altar se prendieron, iluminando la estancia.

—¿Me has llamado? —dijo una grave voz desde las sombras.

Miguel estuvo a punto de sufrir un infarto al pensar, durante un instante, que acababa de escuchar al mismísimo Creador. Pero solo se trataba de un hombre, un hombre alto e imponente, aunque también había un rastro de dejadez en su aspecto, como si no tuviese tiempo que perder en detalles como su apariencia física. Su piel era tan oscura como la de Salomé, y sus ojos del mismo gris que te atravesaba como si pudiese acceder a tus más bochornosos secretos con un vistazo. No, comprendió, no era un hombre, sino uno de los suyos. Un Centinela. Si creía que Salomé podía llegar a dar verdadero miedo, era porque no se había topado antes con este tipo.

Salomé se puso en pie cuando el Centinela descendió uno a uno, con paso lento, los escalones del altar hasta detenerse ante ella.

—Espero que sea importante, sabes que son los Mayores quienes pueden reclamar a los Menores, no al revés.

Ella giró la cabeza hacia Miguel e Inés, y el hombre la imitó, con un gruñido gutural, al percatarse de que no estaban solos. No hacía falta tener el más refinado de los instintos para darse cuenta de que aquel tipo era de esos con los que no se debía jugar. A Miguel, acostumbrado a ser el macho alfa de la habitación, no le agradó ni un poco. Si los jefes de los buenos intimidaban así, cómo debían de ser los Demonios más poderosos.

—Utilicé el suero que me diste, pero la humana no respondió bien —expuso Salomé, con un nudo en la voz. Era lo más parecido a una muestra de debilidad que Miguel había visto en ella.

El Centinela miró a Miguel durante el tiempo suficiente para que sintiese un escalofrío y con un dedo le indicó que se acercase. Detestaba que le diesen órdenes, y más de una forma tan condescendiente, como si el tipo estuviese acostumbrado a no tener ni que hablar para que se hiciese su voluntad, lo cual seguramente era cierto.

El joven vaciló, pero acabó por obedecer. Había aprendido la lección en lo que a seres ultraterrenales se refería. Sus tretas habituales no servían de nada con ellos, sus mentiras sutiles, sus sonrisas seductoras... los Centinelas podían ver a través de las personas como si su mente fuera de cristal. Avanzó, observado por ambos seres, hasta detenerse junto a Salomé.

El tipo examinó a Inés con una ceja arqueada y un aire de desinterés que lo enervó. Le hacía sentir que no eran más que minúsculas hormigas para él, de esas que cargan con una hoja varias veces más grande que ellas y te preguntas cómo y por qué lo harán, sin esforzarte en desviar tu camino para evitar pisarlas. Tras unos segundos inclinado sobre ella, inspeccionándola, pero sin llegar a tocarla siquiera para asegurarse de que tenía pulso o de que respiraba, se incorporó.

—¿Cómo se llama?

—Inés.

—¿Dices que no ha respondido bien? —preguntó, y Salomé asintió con la cabeza, dubitativa.

Miguel no soportaba verla así, tan dócil, tan... distinta. Si había llegado a respetarla y a acatar sus deseos era porque no permitía que nadie se pasase de la raya. Sabía imponer sus límites, pero para aquel tipo ni siquiera existían. Salomé era un incendio forestal controlado, pero ante el Centinela parecía una vela agonizante a punto de quedarse sin mecha.

El hombre sonrió, con un aspecto casi benévolo, igual que un padre que se da cuenta de cuán ignorante es su hija pequeña, cuán inocente.

—A mí me parece que ha reaccionado perfectamente. El problema es que no le has dado las órdenes adecuadas.

Antes de que Miguel o Salomé tuviesen la ocasión de preguntar a qué se refería, el hombre se encargó de demostrárselo.

—Inés, despierta.

Miguel estuvo a punto de soltarla de la impresión al notar cómo los músculos de la muchacha se tensaban sobre sus manos. Inés se incorporó lentamente y lo miró con aquellos ojos vacíos.

—Hola, Miguel —saludó. Su voz resultaba neutra y su semblante permaneció impertérrito.

—Que tu amabilidad sea evidente ante todos. El triunfo del Bien está cerca, y es testigo de todos nuestros actos —dijo, y Miguel supo que esa era su orden.

Inés sonrió, aunque solo se movieron sus labios. Seguía sin haber rastro de vida en sus ojos. A Miguel le recordó a una de esas muñecas poseídas de las películas. Cuando habló fue aún peor:

—Hola, Miguel. Espero que te encuentres bien. Siento haber sido tan arisca antes. Estaba enfadada. ¿Podrías dejarme en el suelo, por favor? Esto resulta bastante embarazoso.

Miguel atendió su petición tan rápido como pudo, sobre todo porque no quería seguir en contacto con aquella cosa en la que se había convertido Inés. *Cielos*, prefería cuando intentaba matarlo a toda costa.

—Gracias —dijo con esa vocecilla dulce y repelente.

Hueca, comprendió Miguel.

Su forma de hablar y actuar era tan falsa como cuando Miguel la había embaucado para que le prestase sus apuntes, pero la diferencia era que él tenía plena conciencia de lo que hacía, mientras que Inés se limitaba a obedecer.

—¿Lo ves, joven Salomé? —preguntó el hombre, con un tono paternalista—. Está perfectamente.

Salomé la miró de los pies a la cabeza, con el ceño y los labios fruncidos, pero sin atreverse a decir nada. No. Claro que no lo veía.

—¿Perfectamente? —estalló Miguel, incapaz de contenerse un segundo más—. La habéis convertido en una muñeca parlante. ¿Cómo va a estar perfectamente? Tendría que estar furiosa, herida, frustrada, y no... —Volvió a mirarla y vio que seguía sonriendo como si la hubiesen programado para no hacer otra cosa—. Esto es ridículo. ¿Es que no vas a decirle nada, no vas a pedirle que vuelva a dejarla como estaba? —Miró a su Centinela, en busca de apoyo, pero Salomé parecía abrumada.

El tipo lo ignoró y se giró hacia su subordinada, como si no estuviese allí. Le daba igual que lo oyese, puede que incluso formase parte de su plan.

—Has hecho un buen trabajo arrebatando a esta alma inocente de las garras de su maestra Demonio, pero me gustaría saber por qué no utilizaste el suero en tu protegido como te indiqué.

Una sombra de culpa recorrió el rostro de Salomé.

Así que ese suero había estado destinado a él. Miguel contempló a Inés una vez más, pero en esta ocasión imaginando que podía haber sido él quien contestase a las preguntas con absoluta sumisión y una estúpida sonrisa de zombi en los labios. Su primer impulso fue enfurecerse, ¿le había confiado su alma para que planeasen tratarla de ese modo? Su contrato no decía nada de arrebatarle su voluntad.

—Pensé... pensé que el método tradicional era más apropiado —admitió Salomé.

El tipo negó con la cabeza y con aires de decepción.

—¿Eso que apesta es tinta fresca? —sugirió, y Miguel se colocó la camisa para cubrir el tatuaje que había brotado el día anterior. No le hacía ni pizca de gracia que emplease sus errores para arremeter contra Salomé—. Tienes en la piel la misma sustancia que corre por las venas de los Demonios, ¿lo sabías? —le dijo con desdén, antes de dirigirse de nuevo a la Centinela—: Te lo advertí, Salomé, los tiempos han cambiado. Los de su especie han perdido la habilidad de escuchar, de reflexionar, solo les importa lo instantáneo y lo fácil.

Están ciegos, pero nosotros seremos sus ojos. Han olvidado a Dios, a la Madre Tierra, a todos los santos y espíritus, los dan por muertos, y sin nadie a quien rogar y rendir cuentas no importan ni el Bien ni el Mal. Esa es nuestra misión ahora, no limpiar sus almas, sino recordarles que las tienen.

Por un momento, Miguel temió que su protectora fuese a asentir y a darle la razón, pero el semblante de Salomé se endureció, su ceño se frunció y formó puños con sus manos. Eso ya le iba gustando más.

—¿Y qué hay del libre albedrío? La única forma de hacer el bien es *decidir* hacerlo, no que te obliguen. Sin voluntad no existen ni el Bien ni el Mal. ¿Cómo va a limpiar así sus pecados?

El hombre pareció divertido por la pregunta, pero solo durante un instante fugaz antes de volver a su pose altiva.

—Los desprecias y los amas demasiado como para ser buena en tu trabajo —dijo el hombre, bajando el escalón que los distanciaba y enfrentándose rostro a rostro a su subordinada—. ¿De verdad crees que pueden salvarse sin nuestra ayuda? Míralos, son como niños perdidos. Debemos guiarlos, antes de que se destruyan a sí mismos. Su inteligencia a la hora de crear e inventar ha superado con creces su capacidad de tomar buenas decisiones. Su tecnología es demasiado poderosa, solo servirá para causarles daño a ellos y a toda la creación. —Alzó la mano en el aire y apareció una jeringuilla metálica que refulgía bajo los focos de la catedral. En su interior había un espeso líquido perlino. El hombre se la tendió a Salomé—. Este es el futuro, es el único camino. Imagina un mundo en el que todos ellos, siete mil millones de humanos, hiciesen lo que deben.

Salomé aceptó el artilugio, y lo sopesó con cautela. Miguel tragó saliva, preguntándose si acababa de ser traicionado, si era el momento de echar a correr antes de que lo convirtiesen en una marioneta feliz y complaciente como Inés. *Al menos, así dejaré de pensar a todas horas en Martina.*

—Lo que deben… —repitió Salomé, examinando el líquido en el interior de la jeringuilla—. ¿Y quién va a decidir *lo que es debido*?

El hombre, demasiado acostumbrado a que se acatase su voluntad, no percibió el desafío en la voz de Salomé.

—Los que tenemos las respuestas.

Se hizo un silencio eterno, de esos que seguramente no duran más que unos segundos que se perciben como minutos: lentos, densos, acompañados de una angustia en el pecho. El tiempo permanecía suspendido en el aire, mientras Salomé pensaba, mientras tomaba una decisión que podría afectar no solo a Miguel, sino a millares de almas.

—Dices... dices que esto es el futuro... —Apretó la jeringuilla y alzó la mirada desafiante—, pero también me dijiste que todos lo utilizaban, que era lo habitual. ¿Es esta misión real, o me has utilizado porque estoy inhabilitada? Porque soy el conejillo de Indias perfecto; nadie va a interesarse por lo que yo haga desde ahí arriba, porque en teoría no estoy haciendo nada, ¿verdad?

Esa irritante pose de «tenerlo todo bajo control» se deshizo ante las acusaciones de Salomé, pero no por mucho tiempo. Los tipos como aquel siempre tenían un as en la manga, Miguel lo sabía bien. Él era igual.

Detrás del hombre aparecieron dos Centinelas más, envueltos en una densa masa de humo. El instinto le advirtió que ese era el momento que había estado temiendo y esperando. Agarró a Inés de la mano y tiró de ella para esconderse detrás de una de las enormes columnas, mientras Salomé invocaba sus dos dagas y los dos Centinelas la apuntaban con armas de fuego, lo cual le pareció bastante injusto.

Mierda. ¿Por qué los guardianes del Bien se comportaban como un atajo de mafiosos?

Miguel escuchó los tiros y reunió el valor justo para asomarse y comprobar qué estaba pasando. Cruzó los dedos para que Salomé siguiese viva, pero por suerte ella no necesitaba su pequeña plegaria, la mujer era perfectamente capaz de enfrentarse a esos dos cobardes sola. No había rastro alguno del hombre y los tres Centinelas aparecían y se desvanecían en el aire, moviéndose por toda la catedral en un peligroso juego del gato y el ratón. Miguel miró a Inés, que permanecía de pie a su lado, admirando los relieves de las bóvedas como si no estuviesen en mitad de un fuego cruzado. Supuso que además de las ganas de cometer fechorías, el suero anulaba tu instinto de supervivencia.

Salomé se apareció a solo unos pasos de ellos. Las dagas estaban empapadas de un líquido denso y transparente.

—Tenéis que marcharos. No sé cuánto tiempo podré contenerlos yo sola.

Miguel asintió con la cabeza y su Centinela volvió a desvanecerse. Respiró hondo. Si había alguien capaz de recorrer una distancia en un tiempo mínimo, era Miguel. Solo tenía que imaginar que las colosales puertas de la catedral eran la línea de *goal* del campo de rugby. Por desgracia, no estaba solo, y su paquete pesaba bastante más que un balón. Había elegido el peor día para comportarse como un ser humano decente. Suspiró. Ojalá el resultado de su primera buena acción desinteresada no fuese su muerte inminente, porque se sentiría muy estúpido por no haber escuchado a sus instintos y haber seguido siendo un egoísta orgulloso. Una bala rebotó al otro lado de la columna con un estruendo, y le puso la piel de gallina.

—¿Puedes seguirme hacia la salida? —preguntó, e Inés le devolvió una de esas inquietantes miradas perdidas.

—Claro, si eso te hace feliz. —Sonrió y Miguel quiso gritarle.

Toma aire, se dijo, con la vista fija en la puerta, la mente puesta en sus metas. *Uno…* apretó la mano de Inés, no supo muy bien por qué, pero lo hizo, y lo más raro de todo fue que le resultó reconfortante… *dos… y tres.*

Las puertas se abrieron de par en par antes de que Miguel pudiese dar un solo paso y al otro lado aparecieron tres Bestias rugiendo. Eso sumaba un total de seis cabezas voraces deseando hincarle sus dieciséis filas de dientes. Cuando su corazón se repuso del terror visceral que le provocaban esas criaturas —a él y a cualquiera que las hubiese visto con sus propios ojos—, se percató de que había una correa atada a los collares de pinchos que su ama les había colocado en torno al cuello.

Jackie.

—Solo he tenido que dejarme guiar por los perros —saludó ante su mirada incrédula, mientras agarraba con fuerza el extremo de las correas. ¿Cómo de fuerte tenías que ser para poder contener a esas criaturas sin demostrar el más mínimo esfuerzo?

Miguel se llevó la mano hacia el cuello de la camisa, donde Jackie se había limpiado su mano ensangrentada, impregnándola del líquido negro, y recordó las palabras del ángel: «¿Eso que apesta es tinta fresca?». La sangre de los Demonios y la tinta de sus pecados eran la misma sustancia. La diferencia era que las Bestias sabían quiénes eran las presas y quiénes, sus amos.

—¿Qué pasa? —preguntó la Demonio, que permaneció inmóvil en la entrada—. ¿No creerías que iba a dejar tirada a mi chica?

—¡Hola, Jackie! —saludó Inés, alzando la mano en el aire y echando a correr hacia ella, o eso habría hecho si Miguel no se hubiese apresurado a detenerla.

A solo unos pasos de ellos, Salomé y los dos Centinelas seguían forcejeando, enzarzados en un cuerpo a cuerpo en el que los cuchillos y balas surcaban el aire cada vez más cerca de su objetivo. Al parecer las pistolas celestiales también podían quedarse sin munición.

Miguel miró a la Demonio y se preguntó si había venido *solo* a «buscar a su chica» y planeaba dejar a Salomé allí tirada. El Miguel de hacía unas semanas ni se lo habría preguntado. «Sácame de aquí», habría exigido, deseando llegar a una lujosa habitación de hotel de cinco estrellas. Pero el Miguel de esa noche seguía existiendo solo porque Salomé se había negado a obedecer a su superior, a pesar de las consecuencias.

—Bah, está bien —dijo Jackie, y Miguel se preguntó si también podía leerle la mente—. Te aconsejo que corras hacia el altar tan rápido como puedas, acabo de encontrarlos vagando por la ciudad y llevan demasiado tiempo siendo salvajes como para obedecerme.

Ya, correr era la única solución que le ofrecían últimamente. No preguntó por qué el altar. Simplemente lo hizo. Tiró de Inés y juntos hicieron un *sprint* desesperado hacia el retablo mayor. Miguel cruzó los dedos para que la joven no sintiese el impulso de detenerse a admirar la belleza de las detalladas figuras bañadas en oro que lo recorrían del suelo al techo, o para hacer un donativo.

No quiso mirar atrás, pero supo qué estaba ocurriendo cuando escuchó un grito de terror tras él. Jackie había liberado a las Bestias, y parecía que una de ellas había encontrado con quien ensañarse. También supo que el sonido de los huesos del Centinela crujiendo bajo sus pesadas mandíbulas lo iba a acompañar en sus peores pesadillas. Eso, suponiendo que consiguiera sobrevivir a esa noche. Dos de las Bestias seguían bajo su pista, y sabía por experiencia que por mucha prisa que se diese, nunca sería más rápido que ellas. Subió los escalones y se refugió tras el altar, sobre el que descansaba una enorme cruz. Las Bestias se detuvieron en seco, sin atreverse a cruzar al otro lado. El corazón de Miguel estaba a punto de explotar y apenas se atrevía a observar a las Bestias que caminaban de un lado al otro de los escalones, como esas panteras que rondan los cristales de sus jaulas en el zoo.

Había estado a punto de morir tres veces entre sus fauces, pero no comprendía qué era lo que lo había salvado en esa ocasión. Su vista divagó hacia la cruz en el altar. No, no podía ser. Resultaba mucho más sencillo creer en el Mal que lo acechaba y lo miraba a los ojos que en un poder bondadoso que se negaba a mostrarse. ¿Por qué tanto secretismo si no tenía nada que esconder? El Mal carecía de esos pudores, no era necesario prestar atención para percibirlo: estaba por todas partes.

Las Bestias no tardaron en aburrirse, dando por perdida a su presa predilecta, pero dispuestas a encontrar a otra que saciase su furia. A varios metros de distancia, el Centinela superviviente y Salomé habían unido fuerzas para combatir a las dos criaturas, pero no fue necesario. Con un tiro limpio y una única bala que los descompuso en pedazos, Jackie los atravesó a ambos con un gesto de lástima, sin moverse un solo paso de la entrada de la catedral. *Curioso*, pensó Miguel, que se divirtiese jugando con los humanos, pero fuese capaz de empatizar con aquellos seres infernales.

—No quiero tener que entrar en la casa de mi enemigo, pero estoy dispuesta a hacerlo si no os largáis por donde habéis venido

—dijo con una de sus encantadoras sonrisas, quizá la forma más aterradora de lanzar una amenaza.

El Centinela, herido por su forcejeo con la Bestia y agotado por el intenso combate, vaciló unos instantes. Había algo poderoso y perturbador en ver sangrar a un ser celestial, aunque el líquido que emanaba de sus heridas fuese perlado, entre el color blanco y el de la plata. Si ellos no estaban a salvo de los horrores del mundo, ¿lo estaría alguien? Miguel se preguntó si el Centinela estaría evaluando quién le aterraba más: su jefe o aquella Demonio que lo apuntaba con un arma en las puertas de una catedral centenaria.

Tras un par de segundos de duda, se agachó para agarrar a su compañero malherido y se desvanecieron en el aire.

Salomé se dejó caer de rodillas en el suelo, y apoyó las manos sobre las frías baldosas de la catedral.

Una vez que estuvo seguro de que volvían a estar solos, Miguel abandonó la protección del altar y corrió a ayudar a Salomé a levantarse.

—¿Estás herida? —preguntó al ver un líquido resplandeciente en su top oscuro.

Demonios de sangre negra como las tinieblas y ángeles sin color en las venas. Añoró la época de su vida en la que solo había humanos mediocres de carne y hueso. Nunca más volvería a quejarse de lo mundano.

—Estoy bien, solo son unos rasguños —aseguró, aunque Miguel no estaba del todo convencido—. ¿Te estás preocupando por mí? —Sonrió—. Estoy haciendo mi trabajo mejor de lo que pensaba.

—Enternecedor —intervino Jackie, aún detenida en la entrada. Miguel se preguntó si se convertiría en sal o estallaría en llamas al entrar en territorio enemigo—. Y ahora, ¿qué os parece si arregláis a mi protegida?

5
Salomé

Había sido alcanzada durante la reyerta en dos ocasiones. La primera herida se la había producido un sablazo que había logrado esquivar por milímetros. La afilada hoja que blandía su compañero Centinela había provocado un superficial, aunque aparatoso, corte en su brazo. El segundo rasguño fue fruto de una salpicadura de la repugnante saliva de la Bestia, que había causado quemaduras en su pierna. Los Centinelas y los efluvios demoníacos no se llevaban demasiado bien. Sin embargo, a la hora de regenerarse, su cuerpo tenía habilidades superiores a las de cualquier humano, aunque necesitaría un buen bote de helado o una caja de galletas para reponer sus reservas de energía.

Tan pronto como pudo ponerse en pie sin ayuda, la improbable alianza inició la marcha por las calles de Sevilla. Jackie los guiaba por una zona residencial, mucho más tranquila que el centro, pero no demasiado alejada del corazón de la ciudad. Inés le daba la mano como una niña servicial y se dejaba conducir sin ofrecer resistencia. A unos cuantos pasos de distancia, Salomé y Miguel los seguían de cerca.

—Así que… ¿ahora trabajamos todos juntos? —preguntó Miguel. No hacía falta ser capaz de leerle los pensamientos para darse cuenta de que la idea no le hacía ninguna gracia. ¿Podía echárselo en cara?

—Jackie tiene razón. Yo le he hecho eso a Inés, y debo ayudar a arreglarlo.

—¿Y eso qué tiene que ver conmigo? —preguntó con su habitual tono de soberbia. En fin, nadie cambiaba de la noche a la mañana—. Han intentado matarme —añadió para demostrar que tenía argumentos de sobra.

Salomé suspiró, agotada. No tenía fuerzas para lidiar con su protegido.

—Supongo que nada, y supongo que en realidad puedes irte cuando quieras. Ni siquiera estoy segura de que el contrato que firmamos sea válido.

Miguel no se dio media vuelta para marcharse. En lugar de eso, se cruzó de brazos.

—Nah. No creas que podrás deshacerte de mí para ir por ahí a jugar a polis y cacos. Me prometiste que cuando acabases conmigo Martina estaría a mis pies, completamente enamorada de mí, y sigo esperando.

Lo que le pedía el cuerpo era echarse a reír, pero se contuvo. ¿Martina? ¿De veras, después de descubrir que formaba parte de un complot celestial y de estar a punto de ser devorado en varias ocasiones por las Bestias, era en lo único en lo que seguía pensando?

—Admiro tu tenacidad, lo reconozco. Hay quien lo llamaría «estupidez».

—Ya me conoces. No me gusta dejar las cosas a medias.

Lo buscó por el rabillo del ojo al distinguir en él emociones que le resultaban ajenas.

—¿Tienes miedo de que me marche? —preguntó, incrédula.

—Está claro que el único motivo por el que me ayudabas era para impresionar a tu jefe, ¿no? Ya no tienes por qué hacerlo. —El joven miró hacia Jackie, y Salomé sintió una punzada de vergüenza.

—¿De verdad piensas que me voy a marchar con una Demonio y te voy a dejar tirado con todos esos tatuajes, como un cebo para Bestias en un anzuelo?

—Tampoco pensaba que planeases inyectarme una especie de virus zombi sin mi consentimiento, pero la vida te sorprende.

Salomé tragó saliva. Por mucho que le doliese, tenía su parte de razón.

—Aún no había decidido hacerlo…

—Vaya, gracias. Eso me tranquiliza. Dime, ¿qué ha sido de toda esa mierda de decir la verdad, de pedir perdón? Los humanos pagamos por nuestros pecados y vosotros no, ¿así es como funciona el juego? ¿El juego de la bondad, es eso? Con normas distintas para unos y otros. No sé demasiado sobre la justicia celestial, pero no me parece que eso sea razonable.

—Lo siento —respondió Salomé, y lo dijo de corazón—: A mí también me han engañado. Sé que llevo semanas actuando como si lo tuviese todo bajo control, como si tuviese todas las respuestas, pero no es verdad. Estoy tan perdida como cualquier humano —resopló, sopesando la ironía—. Quizá por eso dejé de ser buena en mi trabajo. A lo mejor cuando acabe todo esto, encuentres a otro Centinela que te guíe. —Sintió un nudo en la garganta. A ella tampoco le gustaba dejar las cosas a medias.

—¿Es verdad que estás inhabilitada? —preguntó, y Salomé asintió con la cabeza.

—Creía que me habían dado otra oportunidad, que si esta misión salía bien, todo volvería a ser como antes. —Se encogió de hombros—. Supongo que para haber vivido miles de años, soy un poco crédula.

—¿Tuvo algo que ver con ella? —Quiso saber Miguel, señalando hacia Jackie con la cabeza.

Salomé no quería hablar de ese tema, así que la opción más rápida y cómoda era decir la simple y llana verdad.

—Sí.

Su protegido asintió con la cabeza.

—No me gusta. No me fío de ella. Quiero decir, ya sé que es una Demonio, pero… la forma en que planeaba sustituir a Inés por mí… no me gusta. Y tiene una personalidad horrible, como si creyese que todo le pertenece.

Salomé rio, divertida, ante el gesto de sorpresa de su protegido.

—Dicen que no soportamos ver nuestros defectos reflejados en otras personas.

Miguel resopló y, a pesar de todo, Salomé sintió una punzada de triunfo al saber que Jackie había fracasado en sus intentos por seducir y robarle a su protegido, que aún no había terminado de sacar conclusiones.

—Eso significa que tienes un gusto pésimo para las mujeres, así que mira quién es el chiste.

Si su sentido del equilibrio no hubiese sido prácticamente perfecto habría tropezado de la impresión. ¿Qué? ¿Cómo? ¿Por qué? ¿Se lo había contado Jackie? ¿Tan evidente era? Después de tantas semanas sin separarse el uno del otro, parecía que Miguel tampoco necesitaba que hablase para saber en qué pensaba.

—La cara que pusiste cuando te di ese panfleto y dije su nombre creo que es la misma que se me queda a mí cada vez que me encuentro con una foto de Martina en mi móvil. Supongo que no elegimos de quién nos enamoramos, ¿verdad? Por no hablar de que te llama Sally. ¿Puedo llamarte así yo también, *Sally*? —Sonrió con sorna.

—No si quieres conservar tu lengua. —Suspiró—. Yo... Eso... fue hace mucho tiempo. Y aprendí la lección. —*No confíes en el enemigo*—. Igual que he hecho esta noche. —*Y tampoco en tus aliados.*

Caminaron varios minutos más en medio de aquella tranquilidad, que resultaba angustiosa después de la ajetreada noche. La madrugada se les venía encima cuando por fin se detuvieron ante el portal de un edificio blanco y amarillo de varias plantas, a solo un par de calles de un gigantesco parque que Salomé no supo identificar y de las avenidas más importantes de la ciudad, pero lo bastante apartado como para que nadie los molestase. Era el tipo de rincón que Jackie siempre buscaba en las ciudades. Toda la acción y ninguna consecuencia. La idea de estar a solas en un apartamento con Jackie y sus protegidos había elevado todas sus alarmas. La calma con que actuaba la Demonio solo lograba empeorar sus sospechas. Jackie usó la llave para abrir el portal y los hizo subir por las escaleras hasta el último piso. Al menos no estaban invadiendo el hogar de nadie. Una vez frente al apartamento, dejó que Inés entrase primero; después de pedirle amablemente que lo hiciese, la siguió Miguel, y cuando Salomé se dispuso a cruzar el umbral de la puerta, Jackie la detuvo con un grito.

—¡Espera!

Salomé presintió la barrera un instante antes de plantar el pie al otro lado de la puerta y retrocedió justo a tiempo. Igual que una iglesia y un altar podían protegerse como territorio santo para evitar las visitas indeseadas, los Demonios contaban con herramientas de sobra para mantener a las fuerzas del Bien alejadas de sus moradas. Jackie volvió al cabo de unos segundos con un paño humedecido y limpió el dintel de la puerta concienzudamente.

—Ahora —dijo al cabo de unos momentos, luciendo una sonrisa casual, como si se hubiese ausentado para esconder un par de calcetines que había olvidado echar a lavar por si tenía visita, en lugar de haber removido una trampa mortal.

—¿Qué has usado esta vez, saliva de Bestia, agua maldita...? —preguntó Salomé, entrando en el apartamento, malhumorada.

—Mejor no preguntes —dijo la Demonio, sin dejar de sonreír mientras cerraba la puerta.

El apartamento era amplio, de concepto abierto, aunque estaba abarrotado por una obscena cantidad de butacas, sofás y sillas que se apoderaban de todo el espacio entre la cocina y el salón. En cambio, no había un solo cajón o estante a la vista. No era un lugar para vivir, un *hogar*, sino un espacio para recibir a invitados, cuantos más mejor, que pudiesen admirar tu éxito medido en la gama alta de los muebles y las obras de arte originales colgadas de las paredes. Podía oler la influencia de Jackie en el lugar, pero estaba convencida de que jamás viviría allí. Disfrutaba de las multitudes, pero nunca en su propio espacio.

—¿Es de uno de tus pupilos? —preguntó Salomé, echando un vistazo a su alrededor.

Jackie se encogió de hombros con fingida inocencia.

—Digamos que es de alguien que me debe un favor o dos.

—¿A qué se dedica? ¿Es bróker de la bolsa en Londres? —inquirió Miguel, quien se había dejado distraer por la vinoteca de la cocina—. Aquí hay vinos que valen más que mi coche.

—Digamos que es... un hombre de negocios con muy buen gusto. Os enseñaría la casa y os invitaría a tomar algo, pero preferiría que me dijeseis qué mierda hay en este condenado frasco. —Dejó la jeringuilla sobre la isla de la cocina.

—No deberías maldecir —dijo Inés, que se había sentado en el sofá, ocupando el menor espacio posible—. Es de mala educación.

¿Ese era el ideal de humanidad que Rivera planeaba fabricar? La voz de Inés sonaba distante y era como si sus palabras careciesen de significado. ¿Qué más daba lo que dijese si no era capaz de sentirlo? Aunque a todos les incomodaba, la respuesta de Jackie fue mucho más visceral. Tomó un paño de cocina y lo utilizó para amordazar a la muchacha, que no opuso resistencia alguna.

—Si tengo que escuchar una de esas ñoñerías una vez más, alguien tendrá que pagarlo. Así que, responde —dijo mirando a Salomé.

La Centinela negó con la cabeza, intentando que la vergüenza que sentía no la abrasase desde el interior.

—No lo sé.

—¡Estupendo! —exclamó Jackie. Se llevó las manos a la cintura con un gesto de incredulidad—. Le has inyectado un suero misterioso a mi pupila solo porque tu jefe te lo pidió. Pues bien, te diré que tengo una ligera idea de cuál puede ser uno de los ingredientes.

Se transportó en el aire hasta la cocina, agarró un sacacorchos que alguien había dejado olvidado en la encimera y lo utilizó para golpear el vial y romperlo en dos. El líquido empapó la superficie de mármol y la Demonio plantó la mano sobre él sin dudar. Su carne comenzó a enrojecerse y a crepitar como si estuviese debajo de una llama y un hilo de humo emanó de su piel.

—¡Para! —pidió, y Jackie solo obedeció para alzar la palma de su mano y mostrarle las desagradables quemaduras.

Salomé tragó saliva.

—¿Es…?

—Eso parece. Sangre de Centinela. —Se limpió la mano en la tela de su falda.

—¿Cómo lo has sabido? —preguntó, intentando poner en orden sus ideas.

—Hace tiempo que hay rumores entre los míos sobre experimentos dementes de los Centinelas. Incluso a mí me parecían demasiado excesivos para darles crédito. Supongo que os he subestimado.

Salomé se apoyó en uno de los taburetes de la cocina para no caerse de la impresión. Habían pasado muchas horas desde su última comida y había empleado la mayor parte de su fuerza en sanarse.

—Humano —dijo Jackie, señalando hacia Miguel, que se estaba aplicando en una de las cosas que mejor se le daban: escuchar y tomar nota de información que podría serle útil más adelante—. Echa un vistazo en la nevera. Tiene que haber algo azucarado ahí dentro.

Unos cuantos segundos después, Miguel le tendía una tarrina de helado de caramelo casi sin tocar y una cuchara. Salomé las agarró con el mismo ímpetu que si llevase una eternidad pasando hambre. El primer bocado le supo a gloria y se sintió eternamente agradecida a quienquiera que haya tenido la idea de congelar el azúcar por primera vez.

—Esos… esos rumores. ¿Dicen algo sobre una cura?

—Claro, además estoy segura de que podemos pasarnos por la casa de tu jefe y pedírsela amablemente —dijo Jackie, en un golpe bajo de sarcasmo.

Puede que fuese una Demonio desalmada, pero Salomé la conocía lo bastante bien como para ver a través de sus bravuconerías: estaba preocupada. Si Rivera lograba perfeccionar el suero y Los Siete Miembros accedían a emplearlo, los Demonios lo tendrían muy difícil para seguir plantándoles cara a los poderes del Bien. Después de eso podrían emplear todos sus recursos en dar caza a sus enemigos uno a uno.

—Tiene que haber alguien a quien podamos pedirle ayuda.

Jackie rio con una carcajada seca.

—¿De verdad? ¿Y a quién? No tienes un solo amigo entre los Centinelas, ¿en quién vas a confiar para que defienda tus intereses por encima de los suyos, para que arriesgue el tipo por una pecadora? —dijo señalando a Inés—. No, Sally. Sé que nunca lo has querido aceptar, pero estamos solas.

Yo estoy sola, quiso corregirla. Porque Salomé sí había estado ahí para sacrificarse por Jackie, había arriesgado algo que valoraba mucho más que su vida, y lo había perdido para cumplir una promesa. Lo único que Jackie había hecho por ella era recordar lo mucho que necesitaba el azúcar, y ni siquiera fue capaz de ir a la nevera a por el helado ella misma. *Para ya*, se suplicó. Solo los humanos podían permitirse cargar con ese tipo de heridas y se negaba a convertirse en el tipo de persona que es incapaz de ver lo bueno en los demás. Todo el mundo podía ser salvado. Eso era en lo que creía. También Inés, puede que incluso Jackie. Aunque en algo la Demonio tenía razón. Estaba harta de no confiar en sí misma.

—Dame tu mano—ordenó, tajante, y Jackie cambió su expresión por un gesto de aprobación.

—Esa es la Salomé que yo recuerdo. Sorpréndeme.

Jackie la extendió sobre la encimera y Salomé hizo aparecer una de sus dagas. Apartó de su mente un recuerdo desenterrado por el roce de la pálida piel de Jackie. A pesar de su aspecto desvaído, siempre estaba ardiendo, como si el Infierno corriese por sus venas.

—Lo siento, va a doler.

Salomé efectuó un fino corte sobre la palma de la mano de la Demonio, casi quirúrgico, y apretó hasta que una gota cayó entre las quemaduras que ya empezaban a cicatrizar. Jackie no protestó, solo la miró en silencio, con esa intensidad que siempre hacía que le temblasen desde las piernas hasta el alma. En el mismo instante en que los dos líquidos entraron en contacto, sangre de Centinela y de Demonio, las sustancias incompatibles se devoraron la una a la otra hasta desaparecer.

La Demonio rio al ver el fruto del experimento.

—Salomé, mi linda y tozuda Salomé. ¿No estarás pensando en lo que creo que piensas?

Lo estaba haciendo.

—Es arriesgado, una locura —dijo, negando con la cabeza. Se arrepintió de su idea en el mismo instante en que la tuvo.

—Pero… ¿podría funcionar? —preguntó Jackie.

Rodeó la isla de la cocina hasta quedar a solo un par de pasos de distancia de ella. Salomé habría preferido que se hubiera quedado donde estaba, para poder pensar con claridad.

—Podría. Pero también podría matarla.

—Yo no llamaría «vida» a la otra opción. A lo que le pasará si no hacemos nada.

Ambas miraron hacia la joven, que no se había movido un solo centímetro desde que se acomodó en el sofá ni se había quitado la mordaza a pesar de tener las manos libres. Parecía completamente ajena al debate que estaba teniendo lugar sobre su futuro.

—Inés —la llamó, y la chica se volvió hacia ella en silencio—. Acércate. —Obedeció, porque ella era una Centinela y su palabra, la ley, o eso es lo que Rivera había decidido. De la misma forma en que los Demonios otorgaban dones oscuros a los humanos desde los tiempos en que llamaban «brujas» y «hechiceros» a sus seguidores, Rivera les había arrebatado el regalo de la voluntad.

No se sentía cualificada para tomar aquella decisión y Jackie tampoco era una observadora imparcial. Eso la dejaba con un único miembro en el jurado, el único humano presente con voz propia.

—¿Qué harías tú? —le preguntó a Miguel, que llevaba un rato observando con los brazos cruzados.

El joven suspiró. Le resultaba irónico que después de semanas calentándole la cabeza con rígidos códigos morales, acudiese a él para resolver un dilema.

—Preferiría que me enterraseis esta noche a seguir viviendo como un pelele.

Miró a Jackie, que asintió con la cabeza.

—Que así sea —sentenció la Demonio. Salomé le tendió su daga—. Gracias, siempre me encantaron tus armas.

Jackie llevó la punta metálica hasta la base de su muñeca y la deslizó en una fina línea descendente. La sangre negra comenzó a brotar por su brazo, empapando su vestido rojo. Quitó la mordaza de los labios de Inés e inclinó su barbilla hacia ella.

—Abre la boca, *petite fleur.*

No obedeció hasta que Salomé no asintió con la cabeza. Inés entreabrió sus labios, pintados con un granate brillante que se confundió con la oscura sangre cuando Jackie dejó que gotease sobre su lengua.

La suerte estaba echada. Si su instinto estaba en lo cierto, la sangre de Demonio anularía la de Centinela que corría por su organismo, pero si se equivocaba… en el mejor de los casos no ocurriría nada; en el peor, ambas sustancias se convertirían en un tóxico en su cuerpo que lo corroería todo.

Jackie dejó que la sangre corriera hasta que no cupo más en la boca de Inés y se desbordó por su cuello.

—Repugnante. —Escuchó comentar a Miguel.

—Trágala toda —dijo, y la humana, que no podía hacer otra cosa, volvió a obedecer. Su cuerpo tardó apenas un segundo en reaccionar. Comenzó a toser, salpicando restos de sangre por doquier. Al principio solo tosía, como un reflejo de su cuerpo que no podía evitar, pero al cabo de unos angustiosos momentos buscó apoyo en la encimera y se llevó la mano a los labios, confundida. Se limpió la sangre negra, de un olor tan intenso que provocaba náuseas, y miró sus dedos impregnados de la tinta con la que escribían los pecados.

—¿*Petite fleur*? —preguntó Jackie, dando un paso hacia ella.

—Qué asco… Dios… os odio a todos…

Jackie sonrió al oír su respuesta, y Salomé tragó saliva, aliviada.

6
Inés

Hubiese sido más agradable olvidar, pero Inés recordaba cada instante con mayor precisión que ninguna de sus vivencias hasta la fecha. Por tentador que fuese desterrar aquellas memorias, si las olvidase no estaría tan enfadada, y era esa ira desmedida el motor que la mantenía cuerda. Desde que la aguja se clavó en su cuello y el líquido que contenía se propagó por sus venas como una llamarada, Inés lo había visto y sentido todo: el movimiento de sus músculos con cada paso que daba, el olor a incienso de la catedral, la presión de la mano de Miguel cerrándose sobre la suya, la mordaza apretando sus labios; pero no podía hacer nada, no podía hablar, ni siquiera podía pensar. Solo existir, igual que un pedazo de carne sin alma. La habían convertido en un objeto dotado de sentidos y de una voz, pero tan impotente como una taza de té de la vajilla cara, de esas que adornaban los armarios del comedor, pero que nadie usaba.

—Os odio a todos…

Sus primeras palabras podrían haber sido mucho más perniciosas, tendría derecho a ellas, pero el odio era el único sentimiento en el que se lograba concentrar.

Jackie la había convertido en un peón más de su juego a pesar de sus promesas; aquella otra mujer, la «Centinela», no dudó en transformarla en una marioneta, y Miguel…

Miguel tenía la culpa de todo. Vio una daga ensangrentada sobre la encimera y ni siquiera tuvo que tomar la decisión. Cuando quiso darse cuenta, ya la tenía en la mano y se abalanzaba sobre Miguel con un grito de rabia. Por suerte para ese malnacido, su estatura y su fuerza le permitieron sujetarla por la muñeca antes de que tuviese la ocasión de clavarle la daga en su podrido corazón, como deseaba.

—¡Suéltame! ¡Suéltame y déjame que te dé tu merecido! Alguien tiene que hacerlo.

Ese chico al que tanto odiaba ni siquiera parpadeó dos veces.

—Eh, no te digo que no tengas razón, pero ¿de verdad quieres ser el tipo de persona que apuñala a alguien? Has intentado matarme tantas veces esta noche que si realmente quisieses hacerlo ya lo habrías conseguido.

Que hubiese una parte de verdad en sus palabras solo logró enfurecerla aún más. Le pegó una patada en la espinilla y un pisotón antes de que la mujer a la que Jackie había llamado Salomé interviniese. La agarró por debajo de las axilas, tiró de ella para alejarla de Miguel, y retorció su mano lo justo como para que tuviese que soltar la daga, que atrapó en el aire antes de que tocara el suelo. Mientras tanto, Miguel se frotaba la pierna donde le había golpeado entre maldiciones.

—Siento lo que te ha ocurrido —dijo Salomé. Inés quiso escupirle en la cara. Como si hubiese sido un capricho del destino, mala suerte, en lugar de algo que ella había hecho, que *le* había hecho—. Solo intentaba salvar tu alma. Como puedes ver la influencia de Jackie no es buena para ti, no se puede ir por ahí pateando a la gente.

—¡No quiero que mi alma esté a salvo! ¡Quiero que cretinos como vosotros dejéis de utilizarme!

Cuando Jackie se acercó a ella, Salomé la soltó.

—Todo el mundo utiliza a otras personas, *petite fleur*. Debo ser una pésima maestra, creí que ya habías aprendido esa lección. Si quieres dejar de ser un instrumento y convertirte en la escultora, tienes que ganártelo. Mira a tu alrededor. Esto es lo que consiguen las personas que deciden tomar lo que quieren. Eso es lo que quiero para ti.

Inés lo hizo, examinó aquel piso con atención, con sus propios ojos, su propia mente. Pensó que Jackie la conocería mejor, que sabría que a ella no le interesaban los muebles de diseño y las botellas de champán con precios obscenos.

—Creo que este piso le pega más a Miguel, ¿por eso querías convertirlo en tu pupilo? —la acusó.

La Demonio se cruzó de brazos y puso los ojos en blanco, como si tanta cháchara estuviese aburriéndola.

—Quería a Miguel, sí. Sigo queriéndolo. —Le lanzó una sonrisa tan corrupta que Salomé se interpuso entre ambos—. Pero tú siempre serías mi favorita. Piensa en todo lo que podríamos conseguir los tres juntos.

Inés se llevó las manos a la cabeza, las enredó entre su pelo y gritó:

—¡No quiero ser la favorita de nadie, quiero ser la *única*! ¡Quiero que alguien me escuche, que lo que tengo para decir importe por una vez, que dejéis de decirme qué es lo mejor para mí y después me traicionéis!

—No es culpa de Salomé, y yo no sabía nada de esto, te lo aseguro. Es normal que estés furiosa, pero no lo pagues con ella —dijo aquella voz por la que había sido hipnotizada en tantas ocasiones.

Miguel se había puesto en pie, y la tal Salomé lo miraba con incredulidad, como si fuese la primera sorprendida por sus palabras.

Inés no fue capaz de mirarlo a la cara.

A pesar de que había perdido toda esperanza, de que ya no deseaba nada de él además de que se lo tragase la tierra, lo que había sentido seguía doliendo demasiado, más aún que su engaño. Su mera existencia todavía le recordaba lo estúpida, lo ridícula, que había sido, el daño que se había hecho a sí misma.

Y el muy cretino se atrevía a detenerse ante ella y decirle lo que tenía que hacer.

—Marchaos. —Aunque no alzase la vista del suelo, no podía expresar sus deseos ni más alto, ni más claro.

—No es tan sencillo —dijo Salomé, pero a Inés no le interesaban sus excusas, solo quería que desapareciesen, que se llevase a Miguel con ella y la dejasen en paz—. Conozco bien a Rivera, hemos trabajado juntos durante milenios. Es metódico, exigente, jamás tolerará un cabo suelto en su plan. Volverá a por ti, y no lo hará solo.

La mujer encarnaba una antítesis total de Jackie, tan impulsiva e impertinente. Si viajabas con ella, podías despertarte una mañana en París y acostarte en Roma. Un día te adoraba y eras su niña predilecta, y al siguiente no sabías dónde estaba o con quién, o si estaba buscando a tu sustituto. Salomé, en cambio, tenía el aspecto de una roca que se transforma de manera imperceptible a lo largo de eones, erosionada por los elementos, pero nunca por voluntad propia. No parecía ser de esas personas que engañan a otros, pero Miguel le había enseñado que los rostros dulces y las voces seguras son más peligrosos que quienes se muestran tal y como son.

—No tengo nada que ver con vuestros problemas, resolvedlos solos.

—Eres testigo, todos lo somos. He visto antes cómo los Centinelas Mayores anteponen el bien común y el orden establecido, aunque sea a costa de unas pocas vidas. En el gran plano de las cosas somos insignificantes, nos sacrificarán si es preciso —explicó Salomé.

—Estupendo —masculló Miguel para sí mismo, aunque todas lo oyeron—. ¿Qué ha sido de ese rollo de «el Señor tiene un plan para todos»?

—Ellos son quienes deciden ese plan, me temo —se lamentó Salomé.

—Marchaos. Marchaos y no volváis —repitió Inés, y esta vez, tras unos segundos de vacilación, la Centinela acabó por asentir.

Salomé llamó a Miguel con un gesto y el joven le lanzó una última mirada antes de marcharse que le revolvió las entrañas. Inés intentó descifrarlo, pero para ella el auténtico Miguel, el que no lucía una careta con maestría, estaba escrito en un idioma desconocido que no sabía leer.

Un silencio fugaz pero aplastante siguió al portazo que dio Salomé, ese tipo de quietudes angustiosas que se colaban en todos los resquicios.

Jackie caminó hacia el mueble bar para servirse una copa de lo que parecía ser *whisky*, o coñac; Inés no sabía nada de bebidas alcohólicas, salvo que la velocidad a la que lo bebió habría abrasado el estómago de cualquier humano mortal. Dejó el vaso y la botella sobre la mesa con un golpe seco, y se limpió los labios con el dorso de la mano y un gemido de satisfacción.

—No me gusta reconocerlo, pero Sally tiene parte de razón. Van a venir a por nosotras, tenemos que estar preparadas y unidas, así que olvida todo ese despecho que tienes encima durante un rato y mentalízate de que ahora estás en el mismo equipo que Miguel y que esa Centinela pedante.

—¿Por qué Miguel? —preguntó—. ¿Por qué de todas las personas del mundo tenía que ser Miguel? ¿Me elegiste para acercarte a él?

—¿Que por qué Miguel? —Jackie se echó a reír, y su risa ya no le resultaba intimidante, ni seductora, solo despreciable—. Pregúntate mejor por qué *tú*.

La respuesta la sorprendió con la guardia baja. No estaban hablando de ella, ¿por qué le daba la vuelta a la conversación para apuntarla con el dedo?

—¿Por qué *yo*? —repitió.

—Por qué tú de todas las chicas que se lamentan por su destino, que lloran porque no les han dado la beca que merecían porque el decano le debía un favor a alguien, que se lamentan porque sus jefes las tratan como si no tuviesen ni idea de lo que hacen cuando los incompetentes son ellos, que tienen que escuchar una y otra vez frases como «¿qué llevabas puesto?» o «¿si es verdad, por qué no denunciaste antes?». Hay historias mil veces más duras que la de un corazón hecho añicos, así que dime, Inés, dulce Inés, Inés del alma mía. ¿Qué tienes *tú* de especial cuando hay tan poca justicia en el mundo? —Inés no habría sabido qué responder, pero su maestra tampoco le dio la oportunidad—. ¿Quieres la verdad? La verdad es que ni ese humano ni tú sois más que un divertido entretenimiento, porque tu existencia alimenta su culpa y la suya enciende tu odio, y ambos sentimientos sirven para mis propósitos, sirven a la causa del Mal. La verdad es que algunos humanos pueden aspirar a cierta grandeza con la ayuda adecuada. Tú has tenido la suerte de que la ayuda esté llamando a tu puerta y resulta que yo necesito que hagas algo por mí a cambio; así que, dime, Inés, ¿quieres que nos sigamos divirtiendo o prefieres ser una florecilla pisoteada?

Desde que la había visto por primera vez entre los cuadros de Goya, Inés había sentido dudas, y la Demonio se había encargado de aplacarlas y retorcerlas una a una hasta plegarla a su voluntad. Esta vez, ya no dudaba. Tenía la certeza de que no podía confiar en su maestra, de que no dudaría en traicionarla o sustituirla. Y aun así, o precisamente por ello, decidió que era el momento de comprobar si la transformación estaba surgiendo efecto, si era capaz de competir en la liga de los adultos. Era lo que Jackie le había enseñado. Si nadie escucha tu voz, deja de susurrar y asegúrate de que no olviden tus gritos.

Sonrió, y Jackie ladeó la cabeza, intrigada por su reacción. ¿No iba a echarse a llorar, no iba a quebrarse en pedazos? ¿Había por fin aprendido que la autocompasión no servía de nada?

—Tienes razón. No soy especial, tampoco necesito serlo, no para ti. Pero eso de la grandeza… no suena tan mal.

Jackie se mordió el labio, complacida, e Inés supo que el segundo tiempo del partido acababa de comenzar.

7
Miguel

Tras un trayecto en taxi que se le hizo eterno, llegó a su casa y la encontró completamente vacía a excepción de Chica. Nunca se había alegrado tanto de volver a su hogar. La perra lo recibió eufórica como de costumbre y Miguel la acarició con una efusividad honesta que ningún humano iba a recibir jamás de él, dejó que apoyase las patas delanteras sobre su pecho y la abrazó. Habían sido un par de días duros. El gesto de odio de Inés cuando había intentado apuñalarlo volvió a revolverle el estómago.

—Voy a asegurame de que las protecciones que he puesto por la casa siguen funcionando —le anunció Salomé, antes de desaparecer hacia el jardín.

Miguel asintió con la cabeza, distraído, mientras jugaba a agitar las orejas de Chica.

—Tú eres la única que me quiere de verdad, ¿a que sí, Chica? Tú sí me echas de menos. —La perra respondió lamiéndole la cara.

Dejó su equipaje en la entrada para que Sus se encargase de la ropa cuando volviese. Supuso que estaba haciendo las compras o algo por el estilo. Se acomodó en el sofá, encendió el televisor y buscó una de esas series facilonas que lo distrajesen, pero que no lo hiciesen pensar. No tenía fuerzas. Chica se acomodó en el suelo junto a él y Miguel rebuscó en las notificaciones de su teléfono móvil mientras en el televisor se producía una persecución repleta de explosiones. Justo lo que buscaba. Divagó por varias redes sociales en un intento por acallar los recuerdos sin procesar lo sucedido.

Centinelas. Demonios. Bestias. Estatuas vivientes. Inyecciones de sangre celestial.

Iba a necesitar unas largas vacaciones cuando acabase todo aquello.

Comprobó que Martina no había actualizado su perfil, y tampoco había subido *stories* que pudiese cotillear. También se metió en el de Inés. Ahora que conocía toda la historia, sus dibujos cobraban un significado diferente, y también la forma en que se habían vuelto más oscuros, en parte, por su culpa. Al cabo de varios minutos, el aburrimiento amenazaba con romper su fachada de tipo duro al que nada le afectaba. *Mierda*. No podía quedarse quieto en su casa, necesitaba distraerse. ¿Dónde se había metido Salomé? Le escribió un SMS para asegurarse de que todo estaba en orden y ella respondió escuetamente explicando que iba a hacer una ronda por la calle, ampliando las protecciones. Estupendo, más tiempo para estar a solas con sus pensamientos. Marcó el número de teléfono de Luis y lo invitó a pasarse por su casa. Su amigo vivía en la misma zona, así que llegó en menos de diez minutos y lo saludó con una gran sonrisa. Por fin, un rostro familiar que no tenía miles de años y que no intentaba asesinarlo.

—Ey, llevo todo el finde llamándote —dijo su amigo—. ¿Dónde te habías metido?

—Digamos que he tenido un par de… noches locas. —Sonrió de nuevo y dejó que Luis pensase lo que quisiese.

—¿Sí? —preguntó sorprendido—. ¿Y qué ha sido de lo de convertirte en un santurrón?

Se encogió de hombros.

—Estoy tomándome un descanso. —*Hasta que pueda salir de casa sin miedo a que me ajusticie un grupo de insurgentes celestiales*—. ¿Una cerveza?

Su amigo asintió con la cabeza y lo siguió a la cocina, donde sacó un par de latas de la nevera.

—Me alegra que hayas dejado ir esa idea de enamorar a Martina —dijo Luis, y Miguel no respondió. En ningún momento había dicho que se hubiese rendido—. Pero no estaría mal que volvieses a echarnos un cable en la ONG.

Típico. No cambies nunca, a no ser que me beneficie a mí, o se adapte a mi visión del mundo. Miguel se mordió el labio, disimulando una sonrisa irónica.

—Nah, tenías razón. Es un rollo que no me va. —Intentar hacer las cosas bien solo le había servido para que tratasen de asfixiarlo, lobotomizarlo y devorarlo.

—Lástima. —Luis suspiró—. Nos habrían venido bien tus... habilidades persuasivas. Tendrías que haber estudiado Derecho en lugar de ADE, hubieses sido el mejor abogado de Madrid —dijo dándole un trago a su cerveza.

—Pues yo creo que tú hiciste bien no estudiando Medicina —dijo Miguel sin pensar. El comentario los sumió en un silencio reflexivo. Su amigo se encogió de hombros.

—Medicina hubiese estado bien, pero hay muchas formas de ayudar a la gente. Cuando acabe estas prácticas me gustaría hacer algo más... *¿útil?*

—Podrías ser el directivo de una ONG, o un jefazo de las Naciones Unidas —dijo Miguel probando su cerveza con desgana.

Lo decía totalmente en serio. Si alguien estaba capacitado para el trabajo era su amigo. Además, estaría bien saber que había una persona incorruptible al frente de una de esas organizaciones, que no iba a desviar fondos, ni a cargar cobros disparatados a la tarjeta de la empresa, ni a contratar a su novia o a su primo en un puesto ficticio de asesor.

Luis sonrió ante la idea.

—No estaría mal. Aunque no necesito un cargo tan importante. ¿Y tú? ¿Sabes ya qué vas a hacer con tu vida?

—Ni siquiera sé qué voy a hacer mañana.

Como si el universo quisiese subrayar el carácter impredecible de la vida humana, una bala hizo añicos el cristal de la ventana de la cocina y atravesó la lata de cerveza, que salió disparada de la mano de Miguel salpicando los muebles y el suelo. El joven reaccionó mucho más rápido que su amigo, que no tenía ni la menor idea de lo que estaba ocurriendo. Saltó sobre Luis tirándolo contra el suelo en un placaje más típico de uno de sus partidos de rugby, para evitar que una nueva salva de balas lo atravesase.

—¡No te muevas! —le ordenó.

Chica ladraba frenética desde el pasillo y Miguel cruzó los dedos para que no se le ocurriese acercarse.

—¡¿Nos... nos están disparando?! —Logró articular su amigo después de haber titubeado durante varios instantes.

—Eso parece...

Dos figuras vestidas de negro aparecieron en mitad de la cocina y Luis gritó del susto. Parecían un hombre y una mujer, pero resultaba difícil distinguirlos. Todos los Centinelas tenían los mismos cuerpos musculosos y el mismo gesto de superioridad. Miguel se puso de pie de un salto e hizo lo único que se le ocurrió: agarrar el objeto contundente más cercano y lanzárselo a la cabeza. En este caso, el elegido fue el frutero de cristal al que su madre le tenía tanto cariño. El objeto se deshizo en pedazos al chocar contra el cráneo del Centinela, que no se inmutó ante la agresión. Chica apareció en la puerta de la cocina, ladrando tan alto como podía; le mostró los dientes a los intrusos y gruñó, preparada para morder si hacía falta. Miguel sintió una oleada de pánico.

Que le hiciesen lo que quisieran a él, pero nadie iba a tocarle un pelo a esa perra boba.

—Luis —pidió a su amigo—. Llévate a Chica.

Su amigo, que aún seguía en el suelo en estado de shock, lo miró, incrédulo. Estaban charlando, tan tranquilos, tomando una cerveza y de pronto su amigo le pedía que lo dejase a solas con unos tipos armados surgidos de la nada. Podía comprender su confusión.

—Que te lleves a Chica de aquí —repitió, pero el Centinela no parecía dispuesto a esperar. Alzó la pistola para apuntarle directamente a la frente.

Lástima, parece que hasta aquí hemos llegado, se dijo. Durante los primeros veintiún años de su vida todo había resultado como él había deseado, desde el más mínimo capricho a sus grandes ambiciones, así que quizás una existencia breve era el precio que tenía que pagar por haber tenido tanta suerte, y tan mal hacer. Le hubiese gustado haber podido besar a Martina al menos una vez antes de morir, pero, en fin, era lo que había. Cerró los ojos y aceptó su destino como pudo.

Escuchó un grito seguido de un disparo. Pero él seguía vivo, así que... ¿a quién habían herido?

Cuando abrió los ojos vio a Chica colgada en el aire, clavando sus colmillos en la muñeca del Centinela que gritaba mientras intentaba zafarse de ella, y un agujero en el techo donde había impactado la bala. Su compañero alzó el arma hacia la perra. *De eso nada.* Miguel se lanzó hacia él, pegándole un puñetazo en pleno rostro. Su labia solía evitarle todo tipo de problemas y se encargaba de desfogarse con el deporte, así que no estaba seguro de por qué sabía pegar un derechazo como el que hizo crujir la nariz del intruso. Se habían atrevido a entrar en su casa, a poner en peligro a su amigo, a su perra...

Volvió a golpearlo una segunda vez, y una tercera, demasiado cegado por la ira como para percatarse de la daga que apareció en la mano del Centinela. Alguien lo agarró del cuello de su camisa y tiró de él hacia atrás justo a tiempo para evitar que el lance de su rival le atravesase las costillas.

—Llegas tarde —dijo al ver a su salvadora.

—Estoy sorprendida. Has durado cinco minutos sin mí —respondió Salomé.

—¿Por qué has tardado tanto? —bufó él.

Chica liberó por fin al hombre y se preparó para el ataque bajo el amparo de Salomé, como si supiese que tenían que luchar juntas. La mujer extendió los brazos en el aire y dos dagas aparecieron entre sus dedos.

—Si queréis al chico, tendréis que lidiar conmigo primero —anunció.

Los dos intrusos se miraron y bastó un segundo para que se desvaneciesen en el aire a la misma velocidad con la que habían llegado. Al parecer, la reputación de su Centinela era mucho más conocida entre los suyos de lo que Miguel había creído.

Salomé relajó los músculos y Miguel volvió a respirar. Había estado demasiadas veces al borde de la muerte para su gusto en las últimas veinticuatro horas. Aunque quizás había bajado la guardia demasiado rápido. Salomé se giró hacia él, cuchillos en mano, y lo fusiló con esos ojos grises suyos.

—Te dije que te perseguirían, que esto… —Señaló la cocina destrozada— iba a ocurrir, pero no, tú, Miguel Sabato, un humano mediocre que no sabe nada de la vida, eres incapaz de escuchar a una mujer milenaria, para qué hacer caso, ¿no? Solo a ti se te ocurre invitar a otro mortal como si nada —resopló, ultrajada.

Podía presentir la mirada abrumada de Luis, quien aún no había recuperado la compostura lo suficiente como para ponerse en pie y seguía sentado en el suelo de la cocina, tal vez preguntándose quién era esa mujer que hacía aparecer dagas en el aire y hablaba de la muerte con semejante soltura.

—Por favor, no me hagas daño —pidió.

El cuchillo desapareció de la palma de la mano de Salomé. Si pretendía que fuese un gesto pacificador logró todo lo contrario. Ahora Luis estaba mucho más aterrado.

—Será mejor que nos sentemos y charlemos un poco. ¿A alguien le apetece merendar? —Miró a su protegido—. ¿Por qué no nos preparas algo?

Miguel estuvo a punto de decirle que lo había confundido con la asistenta cuando se acordó de Sus. Estaría a punto de llegar. Contempló el desastre ante sus ojos, la ventana destrozada, cristales por doquier, la puerta agujereada. Asintió con la cabeza y mientras Salomé ayudaba a su amigo a ponerse en pie a pesar de que al joven siguiese aterrándole su presencia, mando un mensaje a Sus pidiéndole que cuando acabase lo que fuera que estuviese haciendo fuese a comprar unos pasteles en la otra punta del barrio. Eso les daría un tiempo.

Salomé y Luis se acomodaron en el sofá, con Chica a sus pies, y él se peleó con la tetera eléctrica de su madre, intentando averiguar cómo calentar agua para preparar una tila. Acabó por rendirse y utilizó el microondas. Rebuscó en los armarios hasta dar con las infusiones y se resignó a hacer de anfitrión. Se reunió con su amigo y su protectora en el salón, cargado con una bandeja con tres tazas, una tetera de porcelana y un paquete de Donettes para la Centinela. Salomé se encargó de servir la infusión y Miguel se sentó junto a ella para no sobresaltar a su amigo, cuyo rostro se había tornado pálido.

—¿Por qué soy el único al que nada de esto le parece normal? —preguntó.

—¿Qué parte? —preguntó Miguel—. ¿La de los asesinos que aparecen y desaparecen en el aire o que estemos tomando una tila a las cinco de la tarde como si fuésemos tres ancianitas?

Salomé se apresuró a intervenir antes de que su protegido empeorase la situación.

—Verás, Luis… hay ciertos aspectos del mundo que la mayoría de los humanos ignoráis, y debe seguir siendo así. Sería genial si pudieses, ya sabes, mantener la boca cerrada.

—¿Y quién me iba a creer? —preguntó el muchacho, a nadie en particular.

—Esa es la actitud. —Salomé se inclinó para alzar su taza y acto seguido se giró hacia Miguel—. ¿Y el azúcar?

—Sabes dónde está la cocina.

Bastó una de sus amenazantes miradas para que Miguel se tragase sus palabras y fuese a la cocina a por el azucarero. Lo dejó en la mesa y Salomé se sirvió al menos diez cucharadas mientras trataba de explicarle a Luis que existían seres celestiales encargados de limpiar el alma de los pecadores de sus errores del pasado y de convertirlos en hombres y mujeres nuevos capaces de generar un «impacto positivo en el mundo».

—¿Cómo una especie de… *coaching* moral? —preguntó Luis, que no había tocado su tila; de hecho, no se había movido un solo milímetro ni dicho nada en los últimos diez minutos.

—Más o menos.

Salomé hizo ese truco suyo de leerle la mente para convencerlo de sus talentos sobrenaturales —aunque en lugar de hablar de sus pecados, porque Miguel estaba convencido de que Luis no sabía ni lo que era tener malas intenciones o ser egoísta, recurrió a recuerdos de la infancia— y Luis le creyó con mucha más facilidad que Miguel.

—Pero… hay algo que no me cuadra —continuó Luis.

—¿Algo? ¿Solo *algo*? —No le extrañaba que le hubiese sido tan fácil conservarlo como amigo durante todos esos años si era así de crédulo.

—Bueno, me llevará un tiempo procesarlo, pero es que hay una cosa que no entiendo. —Lo miró directamente a él—. Tú no eres mala persona.

Por el amor de Dios. No había muchas cosas que le hiciesen reír, pero esa fue una de ellas. Miguel respondió con una carcajada seca repleta de acritud.

—Por supuesto que lo soy. Soy un mentiroso, un manipulador avaricioso y un engreído que jamás piensa en los demás y que se cree que tiene derecho a todo simplemente por existir. Soy un miserable que hace lo que haga falta para salirse con la suya sin importar a quién tenga que llevarse por delante.

Salomé dio un sorbito a su infusión.

—Yo no lo habría descrito mejor.

—¿Lo ves? Soy prácticamente un monstruo.

Luis se apretó los nudillos sin llegar a crujirlos, pensativo. Sus manos reposaban sobre su regazo, pero no era capaz de tenerlas del todo quietas. Miguel conocía bien aquel gesto. Había algo que quería decir, algo que lo incomodaba, y buscaba la forma de hacerlo. Algunas veces acababa por guardarse sus pensamientos para sí mismo, y otras, muy pocas, acababa por estallar.

—¿Por qué eres tan cruel contigo mismo?

Vaya, eso era lo último que esperaba oír, y conocía tan bien a Luis que no solía sorprenderlo.

—No lo soy. Soy la persona más autoindulgente y hedonista que existe.

¿De verdad aceptaba la existencia de todo un mundo más allá de su terrenal y frágil humanidad, donde ángeles y demonios batallaban desde los albores de los tiempos por el dominio del alma humana, pero se negaba a creer que Miguel no fuese el buen chico que fingía ser delante de los adultos y las personas con poder?

—Autoindulgente, autodestructivo, ¿qué diferencia hay?

No podía creer que estuviese teniendo esa conversación.

—No soy autodestructivo.

—¿Ah, no? ¿Y cómo llamas a salir a buscar un ligue nuevo cada noche en lugar de intentar encontrar un trabajo?

—Diversión.

—¿De verdad no te preocupa ni un poco tu futuro?

—¿Por qué me iba a preocupar si siempre consigo lo que quiero? —dijo en tono jocoso. Llevaba años esforzándose por esconder su verdadera naturaleza y ahora no podía soportar que su amigo se negase a verla cuando la tenía ante sus ojos.

—¿Ah, sí? ¿Esto es lo que quieres? —extendió las manos, señalando a su alrededor, al estropicio de la cocina, a la tensión incómoda que los circundaba, a su total dependencia económica de sus padres.

Pues claro que no. No quería tener que mentirle a Sus para que no viese la cocina hecha pedazos, no quería acostarse cada noche preguntándose qué estaría haciendo Martina y qué tenía su hipotético nuevo novio que no tuviese él, no quería pasarse el resto de su vida oyendo a sus amigos hablar de entrevistas de trabajo y contratos indefinidos ni tener que pedirle a su madre el dinero que ganaba traicionándose a sí misma para que él pudiese vivir con holgura.

—No sé qué es lo que quiero —admitió—. Solo sé que lo quiero *todo.*

—Pues no parece que esté sirviendo de nada. —Luis se cubrió el rostro con las manos y se puso en pie de golpe, haciendo que Chica lo imitase—. Estoy seguro de que has cometido muchos errores, pero eso no te convierte en mala persona. Si necesitas algo sabes dónde encontrarme, pero no voy a quedarme a escuchar cómo te metes con mi mejor amigo.

Salomé se incorporó e hizo ademán de salir tras él.

—No puede irse —protestó—. Los secuaces de Rivera irán a por él. La forma más rápida de llegar hasta una persona son sus seres queridos, y ese chico, siento decirlo, es una presa fácil.

Miguel negó con la cabeza.

—Si quieren hacerme daño, solo hay una persona que está en peligro.

8
Inés

Inés había aprendido mucho de Jacqueline en las últimas semanas, pero la paciencia había sido siempre una de sus virtudes. Llevaba cerca de una hora esperando en la salida de las oficinas donde Martina trabajaba. Solo había necesitado una búsqueda en Google para encontrar la dirección del periódico en donde estaba haciendo prácticas, en la calle O´Donell, a solo unos cuantos bloques de distancia del Retiro. Inés observaba desde la acera de enfrente y esperaba, tal y como Jackie le había pedido. Según ella, los Centinelas no dudarían a la hora de utilizar a cualquiera que les importase para someterlo a su voluntad. Sus padres estaban seguros, le prometió, porque había dispuesto a una jauría de sus mejores Bestias a su cargo y había embadurnado la fachada del edificio de sangre demoníaca para asegurarse de que obedecerían sus órdenes. Eso significaba que Inés estaba libre para seguir los pasos de alguien que estaba bajo amenaza por ser el blanco del amor de la persona equivocada, la buena de Martina.

Martina la chica perfecta. Inés siempre había soñado con ser alguien como ella, incluyendo toda la atención que recibía, pero, por una vez, prefería seguir en su propia piel.

Al menos Inés podía protegerse a sí misma.

—Tarde o temprano aparecerán los Centinelas —le advirtió Jackie—. Yo lo sabré y acudiré en tu ayuda. Los capturaremos y les sacaremos toda la información que necesitamos sobre el suero.

—¿Y por qué no te encargas tú directamente? —preguntó, malhumorada.

—Uh, *petite fleur*, estoy terriblemente ocupada ultimando todos los detalles con Oliver, ¿podrías hacerme el favor? —le pidió, y uno no podía decirle que no a Jacqueline Bontemps.

Mientras ella vigilaba, Jackie urdía sus planes y engaños en la parte trasera de un bar, convertida en destilería de cerveza casera, junto a uno de los suyos. Inés había conocido a Oliver hacía solo unas horas y aún no sabía cómo sentirse con respecto al Demonio. De vuelta en Madrid, Jackie la había conducido hasta una especie de pub sin darle demasiadas explicaciones. Sobre la entrada colgaba un letrero envejecido, en el que se podía leer en letras doradas el nombre THE MOON. Inés supuso que se trataba de una especie de chiste interno porque sonaba similar a la palabra inglesa *Demon*.

Era la hora de la comida y el local parecía servir platos de *fish and chips* y guisos al más puro estilo británico, aunque la mayoría de los presentes preferían beber cerveza. Como solía ocurrir, Jackie se convirtió en el centro de todas las miradas con solo cruzar el umbral de la puerta. O fingía muy bien no darse cuenta del efecto que ejercía en los mortales o estaba tan acostumbrada que ya no se daba cuenta. Barrió el lugar con la mirada y sonrió al dar con la persona que buscaba, sentada en la barra.

—No deberías permitir que tu jefe te tratase de esa manera —dijo el joven pelirrojo.

Aparentaba estar en los veintialgo y sus rizos anaranjados se enredaban de forma caótica en torno a su rostro de rasgos angulosos. Llevaba puesta una camiseta dorada que resaltaba el color de su pelo y una fina línea de *eyeliner* del mismo tono sobre sus ojos granates. Igual que Jacqueline, no hacía el más mínimo esfuerzo por pasar desapercibido.

—Tú vales mucho más que eso. Te mereces mucho más —susurraba.

Inés miró a su presa, un incauto hombre de treinta y pocos, vestido con un aburrido traje negro y que lucía unas profundas ojeras que delataban que no estaba pasando por su mejor momento.

Ella se apiadó de él. Sabía lo fácil que era caer en las garras de un Demonio, seducido por sus tentadoras promesas.

El Demonio apoyó su mano de piel sedosa y dedos delgados sobre el hombro de su víctima y se inclinó hacia él, para susurrar:

—¿Sabes qué es lo que haría yo? —Nunca llegaron a saberlo. El Demonio abrió los ojos de par en par al ver a Jackie y su expresión se iluminó cuando se incorporó—. ¿Sabes qué? ¿Por qué no te llamo y seguimos charlando en otro momento? —dijo al aturdido hombre, que había pasado de ser el centro de toda su atención, el centro del universo, a un cero a la izquierda, invisible e inservible. Inés conocía la sensación.

—No tienes mi número —le recordó el hombre al ver que el Demonio se levantaba de un salto y le daba la espalda.

—No lo necesito. —El Demonio lanzó una sonrisa que mantendría al tipo despierto toda la noche, preguntándose qué había sucedido, y se apresuró a reunirse con ellas.

—¡Mi adorada Jacqueline! —exclamó, y se saludaron con tres besos, al estilo francés—. Has interrumpido una cacería medio cerrada, así que espero que sea importante.

—¿Ese tipo de ahí? Es un aburrimiento y lo sabes. Te mereces ocupar tu tiempo en quehaceres más interesantes, y eso es lo que te traigo.

El Demonio miró a Inés con una expresión hambrienta y la joven sintió el impulso de huir.

—Ni hablar, Oliver, ella es mía —dijo, como si su pupila no estuviese allí. *No soy de nadie*, quiso rebatir Inés, pero en el momento en que había firmado aquel contrato, había dejado de ser del todo cierto.

El tal Oliver fingió un mohín apenado.

—Será mejor que nos sentemos.

Oliver, que resultó ser el dueño del negocio, las acomodó en la mejor mesa y le pidió a una de las camareras que les trajese comida y bebida.

—Destilamos nuestra propia cerveza. El ingrediente secreto es el desdén —bromeó Oliver, mientras le daba un sorbo a su vaso—.

En realidad diluimos unas gotitas de sangre demoníaca en cada barril, hacen que la clientela se muestre más... entusiasta. Dime, Jacqueline, ¿qué te trae por aquí?

—Tengo buenas y malas noticias.

El tal Oliver sonrió de oreja a oreja, lo que hizo que Inés se fijase en la abundante ristra de pendientes que llevaba puestos.

—¿La buena noticia es que nos vamos a aprovechar de las malas?

Jackie le devolvió la sonrisa.

—¿Podría ser de otra forma?

La Demonio le relató con todo lujo de detalles los acontecimientos de las últimas horas. El enfrentamiento con los Centinelas, la forma en la que el suero la había convertido en una marioneta, la traición de ese temible hombre llamado doctor Rivera, cuyo recuerdo le provocaba escalofríos —y pensar que ella misma había colocado sus libros en la mesa de novedades de la librería en numerosas ocasiones, aunque nunca le había dado buena espina ese rollo de la psicología positiva extrema.

—Vaya... —Oliver alzó las cejas con admiración—. ¿Así que por fin esos santurrones se han dejado de remilgos?

—Si se lo cuentas a alguien te arrancaré la lengua, se la daré de comer a mis Bestias y cada vez que se regenere estaré ahí para quitártela de nuevo.

La crudeza de la amenaza no pareció impresionar al Demonio en lo más mínimo.

—Descuida. Lo que me intriga es: ¿qué pretendes que haga yo al respecto? Sabes que lo que anden tramando los Centinelas no me interesa demasiado. Yo hago lo mío, ellos lo suyo... No me implico tanto como tú.

Jackie hizo caso omiso de la insinuación.

—Has sido alquimista, químico, y ahora cervecero artesanal. Si te traigo el suero original, ¿crees que podrías invertirlo?

Inés miró a su maestra con incredulidad, mientras el tipo se reía. ¿Para eso la había llevado hasta allí, quería convertir a todos los pobres incautos que se cruzasen en su camino en malhechores con un solo gesto, con una simple inyección?

—¿Quieres un suero maligno? ¿Para qué? Le quitaría toda la gracia a lo que hacemos.

Una chispa prendió fuego en los ojos granates de Jackie, que brillaban como si de verdad estuviesen en llamas. Puede que llevase milenios recorriendo la Tierra, pero no había perdido ni una pizca de su pasión por lo que de verdad la hacía levantarse cada mañana.

—En absoluto. Piensa en lo divertido que sería fastidiar a los Centinelas, en la cara que pondrán cuando vean que usamos su invención contra ellos.

Oliver se reclinó sobre su asiento, ocupando el respaldo con sus brazos, y asintió con la cabeza.

—Ya veo... Yo que creía que querrías ganarte la simpatía de los de abajo y resulta que aún sigues erre que erre con lo mismo. Han pasado doscientos años, Jackie. La Centinela te abandonó. Supéralo.

Inés escuchó sin poder dar crédito. ¿Jacqueline? ¿Abandonada? Quienquiera que la hubiese puesto en esa posición debía ser una necia o la persona más valiente del mundo. Como si acabase de prenderse la luz en su cerebro, recordó la expresión desafiante de Salomé, la forma eléctrica en que se miraban la una a la otra... ¿Sería posible? ¿Una Centinela y una Demonio? Aquel mundo que acababa de descubrir no dejaba de sorprenderla.

—No se trata de mis sentimientos, Oliver, sino de demostrarles que hasta el mejor de los humanos, en el fondo de su ser, está podrido. Se trata de hacerles ver que sus niños bonitos no son mejores que nosotros, que tienen tanto de demonio como de ángel ahí dentro —explicó, sin importarle en absoluto que hubiese una humana presente.

—No me lo vendas como una declaración de principios cuando suena a despecho. Por Lucifer... La venganza es taaaaan aburrida. Si alguien te molesta, córtale el pescuezo y se acabó.

—¿Puedes hacerlo o no?

Oliver suspiró y se mordió el labio, meditativo. Se inclinó para apoyar las manos sobre la mesa y la señaló con uno de sus dedos, cubierto de anillos.

—La pregunta no es si *puedo*, mi querida Jacqueline, es *¿qué* saco yo de todo esto?

—Siempre te ha gustado mi piso en París —respondió Jackie, e Inés la miró sorprendida, intentando leer a través de su semblante impertérrito. Jackie adoraba ese piso con toda su alma, ¿de verdad estaba dispuesta a renunciar a él para demostrar que tenía razón?

—Puedo conseguir un piso en París cuando quiera. El tuyo está bien, pero no es tan especial como para ponerme en el punto de mira de los Centinelas.

Jackie formó un puño con la mano, apoyada sobre su regazo. Por más que se esforzase por disimular, Inés sabía lo mucho que detestaba las negativas, no lograr salirse con la suya.

—Empiezo a pensar que en realidad no eres capaz de hacerlo y que estoy perdiendo el tiempo contigo. ¿Debería proponérselo a otro Demonio?

Oliver le dedicó una risita divertida, de esas que nacen y mueren en la garganta en forma de burla.

—Llevas demasiado tiempo entre humanos. Atacar mi ego no te servirá de nada. Ya sabes qué es lo que quiero.

Jackie suspiró resignada.

—Está bien, te deberé un favor.

—¿Sin condiciones?

La Demonio asintió sin demasiado entusiasmo y le tendió la mano. Oliver la estrechó y, por un momento, a Inés le pareció ver chispas escarlatas surgiendo del roce de sus pieles. La joven había visto series y leído cómics en los que los demonios traficaban con favores y llevaban a la perdición a los humanos con la promesa de una deuda pendiente, pero incluso tras conocer a Jackie había pensado que era cosa de la ficción. Descubrió que se equivocaba.

—Trato hecho, Jacqueline. Siempre es un placer hacer negocios contigo.

—No pienso quitarte el ojo de encima —advirtió—. A la más mínima señal de que estás holgazaneando, nuestro trato quedará invalidado.

—No esperaría menos de ti.

Y así fue como Inés acabó sola en mitad de la calle O'Donell, esperando a que esa maldita adicta al trabajo de Martina se fuese a su casa de una vez. Creía que confiarle su alma a Jackie la haría libre. No contaba con que solo le fuese a servir para seguir órdenes sin que nadie preguntase su opinión.

Por fin, una chica joven vestida con una blusa azul de manga corta y un pantaloncito blanco, a juego con un bolso bandolera, salió al trote de las oficinas. Su melena castaña clara, brillante y voluminosa, ondeaba al viento aunque la hubiese recogido utilizando un bonito lazo. Inés ni siquiera sabía hacer lazos, y el calor seco de la capital hacía que su pelo corto y fino se pegase a su cráneo. Reconoció su imagen de las redes sociales en cuanto la vio, así que la siguió desde el otro lado de la calle, intentando mantener su acelerado ritmo. Parecía que estaba llegando tarde a algún sitio y miraba su teléfono móvil cada pocos pasos.

Así que esa era la chica de la que Miguel se había enamorado.

Podía entender perfectamente por qué se había fijado en ella. Parecía el tipo de mujer que era capaz de amoldarse a lo que la sociedad espera de ella sin ningún tipo de problema y a la vez desafiarla, que no le daba importancia a lo que pensasen de ella porque lo tenía todo bajo control, parecía satisfecha... popular. Una buena chica que sacaba notas excelentes, pero que también era divertida, aventurera, que sabía cómo gustar a los demás sin dejar de ser honesta, aunque dijese con falsa modestia que «era tímida» cuando resultaba evidente que no tenía ni idea de lo que significaba pasar vergüenza o balbucear sin saber qué decir. Caminaba con la confianza de alguien que ha crecido en la abundancia, con la certeza de que iba a conseguir todo cuanto quisiese mientras que Inés había sido criada bajo la filosofía de que una nómina a final de mes era mucho más importante que tus deseos. Supuso que ambas cosas eran ciertas a la vez, dependiendo de la suerte que tuvieses. Sintió una punzada de envidia que le recordó a los viejos tiempos y se esforzó por espantarla. *Tú también puedes ser dueña de tu vida*, se recordó, *también lograrás lo que te propongas.*

Siguió a Martina hasta que la joven llegó a la puerta del Retiro. La vio cruzar el paso de cebra a la carrera para rodear con los brazos el cuello de un chico que la esperaba con una radiante sonrisa, tan idílico como ella. Vaya, así que la famosa Martina tenía novio, una especie de versión masculina de ella. Entraron en el parque e Inés se apresuró a alcanzarlos. La parejita caminaba agarrada de la mano. No pudo evitar pensar en Miguel. Sabía de sobra lo que se sentía, y por eso ni siquiera pudo sentirse satisfecha o alegrarse por su desdicha. Un corazón roto era un estado de ánimo que no le desearía ni a su peor enemigo.

Martina solo soltó la mano del chico para sacar su cámara analógica y tomarle una fotografía a un artista callejero, antes de dejarle unas monedas. La pareja siguió recorriendo los senderos del parque, rodeados por árboles centenarios, hasta llegar a la entrada del Palacio de Cristal, una estructura de cristal transparente que se encontraba en mitad de un bosquecillo, frente a un estanque artificial habitado por los patos a los que alimentaban los visitantes del parque. Habían ido a ver una exposición temporal que el Museo Reina Sofía había organizado en aquel espacio. Desde el exterior, Inés pudo ver cómo se paseaban entre una obra y otra, leyendo con atención el panfleto informativo. Martina sacaba fotos ante la atenta mirada de su novio. Inés había soñado un millar de veces con tener a alguien que le acompañase a las exposiciones, pero ahora que lo veía desde fuera, ahora que sabía que existían cosas como la magia, la parejita perfecta le resultaba tan… aburrida.

Inés se apoyó contra la barandilla del estanque, preguntándose si iba a tener que seguirlos durante toda la cita, cuando lo vio. Miguel observaba a la pareja desde el otro lado del estanque, con una expresión de pena infinita. Salomé permanecía un par de pasos tras él, mirando a su protegido con consternación.

Eso te pasa por no elegir mejor, se dijo, aunque no estaba segura de a quién de los dos se refería. Siempre decían que «uno no decide de quién se enamora», pero si había alguna forma de lograrlo, de engañar a tu corazón para que se volviese más sabio, Inés pensaba encontrarla. Si no había otra opción, entonces lo cerraría a cal y canto.

Devolvió su atención a Martina y su novio. ¿Debería avisarle a Jackie que la competencia estaba allí? Sacó su teléfono móvil y buscó el número de su maestra en la lista de contactos, pero no tuvo tiempo de escribir ningún mensaje.

Dos Centinelas aparecieron entre los árboles y corrieron hasta llegar a los escalones que conducían al Palacio de Cristal. *Mierda*. Marcó el número de teléfono y antes de que la Demonio contestase, Miguel y Salomé corrieron tras ellos sin reparar en la presencia de Inés.

En cuestión de un par de segundos una apacible tarde en el Retiro se convirtió en una especie de wéstern paranormal. Los dos Centinelas sacaron a relucir sus armas, dos pistolas que no dudaron en utilizar para apuntar a los dos incautos humanos, que no comprendían qué estaba ocurriendo. Martina y su novio levantaron las manos mientras el resto de los visitantes huían tan rápido como podían. El encargado de seguridad hizo el ademán de que iba a acometer una intervención heroica, pero enseguida se arrepintió. Su instinto le advirtió que lo mejor que podía hacer era no hacer nada. Uno de los Centinelas se giró hacia él y lo que le dijo debió impresionarlo aún más que sus armas, porque salió del edificio con el semblante blanquecino. Casi a la vez que el guardia se marchaba, Salomé y Miguel hacían su entrada triunfal. *Idiotas*, se dijo Inés. ¿Qué pensaban hacer? Salomé estaba armada con cuchillos y sus enemigos llevaban pistolas cargadas… en una estructura de cristal. La cosa podía ponerse muy fea en muy poco tiempo. Escribió un mensaje a su maestra. «Están aquí. Todos. Los Centinelas y Salomé». Después envió su ubicación y se preparó para presenciar la catástrofe.

Los tres Centinelas se apuntaban los unos a los otros con sus armas, mientras el novio de Martina pretendía protegerla con su cuerpo del peligro, mientras ella estaba más preocupada por inmortalizar el momento con su cámara. Uno de los Centinelas se la arrebató de las manos y la estampó contra el suelo rompiéndola en pedazos. Martina intentó resistirse hasta tal punto que el forcejeo hizo que cayese al suelo.

Tres humanos y tres Centinelas enfrentados en la misma sala. Era imposible que la cosa saliese bien. Inés suspiró, no le iban a dejar otra opción que intervenir. Sacó su cuaderno y observó a todos los presentes. Los dos Centinelas tenían la misma pose recta y tensa que Salomé y vestían una especie de uniforme, como el de Salomé pero actualizado.

Inés comenzó a esbozar la figura de los dos Centinelas y los envolvió con una cuerda, como si estuviesen atados e inmovilizados de los pies a la cabeza. No ocurrió nada.

Maldición.

Probó suerte de nuevo dibujando una pesada caja metálica en torno a ellos, a modo de celda improvisada.

De nuevo, nada.

Probó con algo más sencillo, como imitar la silueta de sus armas en su cuaderno. Tendrían que haber cobrado forma en la palma de su mano y desaparecido de las de ellos, pero, por tercera vez, su don falló. Tragó saliva, recordando las advertencias de Jackie sobre su don.

No pienses que es un poder ilimitado. Solo Dios puede crear a placer, tú solo puedes dar forma a aquello en lo que tu corazón cree ciegamente.

Por mucho que le doliese admitirlo, no deseaba salvar a Martina, a su novio y al cerdo de Miguel. Sabía que era lo correcto, pero no lo sentía en su corazón, solo era algo que le mandaba su cabeza, y el sentido común no tenía ni voz ni voto en sus poderes. Parecía que Inés no era ese tipo de persona. No era una heroína desinteresada, ni era capaz de perdonar y olvidar a la ligera. Creía que el don que Jackie le había concedido solo servía para que cumpliese sus propósitos y deseos, pero también tenía el poder de revelar quién era en realidad.

Ante la mirada impotente de Inés, la tensa situación acabó por estallar. Alguien disparó y la bala destrozó una cristalera. Salomé se desvaneció en el aire y luchó cuerpo a cuerpo con uno de los Centinelas mientras el otro les apuntaba, incapaz de encontrar un tiro limpio que no hiriese a su compañero. En mitad del revuelo, Miguel corrió hacia Martina y se agachó junto a ella, que no dejaba de hablar, seguramente pidiendo explicaciones. Intentó ayudar a la chica a levantarse, pero ella lo apartó y se incorporó sola.

Inés escuchó un segundo tiro y Salomé se desplomó, con una mano sobre su muslo. Se formó un enorme charco de sangre en torno a la pierna herida, de ese color perlado y translúcido.

Inés notó cómo las manos empezaban a sudarle. Pensó que Jackie llegaría a tiempo, o que Salomé podría protegerlos. Pero no le quedaba otra opción que aceptar la realidad: solo ella tenía el poder de salvarlos, pero no el deseo. Si algo les sucedía tendría que cargar con ello en su conciencia, porque estaba harta de ser una marioneta, porque cada vez que miraba a Miguel solo veía a una maldita y repugnante serpiente que no merecía ser salvada. Eso era lo que gritaba su corazón, que Miguel no era más que una serpiente. Una serpiente embustera.

Una serpiente.

La idea cruzó su mente a tal velocidad que el bolígrafo casi se escurrió de entre sus dedos.

Una serpiente.

Comenzó a dibujar en el mismo instante en que uno de los Centinelas apuntaba su arma hacia los tres humanos, mientras el otro se encargaba de retener a Salomé donde estaba. Martina le sostenía la mirada desafiante y Miguel se interpuso entre ellos y la potencial bala. La irritó que ahora él se las diese de héroe. Por suerte esa emoción le sería de lo más útil.

El arma del Centinela se esfumó en el aire y en su lugar apareció una jeringuilla, idéntica a la que habían utilizado contra Inés y que ahora pensaban usar en Miguel.

Trazó con más ímpetu y precisión de lo que creía posible, y al cabo de unos segundos el boceto estaba terminado. Lo admiró con orgullo. Toda la página estaba ocupada por el cuerpo de una sinuosa y agresiva cobra que se alzaba amenazante.

Sonrió al escuchar los gritos de horror de Martina.

Miguel acababa de convertirse en una descomunal serpiente negra que se abalanzó sobre el cuello del Centinela en repetidas ocasiones hasta hacerlo retroceder. El Centinela parecía tan espeluznado como Martina. Miró a su compañero y asintieron con la cabeza. *Sí que son gente sabia,* pensó Inés, sabían cuándo era el momento de retirarse, pero ella no lo podía permitir. Volvió al dibujo de los dos Centinelas y repasó los trazos de la cuerda de nuevo, más estrecha, más fuerte, y esta vez no imaginó una cuerda normal y corriente, sino una de metal; una que les quitase la respiración y se clavase en su carne. Cuando acabó con el primer Centinela, este cayó de bruces al perder el equilibrio, con las manos inmovilizadas contra el cuerpo. Su compañero no se quedó a comprobar qué había ocurrido y se desvaneció rápidamente en el aire.

Inés estuvo tentada de dejar a Miguel en ese estado para siempre, pero acabó por arrancar la página del cuaderno. La rompió en pedazos, y para asegurarse de que no quedara ningún rastro de la monstruosa serpiente, los arrojó al estanque. Observó cómo el agua empapaba el papel y diluía la tinta negra.

Miguel volvió a su estado humano, en un lento y grotesco proceso que incluía un montón de escamas y siseos, y tras palpar su cuerpo sin comprender qué le había sucedido, se apresuró a socorrer a Salomé, que lo despachó con un gesto, indicándole que se encontraba bien. Inés decidió que era el momento de dejarse ver. Jackie estaría al llegar y ella acababa de salvarlos a todos. En lugar de correr, subió las escaleras con calma. Cuando Salomé la vio, asintió con la cabeza a modo de reconocimiento.

No me agradezcas nada, pensó Inés, *no lo he hecho por vosotros.*

Le dio una patadita al Centinela con la plataforma de sus zapatillas negras. Esta vez su don había funcionado a la perfección. El tipo pudo protestar, pero no moverse. Permaneció boca abajo, con el rostro pegado al suelo. Sin embargo, el Centinela no era quien estaba sufriendo más en aquel palacio de cristal.

—¡No te acerques! —ordenó una alterada Martina.

La había visto enfrentarse a unos hombres armados sin un ápice de miedo, pero la mera visión de Miguel ante ella la hacía temblar. Toda la vida de Martina se había basado en buscar *la verdad*, y ahora que la había encontrado, no sabía qué hacer con ella.

—Martina… —rogaba Miguel, impotente.

El novio de Martina la protegió, rodeándola con el brazo.

¿Querías venganza, Inés? Ahí la tienes. ¿Estás satisfecha ahora?, preguntó una voz en su mente. Lo cierto era que no. No estaba disfrutando, y aunque todos sus actos fuesen lo que de verdad ansiaba, lo que reclamaban sus entrañas, no estaba orgullosa, ni se sentía en paz.

Cuando Miguel la vio, su ira, su despecho, se volcaron en ella.

—¡Tú! ¡Has sido tú, maldita bruja! Has hecho esto para asegurarte de que no tenga ninguna oportunidad con Martina, para que me vea como un… como un…

—¿Monstruo? —Intentó ayudar, lo que solo logró enfurecerlo más.

—Voy a…

—¿A qué? Por si no te has dado cuenta acabo de salvar tu miserable vida. Tendrías que darme las gracias. Además, —Miró a Martina, agarrada al brazo de su novio— me parece que no tienes ninguna oportunidad con ella de todas formas. Te acostumbrarás.

—No me hagas reír. Ese tipo no tiene nada que yo no tenga —dijo señalando hacia el pobre chaval que se había convertido en el centro de una lucha que ni siquiera podía comprender.

—¡No es una competición! —Inés no pudo evitar echarse a reír y el odio con el que Miguel la miraba la hizo sentirse algo mejor, como si ella no fuese la única que había perdido a su conciencia de vista. Los dos estaban al mismo nivel—. Fíjate en todo lo que has hecho para conseguir la atención de una chica que no puede ni mirarte a la cara después de haber visto tu verdadera naturaleza. Y yo que creía que era patética.

Miguel no supo cómo responder, así que no lo hizo. Volvió a girarse hacia Martina y apartó a su novio, que no era rival para un jugador de rugby obsesionado con el deporte, de un solo empujón.

Martina retrocedió.

—Martina… sé que lo que has visto es difícil de explicar, pero todo… Ella tiene razón, lo he hecho por ti. Todo esto es por ti.

Martina negó con la cabeza, horrorizada.

—¿De qué estás hablando?

—Tú misma lo dijiste, ¿recuerdas? En la playa, la noche de San Juan, dijiste que si cambiaba, que si me convertía... en una... una persona decente, me darías una oportunidad. Es lo que he estado haciendo. Me estoy convirtiendo en un buen tipo para ti.

El miedo y el rechazo con que Martina lo miraba se transformaron poco a poco en algo que las personas como Miguel detestaban aún más. Lástima. Se llevó la mano a la frente, abrumada.

—Uh, Miguel... yo. Lo siento. Nunca debí decir eso. Fue cruel...

—Tranquila, está bien. Necesitaba oírlo, estoy mejorando gracias a ti. —Dio un paso hacia ella, pero Martina retrocedió.

—No, no lo entiendes, Miguel. Solo te dije eso porque, bueno, yo... —Agachó la mirada, avergonzada—. Solo te dije eso porque nunca pensé que fueses a intentarlo, y mucho menos a conseguirlo. Me pareció, bueno, imposible. Nadie puede cambiar tanto. Somos lo que somos, y la verdad es que pensé que lo dejarías estar y que pasarías página enseguida. Hay tanta gente que suplicaría por tu atención, cuando nos encontramos en la fiesta creí que solo estabas dolido por tu orgullo, que era uno de tus juegos, no creí que fuese... bueno, real. Lo siento. —Se llevó la mano al pecho, y así, con un gesto tan sencillo, acababa de aplastar el corazón de Miguel bajo sus zapatitos de color pastel.

Inés apartó la mirada. Era una intrusa en aquella conversación que nunca debería haber presenciado. Tras ella, Jackie había aparecido por fin, dejando atrás un rastro de humo negro, y forcejeaba con Salomé, que se negaba a recibir ayuda.

—No seas ridícula, te estás desangrando —decía la Demonio.

—Se curará en cuestión de segundos. ¿Qué haces aquí, Jackie?

—¡Ayudaros! Os fuisteis de mi pequeña fiesta en Sevilla muy rápido, pero, sabes qué, ahora que tenemos un objetivo en común, podemos divertirnos juntas. —Le tendió la mano y Salomé la rechazó.

—Tienes un extraño concepto de la diversión.

Miguel suspiró, agotado.

—Vámonos. Estoy harto de oíros discutir. Y sobre ti... —Agarró las cuerdas que mantenían al Centinela apresado— también estoy un poco cansado de que intentéis matarme todo el tiempo.

—No tan deprisa, vaquero —advirtió Jackie—. A ese lo hemos capturado nosotras. Si queréis hacerle unas preguntitas, tendrá que ser con nuestras condiciones. Os recuerdo que sin mi pupila ahora mismo tú serías un pelele. —Señaló a Miguel—. Y tú, una mujer muerta. —Miró a Salomé, que se las había apañado para incorporarse por sí misma, aunque cojeaba de su pierna herida.

Hubo un momento de silencio, durante el que todos los presentes comprendieron que Jackie tenía razón, y que si pensaban plantarle cara a Rivera y los suyos, no les quedaba otra opción que trabajar juntos.

A pesar de que no pudiesen soportarse.

9 Miguel

Nadie puede cambiar tanto. Somos lo que somos.

No podía quitarse las palabras de Martina de la cabeza. Quería culpar a Inés, por haberlo convertido en... Dios, ni siquiera podía pensarlo sin sentir un escalofrío y ganas de vomitar. Pero sabía que aunque Martina no hubiese estado aterrorizada, la respuesta habría sido la misma. No lo amaba. Nunca lo había hecho, y jamás podría llegar a hacerlo.

El mundo se derrumbaba a su alrededor y lo único que podía sentir era un avasallador dolor que abarcaba desde el vientre al pecho, que se extendía hacia su cuello como si tuviese tentáculos voraces. Se hablaba mucho del corazón, pero a él le hervían todas las entrañas.

Martina lo había rechazado de forma irrevocable, sin condiciones.

Por primera vez en su vida, no había nada que hacer al respecto. No era posible conseguir lo que tanto ansiaba, no dependía de él, daba igual lo que hiciese. Por fin lo había comprendido. Y era una mierda.

¿Así que así era como se sentía la gente cuando las cosas le salían mal? Como se sentían todos esos pobres necios a los que habían engañado alguna vez, como se sentía Inés.

No tuvieron otra opción que salir corriendo del Retiro, con la policía a la vuelta de la esquina como empezaba a ser costumbre. Cuando llegasen al Palacio de Cristal encontrarían a una aturdida pareja que seguramente guardaría silencio para evitar pasar por un par de dementes y un charco de un líquido perlado que no sabrían identificar, si no se desvanecía antes. Miguel se preguntó cuántas veces, en aquella lucha eterna entre el Bien y el Mal —aunque a él todos le parecían igual de cretinos—, los humanos se habrían encontrado con hechos que no podían explicar y cuántas veces habrían optado por guardarlos debajo de la alfombra para no tener que lidiar con ellos. Si conocía a Martina tan bien como creía, ella sería incapaz de dejarlo estar. Había visto a un hombre convertirse en serpiente, y no pararía hasta encontrar una explicación lógica. Un alucinógeno en el aire, una proyección 3D; sí, Martina era racional, igual que él se negaría a aceptar lo paranormal como la primera explicación, aunque en el fondo de su ser, el miedo visceral que sentía confirmase que todo lo que había vivido era real. *Martina. Dios. Martina.* Tenía que dejar de pensar en ella si no quería perder la cordura de verdad.

Jackie y Salomé discutían entre los arbustos del Retiro y Miguel solo las escuchaba como ruido de fondo, sin ser consciente de dónde se encontraban o adónde iban, pero se esforzó por seguir la conversación para evitar volver a la soledad de su mente. Se sintió decepcionado. Parecían un matrimonio mal avenido discutiendo sobre cómo colocar los muebles de su piso nuevo.

Jackie había golpeado al Centinela en la cabeza y se lo había cargado al hombro, y Salomé le reprochaba la violencia gratuita.

—Vamos, vamos. Relájate. Sus células se regenerarán enseguida. Mira tu pierna. Ya casi ni cojeas.

—Ese no es el problema, el problema es que no puedes hacer lo que te dé la gana por ahí como si nada.

—¿Ah, no? ¿Quién dices que me lo va a impedir exactamente?

—Ya veo que el sentido común, no.

Jacqueline sonrió.

—Te preocupas demasiado. Doscientos años de vacaciones no te han servido para tomarte las cosas con más calma.

—No eran vacaciones, era un exilio. Por tu culpa, además.

—*C'est la même chose.*

—*Pas du tout.*

La Demonio puso los ojos en blanco y señaló a su pupila con el dedo.

—*Petite fleur,* ¿me haces un favor? ¿Nos llevas a The Moon?

Inés asintió con la cabeza y comenzó a dibujar en su cuaderno. A Miguel no le hizo gracia la idea de volver a estar a merced de la extraña magia de Inés, pero Salomé reaccionó con la misma calma que si les acabasen de proponer que diesen un paseo por el Infierno en una barca.

—¿A un bar de Demonios? ¿Te has vuelto loca? ¿Y por qué decides tú adónde vamos?

Jacqueline suspiró.

—Porque yo tengo al prisionero, y porque conozco a alguien que puede elaborar un antídoto para ese dichoso suero vuestro.

Salomé le sostuvo la mirada y le bastaron un par de segundos para emitir su juicio.

—No confío en ti.

—Haces bien, pero no es una cuestión de confianza. Esta vez estamos en el mismo bando, te guste o no, y ya sabes que siempre consigo lo que quiero, así que más te vale estar de mi parte.

Miguel sintió una punzada de admiración, pero también un amago de náusea. La forma de hablar del Demonio era un espejo en el que no le estaba agradando mirarse, porque sí, él también había sido de los que conseguían lo que querían, ¿y de qué le había servido si no tenía lo más importante, si ni siquiera había sabido lo que eso significaba cuando había creído tenerlo todo? *Y tampoco lo sabes ahora,* le advirtió una voz en su interior.

Observó con recelo cómo Inés seguía garabateando en ese cuaderno suyo, y en el mismo instante en que dio un seco golpe con la punta de su bolígrafo sobre el papel para concluir la obra, su cuerpo se convirtió, de nuevo y en contra de su voluntad, en un siervo obediente. Cerró los ojos, aturdidos por el brusco cambio de luz y de escenario. Estaban en mitad de un oscuro y vacío bar decorado al estilo de un pub inglés, recubierto por madera del suelo al techo y con una amplia estantería tras la barra llena de todo tipo de licores. Dedujo que se trataba del susodicho The Moon.

—¿Por qué Inés consigue poderes sobrenaturales por firmar el contrato y yo un montón de tatuajes inútiles? —protestó en un susurro, mirando hacia Salomé—. Me parece que si queréis ganar más adeptos tendríais que mejorar la oferta.

—Llámanos «desconfiados», pero no nos parece que sea buena idea darles ese tipo de recursos a personas corrompidas que estamos intentando reformar. ¿Te habrías parado a escucharme dos veces cuando te hablaba de pensar en los demás si te hubiese concedido un poder como ese?

—No lo hago de todas formas. ¿Qué tal tu pierna? —preguntó para cambiar de tema.

Salomé le lanzó una mirada sorprendida. ¿Qué? Él también podía ser amable y atento si se lo proponía. Además, la habían herido intentando salvar a la chica a la que él amaba.

—No es nada, me curo rápido.

—¿Eso que apesta es sangre celestial? —dijo una voz dulce, pero pegajosa, como la miel que se derrama fuera de la cuchara de camino a tus labios.

Tras la puerta que daba a la parte trasera del local, se asomó un tipo paliducho y pelirrojo que llevaba puesto un montón de maquillaje y un atuendo que parecía resplandecer. Por la forma de hablar y su innegable atractivo, dedujo que se hallaba ante otro Demonio. Su deducción lógica no falló. El tipo caminó directamente hacia Jackie, quien dejó caer a su prisionero en el suelo sin el más mínimo tacto.

—Espero que tu pesca merezca la pena —dijo el pelirrojo—. He tenido que echar el cierre para esto.

Ángeles corruptos que escribían libros de autoayuda de éxito, demonios que regentaban pubs. Miguel estaba harto de su vida.

—Vaya, si has traído a dos —dijo el Demonio. El tipo alzó la mano para señalar a Salomé y un instante después la Centinela sostenía su daga en alto, preparada para lanzarla si era necesario—. ¡Eh, eh, tranquila! Supongo que esta es tu famosa amiguita, ¿no? —concluyó mirando a Jackie.

Salomé frunció el ceño y Miguel se preguntó qué palabra la había ofendido más, si la forma en que dijo «famosa» o «amiguita». Puede que la parte que más la enfureciese fuese la de «tranquila». Había que ser muy estúpido para pedirle «tranquilidad» a una diestra lanzadora de cuchillos que tenía motivos de sobra para desconfiar de ti.

Jackie parecía ser la única que estaba disfrutando de la situación. Inés se había sentado en uno de los butacones de cuero negro que se repartían por todo el bar y dibujaba con los auriculares puestos como si todo aquello no fuese con ella.

—Oliver, te presento a Salomé, intenta no cabrearla demasiado. Salomé, este es Oliver, va a encargarse de fabricar ese antídoto que te comentaba.

—No. Nadie va a fabricar nada —sentenció Salomé.

Por favor, otra vez no. No podía soportarlo, y no podía seguir callándose.

—Vas a acabar haciendo lo que ella quiere, como siempre —protestó Miguel señalando a la Demonio con la cabeza—. ¿Podemos ahorrarnos el teatro?

Salomé se cruzó de brazos y lo miró por el rabillo del ojo. Era ella quien podía leer sus pensamientos, pero casi podría jurar que escuchaba su voz acusándolo de traidor.

Jackie intentó arreglarlo con un comentario elegante.

—En realidad, aquí todos hacemos lo que queremos, se trata de eso, ¿no? Yo no quiero que convirtáis a mis pupilos en peleles y tú prefieres seguir con el juego limpio. Todos ganamos si ese suero desaparece del mapa.

—Supongo que sí…

—Ya, déjame adivinar: tengo razón, pero «no confías en nosotros».

Esta vez Salomé se dirigió a Oliver, que escuchaba la conversación sin demasiado interés, esperando a que lo dejasen hacer lo suyo, fuera lo que fuere eso.

—He oído hablar mucho de ti. De ti y de tus… experimentos. —Bastaba con conocer un poco a Salomé para saber que no era un halago.

—Aún no ha habido una sola droga humana capaz de hacerle sombra a mi trabajo, ¿verdad, Jacqueline?

—No dejaría que ninguno de mis pupilos se acercase a nada que tú hayas creado —dijo la Demonio, y ese sí era un cumplido.

Como si él también estuviese harto de tanta cháchara, el prisionero comenzó a gemir y balbucear en el suelo a medida que iba recuperando poco a poco la conciencia.

Jackie se agachó para agarrarlo de los pies y Salomé se apresuró a sostenerlo por debajo de los brazos. Entre las dos lo levantaron y lo condujeron hacia la parte de atrás del pub.

—Ni se os ocurra tocar nada, por vuestro bien —advirtió el tal Oliver antes de unirse a ellas. Inés ni siquiera alzó la vista de su cuaderno—. Qué demonios, bebed todo lo que queráis, ya nos preocuparemos de la resaca mañana. —Les guiñó un ojo y cerró la puerta tras de sí, dejando a Miguel a solas con la joven.

El joven suspiró. Dio la vuelta a la barra, agarró el primer vaso que encontró y toqueteó el grifo de cerveza hasta que consiguió accionarlo al tirar de la palanca hacia él. El resultado final resultó ser una cerveza bastante mediocre, sin una pizca de espuma, pero no podía importarle menos. Había pasado de triunfador rodeado de admiradores a tipo triste y alicaído que bebe cerveza mal tirada, solo, en una barra. Salvo porque no estaba solo. Miguel cruzó el bar, sin saber muy bien a qué estaba jugando, dejó su vaso sobre la mesa y se sentó frente a Inés, que alzó la vista con una mueca de desdén. Se quitó los auriculares.

—¿Qué haces?

—¿Te apetece beber algo? —preguntó él, y al desprecio se le sumó un matiz de desconfianza.

—No.

—Vaya, y yo que quería brindar por que podamos estar en la misma habitación sin que trates de matarme, o convertirme en un monstruo.

Inés suspiró y dejó su cuaderno sobre la mesa. Miguel creyó que iba a darle otra de sus respuestas monosilábicas y cortantes.

—Aunque no te lo creas, siento mucho todo lo que ha pasado estos últimos días. —No fue capaz de mirarlo a los ojos, por eso supo que lo decía de verdad.

Miguel sabía jugar con las palabras, doblegarlas a placer para que significasen lo que él quería; podría haberle plantado cara en un duelo de pullas sin problemas, pero no estaba preparado para una conversación honesta.

—¿Ya no tienes ganas de matarme?

—Al principio pensaba en vengarme de ti, mucho —dijo, y esta vez sí lo miró a los ojos. Miguel tragó saliva. Ahora que se los había pintado con *eyeliner* negro era imposible pasar por alto lo grandes y profundos que eran, siempre atentos al más nimio detalle—. Pero hoy me he dado cuenta de que no hace falta. Uno recoge lo que siembra.

Él se mordió el labio y asintió con la cabeza.

—Supongo que habrá sido muy satisfactorio ver cómo el karma me la devolvía.

Inés negó con la cabeza.

—En realidad, no.

De nuevo, esa chica menuda de pelo castaño volvía a sorprenderlo.

—¿Ah, no?

—Muy a pesar de Jackie, no creo que llegue a ser una sádica nunca. —Se encogió de hombros.

—Ya, te entiendo. Muy a pesar de Salomé, no creo que llegue a ser un santo nunca. —Apartó la cerveza de su vista. Aún estaba por ver en quién se convertiría ahora que no era «el triunfador», y acababa de decidir que se negaba a ser el tipo que bebía para ahogar sus lamentos—. Sé por qué firmé el contrato, pero... ¿por qué querías cambiar tan desesperadamente?

Al principio se lamentó por haber hecho esa pregunta. Era demasiado personal, demasiado seria, o eso creía, porque Inés respondió con una carcajada.

—¿Bromeas? Estaba harta de que todo el mundo me pisotease. No tienes ni idea de lo que es sentirse como una colilla, invisible, irrelevante... Todo el mundo besa el suelo por donde pasas, así que no me extraña que no te hayas dado cuenta de la suerte que tienes.

—No. Todo el mundo, no. —*No la única que me importa.* Se frotó las manos y el movimiento hizo que Inés se fijase en sus tatuajes.

—¿Crees que Martina habrá hecho algo mal en la vida? Dudo de que tenga un solo pecado en la piel. Ella no puede entender a las personas como nosotros, así que lo vuestro nunca hubiese salido bien.

Las personas como nosotros.

La chica a la que le había partido el corazón, ¿estaba intentando consolarlo?

—¿Lo tenías tú, algún tatuaje? —preguntó, y debió de dar en el clavo, porque Inés sonrió.

—¿Sabes? Si yo fuese como tú, no querría cambiar ni loca. Llevo toda la vida escondiéndome, haciéndome pequeña para que a nadie le molestase mi existencia, y no me ha servido de nada. Estaba tan ocupada renunciando a mi poder que ni se me ocurrió utilizarlo para... ya sabes, para algo útil.

—¿De ahí viene toda esa historia de robar cuadros? —Inés asintió con la cabeza.

—Sé que a todas esas pintoras ya no les importa, que llevan siglos muertas, pero si hay una sola chica a la que le han dicho alguna vez que sus sueños no son importantes, que las mujeres nunca han logrado grandes cosas, que se conforme con la pequeña ración de fama y gloria que le den siempre y cuando no sea muy molesta... Quiero que esa chica sepa que lo que le han contado no es más que un montón de basura. —Sus ojos negros se encendieron, como si su pasión fuese leña, y su rabia, combustible.

Un hormigueo invadió el estómago de Miguel y se sintió como un auténtico estúpido por haberla subestimado. Él había sido uno de esos cretinos que la habían hecho sentir insignificante, él era parte del problema.

—Así que estás utilizando tus poderes malignos para hacer el Bien. —A Inés se le escapó una sonrisa y Miguel se sorprendió a sí mismo devolviéndosela.

—Supongo que los dos somos unos incorregibles.

El joven se cruzó de brazos, en un pobre intento por protegerse a sí mismo de lo que estaba a punto de decir.

—Si yo fuese como tú, tampoco querría cambiar.

La sonrisa de Inés se desvaneció.

—Ni hablar. Tú crees que la gente como yo somos unos idiotas.

—Solía hacerlo, pero solo porque no tenía ni idea de lo difícil que es hacer lo correcto. Me veía a mí mismo como un triunfador, pero creo que en el fondo siempre he sido un cobarde que se esconde detrás de los demás. —No podía creerse que pensase de verdad lo que estaba diciendo, pero así era. Nunca había hecho nada importante, ni generado un impacto en el mundo del que no se arrepintiese, porque había estado demasiado ocupado jugando a ganar, ¿a ganar qué? Martina le había abierto los ojos en ese palacio de cristal resplandeciente, o puede que hubiese sido la chica que estaba sentada frente a él—. Inés, ¿puedo preguntarte algo?

Ella se revolvió incómoda en su asiento.

—Ya me has hecho unas cuantas preguntas.

Interpretó eso como un «sí».

—Si te hubiese pedido los apuntes, sin mentiras, sin... ya sabes, ser un cretino. Me los habrías prestado, ¿verdad?

Inés se mordió los labios.

—Se los dejo a todo el mundo. O la vieja Inés solía hacerlo.

Deseó poder enfadarse por todo lo que Inés le había hecho, por mostrarlo ante Martina como una abominación. Deseó ser un poco más estúpido, estar más ciego, y no ser capaz de verse a sí mismo a través de los ojos de Inés. Una serpiente detenida frente a una paloma, un depredador de colmillos afilados y un veneno eficaz frente a una criatura indefensa. La diferencia era que Inés tenía alas para echar a volar y había aprendido a utilizarlas, mientras que él seguía con el cuerpo pegado a la tierra.

—Lo siento. Siento haberme portado como un capullo desalmado contigo. —Al principio tuvo que obligarse a mirarla mientras lo decía, pero después no pudo quitarle los ojos de encima, esperando una reacción. Su pálida piel se sonrojó y sintió una punzada de orgullo por haber provocado una emoción en ella que no fuese la ira, aunque se tratase de incomodidad o vergüenza—. Siento haberte utilizado, y haberte echo creer que era alguien que no soy. No volveré a hacer algo así, no a una buena persona.

Inés le devolvió la mirada, y no poder descifrarla disparó su adrenalina.

—¿Y si ya no soy una buena persona?

—Puede que haya un punto intermedio, ya sabes, para «las personas como nosotros».

Sonrió hasta que el gesto se quebró, golpeado por una oleada de dolor que lo visitó sin previo aviso. Un millar de punzadas perforaron su cuello y, por un momento, creyó que se estaba muriendo, que alguien lo había degollado, que una Bestia lo mordía sin piedad y que al insoportable dolor le seguiría la nada. Quiso llevarse las manos a la garganta, pero no podía moverse, apenas podía distinguir a Inés inclinándose sobre la mesa para ver mejor. ¿Había sido ella? ¿Se estaba vengando y por eso no le inquietaba su sufrimiento? Sin embargo, el delirio y el dolor que lo causó se desvanecieron con la misma brusquedad. Palpó la piel de su cuello con los dedos, y aunque no podía verlo, sintió el vacío. Uno de sus tatuajes se había desvanecido.

Se había disculpado, y lo había hecho de corazón. Sin esperar el perdón a cambio.

Una buena acción.

Miró a Inés, que no parecía en absoluto impresionada.

—Espero que ayudarte a ser mejor persona no cuente como un acto de bondad, porque me ha costado mucho ganarme estos. —Inés le mostró los tatuajes en su brazo, delicadas y hermosas figuras que en nada se parecían a las abominaciones que plagaban el cuerpo de Miguel.

—Son bonitos, hasta haciendo el Mal eres mejor que yo.

Por enésima vez, Miguel se sintió como un necio. Había intentado convertirse en alguien decente para Martina desesperadamente, pero resultaba que no era ella la persona capaz de inspirarlo para que lo consiguiera. Inés resopló.

—¿Me estás haciendo la pelota? Cierra la boca, o te van a entrar moscas. Además, con esa cara de tonto no estás nada atractivo. Ya que me has roto el corazón, haz el esfuerzo de seguir siendo un buen modelo —dijo Inés, apoyando el bloc de dibujo sobre la mesa antes de empezar a dibujar.

—¿Vas a dibujarme con un ojo morado y los dientes rotos?

Ella negó con la cabeza.

—Ya sabes que lo que dibujo solo sucede si creo en ello, así que te retrataré como un ángel. Así no pasará nada.

10
Salomé

Nunca había accedido a formar parte de ese interrogatorio, y aun así ya se estaba arrepintiendo, porque tampoco se había negado. Ese era el mayor talento de Jacqueline, arrastrarte a situaciones incómodas en las que no querías estar, pero de las que no deseabas marcharte.

El aire olía a malta, empalagosa y amarga, y el calentador de agua no dejaba de chirriar mientras el líquido pasaba a la olla. Fabricar cerveza artesanal era quizá la más puritana de las actividades de Oliver. Nada más cruzar la puerta, arrastró al Centinela para atarlo a una de las patas del tanque fermentador. Jonás, ese era su nombre, trató de liberarse de sus ataduras y a pesar de su agotamiento recurrió a sus dones paranormales para transportarse lejos de allí.

—Ni lo intentes —le advirtió Oliver—. Hay una densa capa de sangre demoníaca mezclada con el cemento de este edificio. No malgastes tus energías, las vas a necesitar.

Sangre demoníaca, eso explicaba el malestar que había invadido a Salomé, una sensación parecida a la que tenía después de haber bebido alcohol. Estaban en territorio enemigo, literal y figuradamente.

—Conozco esa expresión como si soñase con ella cada noche —dijo Jackie, deteniéndose a su lado—. A nadie le gusta tanto desaprobarlo todo como a ti.

—Hemos secuestrado a una persona. ¿Quieres que te felicite? —preguntó Salomé, malhumorada. Habría matado por un poco de azúcar. ¿Por qué Oliver no podía dedicarse a producir galletas o helado?

—Esa persona que dices es un soldado del enemigo que intentaba matarte hace un rato. Espero que no te estén entrando demasiados remilgos, porque lo que tengo pensado hacerle no es bonito.

Estudió el rostro de la Demonio en busca de una pista que le indicase hasta qué punto hablaba en serio. La mayoría de las veces sus bravuconadas eran mucho peores que la realidad, y sabía que disfrutaba haciéndola rabiar; pero, por otro lado, Jackie no sentía demasiado aprecio por la vida ajena.

—No vamos a torturar a nadie —sentenció.

—¿No? Entonces... ¿Qué podemos hacer? ¡Ya sé! —dijo, fingiendo que acababa de tener una idea—. ¿Por qué no le pedimos amablemente que nos cuente todos los planes de su jefe?

—No vamos a torturarlo —insistió Salomé.

—Hacedme lo que queráis —masculló Jonás, alzando lentamente la cabeza y reposándola contra el tanque de metal tras ella—. Sé lo que quieres que te cuente y no me lo sonsacarás, perra del Belcebú.

Jackie arqueó una ceja y se cruzó de brazos.

—¿Quieres que lo atice? —se ofreció Oliver, pero Jackie negó con la cabeza y se acercó al Centinela para poder inclinarse hacia él.

—Si intentas ofenderme vas a tener que ser más original. ¿Sabes cuántas veces he tenido que escuchar insultos idénticos a ese? —Bostezó—. Llevo peor el aburrimiento que el agravio.

Salomé decidió cambiar de táctica. Persuadir a dos Demonios para que fuesen amables era como intentar venderle espinas a un pescadero. Trataría de razonar con su compañero, un soldado con el que había compartido su lucha hasta hacía no tanto.

—Háblales sobre el suero, Jonás, será mejor para todos.

—Eso querrías, ¿verdad? —El Centinela escupió en el suelo, a modo de afrenta—. Cuando te desterraron fui uno de los que intercedió por ti, de verdad confiábamos en que había sido un error bienintencionado, en que todo aquel que se equivoca merece una segunda oportunidad, pero debimos confiar en el criterio de Los Siete Miembros. No eres más que una traidora.

Se guardó el dolor que le provocaba esa palabra, lo reprimió con todas sus fuerzas y la maestría de haberlo hecho durante siglos.

—Yo no soy la traidora, Rivera lo es. —Puede que Jackie creyese que la tortura era la mejor forma de hacer hablar a un Centinela, pero había algo que los aterraba mil veces más que un Demonio sádico—. Tienes dos opciones: o nos cuentas todo lo que sabes a nosotras, o se lo cuentas a Los Siete Miembros. Ya que son tan sabios, que decidan ellos qué hacer contigo.

El pánico cruzó el rostro del Centinela, fugaz pero nítido, a pesar de que se irguió en un intento por disimularlo.

—No te atreverías.

—Ponme a prueba.

—Nos juzgarán a ambos.

—Soy una renegada, ¿qué más puedo perder? —Ni siquiera era un farol. Durante semanas había creído que su trabajo con Miguel podría hacerle recuperar su vida, pero ahora que había comprendido que eso jamás ocurriría, al menos quería estar segura de hacer lo correcto.

Por primera vez el hombre vaciló. Tal y como Salomé sospechaba, su lealtad no era tan firme como su miedo.

—Si Rivera se enterase…

—Podemos darte un buen rapapolvo para que crea que te has resistido —se ofreció Oliver, pero Jackie negó con la cabeza para que no siguiese por ahí.

Salomé suspiró.

—Desatadlo —ordenó, aunque supiese que no había nada que un Demonio detestase más que recibir órdenes, o quizá precisamente por eso.

—¿De verdad? —preguntó Oliver, pero a Salomé no le importaba lo que ese alquimista de poca monta tuviese que decir. Miró a Jackie, con un gesto suplicante, aunque su orgullo se estuviese desmoronando. *Por favor.*

—Hazlo —la secundó Jackie, y Oliver desanudó la cuerda metálica con un gruñido de protesta.

—Eres un hombre honrado, Jonás, y un buen Centinela. Por eso no puedo entender por qué has seguido a Rivera en este delirio en lugar de haberle parado los pies. Sabes que está mal, que Los Siete Miembros lo desaprobarán. ¿Por qué lo apoyas?

Jonás rio, sin contener su acritud, y desvió la mirada hacia el techo, aunque parecía que estuviese buscando mucho más allá.

—Claro que no lo entiendes... Mientras tú estabas descansando nosotros hemos vivido la cara más oscura de la humanidad. La Revolución francesa y la guillotina, África descuartizada en una larga mesa llena de hombres blancos armados con una regla de medir, dos guerras mundiales... *dos*. Porque no alcanzó con una para que aprendiesen la lección. Antes cometían atrocidades, pero lo atribuíamos a su juventud, a que estaban dando sus primeros pasos y aún no habían encontrado el verdadero camino. Destruían desde la barbarie, y por eso los justificábamos, pero ¿cómo podemos seguir defendiéndolos cuando todas esas monstruosidades las han perpetrado en nombre de la Razón? Sofisticar su inteligencia solo les ha servido para volver a la crueldad y a la ambición más eficientes. —Bajó la vista poco a poco, hasta que por fin la miró, y Salomé vio que había lágrimas en sus ojos, pero no de pena ni compasión, sino de rabia—. Alguien tiene que pararles los pies.

Salomé sintió cómo se le encogía el corazón en el pecho. Ella también había vivido esos horrores, a su manera, impotente, deseando poder ayudar a su causa, aunque hubiese sido un poco. Podría haber ganado unas cuantas almas, ¿habría cambiado algo? Sí, se lo había preguntado en muchas ocasiones en las que hubiese preferido apartar la vista, pero se obligó a mirar para honrar el dolor ajeno, para compartirlo con la esperanza de que se aliviase la carga de los hombros que lo soportaban. En momentos como aquellos costaba creer que la humanidad fuese capaz de superar sus sombras, pero necesitaba hacerlo.

Salomé necesitaba creer.

—Enseñarles es nuestro trabajo, no juzgarlos.

Jonás negó con la cabeza.

—¿Cómo se le enseña a alguien que no quiere aprender? ¿Cómo se cambia a alguien a quien le gusta como es? No se merecen la salvación.

Salomé no pudo responderle, porque llevaba semanas preguntándose lo mismo. *Tiene que haber otro modo,* pensó, pero no fue capaz de decirlo en voz alta.

—Esta conversación no lleva a ningún sitio —intervino Oliver. Salomé casi había olvidado que tenían compañía.

—Sobre todo cuando la respuesta es tan obvia —agregó Jackie—. Claro que no se la merecen. ¿Por qué se iban a merecer nada? Lo interesante es qué van a hacer mientras se hunden, de eso se ha tratado siempre. Y yo no quiero perdérmelo. Así que empieza a cantar antes de que llame a mis sabuesos.

Las amenazas de la Demonio solo sirvieron para hacer reír a su prisionero. Salomé sintió un escalofrío ante tan extraña visión, un hombre tan desesperado que no sabe si reír o llorar.

—¿No te has percatado aún, Demonio? Da igual lo que os diga o lo que calle. Cuando la versión definitiva del suero esté lista no pintaréis nada aquí. Se acabarán los conflictos, la envidia, la ambición desmedida, todo aquello que hace de este mundo un lugar cada vez más inhabitable.

—Todo lo divertido, vaya —masculló Oliver.

—Espera. —Salomé le pidió silencio con la mano—. ¿Qué has dicho? ¿La versión definitiva?

—¿No habrás pensado que Rivera le iba a entregar el suero a una traidora? Lo que te dio solo era un prototipo. Eras uno de sus conejillos de Indias. El prototipo ha demostrado ser endeble, sus efectos se diluyen con el tiempo y para colmo la sangre de Demonio interfiere con él. Seguro que ya os habéis dado cuenta. Pero ahora que sabemos esos fallos, es solo cuestión de días, puede que de horas, para que el suero perfeccionado esté listo.

Salomé y Jackie intercambiaron una rápida mirada consternada. Contaban con la sangre demoníaca para crear un antídoto, pero si existía un nuevo suero, uno que no tuviese cura, sus esfuerzos no servirían de nada.

—¿De verdad vais a convertir a todas las personas del planeta en posesos sin voluntad? —preguntó Salomé—. ¿Esa es vuestra idea de un mundo ideal?

—No afectará a todos, solo a las malas personas. Esa es la magia del invento. En quienes tengan el alma pura, no surtirá ningún efecto.

—Como si alguien tuviese el alma pura hoy en día —resopló Jackie.

Jonás ignoró a la Demonio, y miró a Salomé igual que si estuviese a un mundo entero de distancia de él, incapaz de comprender por qué no veía lo mismo que él cuando era tan obvio.

—¿De verdad sería tan terrible? ¿Un mundo sin pecados?

—Eso no depende de nosotros.

El hombre rio de nuevo.

—Pero si eso es lo que llevamos haciendo desde los albores de los tiempos, intentar que sí esté en nuestras manos.

No podía seguir escuchando, no podía arriesgarse a dejar que la convenciese. Un mundo sin guerra, sin crimen, sin injusticias. Claro que sonaba bien, pero ¿a qué precio? Era tentador. Más que cualquier promesa que un Demonio pudiese hacerle, y por eso supo que no era lo correcto.

—Tengo que salir de aquí.

Caminó hacia la salida y escuchó cómo Jackie la llamaba. Trató de cerrar la puerta, pero la Demonio se interpuso. Sabía que intentaba hablar con ella, pero no era capaz de escuchar, sus palabras sonaban muy distantes mientras le daba vueltas a un laberinto en su mente, en busca de una solución.

Se dirigió directamente a la barra y buscó algo dulce que llevarse a la boca. Necesitaba todos los recursos que pudiese encontrar para ayudar a su cerebro a pensar. ¿Y si se rendía? Jonás tenía algo de razón. Los humanos estaban a punto de destruirse a sí mismos, así que, ¿por qué tomarse tantas molestias por salvarlos?

—¿Salomé? —Se detuvo al escuchar la voz de Miguel. Había estado tan absorta en sus dudas que casi había olvidado a su pupilo—. ¿Estás bien?

Asintió aunque no fuese del todo cierto. Iba a despacharlo, cuando se percató de que había algo diferente en él.

—Tu cuello… —Había perdido uno de los tatuajes. ¿Era la señal que estaba buscando?

—Ah, ya. Eso. Ha sido un accidente. No vayas a creer que me he vuelto un alma pura en minutos. Sigo sin ser Luis, pero parece que tu método funciona.

Tu método funciona.

El largo silencio de sus superiores, los continuos comentarios de Rivera sobre sus capacidades y métodos, la mera existencia de Jacqueline, todas esas cosas la habían hecho dudar de lo que era capaz de conseguir, de su forma de hacer las cosas, pero ante ella estaba la evidencia de que eran los demás quienes se equivocaban. Miguel estaba cambiando, poco a poco y quizá no de la forma en que le gustaría, pero incluso él, que tan ciego estaba al principio, comenzaba a comprender. Si dejaba que Rivera se saliese con la suya, ni él ni todas las almas perdidas tendrían la oportunidad de volver a encontrar el camino.

—Un alma pura… Miguel, llevo pidiéndote durante semanas que seas honesto, y tratando de convencerte de las virtudes de la verdad, pero ¿serías capaz de formar parte de una última gran mentira por mí?

Ni siquiera le pidió los detalles. Miguel sonrió y dijo:

—Sabes que es mi especialidad.

ACTO CUARTO

«Llamé al cielo y no me oyó.
Mas, si sus puertas me cierra,
de mis pasos en la Tierra
responda el cielo, no yo».

Don Juan Tenorio, José Zorrilla.

«Todas las piezas robadas aparecerán aquí esta noche».

Ocho sencillas palabras habían sido suficientes para provocar un revuelo que reunió a las fuerzas del orden, a periodistas y a curiosos ante el Museo del Prado de Madrid. Pero no era a ninguno de ellos a quienes pretendían atraer con tan reveladoras palabras.

Madrid había amanecido con la tranquilidad propia de cualquier día de agosto, en el que las calles estaban más vacías de lo habitual y quienes aún permanecían en ellas no dejaban de pensar en las ansiadas vacaciones. Nadie podía imaginar que la ciudad acabaría convirtiéndose en el foco de la atención internacional cuando descubrieron el mensaje que Inés había dejado para ellos. Sobre las lonas que cubrían los andamios de las obras en la fachada principal del Prado, justo detrás de la vigilante estatua de Velázquez, Inés escribió aquella advertencia. Lo que podría tratarse de una simple broma de mal gusto trascendió en todos los medios —que con el Congreso de los Diputados cerrado y la Liga de Fútbol acabada, se habían quedado sin temas candentes de los que hablar—. Medio mundo miraba a la ciudad a la espera de que algo emocionante ocurriese. Tal y como habían previsto.

Inés había accedido a seguir el plan de Salomé porque la convicción en la voz de la mujer hacía difícil decirle que no y porque quería acabar con aquel entuerto cuanto antes, pero se preguntaba por qué los demás habían dicho que sí. El improbable grupo observaba desde lo alto de una cuesta, lo más cerca que las vallas y el despliegue policial les permitían acercarse.

—Vaya… no pensaba que fuese a haber tanta gente. ¿Y ahora qué hacemos? —preguntó Miguel, mirando a las tres mujeres en busca de guía.

Miguel. Miguel. Miguel. Así era como tenía que pensar en él. Miguel. El canalla de Miguel. Esa serpiente que no dejaba de cambiar de piel. Se recordó que una nunca sabía quién espiaba sus pensamientos.

—Inés y yo vamos a entrar y a esperar —explicó Salomé. Después de lo ocurrido en el Palacio de Cristal del Retiro era imposible que Rivera dejase pasar una oportunidad como esa, incluso cuando la invitación apestaba a trampa desde lejos.

—Y yo, ¿qué? —protestó Jackie—. ¿Pretendes que me pierda toda la diversión?

—Alguien tiene que protegerlo hasta el momento adecuado —explicó la Centinela, señalando hacia Miguel.

Eso y que quiere mantenerla alejada del suero, pensó Inés. No podía echarle en cara que la separase de su maestra, ella habría hecho lo mismo. Aunque la Demonio insistiese en que solo pretendía elaborar un antídoto, Salomé habría sido muy estúpida si hubiese confiado en su palabra, otra vez.

—¿Puedes encargarte de esto? —Salomé miró a Inés a la vez que señalaba a la multitud con la cabeza.

Inés asintió. ¿Cómo deshacerse de las miradas expectantes de cientos de personas? Podían volverse invisibles, desaparecer, o… simplemente hacer que cerrasen los ojos. Enseguida una escena de una de sus películas favoritas de la infancia tomó forma en su mente. Cuando la Bella Durmiente yacía en su torre, víctima de la maldad ajena y de su propia ingenuidad, las hadas sobrevolaron el reino sumiendo a sus habitantes en un profundo sueño. Inés pasó una página de su bloc de dibujo y bosquejó la silueta del Paseo del Prado, diminutos garabatos que simbolizaban a la multitud, y por último golpeó la punta del bolígrafo sobre el papel en varias ocasiones, salpicando tinta por el cielo de la ciudad. Había aprendido de su poder que el dibujo no tenía que ser exacto siempre y cuando ella se encargase de darle vida.

Ante sus ojos aparecieron diminutas motas de polvo oscuro y brillante a la vez. Las había imaginado con un hermoso color dorado, pero su corazón había absorbido todo rastro de color, tornándolo negro. A medida que las motas caían sobre la multitud, comenzaban los bostezos, los párpados bajaban pesados y se resistían a abrirse de nuevo, hasta que los cuerpos iban desplomándose lentamente sobre el suelo en un apacible letargo.

—Vaya… —dijo Miguel, boquiabierto—. ¿Qué ha sido eso?

—Polvos mágicos —respondió Inés con una sonrisa, divertida por su asombro.

Salomé frunció el ceño junto a ella.

—Los polvos mágicos no existen.

Inés se encogió de hombros.

—Ahora sí.

Siguió a Salomé hacia la entrada del museo, consciente de que la mirada de Jackie la seguía atenta y recelosa. No le agradaba que estuviese «a solas con el enemigo». *Bien*, pensó Inés. Si consideraba que podía cambiarse de bando en cualquier momento, significaba que aún había una parte de su alma que le pertenecía para entregarla a quien quisiese. *O que te considera tan manipulable que cree que cinco minutos con alguien te bastan para cambiar de creencias*, dijo una vocecita maliciosa en su cabeza que se esforzó por acallar.

Tenía preocupaciones más urgentes.

Como habrás podido adivinar, Inés no pretendía entregar las obras robadas aquella noche. El mensaje en la pared se trataba de una simple invitación, aunque sabían que Rivera no se iba a dejar engañar por un truco tan simple. Lo importante era atraerlo a un espacio que conociesen bien y donde pudiesen desplegar la verdadera trampa.

Inés siguió a la Centinela hasta el interior del edificio. La invadió una extraña sensación al adentrarse en la ampliación más moderna del museo y descubrirla completamente desierta. Se parecía a la que había experimentado en el aeropuerto cuando uno de sus vuelos con Jackie salía muy temprano o cuando había tenido que ir a la universidad en verano. Pasear por un espacio siempre bullicioso en mitad del silencio de la noche resultaba antinatural. «Espacios liminales», se llamaban. Recordaba haber leído sobre ellos, rincones del mundo que no pertenecían a ningún lugar, una frontera entre lo cotidiano y lo peculiar.

Al sentimiento de extrañeza del espacio se sumaba el tenso silencio que la separaba de Salomé. Era la primera vez que estaba a solas con la Centinela y que tenía la ocasión de prestarle atención. Se le hacía raro pensar que Salomé era para Miguel lo que Jackie para ella, aunque las dos mujeres fuesen polos opuestos. La Centinela caminaba con movimientos exactos y dignos, manteniendo la espalda recta y los hombros tensos, igual que un soldado.

Porque lo es, se recordó.

Lo que Jackie y sus Demonios consideraban un juego se trataba de una inmemorial lucha por salvar el mundo a ojos de los Centinelas.

La Guerra Eterna.

Mientras se inmiscuían en las entrañas del museo y paseaban por las salas vacías, Inés se preguntaba si podría confiar en Salomé, si no debería confesarle que Jackie planeaba robar el suero, no para convertirlo en un antídoto, sino para elaborar un veneno igual de potente. Entonces recordó que la Centinela la había convertido en una marioneta de carne y hueso, y los remordimientos se esfumaron.

A Inés le costaba mantener la concentración en mitad de tantas piezas de arte, a pesar de que las conociese bien, pero Salomé no se dignaba a echarles un vistazo, demasiado atenta a la presencia de enemigos. Ni siquiera se inmutó cuando pasaron ante la sala 12, presidida por *Las meninas*. Inés comprendió que no podía confiar en alguien que no sentía la más mínima curiosidad por una de las obras de arte más interesantes jamás creadas. Tendría que encargarse de solucionar sus problemas ella solita.

—¿En qué piensas? —preguntó la Centinela, que sin duda estaría percibiendo su recelo.

—Me pregunto si de verdad tenemos alguna posibilidad —dijo, y no era del todo mentira.

Salomé asintió enérgicamente, como si comprendiese sus dudas.

—Rivera tiene recursos limitados. No habrá podido movilizar a demasiados Centinelas sin llamar la atención de Los Siete Miembros, así que, si lo hacemos bien, si todos cumplimos con nuestra parte, podemos conseguirlo.

Inés se mordió el labio, sin saber qué responder a la evidente advertencia, así que siguieron caminando sin rumbo, acompañadas tan solo por el eco de sus pasos.

—¿Qué harás con el suero cuando lo tengas? —preguntó Inés al cabo de un rato, y a juzgar por la sorpresa en el rostro de Salomé era obvio que no estaba acostumbrada a no ser quien hacía las preguntas.

—Destruirlo —dijo sin un solo ápice de duda, como si fuese obvio.

—Entonces, ¿de verdad crees que todo el mundo puede...?

—¿Salvarse? —terminó por ella.

Inés se encogió de hombros.

—Si quieres llamarlo así.

Esta vez Salomé se tomó algo más de tiempo antes de responder.

—Entiendo tus dudas. He vivido lo suficiente como para saber que el ser humano tiene una capacidad infinita para la estupidez. —Rio con acritud—. A veces me gustaría estrangularos a todos —dijo, e Inés no tuvo claro hasta qué punto era una broma—, pero, al final del día, os veo como lo que sois, niños perdidos buscando su sitio.

—Eso es lo que cree Rivera, que somos niños que deben obedecer y callar, a los que llevar agarrados de la mano bien fuerte para evitar que piensen por sí mismos.

Salomé negó con la cabeza.

—Perdóname si me he expresado mal, no es eso lo que quería decir. Puede que al principio necesitéis compañía, alguien que os guíe, una figura materna si lo prefieres, pero al final se trata de que aprendáis a recorrer vuestro propio camino. Eso es lo que hacen los buenos padres, ¿no crees?

—¿Incluso si es campo a través y pisoteando todas las flores?

Salomé se detuvo durante un instante para poder mirarla.

—Sois vosotros quienes os mancharéis las botas de barro, y con suerte, os daréis cuenta de que es más cómodo y limpio volver al sendero.

—Es una metáfora bonita, pero no tengo muy claro que el sendero del que hablas sea la ruta más agradable para todo el mundo.

Vagaron durante unos cuantos minutos e Inés comenzó a inquietarse. ¿Y si no aparecían? ¿Y si Rivera había visto a través de su montaje y conocía sus intenciones? Cuando Salomé les contó su plan dio por hecho que la altivez de Rivera sería su perdición, que los subestimaría porque no consideraba que ni Demonios ni humanos estuviesen a su nivel. ¿Y si no lo conocía tan bien como creía?

Las incógnitas se despejaron cuando llegaron hasta el largo pasillo que recogía la colección de pinturas italianas y flamencas del Prado. Al otro lado de la estancia de altas paredes y techos acristalados, distinguieron cinco figuras vestidas de negro de los pies a la cabeza. Esta vez todos los secuaces de Rivera habían acudido al unísono.

Las dagas de Salomé aparecieron en sus manos mientras ella adoptaba una posición defensiva. Eran dos contra cinco, e Inés no sabía luchar. Sus pies le rogaron que echase a correr. Dos de las figuras se desvanecieron en el aire para cobrar forma tras ellas un instante después, con pistolas en mano. Cualquier opción de huida quedaba bloqueada.

Tragó saliva.

—Es el momento —le indicó Salomé, e Inés asintió.

Puede que los Centinelas tuviesen armas y una fuerza y velocidad sobrehumanas, pero ella ya no era una chiquilla indefensa.

Conocía aquel museo como la palma de sus manos, y también a sus habitantes.

Inés cerró los ojos y los llamó.

Pensó en todas las ocasiones en que se había sentado a contemplar esos cuadros, a veces en el suelo, después de un mal día en el trabajo o en clase. Recordó la paz que sentía cuando intentaba replicar las diferentes escenas y retratos con sus bolígrafos. Siempre encontraba alguna obra que encajase con su estado de ánimo. Si se sentía desvalida e insignificante, observaba y dibujaba a las damas de aspecto orgulloso y elegante, fantaseando con ser como ellas. Si lo que la invadía era la rabia y la impotencia, funcionaban mejor las escenas de guerra y los cuadros más lúgubres de Goya. Cuando estaba de buen humor y quería jugar con su creatividad, el Bosco y sus escenas a medio camino entre sueños y pesadillas nunca le fallaban, igual que siempre podía contar con Velázquez cuando simplemente quería dibujar. Aquellas obras habían sido sus amigas y el arte, su consuelo, cuando más los había necesitado. Se concentró en esa sensación, en la calidez expandiéndose desde el centro de su cuerpo hasta la punta de los dedos, cada vello en su piel, incluso hasta la punta de sus pestañas. Aquella fuerza que le recordaba a las largas tardes de domingo con su familia, agridulce y confortable a la vez, salió disparada en todas direcciones al mismo tiempo que la batalla comenzaba a su alrededor.

La primera bala quebró el silencio y Salomé la interceptó con un movimiento de su daga, haciendo que el proyectil cayese en el suelo a solo unos centímetros del rostro de Inés.

—Resguárdate —le ordenó.

Inés se apresuró a obedecer. De nada serviría su plan si le volaban la cabeza a la primera de cambio. Buscó refugio tras los pedestales de una estatua y sonrió al percatarse de que la figura comenzaba a mover los dedos, tan despacio que resultaba imperceptible.

Ya estaban en camino.

Salomé y los cinco Centinelas se enzarzaron en un combate en el que Inés apenas era capaz de seguir los movimientos. En las distancias cortas los Centinelas habían renunciado a emplear sus pistolas y blandían largas espadas y dagas como las de Salomé. Se desvanecían en el aire para aparecer justo debajo de la Centinela, o justo sobre sus hombros. Ella se transportaba en el último momento para encontrar un segundo filo en su cuello que apartaba de un codazo, contraatacaba y su adversario ya no se encontraba allí. El combate era frenético y desigual, pero Salomé no tenía que vencer a sus adversarios, solo entretenerlos.

Un golpe seco contra las baldosas anunció la llegada de sus refuerzos. Al primer golpe le siguió un segundo, un tercero, un cuarto, al que pronto se le sumó el eco de doce pisadas más. Pocos visitantes reparaban en las estatuas que adornaban la fachada frontal del museo: doce mujeres, doce alegorías de rostros idénticos y ropajes vaporosos que simbolizaban las supuestamente numerosas virtudes de los monarcas y del reino de España. Inés salió de su escondite. Ya no necesitaba protegerse, las estatuas se encargarían de mantenerla a salvo a ella, la fuente de su existencia.

El asombro de los Centinelas hizo que el combate se detuviese durante unos segundos. Una mujer, más alta que Salomé y con sus oscuros rizos rasurados casi al cero, se aferró a su arma con aún más ímpetu y lanzó una acusación desbordada de ira y decepción a Salomé.

—Así que ahora también te rindes a la magia oscura. —Resopló y negó con la cabeza—. Tu alma está tan condenada que ya no tiene remedio.

—Entonces, ¿para qué os tomáis tantas molestias? —Salomé se abalanzó sobre la mujer, su pistola cayó al suelo y salió despedida hasta ir a parar a los pies de mármol de la Alegoría de la Victoria. Inés asintió con la cabeza y la estatua se agachó lentamente hasta agarrarla con sus gélidos y delicados dedos.

Los Centinelas observaban el combate a golpe limpio entre las dos mujeres, que se revolcaban por el suelo intentando inmovilizar a la otra sin éxito. Inés no tenía ni la más remota idea de cómo luchar cuerpo a cuerpo, pero a juzgar por sus enormes esfuerzos ambas estaban al mismo nivel.

Inés y los Centinelas no eran los únicos que las vigilaban atentos. Su llamada había sido tan estruendosa que muchos curiosos inesperados habían acudido a ella. Seres translúcidos con todo tipo de tamaños y formas, soldados franceses armados con sus fusiles, las exuberantes gracias, los herreros que habían abandonado la fragua, los tercios de Flandes... se asomaban a través de las paredes, unidos a sus lienzos por una estela fantasmagórica. Inés se sintió abrumada por una sensación similar a la que experimentó al ver a Miguel convertido en serpiente. Le daba miedo el alcance de su poder, no tener ni idea de hasta dónde podía llegar o cómo ponerle límite. Ella no había pretendido despertar a los cuadros, y sin embargo, allí estaban, tan vivos como ella.

Por un momento parecía que Salomé llevaba la ventaja, pero la mujer de la cabeza rapada le asestó un puñetazo en el rostro que la hizo caer de espaldas. Mientras Salomé se recomponía, Inés vio cómo su rival invocaba un fino y corto cuchillo que lanzó hacia la Centinela y que habría impactado en su vientre si una flecha de piedra no hubiese golpeado su mano, desviando el lanzamiento, en el instante preciso. La mujer se encogió sobre sí misma entre gritos e Inés vio cómo una estatua de la cazadora Diana la observaba desde la distancia.

Puede que su poder la intimidase, pero no era el momento de acobardarse y encogerse, sino el de exhibirlo. Se dio cuenta de que todos sus enemigos se habían detenido.

—Tendréis que pasar antes por encima de todas las obras del museo si queréis ponernos una sola mano encima —anunció, tan solemne como se lo permitía el nudo en su estómago.

Pero los Centinelas no la estaban mirando a ella. Se dio la vuelta y se encontró con la escena que había aguardado y temido. Un Centinela retenía a Jackie por la fuerza, convertida en su prisionera. La habían empapado con sangre angelical para debilitarla y que no pudiese huir. A Inés se le revolvió el estómago al darse cuenta de que el aroma rancio que los acompañaba era el de su carne abrasada. Junto a ellos, Rivera empuñaba una pistola contra el cráneo de Miguel, que parecía aterrorizado. Nunca tendrían que haberlo metido en esto, pero era su única esperanza.

El Centinela Mayor se dirigió a Salomé, ignorando por completo a Inés y a su ejército de estatuas y cuadros.

—Acabemos ya con esta pantomima. Nunca te creí lo bastante necia como para pensar que una trampa tan absurda como esta podía funcionar —dijo Rivera, pero el tono condescendiente de sus palabras advertía lo contrario.

Una jeringuilla apareció en su mano y sin previo aviso, la clavó en la base del cuello de Miguel con un gesto tan brusco como preciso. Inés contuvo el aliento y podría haber jurado que Salomé estaba haciendo lo mismo. Jackie se limitaba a sonreír.

—Yo te bendigo —sentenció la voz serena de Rivera, mientras inyectaba el suero.

Inés imploró a quienquiera que escuchase que el plan de Salomé saliera bien. No estaba segura de si sería capaz de volver a ver a otra persona despojada de su voluntad como le había ocurrido a ella. Los ojos de Miguel se habían abierto de par en par y se llevó la mano a la herida, junto a su clavícula.

Rivera observó el gesto con desconfianza. Se suponía que el dueño de sus actos era él, que solo debía actuar para obedecer.

—Renuncia al Mal —ordenó, pero Miguel no lo escuchó.

En lugar de seguir la orden de Rivera, miró a Salomé y preguntó:

—¿Ha funcionado?

Como una respuesta a sus plegarias, una neblina tan densa que casi no les permitía ver a la persona frente a ellos cobró forma de la nada, y de su interior brotó una luz blanca, tan inmensa y cegadora que Inés creyó que iba a engullirlos; se cubrió el rostro con la mano para proteger sus ojos, pero no todos estaban teniendo aquel problema. Salomé y Miguel podían mirar a la silueta de luz sin sufrir ningún daño. Tras el inmenso poder que ocupaba la estancia había un ser, ni hombre, ni mujer, ni siquiera humano, al que Inés no era digna de mirar fijamente. Los retratos retornaron a sus lienzos y las estatuas quedaron inmóviles. El poder oscuro de Inés no era rival para su esencia de Luz.

Rivera balbuceó unas cuantas excusas ininteligibles e hincó las rodillas, con la cabeza agachada.

—Su Alteza.

—Sí —dijo una voz dulce y temible a la vez, que parecía llenarlo todo—, arrodíllate, porque soy uno de los arcángeles a los que sirves, aunque parece que lo has olvidado.

Los Centinelas comenzaron a desvanecerse en el aire al comprender que estaban en el bando perdedor, y Rivera observó impotente cómo se quedaba solo ante uno de Los Siete Miembros.

—Ha debido de haber una confusión, Su Alteza. Solo estoy salvando almas, cumpliendo con mi cometido. Este humano… —Señaló a Miguel— es de la peor calaña.

Inés miró a Salomé por el rabillo del ojo y la Centinela asintió con la cabeza, era el momento.

Inés alzó su mano en el aire y con un solo gesto deshizo la ilusión: el rostro que había dibujado para él se desvaneció mostrando su verdadera faz. Miguel se marchó y en su lugar apareció Luis, que los miraba con la expresión de un conejillo de Indias asustado y que seguramente se preguntaba cuándo podría volver a casa después de haber servido a su propósito. La jeringuilla se resbaló de entre los dedos de Rivera cuando comprendió que había sido engañado y rebotó contra las baldosas.

Solo alguien con más poder y estatus que Rivera podía detenerlo, pero para eso tenían que demostrar la gravedad de sus actos, sorprenderlo *in fraganti*. La única forma de lograrlo sin sacrificar el alma de nadie era encontrando a alguien inmune a los efectos del suero, una buena persona.

Un alma pura.

Rivera apartó a Luis de un empujón y dio un paso hacia el interior de la niebla.

—Mi señor, he sido engañado, yo jamás…

—Silencio, ya has dicho y hecho demasiado. Tu alma será juzgada conforme a nuestras leyes.

En el momento en que pronunció la sentencia, la neblina envolvió a Rivera y su cuerpo comenzó a deshacerse entre ruegos pidiendo perdón. Inés apartó la vista para ahorrarse el espectáculo. Ya resultaba bastante terrible escuchar los gritos. La carne y los huesos de Rivera retornaron a su fuente original, dejando tras de sí un montoncito de cenizas y una bola de luz grisácea que salió despedida en el aire, en dirección al Cielo, al más allá, a dondequiera que fuese el lugar donde Rivera sería juzgado por sus actos.

Poco a poco, la niebla comenzó a replegarse, y cuando se hubo desvanecido del todo, Inés y Jackie eran las últimas que permanecían en pie en mitad del pasillo, rodeadas por estatuas. Escucharon los pasos de la policía acercándose a la distancia. Parecía que el hechizo del sueño también se había levantado ante la presencia del arcángel.

Inés se agachó y recogió la jeringuilla que Rivera había dejado caer. Aún había suero suficiente en su interior para que Jackie pudiese cumplir con sus planes. Se quitó la mochila del hombro y la abrió para guardarla en su interior, pero Jackie se apresuró a correr a su lado.

—Dame el suero —ordenó, e Inés, resignada, le entregó la jeringuilla que tenía en la mano.

Jackie sonrió de oreja a oreja.

—Gracias, Inés García. Me has sido de mucha utilidad. —Agitó la jeringuilla en el aire—. Volveré a por ti cuando recupere mis fuerzas, no te vendrá mal pasar unos días en prisión para quitarte toda esa bondad que te hace tan débil y blanda. —Anunció justo antes de desvanecerse en el aire y de dejar a Inés a merced de una docena de policías que la apuntaban con sus armas mientras le ordenaban que alzase las manos.

2 Miguel

Miguel Sabato, escéptico, cínico sin remedio, racional y pragmático hasta el tuétano de los huesos se había puesto de rodillas para hacer algo que jamás se hubiese imaginado haciendo: *rezar.*

Salomé había sido clara con su papel en aquella misión. Formaría parte de un engaño. Dejaría que Rivera creyese que iba a estar en el museo, y después, pediría auxilio. «Los sabios nunca dan la espalda a un alma arrepentida», le había asegurado, y así era como había acabado a solas frente al altar mayor de una iglesia cercana. Miguel se sentó en la primera fila de los bancos de la nave y alzó la vista hacia el gigantesco cuadro que dominaba la estancia. Ángeles, profetas y siervos formaban parte de su propia realidad, completamente ajenos a su presencia. Suspiró.

—¿Cómo pretendes que llame a seres todopoderosos para los que somos poco más que hormigas? —le preguntó a Salomé cuando le explicó aquella parte del plan. Convencer a Luis para que participase le parecía pan comido comparado con ganarse el favor de los arcángeles.

Salomé se encogió de hombros.

—Pídelo con buenos modales.

Miguel se acomodó en el banco, extendiendo los brazos por detrás del respaldo y cruzando las piernas. *Con buenos modales.* Se removió incómodo y acabó por apoyar los codos sobre sus muslos. ¿Cuál era la mejor postura para suplicar?

—Escuchad —acabó por decir en voz alta—. Sé que seguramente no soy de vuestros favoritos, yo tampoco os tengo demasiado aprecio. Mi política siempre ha sido: yo a lo mío, y vosotros a lo vuestro, así que tampoco estoy demasiado seguro de por qué he acabado aquí. Igual es alguna de esas historias vuestras de «el gran plan», no tengo ni idea, el caso es que me ha tocado a mí llamaros. No espero que me escuchéis para concederme un deseo mágico, ya he aprendido la lección. A veces uno no consigue lo que quiere —dijo con acritud—. Lo he entendido, pero no os llamo por mí... —La imagen de Salomé interponiéndose entre él y las Bestias, alzando a Inés en brazos para salvarla, defendiendo a Chica en la cocina de su casa, ocupó sus pensamientos. Puede que no hubiese sido el hada madrina que esperaba, pero no podía negar que se había implicado—. Se supone que es vuestro trabajo aseguraros de que los buenos ganan, pues bien, los buenos necesitan vuestra ayuda. Os prometería que me voy a portar bien si me escucháis, pero no sois Santa Claus ni yo un niño, así que hacedlo porque hay gente ahí fuera dejándose la piel para cumplir con vuestros caprichos, porque, seamos sinceros, vosotros no os esforzáis demasiado. —Se hizo callar a sí mismo. Criticar a alguien no parecía la mejor técnica para pedir su favor—. Se supone que es vuestra «misión», ¿no?

Se levantó y comprobó que seguía estando solo. ¿Qué esperaba? ¿Que cayese un rayo de luz del techo y lo iluminase, que una estruendosa voz envolviese la sala para decirle «te escucho»? Sacó un mechero Zippo de su bolsillo. Inés lo había dibujado para él. «Enciende una vela», le había aconsejado, al parecer era lo que hacía la madre de la muchacha siempre que se sentía desalentada. Qué estupidez. ¿Velas, acaso era su cumpleaños? Y sin embargo, no se le ocurría nada mejor que hacer. No perdía nada con intentarlo. Caminó hacia el altar, accionó el mechero y acercó la llama al cirio sobre el candelabro de oro. Prendió la mecha, cerró los ojos y pronunció un último ruego.

—Cumplid con vuestra parte por una vez, en lugar de dejar que otro se encargue de vuestra porquería.

La vela se apagó y Miguel sintió que un escalofrío recorría todo su cuerpo. ¿Significaba eso que había funcionado, o era una forma sutil del universo de mandarlo al cuerno?

Unos minutos después, una neblina invadió el altar y parte de la nave, y dejó tras ella dos figuras con expresión confundida.

—¡Salomé!, ¡Luis! —los llamó, corriendo hacia ellos—. ¿Qué ha pasado?

Salomé le apretó el brazo y vio en sus ojos temor y duda. Con eso bastó para que comprendiese. Lo habían conseguido, pero aún no sabían a qué precio.

La neblina se agrupó hasta que poco a poco adoptó algo parecido a una vaga forma. Podía distinguirse un cuerpo hermoso y definido, un par de ojos y unos labios carnosos, largos mechones de pelo cayendo por su cuerpo. No era de carne y hueso, y la luz que desprendía impedía que lo mirase el suficiente tiempo como para distinguir del todo su silueta.

Salomé se puso de rodillas e inclinó la cabeza. Luis también se postró ante la Luz, pero él mantuvo la mirada en alto, incapaz de apartar la vista. Juraría que sus ojos estaban húmedos. Miguel fue el único que quedó en pie.

—Su Alteza —dijo la Centinela.

—Salomé, de la tierra Tudetania, has sellado un pacto con un humano sin la potestad precisa para ello —dijo una voz, no tan estruendosa como habría esperado, pero capaz de calarte en el cuerpo como la tela empapada.

—Lo lamento, mi señor —dijo Salomé, cabizbaja.

Lo hizo engañada, pensó Miguel, sintiendo una punzada de rabia. El ser celestial, o lo que quiera que fuese, tenía que saberlo, ¿no es así? Se suponía que lo sabían todo.

—Te has asociado a un Demonio.

Por defender tu causa.

—Y has comprometido la seguridad de los humanos en el proceso.

No podía, no era capaz de seguir viendo cómo nadie alzaba la voz ante acusaciones injustas. Puede que Salomé hubiese aceptado su condición de soldado, obediente y servil, pero Miguel jamás consentiría estar por debajo de nadie, por muy príncipe celestial que fuese.

—Todo lo que ha hecho Salomé ha sido para protegernos. Ese psicópata sí pretendía hacernos daño, y ella lo ha impedido. Tendrías que estarle agradecido porque te haya hecho el trabajo sucio. —*Cretino arrogante.*

Salomé miró a su protegido con horror y se habría apresurado a pedir perdón en su nombre si el ser de luz no se le hubiese adelantado.

—Eres impertinente, aunque defiendes lo que crees correcto.

—¡Pues claro que lo hago! —exclamó, sin pararse a pensar. Un par de meses atrás habría negado que existiese tal cosa.

—Enhorabuena, Salomé —dijo el arcángel—. A pesar de todos tus errores, parece que has hecho un buen trabajo con su alma, pero eso no te exime de tus crímenes.

Miguel seguía sin poder callar.

—¿Y qué vais a hacer, convertirla en ceniza? Tratáis igual a los que infringen las leyes que a quienes os defienden, ¿qué clase de justicia es esa?

—¡Miguel! No cuestiones a su divina Alteza. Los Siete Miembros saben mejor que nosotros cuál es la decisión adecuada y solo podemos aceptarla en nuestra infinita ignorancia.

—Y un cuerno —contestó, ganándose un manotazo de Salomé, que sin levantarse del suelo lo golpeó para hacerlo callar—. ¿Por qué sigues acatando las palabras de estos tipos como si fuese la verdad absoluta? También creías que ese Rivera era perfecto y mira lo que ha pasado.

—Escucha a tu protectora —intervino «su divina Alteza»—. Nadie más se convertirá en ceniza esta noche, pero Salomé ha de responder por sus faltas.

Salomé asintió con la cabeza.

—Lo comprendo, mi señor.

—Tu reincidencia a la hora de fraternizar con nuestro ancestral enemigo y tu desprecio por las sagradas normas de nuestra congregación no me dejan otra opción que retirarte tu inmortalidad y tus dones inmateriales. De ahora en adelante vagarás por la Tierra como una humana más, y como ellos habrás de vivir.

Fuera lo que fuere lo que haya sentido Salomé al escuchar su sentencia, no dejó que nadie lo percibiese. Invocó a sus dagas una última vez y se las ofreció a su señor, pero el arcángel negó con la cabeza.

—Puedes conservarlas, pero su acero se tornará mundano, igual que tu cuerpo.

—Sí, su Alteza. Gracias, Alteza.

—Vuestro pacto queda anulado. Tendrás que custodiar tu alma por tu propia cuenta, Miguel Sabato —dijo, y las hojas de papel que Miguel había firmado aparecieron en el aire. El contrato ardió hasta desvanecerse como si nunca hubiese existido.

—Larriba, me llamo Miguel Sabato Larriba.

Contempló, impotente, cómo esos horrendos tatuajes que tanto lo atormentaban desaparecían de su vista, aunque los pecados siguiesen allí. Cuando volvió a alzar la mirada, descubrió que estaban solos. Tres humanos normales y corrientes librados su suerte. Luis, conmovido por la esencia de la pura luz, se secaba las lágrimas de los ojos. Miguel dudaba de que hubiese comprendido una sola palabra de lo que acababa de escuchar. Se pondría bien. Aunque fuese su mejor amigo, había alguien que lo necesitaba más.

—¿Salomé? —la llamó.

—Lo hemos conseguido. —Sonrió ella—. La humanidad está a salvo.

—Pero tú…

—No te preocupes… lo superaré. Puede que sea lo mejor. —Su voz se quebró y se giró para mirarlo.

Miguel sintió una punzada en el pecho al ver cómo sus ojos grises se habían tornado negros, mortales. Estaba seguro de que si se cortaba, esta vez la sangre saldría roja.

—Lo superaré —le aseguró.

Aunque Miguel quería creerle, aunque era la persona más fuerte que había conocido, se agachó para abrazarla, porque eso es lo que hacían los amigos, y sintió cómo Salomé se estremecía al sentir el contacto, para acto seguido devolverle el abrazo.

—Antes de conocerte me pesaba en la conciencia haber acabado mis días de Centinela con una humillación —dijo, sin soltarlo—. Es un alivio que ahora terminen con una victoria.

Miguel se separó de ella, aunque no se atrevió a distanciarse demasiado por miedo a que la entereza de Salomé se quebrase.

—Espero que no lo digas por mí, sabes que soy incorregible.

—Por supuesto. —Sonrió.

3
Jackie

Pobre e ingenua Inés. Había percibido sus recelos de los últimos días, y aun así, la muchacha le había entregado la jeringuilla. Puede que fuese un caso perdido de verdad, una ingenua sin remedio. Ya la sacaría de la cárcel cuando hubiese terminado con todos sus asuntos. Tampoco quería crearse la fama de que abandonaba a sus pupilos a la primera de cambio. Un Demonio cumplía sus promesas, aunque no siempre lo hiciese de la manera que uno esperaba.

Jackie se transportó por la ciudad hasta llegar a la destilería. The Moon seguía cerrado a cal y canto, y Oliver la esperaba fumando un cigarrillo tras la barra. No sabía cómo lo hacía, pero todo lo que él exhalaba, incluyendo el pestilente humo, emanaba un denso olor a flores. A veces Jackie creía que en otra vida Oliver tenía que haber sido un hada. La aterrorizaba pensar en qué clase de favor le cobraría; podrían pasar cien años, puede que mil, pero el día en que acudiese a ella, le provocaría una buena jaqueca, no le cabía duda.

—¿Lo tienes? —le preguntó Oliver con un gesto aburrido.

Jackie respondió mostrando la jeringuilla. El Demonio extendió la mano y ella le tendió el artilugio. Frunció los ojos para ver mejor su contenido.

—No es demasiado, pero servirá.

Entraron en la parte de atrás del local y Oliver jugueteó con su instrumental. Pipetas, un microscopio, probetas, placas de Petri... Había instalado un improvisado laboratorio en una pequeña mesa.

Extrajo el líquido de la jeringuilla y lo depositó sobre una loseta de vidrio. Extrajo la espesa sangre negra que guardaba en una probeta y, con sumo cuidado, dejó caer una única gota en la loseta que contenía el suero.

No ocurrió nada.

Oliver frunció el ceño y se llevó la jeringuilla a la boca, lamiendo su contenido. Por un momento, Jackie creyó que se había vuelto loco y esperaba ver cómo se le calcinaba la lengua; sin embargo, tampoco se produjo reacción alguna.

El Demonio se echó a reír.

—¿Qué es tan divertido? —preguntó Jackie, malhumorada.

—Te han engañado, Jacqueline. Esto es agua. —Negó con la cabeza—. No me hagas perder más el tiempo, tengo un negocio que abrir y muchas almas a las que tentar.

La despachó con un gesto de la mano y Jackie sintió una punzada de rabia… y de orgullo. Esa mocosa estúpida.

Bien hecho, Inés.

Parecía que había subestimado a su pupila.

4
Inés

—¿Qué hace una chica como tú en un sitio como este? —preguntó un agente que se dedicaba a repartir el desayuno, un paquetito de galletas y un zumo en un minibrick, entre los detenidos.

Inés, a quien el privilegio de la fama le había permitido dormir en una celda para ella sola, arqueó las cejas, incrédula. Supuso que el bonachón agente acababa de entrar a su turno y nadie había tenido tiempo de informarle que en los calabozos de la comisaría una de las ladronas más conocidas en todo el mundo aguardaba su traslado a una prisión de máxima seguridad.

Inés se acercó para quitarle su desayuno de las manos y dio media vuelta.

—Nos hemos levantado de mal humor, ¿eh? —dijo el hombre, antes de proseguir con su cometido.

Era una forma de expresarlo.

En las últimas veinticuatro horas la habían derribado contra el suelo, le pusieron una rodilla en el cuello y la esposaron sin ningún miramiento ni cordialidad. La lanzaron a la parte de atrás de un coche de policía y la arrastraron a una sala de paredes blancas tornadas en grisáceas y amarillentas con los años, donde una mujer la cacheó y la hizo desprenderse de todas sus posesiones: su teléfono móvil, sus pendientes, su mochila, e incluso su sujetador —al parecer los aros metálicos podían convertirse en armas punzantes muy fácilmente—. Después la habían conducido a una celda diminuta y gélida donde había pasado la noche escuchando las amenazas desquiciadas de uno de los detenidos, que seguramente había provocado un altercado y al que soltarían en cuanto se le pasasen los efectos de lo que fuera que hubiese consumido, y los lamentos de otros tantos.

Sí, podía decirse que no se había despertado con el mejor de los ánimos posibles, de hecho no había pegado un ojo en toda la noche.

La buena de Inés García jamás creyó que podría llegar a pasar la noche en el calabozo, pero supuso que siempre había una primera vez para todo.

Se preguntó cómo el agente bonachón era capaz de mantener su buen humor trabajando en un ambiente tan asfixiante como aquel. En solo unas horas Inés estaba al borde de un ataque de nervios. Por suerte para su salud mental, no estaba dispuesta a pasar un solo minuto allí más de la cuenta.

Sacó la pajita de su envoltorio de plástico y clavó la punta con fuerza en la yema de su dedo índice hasta que pequeñas gotitas de sangre comenzaron a fluir. A pesar del dolor, se aplicó en agrandar la aparatosa, aunque insignificante, herida y se sentó en el suelo. Las condiciones higiénicas no eran las ideales, pero ya se preocuparía por el tétanos cuando saliese de allí. Trazó la silueta de una llave genérica, como había hecho en otras ocasiones, y sobre el dibujo en el suelo apareció una réplica perfecta de la que llevaban los agentes. A toda prisa, hizo un retrato lo más esquemático posible de sí misma y se dibujó llevando ropa diferente, una sencilla blusa y unos vaqueros, además de una larga melena. Cerró los ojos y, un instante más tarde, toqueteaba las puntas de su nuevo pelo, de un intenso rojo tan vivaz como el de la sangre que había usado para crearlo.

Ahora lo único que le quedaba por hacer era mantener la calma. Se puso en pie, caminó hacia la puerta, sacó uno de los brazos a través del hueco de los barrotes, metió la llave en el ojo de la cerradura y la giró con un movimiento limpio. Tras un instante de resistencia escuchó un rotundo *clic*, deslizó la puerta hacia un lateral y salió con paso tranquilo. Los demás presos comenzaron a gritar al verla escapar, exigiendo que los liberase también a ellos y ultrajados al comprender que no estaba entre sus planes. Al parecer los agentes estaban demasiado acostumbrados a los gritos y las quejas que llegaban desde el sótano como para prestarles atención.

Inés subió las escaleras y se mezcló con facilidad en el ajetreado día a día de la comisaria. Los detenidos que aguardaban a ser procesados se entremezclaban con los denunciantes a los que acababan de robarle el móvil en el metro o que estaban hartos de ese vecino que no dejaba de tocar el saxofón a las once de la noche. Pequeños humanos con sus pequeños problemas. Avanzó sin que nadie la detuviese, cruzó el control de salida, dirigiendo una sonrisa y un «buenos días» al policía que pasaba lista a quienes entraban, y en cuestión de un minuto estaba en la calle, sintiendo la brisa de la mañana y el sol recién levantado hormigueando en su rostro. La comisaría se encontraba en pleno centro de la ciudad e Inés no tardó en reconocer la zona. Puso rumbo a la línea uno del metro, pero antes de que pudiese avanzar diez metros, sintió cómo tiraban de ella para empotrarla contra la pared.

—El pelo largo te sienta bien —dijo Jackie, acariciando los largos mechones rojos—, pero el color no es para ti. Déjaselo a los mayores.

Con un simple gesto, Inés deshizo la ilusión y su corta melena castaña, casi negra, retornó.

La Demonio había tardado menos de lo que esperaba en comprobar que el contenido de la inyección que le dio era ni más ni menos que agua de grifo.

—¿Dónde está el suero?

—En la comisaría, con el resto de mis pertenencias. ¿Por qué no vas a por él? —La retó desafiante, y Jackie vaciló.

A Inés le había costado mucho comprender que a pesar de sus aires de grandeza y del pedestal en el que ella misma la había puesto, sin el poder de sus pupilos y de sus perros infernales, Jackie no era nadie. Su verdadero don era el de conceder poder a otros, y hasta donde se extendía el dominio de sus pupilos, llegaba el suyo.

Jackie le tendió un papel y un bolígrafo para que dibujase en él.

—Mejor me lo traes tú.

Ya no le temía a esa mujer milenaria construida sobre engaños y alimentada por una mezcla de aburrimiento, rabia y curiosidad a la que había adorado casi como a una diosa. Lo había experimentado antes, la transformación en tu interior al ver a tus héroes caer, al darte cuenta de que en realidad ya no los necesitas, e Inés estaba cansada de los juegos de ángeles y demonios.

—Tengo mejores cosas que hacer.

Su desafío enfureció a Jackie. No estaba acostumbrada a no tener el control. Su respiración se había vuelto agitada y le temblaba la mano de pura ira.

—Firmaste un contrato. Me debes obediencia.

—Tú también lo firmaste. Prometiste protegerme. Has roto nuestro acuerdo antes que yo, así que no tienes ningún derecho a revocarlo.

—Puedo arrebatarte esos poderes que tan segura y fuerte te hacen sentir con un chasquido de mis dedos.

Inés se encogió de hombros. Había sobrevivido durante veintiún años sin aquellos dones traicioneros. Si iba a conservarlos sería bajo sus propios términos; si solo le serían útiles para servir a otro, entonces no los quería.

—En ese caso tendrás que conseguir el suero tú solita.

—¿Crees que será difícil corromper a uno de esos policías y convencerlo para que me traiga tu maldita mochila?

Inés se encogió de hombros.

—Hazlo. Hazlo y conviértete en el hazmerreír de todos los Demonios. Te señalarán con el dedo y sabrás lo que piensan, que tú eres esa que no es capaz de controlar a sus pupilos. Ni siquiera esos a los que ayudaste a obtener sus posiciones seguirán de tu lado si creen que te has vuelto débil.

La rabia de Jackie se resquebrajó hasta convertirse en una sonrisa. La mujer negó con la cabeza y suspiró, pero cuando volvió a hablarle, a Inés le pareció distinguir una pizca de reconocimiento.

—¿Qué quieres a cambio?

—Ya lo sabes.

Inés dejó bajar las débiles barreras que había alzado en su mente en los últimos días, las que le habían permitido ocultarle a Jackie sus verdaderas intenciones lo suficiente como para engañarla. Cuando comprendió que le retaceaba información y que era una pieza más de su juego, le resultó evidente que no podía confiar en ella. Había cometido el mismo error demasiadas veces. Aprendía despacio, pero resulta que daba igual que fueses una alumna rápida o lenta, mientras la lección se grabase a fuego.

Dejó, por última vez, que Jackie mirase en su interior. ¿Que qué quería?

El poder de controlar su propia vida, de ser dueña de su destino.

Tampoco pedía tanto.

Se trataba de un privilegio que Centinelas y Demonios le habían arrebatado a los humanos, del que ellos mismos se privaban acosados por sus miedos y ambiciones banales, pero Inés estaba dispuesta a reclamarlo.

—Redacta un nuevo contrato. Yo invoco el suero para ti, y tú me dejas ir, con mis dones intactos, sin interponerte nunca más en mi camino.

Jackie resopló con sorna.

—También seré un hazmerreír si firmo esa locura.

—Puedes redimirte con el suero, pero si no lo haces lo destruiré para siempre. Lo romperé en pedazos y dejaré que su contenido se evapore y se pierda. O mejor, le diré a Salomé que no se equivocaba contigo, que hizo bien en... ¿cómo dijo Oliver? Abandonarte.

Jackie la perforó con una mirada rebosante de odio, pero acabó por tenderle la mano, resignada.

—¿No te importa lo que le pueda ocurrir a la humanidad si consigo modificar el suero?

Inés se la estrechó.

—La humanidad no ha hecho gran cosa por mí.

Y así, se selló un nuevo pacto. Jackie invocó un segundo contrato, Inés lo leyó punto por punto en busca de claúsulas confusas o ambiguas, y cuando estuvo segura de que no se trataba de una treta, lo firmó. Aceptó la hoja de papel y el bolígrafo, y dibujó la jeringuilla en menos de un minuto.

—Aquí tienes —dijo tendiéndole el condenado aparato que no quería volver a ver en su vida.

Jackie lo sostuvo entre los dedos, calibrando su peso, y sonrió.

—Te he enseñado bien.

—No te hagas ilusiones —dijo Inés, retomando su camino con la intención de no volver a ver a su maestra jamás—. Solo me has enseñado quién podía ser si salía de la jaula y echaba a volar.

5
Salomé

A pesar de que el despertador sonó tres o cuatro veces a su hora habitual, Salomé se despertó cerca del mediodía. En los primeros días de septiembre la luz seguía siendo demasiado intensa y apenas levantó las persianas lo justo para poder ver dónde pisaba. Hacía solo unas semanas no hubiese necesitado hacer ese gesto para moverse gracias a su aguda visión de Centinela, aunque las habría subido de par en par solo para deleitarse con un nuevo día. Ahora pocas cosas lograban entusiasmarla. Creía que la mortalidad de los humanos los hacía experimentar cada segundo de forma intensa, como si fuese el último y todas esas cosas de apreciar tu vida porque se iba a acabar algún día, pero Salomé solo tenía ganas de tomarse un café y volver a meterse en la cama.

Porque ahora bebía café, amargo y oscuro.

Lo peor de ser humana no era sentirse agotada siempre, la torpeza de sus sentidos o la perpetua amenaza de la muerte, sino haber descubierto que el azúcar le sentaba como una patada. Lo había comprobado por las malas con un tremendo dolor de estómago tras un atracón de *carrot cake* y con los granitos de acné que brotaron por su piel por primera vez en tres mil años. Una cosa era que la privasen de la inmortalidad y sus poderes, y otra no poder comer tantos dulces como quisiese.

Encendió el televisor, que normalmente solo utilizaba para mantenerse al día sobre las formas de vestir y hablar de moda, y sintonizó uno de esos canales en los que emitían programas sobre recetas veinticuatro horas. Quizá no pudiese comérselo, pero nadie iba a impedirle mirar mientras lo preparaban.

Apenas llevaba cinco minutos inmersa en la elaboración de una tarta de queso y fruta de la pasión cuando alguien tocó el timbre. Consultó su móvil y vio que no tenía ningún mensaje o llamadas nuevos. ¿Sería algún cliente despistado? ¿Un repartidor que llamaba al piso equivocado? Decidió ignorarlo, pero el timbre siguió sonando. Quienquiera que fuese no iba a darse por vencido. Caminó hacia el telefonillo y lo descolgó, malhumorada.

—¿Sí? —preguntó tan pasivo-agresiva como pudo.

—He traído manolitos —dijo una voz que conocía demasiado bien.

No tenía ganas de verlo, pero... llevaba días sin comer dulces. Tal vez su cuerpo se empezase a acostumbrar a su nuevo metabolismo y le permitiese hartarse de azúcar y grasa animal sin sentir ganas de vomitar. En cuanto mordió uno de esos *croissants* supo que no iba a tener tanta suerte, pero eso sería más tarde. Salomé abrió la puerta de la entrada y esperó a que Miguel apareciese por las escaleras.

—¿Cómo has sabido dónde vivo?

A Miguel no pareció importarle su tono defensivo.

—Soy un hombre de recursos —dijo tendiéndole una caja verde—. Resulta que uno de los ochocientos primos médicos de Luis tiene un amigo que fue cliente tuyo.

Salomé le arrebató la caja de dulces y le indicó con la cabeza que entrase en el apartamento.

—¿Cómo está? —preguntó mientras dejaba la caja sobre la encimera de la cocina. Si pensaba que iba a ofrecerle lo llevaba claro. Ahora mismo esos *croissants* empapados en mantequilla eran su única motivación para seguir despierta y no pensaba compartirlos con nadie. Ya no era una Centinela, así que no era su obligación ser buena persona.

—¿Luis? Bien... aún sigue procesando lo de haber formado parte de un complot angelical. Pero acalla sus pensamientos haciendo horas extra en la ONG, así que supongo que todos ganamos. ¿Cómo estás tú?

Salomé arqueó una ceja y se apoyó de espaldas sobre la encimera para mirarlo de frente.

—¿Has venido hasta un barrio obrero, tú, solo para preguntarme qué tal estoy? Pues sí que has cambiado.

Miguel se encogió de hombros.

—Además he venido en metro. Ha sido terrible.

Imaginarse al estirado de Miguel Sabato apretujado en el metro, degustando los pintorescos olores e intentando encontrar un hueco donde agarrarse hizo que se riese por primera vez en semanas.

—Debería sentirme honrada —suspiró, resignada. Por mucho que se hiciese la dura nunca iba a poder cerrarle la puerta a uno de sus protegidos—. ¿Quieres un café?

Se sentaron en la mesa del comedor y le dieron la vuelta a sus bebidas en silencio hasta que Miguel se dispuso a romper el hielo con una pregunta directa.

—¿Lo has visto?

No necesitaba que le explicase a qué se refería.

Había salido en todas las noticias y era el tema favorito de conversación en las redes sociales. Todas las obras robadas habían reaparecido en el Museo del Prado tal y como la ladrona había prometido, acompañadas de una enorme pintada que decía: «No sabemos lo que tenemos hasta que lo perdemos». Después de que la ladrona escapase de la comisaría sin dejar rastro, de que sus fotos desapareciesen del sistema y de que las huellas dactilares que tomaron resultasen ser incongruentes, el caso se había vuelto aún más mediático si era posible. Con la reaparición de las obras habían salido a la luz todo tipo de teorías. Había quien decía que la ladrona era en realidad una artista y que se expresaba a través de los robos. No tenían ni idea de lo lejos que estaban de la verdad, pero era una forma bonita de verlo. Todo había sido una inmensa y enrevesada obra de arte, una *performance*.

—Lo he visto.

—¿Sabes algo de ellas? —preguntó el joven.

—No. Y espero no volver a hacerlo. ¿Y tú?

Miguel negó con un leve gesto y su mirada se perdió enseguida. Aún sin sus poderes, lo conocía lo suficiente como para ver que deseaba que fuese diferente.

—Espero que no hayas vuelto a las viejas andadas —le recriminó Salomé.

Miguel sonrió con acritud.

—No esperes milagros, pero ahora que sé que existen los arcángeles, los demonios, la diferencia entre el Bien y el Mal… Hay cosas que ya no se disfrutan igual, que se vuelven banales. Créeme, lo he intentado. Me has convertido en un aburrido.

—Al menos serás un aburrido que no le aruinará la vida a todos a su alrededor. En realidad, al decir «viejas andadas» me refería a enamorarte de la persona equivocada.

Miguel la miró confundido durante unos segundos hasta que comprendió a qué se refería.

—¿Lo dices… por Inés?

—La chica causa una impresión, lo tienes que admitir. Puede que ya no te lea los pensamientos, pero lo primero que has hecho después de asegurarte de que sigo de una pieza ha sido preguntar por ella.

—Descuida, estoy ocupado intentando averiguar qué voy a hacer con mi vida, no tengo tiempo para amoríos ni juergas.

Salomé abrió la boca de par en par.

—¿Quién eres y qué has hecho con mi protegido?

—Mis padres me han cortado el grifo después de que les dijese que iba a dejar la carrera a medias hasta que tuviese las cosas más claras. Ni yo he sido tan astuto para engatusarlos después de eso. Lo intenté con un «Jobs y Zuckerberg también dejaron la universidad y les fue bien», pero mi madre casi me tira su trofeo de El Sol a la cabeza.

Salomé seguía dándole vueltas a su café. Qué hacer. Era una buena pregunta. Ser entrenadora personal había sido útil para su propósito y en muchas ocasiones un oficio placentero. Ayudaba a la gente y ejercitaba su cuerpo. Era un buen pasatiempo para entretenerse mientras volvía a estar en activo. Sin embargo, ahora que sus días en la Tierra eran limitados no sentía que la llenase lo suficiente. Necesitaba algo más, pero no tenía ni idea de qué era ese algo.

—¿Cómo lo hacéis? —preguntó, aún ensimismada en sus pensamientos. Miguel ladeó la cabeza, sin comprender a qué se refería—. ¿Cómo soportáis no saber el porqué? ¿El para qué existís?

Llevaba milenios trabajando con los humanos, moldeando sus almas, viendo a través de sus pensamientos y emociones, leyéndolos como novelas que no podías soltar a pesar de la promesa de leer *solo* un capítulo más. Los había odiado, amado, envidiado. Pero no había comprendido la verdad más esencial sobre ellos. La mayoría de las estupideces que cometían eran porque se sentían perdidos.

Miguel se recostó sobre el sofá, suspiró y alzó la vista mientras meditaba una respuesta que no fuese del todo decepcionante, pero que tampoco se pareciese a un montón de palabras vacías.

—Yo solía ser de los que pensaban que no había ninguna razón y que más nos valía disfrutar mientras pudiésemos. Así era como lo soportaba, luchando por conseguir algo que creía que valía la pena, como poder decir que algo hermoso había sido mío, o salirme con la mía. Pero esas cosas ya no me satisfacen. Supongo que tendré que encontrar otras que lo hagan, aunque no pienso dejar de divertirme —le guiñó un ojo y ella sonrió.

—Luchando… Sí, supongo que eso es lo que éramos, lo que somos. Unos luchadores. —Suspiró—. Sin nada por lo que luchar. No sé si soy capaz de hacer algo simplemente porque… me cause placer.

Miguel sonrió de oreja a oreja.

—Oh, Salomé, lo harás. Después de todo, solo eres de carne y hueso. ¿Por qué no empiezas con esos *croissants*?

Puede que la humanidad la estuviese cambiando más de la cuenta. Le había mentido a Miguel al decir que no había vuelto a saber nada de Jackie. Dejó la caja de manolitos medio vacía sobre la encimera de la cocina y se inclinó para oler mejor las flores que habían enviado a su casa hacía unos días junto a una nota.

Los Centinelas y los Demonios existían desde hacía tanto tiempo y habían vivido a través de tantos calendarios que ninguno de ellos tenía clara la fecha de su nacimiento, así que Jackie había elegido un día al azar, durante su tiempo en la corte, y celebraron sus cumpleaños, los dos juntas. «¿Por qué no?». Salomé se había olvidado por completo de esa fecha hasta que recogió el excesivo ramo de rosas que debía de haber costado una fortuna. Aunque para un Demonio eso nunca era un problema. La nota tan solo decía: «De Jacqueline, en el día de nuestro cumpleaños».

Suspiró y agradeció que Miguel no le hubiese prestado atención a las flores, acostumbrado a que en su casa siempre hubiese ramos frescos. Pero Salomé nunca se había permitido esos pequeños lujos, y tenía que admitir que resultaban agradables.

El timbre de la puerta retumbó por la pequeña casa, haciendo que botase del sobresalto. Su corazón humano aún no se había acostumbrado a lidiar con las sorpresas del día a día. *Qué se le habrá olvidado a este chico,* pensó, convencida de que se trataba de Miguel a quien encontraría al otro lado de la puerta mientras avanzaba hacia ella y la abría de par en par para descubrir una melena anaranjada y unos labios pintados de rojo que parecían perseguirla a través de las eras.

—Jacqueline...

—No pensaba molestarte porque creía que querías aislarte del resto del mundo una temporada, pero si ese don Juan de poca monta tiene derecho a visitarte, creo que yo también —dijo, enfurecida como una niña que ve cómo sus amigas se saltan su cumpleaños para ir a la fiesta de pijamas de su rival; estaba tan dolida que casi resultaba enternecedor—. ¿Puedo pasar?

Salomé vaciló, porque lo cierto era que sus latidos no habían recobrado la normalidad después de verla. *Somos enemigas mortales,* se advirtió a sí misma, pero en realidad ya no lo eran.

—No sé si es buena idea...

—El conde nunca firmó el contrato. Yo no se lo ofrecí, puede que sí jugase con sus ideas durante un tiempo, pero después lo dejé estar. Actúo por cuenta propia. —Jackie soltó aquella bomba sin inmutarse, a toda velocidad, y después, como si nada, señaló al sofá—. ¿De verdad que no me vas a invitar a que me siente?

Salomé se echó a un lado, intentando procesar lo que acababa de oír. Podía tratarse de una mentira; sería lo más natural, un Demonio mintiendo. Observó cómo Jacqueline se quitaba la chaqueta vaquera roja que llevaba puesta sobre un vestido tan blanco que se confundía con su piel y la colocaba sobre el respaldo del sofá. La elegancia de Jacqueline la hizo sonrojarse al compararla con el chándal negro que llevaba puesto desde hacía un par de días.

—¿Por qué me cuentas esto ahora?

Jackie se giró hacia ella y sonrió.

—No me crees, por supuesto que no, pero es la verdad. No quería confesarlo porque me hiciste sentir tan ridícula cuando me acusaste, convencida de que solo salían embustes de mi boca, de que todo esto… —Señaló al espacio entre ambas— de que lo nuestro era una gran patraña, que te dejé pensar que tenías razón. Estaba herida, mi dignidad estaba en juego, y ya sabes cómo somos los Demonios. Permití que pensases en mí como una criatura traicionera porque es la versión que me dejaba mejor parada, mejor que la de una tonta enamorada. Mis compañeros Demonios aún se burlan de mí, ¿lo sabías? Y no lo he desmentido en más de doscientos años porque pensé que ya se me pasaría el enfado, y que teníamos toda la eternidad, pero ahora resulta que no es así. Ahora eres mortal y podrías cruzar la calle y ser atropellada y *adiós muy buenas* en cualquier momento. ¿No pensabas contarme el castigo de Los Siete Miembros? No, claro que no, era mejor dejar que me enterase por ahí. Hasta estaba tramando elaborar un suero maligno para llamar tu atención, ¡por el amor de Lucifer!

Salomé estaba sin palabras, escuchando la forma apasionada con que expresaba sus sentimientos de manera abierta y sin juegos retorcidos por primera vez desde que se conocieron, observando hipnotizada el ímpetu con el que agitaba las manos y caminaba de un lado al otro del pequeño salón.

—No creo que me vayan a atropellar, Jackie. Quiero decir, los humanos son mortales desde que nacen y la mayoría sobreviven unos cuantos años.

—¿Eres consciente de todas las formas en que podrías morir? Accidente de circulación, accidente doméstico, accidente laboral, ¡hay mil tipos de accidentes! Llevo dos meses preocupada por tu endeble cuerpo de carne y hueso y no lo soporto más. —Chasqueó los dedos y un folio apareció en el aire, justo frente a Salomé.

—¿Qué es esto?

—Un contrato. Fírmalo. No puedo convertirte en Centinela de nuevo, pero te devolveré tus poderes, y tu inmortalidad.

Salomé se llevó las manos a las sienes al sentir una punzada de estrés, otra de las nuevas debilidades de su cuerpo humano. *Te está mintiendo,* dijo el recelo según el cual había vivido durante milenios. *Todo es una treta para arrastrarte por el mal camino.*

—¿Quieres que le venda mi alma… al Mal?

Jackie se encogió de hombros.

—¿Qué ha hecho el Bien por ti?

Salomé negó con la cabeza y avanzó hacia ella, porque, a pesar del miedo a ser traicionada, creía que Jackie estaba siendo honesta, que tenía miedo de perderla de verdad.

—Eso no va ocurrir. Pero te agradezco que hayas venido. Ah, y olvídate del suero maligno, por favor. Creo que ya hemos tenido bastantes sobresaltos para el resto del siglo.

—¿Y ya está? —protestó Jackie, ultrajada y arqueando una ceja de incredulidad—. Vengo aquí con mi mejor vestido, te desnudo mi corazón, confieso una mentira que he sostenido doscientos años, te ofrezco la vida eterna, y tú ¿me agradeces que haya venido?

Y a pesar del enfado de Jackie, Salomé no pudo evitar reír. Una Centinela le habría pedido a Jackie que se marchara, habría resistido la tentación y le hubiera cerrado la puerta al Mal a cal y canto, pero Salomé ya no era una de ellos.

—¿Y qué quieres que haga, invitarte a una cita? ¿Después de todo lo que has hecho?

Por un instante, Jackie bajó la guardia, quizás acostumbrada a las negativas de Doña No.

—Sería lo mínimo. Yo te he regalado flores por nuestro cumpleaños y tú ni siquiera me has llamado para felicitarme.

—Eres la Demonio más caprichosa y egoísta que he conocido nunca.

—Y tú la Centinela más resabida y repelente del mundo.

Puede que fuese porque se sentía viva de verdad por primera vez en su nueva piel, o porque aún no había aprendido a controlar los efectos de las hormonas humanas, puede que fuese la forma en que las mangas del vestido caían vaporosas sobre los hombros de Jackie, o porque la había desarmado el modo en que inclinó las cejas angustiada mientras le confesaba que no tenía todo tan controlado como fingía, pero Salomé no pudo evitarlo. No pudo evitar deshacerse del paso que las separaba, enterrar sus manos en la melena de fuego de Jackie y recordar cómo era besar sus labios.

6 Miguel

Con todo ese tiempo libre en sus manos, Miguel conservó su hábito de correr hasta la extenuación. Para su sorpresa, ya casi nunca pensaba en Martina, sino que empleaba la mayor parte del tiempo preguntándose en qué podía aplicar sus talentos sin volver a jugarse su alma en el proceso. Era bueno mintiendo, pero también viendo a través de los engaños de los demás. Se le daba bien utilizar a otros, pero también escuchar y aprender de ellos. Solo tenía que descubrir para qué servía todo eso. Mientras tanto corría, siguiendo el mismo trayecto prácticamente todos los días. Sin embargo, esa mañana sus pasos acabaron por llevarlo al centro comercial de su barrio, igual que en ese absurdo día en el que había conocido a Salomé. Se detuvo ante la puerta, tentado por la posibilidad poco probable de que Inés estuviese por allí. Aunque si él tuviese poderes demoníacos trabajar de cara al público sería su última opción.

Miguel no tenía ni la menor idea de qué había sido de ella, aunque había tratado de seguirle el rastro. Sus redes sociales habían desaparecido del mapa, y a pesar de que llevasen ya tres semanas de clases y de que el caluroso verano fuese dando paso, poco a poco, a los cortos días de otoño, sus amigos le habían contado que Inés tampoco había aparecido por la universidad. Quizá su afable madre supiese qué había sido de ella, pero no iba a aventurarse a llamar de nuevo a su timbre.

Se convenció de que solo iba a echar un vistazo a la librería y entró. De nuevo, sus pies lo traicionaron y se encontró en mitad de la sección de Arte. Se le escapó una sonrisa al comprobar que había una mesa entera de los libros destacados dedicados a mujeres artistas. Algunas eran las mismas cuyas obras habían sido robadas, pero muchas otras eran grandes desconocidas con aún más grandes obras que tras siglos en el olvido exigían el lugar que merecían, o creadoras modernas que empezaban a saborear la fama. Mujeres de todos los continentes, etnias, religiones e identidades. Se le escapó una sonrisa. A Inés le habría encantado verlo.

Tal y como esperaba, la joven tampoco había vuelto a trabajar allí, así que se obligó a comprar un libro para justificar su visita a la librería. Eligió uno sobre un manido método japonés para encontrar el propósito de la vida. Solía mofarse de los que leían libros de autoayuda, pero, puestos a traicionar a su viejo yo, ¿por qué no? Aquella noche de San Juan parecía tan distante como si perteneciese a otra vida.

De camino a la salida, se detuvo ante un libro sobre Berthe Morisot y su obra, con esa escena junto a una cuna, con la que Inés había comenzado sus diabluras, en la portada, y decidió llevárselo también. Quién sabía. Si empezaba a frecuentar los museos y a disfrutar con el arte, tal vez sus caminos se volviesen a cruzar. Tal vez para entonces Miguel hubiese encontrado su camino, y ambos tendrían mucho que contarse, desde luego. Tal vez en su reencuentro con Inés, ella lo habría perdonado del todo o él se habría convertido en alguien digno de ese perdón.

Puede que cuando llegase ese día, en lugar de ansiar poseer la belleza, ya hubiese aprendido a amarla sin esperar nada a cambio.

AGRADECIMIENTOS

La historia de Miguel y Salomé ha cambiado mucho en las distintas versiones de esta novela, la primera de 2016, pero quizá la mayor transformación tuvo lugar cuando me di cuenta de que había dejado de lado a un personaje muy importante. A don Juan —o más bien a su alma— lo salvó el amor de doña Inés, Agradecimientos empecé a hacerme preguntas sobre esta figura, esa paloma inocente que descubre de pronto la crudeza del mundo, no podía dejar de pensar en lo injusto que era que ella lo perdiese todo solo para que «su amor» redimiese a alguien que no se lo merecía ni lo había apreciado. Poco a poco, apareció una Inés que no se parecía en nada a la de la obra original, y que creo que encaja mejor con el tiempo actual, una Inés que ya ha aguantado suficiente.

Este libro no habría sido posible sin varias lecturas clave; la más importante de todas es *Las olvidadas*, de Ángeles Caso, que me aportó la comprensión que necesitaba sobre la posición de la mujer en el arte para poder escribir la historia de Inés. También me han sido de inmensa ayuda *Historia de mujeres*, de Rosa Montero, y *Mujeres artistas*, de Flavia Frigeri.

Las mujeres han sido retratadas como musas en infinidad de ocasiones, pero lo cierto es que nunca han dejado de crear, a pesar de las dificultades. Esta novela se centra en algunas figuras de la Historia del Arte europeo que han sido relegadas a un segundo plano, a veces completamente obviadas, mientras que sus contemporáneos han sido ensalzados como genios; pero no podemos olvidar a las mujeres que han creado arte fuera del ámbito europeo, académico o desde determinados privilegios, que es el perfil que aún hoy predomina en nuestros museos, ni tampoco a aquellas que no pudieron dejar constancia de su trabajo, que lo hicieron de forma anónima, o cuyas obras han sido atribuidas a sus contemporáneos varones.

Gracias a todas las historiadoras, curadoras, divulgadoras... que trabajan cada día para recuperar y dar a conocer la vida y la obra de estas artistas.

A título personal, gracias como siempre a mi familia, por su apoyo incondicional; a Bibiana, por haber leído dos veces esta historia —en su peor versión y en la nueva de 2019—, y a todo el equipo de Puck, en especial a Leonel Teti, por haber confiado en esta historia que llevaba tanto tiempo deseando salir a la luz.

¿TE GUSTÓ ESTE LIBRO?

Escríbenos a

puck@edicionesurano.com

y cuéntanos tu opinión.

ESPAÑA /MundoPuck /Puck_Ed /Puck.Ed

LATINOAMÉRICA   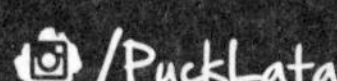 /PuckLatam

/PuckEditorial

¡Gracias por vivir otra #EXPERIENCIAPUCK!

Ecosistema digital

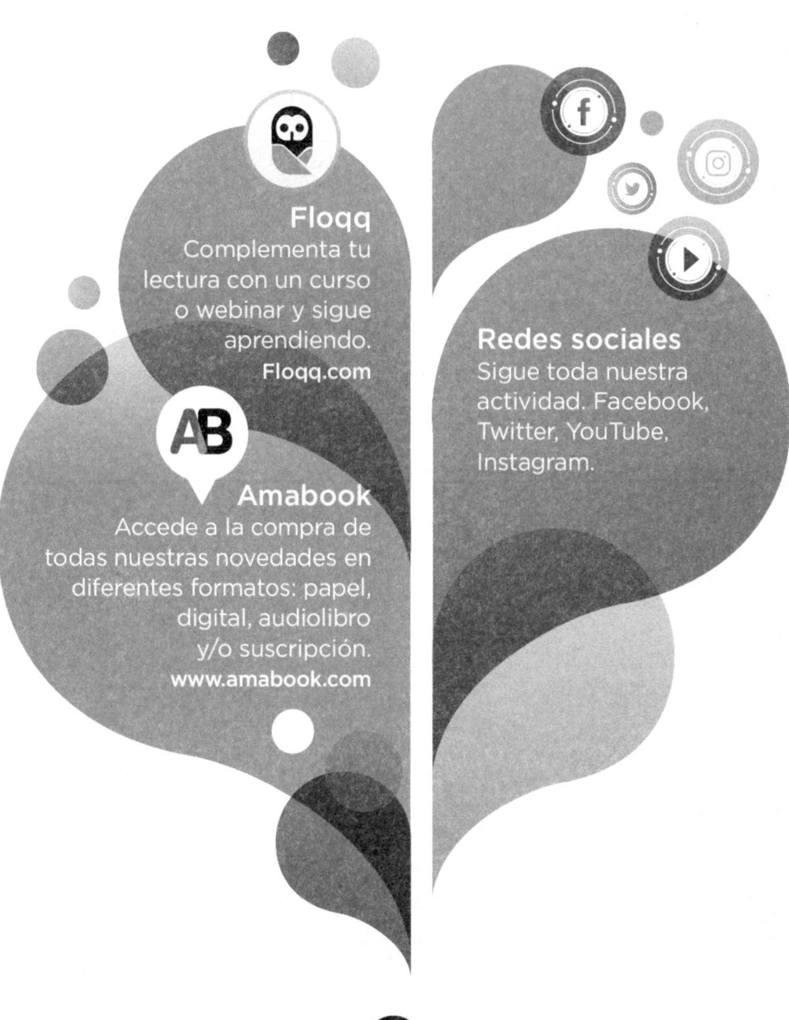